DE VIJFDE RUITER

EEN KOMISCHE FANTASIE DIE DE REGELS VAN LEVEN...

JON SMITH

DE VIJFDE RUITER

Uitgegeven door Balkon Media

Paperbackeditie ISBN: 978-1-916970-23-6
Ook verkrijgbaar als e-book

Dit boek is een werk van fictie. Namen, personages, plaatsen en gebeurtenissen zijn het product van de verbeelding van de auteur of worden fictief gebruikt. Elke gelijkenis met bestaande personen, levend of dood, gebeurtenissen of locaties (behalve voor satirische doeleinden) berust op louter toeval.

www.jonsmith.net

ALSO BY

FICTION

The Fifth Horseman

Destiny Can Bite Me (Fang & Loathing #1)

The Stakeout Diaries (Fang & Loathing #2)

Rewrite the Dead (Fang & Loathing #3)

YOUNG ADULT

The Arb

CHILDREN'S FICTION

Toytopia

NON-FICTION

Once Upon A Brand

Founder Mode

The Bloke's Guide To Pregnancy

The Bloke's Guide To Babies

Get Into Bed With Google

Google Adwords That Work

Smarter Business Start-Ups

Start An Online Business

Digital Marketing For Businesses

Voor hen die de Dood vrezen...
Weet dat hij je komt halen en dat hij nogal chagrijnig is

HOOFDSTUK EEN

Emma strekte haar hand uit om houvast te zoeken aan de koperen sokkel van Bella, de magnifieke Liver Bird die boven op een witte koepel de wacht houdt en uitkijkt over de rivier de Mersey, de Wirral en Noord-Wales.

Met benen die trilden van zowel inspanning als angst, stopte ze even om op adem te komen. Ze haalde een hand door haar lange, kastanjebruine haar, hapte naar lucht en betreurde het dat ze eerder dat jaar haar abonnement bij de sportschool had opgezegd. Een sterke, plotselinge windvlaag raasde vanaf de Ierse Zee naar binnen, en de ijzige vlagen ervan trokken aan de blote huid van haar handen, terwijl de koude prikkeling tranen in haar ogen bracht. Hoewel ze haar keuze voor het iconische gebouw vervloekte en zich realiseerde dat ze niet voor het eerst vorm boven functie had laten gaan, nam ze even de tijd om het adembenemende uitzicht over de waterkant in zich op te nemen – gesmeed met bloed, zweet en tranen door de maritieme en culturele geschiedenis van de stad, zowel oud als nieuw, goed als slecht.

Waarom die clowns van UNESCO de stad zijn status als Werelderfgoed hadden ontnomen, zou voor altijd een raadsel blijven. Maar met typisch Scouse nonchalance parkeerde ze die gedachte en probeerde ze zich te concentreren op wat ze moest doen.

Iedereen was op de been – op Pier Head, op de Strand, aan hun telefoons gekluisterd – druk met hun dag. Druk met hun leven. Er keken niet veel mensen omhoog, wat Emma prima uitkwam. Ze was het gewend om genegeerd te worden. Gewend om gewoon op te gaan in de menigte. Het was aangeleerd gedrag dat was begonnen toen ze een kind was, levend onder de strenge regels van haar ouders, die er heilig van overtuigd waren dat kinderen gezien maar niet gehoord mochten worden. Ze had zichzelf getraind om stil te blijven, zich klein te maken en op de achtergrond te blijven. Het zorgde voor een eenzame jeugd, maar wel een rustige.

Maar tot Emma's grote ergernis merkte ze, toen ze eenmaal naar de universiteit ging, dat het moeilijk was om dit af te leren, en dus moeilijk om vriendschappen te sluiten en te onderhouden. Of om opgemerkt te worden door docenten, zelfs als ze haar hand opstak. Of om opgemerkt te worden door jongens, ondanks dat ze vrijgezel was en er helemaal klaar voor om nieuwe mensen te ontmoeten.

Wat Emma echter het meest op de zenuwen werkte, was dat ze op haar werk niet werd opgemerkt, hoe ijverig ze ook was of hoeveel nieuwe klanten ze ook binnenhaalde. Het was nooit Emma die in de bedrijfsnieuwsbrief werd bejubeld en het was nooit Emma die werd voorgedragen voor promotie. Emma was er gewoon... een betrouwbare kracht op de achtergrond. Betrouwbare Emma. Emma die geen kik zou geven. Dezelfde Emma die zojuist haar ontslagpapieren en een prachtig geschreven beëindigingsbrief had gekregen waarin haar laatste en tweede naam waren omgedraaid. Zo goed hadden het management en haar collega's haar in achttien maanden dus leren kennen.

Voor een keer, staand naast het symbool van Liverpool, ruim negentig meter boven de stad, was ze dankbaar dat niemand haar opmerkte. Ze had niet echt de behoefte om naar hen terug te kijken. Ze was er niet om aangegaapt te worden of tot een of andere straatattractie te worden gemaakt.

Pas nadat ze was gesprongen, natuurlijk.

Op eenendertigjarige leeftijd probeerden allerlei onlineartikelen haar ervan te overtuigen dat ze in de bloei van haar leven was. In werkelijkheid gaf haar geluksschaal een foutmelding; de meting was zo laag. Ze scharrelde niet wat rond en had ook geen vaste relatie. Ze kon het zich niet veroorloven om een eigen appartement te huren, laat staan een huis te kopen, dus deelde ze een flat. Ze maakte lange dagen bij een ondankbaar verzekeringsbedrijf vol saaie, grijze mensen. Ze verdiende genoeg om rond te komen, maar niet genoeg om daadwerkelijk te *leven*. Ze wist nooit dat plafond te doorbreken om zich aan te sluiten bij degenen die het 'goed genoeg hebben om plannen te maken voor de toekomst'. Daardoor had ze nooit het gevoel dat ze een toekomst had – alleen een reeks fouten uit het verleden en angsten in het heden.

Eindelijk keek er iemand omhoog en zag haar, kneep met zijn ogen om er zeker van te zijn dat hij het goed zag, schudde afkeurend zijn hoofd en liep door. Ze zuchtte. Was ze echt zo onopvallend? Ze vond zichzelf knap op een ingetogen manier. Een hartvormig gezicht, een wipneusje en twee kleine kuiltjes als ze lachte – wat, eerlijk is eerlijk, de laatste tijd niet zo vaak was gebeurd. Een windvlaag ving haar adem op en blies die terug in haar gezicht. Ze rook koffie en een beetje braaksel. Het enige wat ze voor haar laatste maaltijd had gehad, was lauwe koffie eerder die ochtend. Het was niet eerlijk om heen te gaan met zo'n onaangename geur in haar neus. Niets was eerlijk.

'Emma!?'

Iemand riep haar naam terwijl een hand op de koepel neerkwam, op zoek naar houvast. Een arm en daarna een bos warrig zwart haar volgden snel. Mark, haar lange, slungelige huisgenoot, keek naar haar op. Zijn puppyogen stonden wijd van angst, zowel voor zichzelf als voor haar.

'Shit', zuchtte Emma. Hij had de brief gevonden en had duidelijk de instructies om die pas na zeven uur 's avonds te openen genegeerd. Dat had ze kunnen weten; zijn kinderlijke nieuwsgierigheid was zowel vertederend als tergend – en voorspelbaar. Nu moest ze doen wat ze moest doen met publiek erbij.

Ze zette een stap richting de rand.

'Kom niet dichterbij, Mark.'

Hij hees zichzelf op de koepel en schatte in hoe ver het was naar de poot van Bella. Hij kon niet geloven wat hij zag. Zijn beste vriendin en huisgenoot met niets achter zich dan een grijze lucht om haar val te breken.

Een nieuwe, sterke windvlaag deed de metalen stutten die het Liver Bird-standbeeld ondersteunden rammelen en blies Emma's haar in haar ogen. Ze draaide haar gezicht weg, zowel om de oordelende frons van Mark als om de wind te ontwijken.

'Draai je niet om', smeekte hij, en ze bleef onverstoorbaar staan. 'Er is... niets achter je.'

Ze draaide zich langzaam om om te zien wat hij bedoelde.

Hij kromp ineen. 'Nee, niet kijken!'

'Ik weet dat er niets is', zei ze.

'Nou, val er dan niet in!', riep hij uit. 'Vanaf deze hoogte... ga je dood.'

Ze liet haar armen zakken en zuchtte.

Mark keek haar kritisch aan. 'Serieus?'

'Ik ben er klaar mee, Mark,' zei ze. 'Weet je hoe lang het duurt voordat ik alles heb afbetaald? Over een paar jaar zit ik nog steeds in dezelfde sleur. Dan ben ik oud, incontinent en lig ik al op sterven, en dan heb ik nog steeds niet genoeg gespaard voor de aanbetaling op een klein eenkamerflatje dat grondig gerenoveerd moet worden. Ik kan net zo goed...' Ze draaide zich om en Mark snakte opnieuw naar adem. 'Ik kan er net zo goed de brui aan geven.'

Ze liet zich kalm zakken en ging op de koepel zitten, met haar benen nonchalant voor zich uitgestrekt. Meteen kreeg ze er spijt van, toen het ijskoude metaal via haar dunne katoenen rokje en panty het laatste beetje warmte uit haar lichaam zoog. Ze moest haar evenwicht zien te bewaren terwijl ze wiegde. Als ze zich te veel ontspande, zou ze vallen of naar beneden glijden, en dat wilde ze niet... nou ja, dat wilde ze *nog* niet. Mark mocht er niet bij zijn als het gebeurde. Ze moest zorgen dat hij wegging. Haar tanden begonnen te klapperen terwijl drie meeuwen om hen heen cirkelden, die overduidelijk wilden landen en hun frustratie kraaiden over de aanwezigheid van mensen op hun favoriete zitplek.

Mark onderdrukte elk oerinstinct om naar beneden te klauteren en in veiligheid te komen. In plaats daarvan kroop hij de koepel *op*, sloeg zijn armen om de poten van de Liver Bird en klampte zich vast alsof zijn leven ervan afhing. Hij gluurde met één oog over de rand, net ver genoeg om de grond beneden te zien en niet verder. Naar de stoep staren vanaf deze hoogte... hij rilde ook, maar niet van de kou.

'Kom op. Laten we naar beneden gaan, iets drinken in Albert Dock en erover praten.'

'Mijn haar zit niet goed.'

'Je ziet er geweldig uit.'

'Hou toch op.'

'Hier komen we wel uit,' hield hij vol.

'Uitkomen,' schamperde ze. 'Nee, dat kunnen we dus niet, want ik ben ontslagen. Alweer.'

'Dat is onrechtmatig ontslag. Dan heb je een zaak,' gokte hij, wanhopig op zoek naar opties om haar aan de praat te houden.

Ze schudde haar hoofd. 'Ik lig eruit, zaak gesloten. Minder dan twee jaar, dus ze kunnen doen wat ze willen. Ik mocht niet eens afscheid nemen. Of mijn spullen uit mijn lades halen. Ze hebben gewoon mijn keycard ingenomen en me het gebouw uitgezet.'

'Oh,' zei hij geschokt en teleurgesteld. 'Dan betekent dat... wat heb je achtergelaten?'

'Niets belangrijks, het gaat gewoon om het principe,' zei ze.

'Nee, wacht, wat heb je achtergelaten?'

'Niets!' hield ze vol.

'Ik weet dat je iets hebt achtergelaten,' zei hij, bitser, 'want het is nog steeds niet terug.'

'Wat is er nog niet terug?'

'Mijn bakje met twee vakken. Met de rode deksel.'

Ze kreunde dramatisch.

'Lang genoeg voor een banaan, weet je nog?' vroeg hij.

'Ja, dat weet ik nog.'

'Met de klikdeksel?'

'Ja.'

'Het is er één van een set van vier die ik al even gebruik...'

'Mark, ik ben ontslagen! En nu sta ik hier. Die plastic bakjes doen er niet toe!'

'Daar heb je gelijk in,' zei hij en hield zijn handen omhoog ten teken van overgave. Toen greep hij Bella snel weer vast. 'Ik... ik vroeg me gewoon af waar het was... Was het leeg?'

'O, God.' Ze schudde gefrustreerd haar arm. 'Ik sta hier op het punt om er een eind aan te maken en jij wilt weten of ik je Thaise groene curry heb opgegeten?'

'Tja... ja,' zei hij. 'Het was een nieuw recept. Als ik het nog eens maak, wil ik het goed doen.'

Emma wees op haar benarde situatie, één handbeweging verwijderd van de wankele val naar haar dood. 'Nog eens?'

Mark was in ontkenning. Hij grijnsde naar haar. 'Nou ja, ik bedoel... j-je gaat het toch niet doen, hè?'

'Welke andere optie heb ik dan?' vroeg ze. 'Nee, echt.' Ze draaide zich om en ging met haar rug naar de Mersey zitten, wat voor Mark op de een of andere manier nog erger was om te zien. 'Vertel jij me maar wat ik moet doen, behalve zelfmoord plegen? Geen baan, geen spaargeld, ik heb meer dan zestigduizend euro schuld en...'

'Hier komen we wel doorheen. Ik werk. Mijn pa en ma kunnen misschien helpen, misschien genoeg om je huur voor een paar maanden te betalen.'

Emma werd steeds vermoeider van zijn vertragingstactieken en draaide zich langzaam naar de rivier. De veerboot was net aangemeerd bij Pier Head en dobberde op en neer op de deining. Ze keek toe hoe de forenzen en toeristen over de loopplank stroomden, blij om weer op vaste grond te staan.

'Het is niet onmogelijk!' ging Mark verder. 'Niets is onmogelijk!'

'Weet je dat zeker?'

'Ja!'

Ze draaide zich om en keek hem koud en betraand aan. 'Je denkt dat ik het misschien overleef? Als ik val? Is dat niet onmogelijk?'

'Nee, dat is onwaarschijnlijk en het risico niet waard. Alsjeblieft, doe het niet.' Mark liet zich op zijn knieën vallen en probeerde haar te bereiken. Hij kon niet opstaan – op zo'n hoogte zou je zo makkelijk je evenwicht kunnen verliezen en op een lullige manier sterven – maar hij kon op zijn knieën naar haar toe schuifelen, en dat deed hij. 'Alsjeblieft.'

'Dan krijg jij tenminste het verzekeringsgeld. Ik heb jou als mijn begunstigde opgegeven.'

'Ze keren dus niet uit als je zelfmoord pleegt.'

'Serieus?'

'Doods. Doodserieus... Hoe kun je dat nou *niet* weten? Je verkoopt verzekeringen voor je brood.'

'Niet meer,' schamperde ze. 'Sorry.' En dat meende ze echt, eerlijk, uit het diepst van haar hart.

Ze beet op haar lippen, waardoor ze rood kleurden. Toen reikte ze naar voren en sloeg haar armen om zijn nek in een grote, stevige knuffel. Ze zorgde ervoor dat ze al haar kracht gebruikte, elke laatste gram die ze nog had, want ze had die niet meer nodig.

'Je kunt zonder mij leven. Er zijn vast massa's coole huisgenoten te vinden. Cooler dan ik in ieder geval. En die hun deel van de huur kunnen betalen,' zei ze.

'N-nee.'

'Het is niet onmogelijk.'

'Het is... onwaarschijnlijk.'

Emma glimlachte, kauwend op de binnenkant van haar wang terwijl ze haar armen aanspande, klaar om zich op te drukken. Mark reikte naar voren en greep haar pols.

'Wacht. Er is iets wat ik moet zeggen,' smeekte hij.

'Niet doen, Mark. Niet meer praten. Je gaat me niet van gedachten doen veranderen. Ik ben boos dat je gekomen bent, maar tegelijkertijd vereerd...'

'Ik hou van je.'

Mark had het echt niet willen zeggen. Niet nu, nooit. Maar de woorden klommen als een brok in zijn keel en dwongen zich met brute kracht een weg naar buiten.

'Jij wat?' Emma trok een vies gezicht, niet zeker of ze hem goed had verstaan.

Dit was zijn kans om zich te verontschuldigen en het weg te lachen. Een door de druk veroorzaakte *faux pas*. Ze zou het begrijpen; hij zei altijd van die gekke dingen.

'Ik hou van je, Emma. Al sinds de dag dat we elkaar ontmoetten. Ik hou van je en ik heb van elke minuut genoten dat je in mijn leven bent. Alsjeblieft, doe dit niet.'

'Wat de fuck?' Emma was vol ongeloof.

Niet bepaald de reactie waar Mark op had gehoopt.

'Doe dit niet,' zei ze. 'Niet nu. Niet hier.'

'Wanneer dan? Er is geen morgen, niet als jij hiermee doorgaat. Er is geen perfect moment. Het enige wat je me hebt gelaten is het nu.'

'Wat wil je dat ik met die informatie doe?'

'Van gedachten veranderen zou een goed begin zijn.'

'Dat kan ik niet. Je bent een goede vriend, Mark. Bedankt voor het proberen. Het spijt me.'

'Beste vriend?'

Ze glimlachte. 'De allerbeste.'

Ze gaf hem een kus op zijn wang voordat ze afscheid namen. Zij ging staan terwijl Mark geknield op de koepel bleef, niet in staat om overeind te komen. Hij stond aan de grond genageld door kramp en wanhoop.

'Oké,' zei ze. Ze haalde diep adem, liet Mark los en spreidde haar armen.

De mensen op Pier Head keken met iets meer ongerustheid omhoog. Blijkbaar was het spreiden van haar armen het signaal dat ze op het punt stond te springen, in plaats van er maar wat futloos en neerslachtig bij te staan zoals eerder. Haar publiek op straatniveau had haar nu echt opgemerkt en sommigen kwamen daadwerkelijk in actie. Eén man rende het Liver Building in, maar hij zou wel een hele tijd bezig zijn met het beklimmen van al die trappen, dus er was geen enkele manier om haar tegen te houden. Een paar mobieltjes kwamen tevoorschijn. Sommigen waren aan het filmen, anderen maakten selfies met Emma op de achtergrond en weer anderen gebruikten voor het eerst in vele, vele maanden de belfunctie van hun telefoon om een telefoontje te plegen.

'Emma, wacht,' drong Mark aan. Hij vocht tegen de pijn, duwde zich met zijn handen omhoog en ging achter haar staan. Hij was maar één misstap verwijderd van een zekere dood, en die gedachte maakte hem duizelig. Zijn benen trilden en hij wankelde een beetje toen hij zijn hand uitstak om haar tegen te houden.

'Laat me los, Mark,' eiste ze.

'Absoluut niet,' zei hij. 'Ik laat je niet-'

Ze haalde uit en gaf hem een klap op zijn wang. Ze had er meteen spijt van.

'O God, het spijt me zo!'

'Auw!'

Hij tilde haar net genoeg op om haar van de uiterste rand weg te krijgen. Ze draaide zich om en probeerde zijn wang te verzorgen terwijl hij zijn gezicht vasthield.

'Je moet niet achter een suïcidaal persoon gaan staan. Je zou gewond kunnen raken,' zei ze.

'Dat is een bakerpraatje,' antwoordde hij, nog steeds over zijn zere wang wrijvend. 'En het gaat over paarden. Hoewel, het is wel waar.' Hij probeerde te grijnzen, maar zijn gezichtsspieren stonden zo strak dat het meer een grimas werd.

'Daarom moet je weggaan. Je maakt het alleen maar ingewikkeld als je blijft.'

'Mooi zo! Ik heb liever dat je op een ingewikkelde manier leeft, dan dat je jezelf over de grond daaronder compliceert!'

'Goh, je helpt echt.'

'Ik help je om in leven te blijven! Dat is het behulpzaamste wat een onbeantwoorde minnaar kan zijn!'

Ze slaagde erin te glimlachen. 'Het zou nuttiger zijn als je op de een of andere manier goud op onze hoofden kon laten regenen. Voor zo'n zestigduizend. Of liever contant geld, dat heeft minder kans om ons te verpletteren.'

Een impasse. Hun situatie was onveranderd. Mark besefte dat gered worden niet was wat ze wilde, wat hij ook zei of deed. Hij vond haar situatie net zo erg als zij. Het was niet eerlijk. En ze had gelijk, er was geen makkelijke uitweg uit haar tegenspoed. Maar hij was er zeker van dat ze er samen wel uit konden komen. De last delen en zo halveren.

'Ik ga nu,' zei ze vastberaden en ze stapte weer naar voren, haar armen omhoogbrengend. Mark sprong naar voren om haar tegen te houden en sloeg zijn armen om haar middel. Ze verzette zich tegen hem en maakte een kleine draai toen Mark zich omdraaide om haar verder de koepel op te trekken.

'STOP!' schreeuwde een stem.

De man op een reddingsmissie sprong het dak op. Zijn plotselinge verschijning was zo schokkend dat Mark ervan achteruitdeinsde.

Even wankelde hij op de rand, met Emma nog in zijn armen.

Toen viel hij van de koepel.

HOOFDSTUK TWEE

Een knoestige hand balanceerde een glinsterende munt op zijn knokkels, omgeven door een leegte gevuld met een onverstoorbare stilte. Alleen het gerinkel van de munt over benige vingers was te horen. Het weerklonk in de leegte. Gewaden wapperden in de windstille lucht, de enige beweging in de roerloze ruimte.

De munt werd tussen de vingers geklemd. De duim spande zich aan en gaf er toen een tik tegen. De munt tolde met een jankend geluid door de lucht en landde in een handpalm van strakgespannen, oude huid. Een bloem van afscheid, een rouwboeket, sierde de kant die boven lag – de kant van het vertrek. Munt. Een benige mond grijnsde met lange, ivoren tanden. De figuur liet de munt nog eens tollen, nog eens draaien.

Weer vloog hij de lucht in, even glinsterend. Een werveling, een draai en dan de landing. Wat zou het zijn? Munt, de bloemen die de rivier der doden omzomen, of kop, de schedel, de groet van de maaier?

De munt glipte uit de grijpende hand en rolde weg.

'O, shit.'

Hij viel zomaar van de boot en veroorzaakte de eerste rimpeling in het stille water, waarbij hij de bedrieglijke stilte verbrak met een kenmerkende, stroperige *plons*. De veerman ging met een krakkemikkige houding op zijn hurken zitten en leunde over de rand, zijn ogen troebel van ouderdom en wrok, in een poging de verloren schat terug te vinden. Het diepe water rimpelde met een inktzwarte kleur en vervaagde toen weer tot een kalm wit.

'Hmm,' kreunde hij.

De veerman keek naar de achterkant van zijn boot. Het enige wat hij had waren zijn roeispanen, een lantaarn en een lege zak. Geen munten meer om mee te spelen...

'Verdomme.'

Hij greep de handvatten van de roeispanen en liet de bladen net onder het wateroppervlak zakken. Hij begon te roeien. Met zachte, gestage slagen verdween de veerboot in de dichte mist.

Mark aanschouwde de hemel terwijl hij viel. Die was grijs en overal, en even verwarde hij hem met de grond in de winters van zijn jeugd. De zeldzame keren dat het had gesneeuwd, mengden de sneeuwploegen van de gemeente een brij van smeltende sneeuw en straatvuil tot een grijze hoop op elke stoep. Hij had er ooit in gespeeld en rotte, peuk-askleurige sneeuwballen naar zijn broer gegooid tot zijn moeder tegen hen beiden schreeuwde omdat ze dat vieze, smerige spul zelfs maar aanraakten. Hij had heel lang gedacht dat ze het over sneeuw in het algemeen had, en zo was hij het gaan haten.

Tot hij op een dag een meisje ontmoette genaamd Emma, die van de sneeuw hield en het hem weer leerde liefhebben. En ze leefden nog lang en gelukkig samen. Door dik en dun hadden ze uitdagingen het hoofd geboden en allerlei vreselijke gebeurtenissen overleefd. Zoals die keer dat hij zijn ware gevoelens voor haar eruit had geflapt en haar toen per ongeluk met een suplex van het dak had gegooid... Op dat moment kwam hij bij zinnen, toen het zicht op de snel naderende stoeptegels hem terugbracht naar de werkelijkheid.

Emma schreeuwde. Zij was al die tijd helder en wakker geweest. Niets flitste voor haar ogen. Ze had de hele ochtend nagedacht en zich mentaal voorbereid op precies dit moment. Ze had dat van tevoren allemaal al gedaan en achter de rug, waardoor ze geen verdovende, troostende herinneringen had om haar af te leiden terwijl ze op haar dood afraasde.

Ze gaf Mark een heel klein beetje de schuld, maar dat gevoel ging over. Ze was doodsbang voor de dood en tegelijkertijd vol treurnis. Toch geloofde ze nog steeds dat wat ze deed het juiste was. Het was de enige uitweg. De alternatieven waren armoede, zinloos werk dat haar tot slaaf zou maken van een leven dat het niet waard was geleefd te worden, of de schaamte van terugkeren naar een thuis dat verplicht, maar niet trots, was om haar weer op te nemen. Een last zijn voor haar ouders, een last voor haar huisgenoot, een last voor zichzelf – waarbij iedereen jarenlang op eieren om haar heen zou lopen – en toch was er niemand die haar lasten voor haar kon dragen. Het was niet eerlijk. Vooral niet voor Mark.

Hij daarentegen had zich totaal niet op dit moment voorbereid. En dat was een probleem. Hij was een organisator. Iemand die lijstjes maakte. Als iets niet op een post-it gekrabbeld stond, bestond het voor hem niet. Van een hoog gebouw afstorten en richting de straat suizen terwijl hij zijn huis- genote omhelsde, stond zelfs niet op de lijst met extra doelen voor deze maand – de mentale lijst met bonustaken die hij voor zichzelf creëerde om zichzelf tot grootse prestaties aan te zetten, of het nu ging om minder kool- hydraten eten, meer gewichtheffen of minstens twee hoofdstukken lezen voor het slapengaan.

De dag was begonnen zoals bijna elke andere. Hij was naar zijn werk gegaan en weer naar huis gekomen, en aangezien het nog een week was tot hij zijn loon kreeg, had hij geprobeerd zo min mogelijk geld uit te geven tijdens zijn wakkere uren. Toen had hij de brief opgemerkt, die met een afgebladderde *Visit Cyprus*-magneet op de koelkastdeur was geplakt – hij was er nooit geweest; de magneet was hem samen met andere gebruikte maar nog bruikbare keukenspullen cadeau gedaan door zijn ouders toen hij voor het eerst in het appartement was komen wonen.

Hij las de brief vluchtig en rende weg. Rende gewoon, zo snel als hij kon, naar het Liver Building, terwijl hij zichzelf vervloekte dat hij de mooie route naar huis had genomen en de brief niet eerder had gevonden. Hij vroeg zich af of hij Emma op tijd zou bereiken, of dat hij net op tijd zou zijn om getuige te zijn van de nasleep.

Terwijl hij zijn einde tegemoet stortte, was hij trots op alles wat hij had bereikt, maar bedacht hij zich dat er nog zoveel meer te doen was, waar- onder de drie onafgemaakte taken van zijn lijstje voor die dag. Diep vanbinnen wenste hij dat hij eerder zijn mond had opengedaan en Emma had verteld wat hij voor haar voelde. Maar dat had hij niet gedaan. Hij was te bang voor afwijzing. En nu zou het moment waarop hij eindelijk echt verbonden was met de wereld, en vooral met Emma, zijn laatste zijn. Het was niet eerlijk.

Het trottoir kwam dichterbij. Ze vlogen langs de ramen van de zesde, toen de vijfde en toen de vierde verdieping. Het leek allemaal wat langer te duren dan zou moeten. De onderste verdiepingen zoefden voorbij en de ramen boden een kleine glimp van de kantoren erachter. Een potplant. Een man in een grijs pak in een aparte kamer. Een dame met een rood vest. Iemand die voor een groot scherm een presentatie gaf.

Mark en Emma dachten precies hetzelfde op het moment dat de trappen van de hoofdingang in zicht kwamen: het was veel beter geweest als ze de dingen anders hadden aangepakt.

Toen ze de stenen stoep bijna konden aanraken, sloten ze allebei instinctief hun ogen, schrap zettend voor die ene, laatste, fatale klap.

En toen vielen ze... zijwaarts.

Ze hadden de grond moeten raken. Hard. Botten en vlees die op straat te pletter sloegen. Maar de catastrofale klap die Emma en Mark beiden verwachtten, bleef simpelweg uit. In plaats daarvan vlogen ze langs de grote hoofdingang van het gebouw en de rij ramen van de co-workingruimte op de begane grond. Toen stegen ze weer op, langs de ramen van de eerste, tweede en derde verdieping en helemaal weg van het Liver Building.

Het enige waar Mark op dat moment aan kon denken was waarom er in hemelsnaam zo'n duidelijke grasgeur was – van een gazon, niet de verdovende soort.

Een dunne, benige arm reikte om en onder hun beide middel door. Mark hield zijn ogen strak op de grond gericht, die ver beneden voorbijraasde alsof hij door een vliegtuig werd meegesleurd. Emma was iets sneller bij zinnen en draaide zich om om te kijken wat hen had opgevangen. Boven het zwiepende geluid van de wind die door haar wapperende haren joeg, hoorde ze het gekletter van hoeven en de moeizame ademhaling van een groot paard.

'Opstappen.'

Een diepe, bulderende stem drong hun hoofd binnen terwijl ze op de rug van het paard werden gehesen en vastgezet. De dunne armen strekten zich naar achteren en rolden met twee luide, benige klakken terug in hun schouderkassen. Op het zadel van het vale, witte paard in de lucht zat voor hen een in een pij geklede figuur. Mark klampte zich voor zijn leven vast aan de achterhand van het ros, terwijl Emma worstelde om haar been omhoog te zwaaien en er goed op te gaan zitten.

'Au! De duivelsklem,' zei de stem. 'Ga een stukje naar achteren.'

'Wat?' riep Emma.

Een skeletachtige arm stak uit de wapperende zwarte pij en wees naar haar schoot. 'U zit op mijn pij.'

Emma schoof naar achteren om de stof onder haar vandaan te halen, waardoor ze tegen Mark aan botste.

'AGH!'

'O, sorry.'

'Dat is beter,' zei de ruiter terwijl hij zich omdraaide om naar zijn passagiers te kijken. 'Geen reden voor ongemak, korte rit of niet.'

'Jezus Christus nog aan toe!' riep Mark uit.

'Nee,' kondigde de ruiter aan. 'Niet bepaald. Maar het is niet de vreemdste gok die ik ooit heb gehoord.' Met een tik van zijn gelaarsde hiel en een ruk aan de teugels draaide het paard scherp en steeg het hoger de lucht in.

Emma had vragen. Heel veel. Sommige waren vanzelfsprekend, zij het vreemd, zelfs als ze waar bleken te zijn. Ze wist dat de ruiter de Dood was. Dat moest wel. Een skelet in een zwarte pij op een vaal paard, met een karakteristieke stem die in je schedel leek te boren en pijn aan je ogen deed. En ze vlogen, wat misschien niet echt was. Maar waarom hadden ze de grond niet geraakt? Hadden ze de grond wel geraakt? Ze wist zeker dat ze dat onthouden zou hebben.

'Zijn we dood?' vroeg ze, en koos voor de meest dringende hypothese die nog ongetoetst was.

De Dood hield zijn hoofd schuin en haalde zijn schouders op. 'Het is ingewikkeld.'

'Kunnen we alsjeblieft weer naar beneden?' smeekte Mark.

'Zijn we al op de stoep terechtgekomen?' vroeg Emma. 'Is dit de laatste flits van ons bewustzijn terwijl onze hersenen op de trappen te pletter slaan?'

'Nee,' bevestigde de Dood. 'Maar... nou ja...' Omdat hij geen goede verklaring kon geven, toverde de Dood uit het niets een sierlijke zandloper in zijn rechterhand. Emma draaide zich om en trok Mark overeind. Net als eerder klampte hij zich stevig aan haar vast, hoewel met veel minder kans om haar van hun enige veilige houvast te slingeren tijdens hun duizeling-wekkende klim naar de hemel.

De Dood schudde de zandloper. Er leek wat zand vast te zitten aan de binnenkant van de bovenste bol. De laatste korrels hielden stand, slechts een klein korstje tegen het heldere glas. De Dood tikte op het glas om het los te krijgen. Hij schudde het en bracht de onderste hoop van zijn plek. Maar het zand zat muurvast, en hij mompelde bij het hardnekkige tafereel. 'Ziet u? Te laat.'

'Te laat voor wat?' vroeg Emma.

'Voor u,' zei hij. 'Verdomd glas is vanbinnen beslagen. Uw laatste moment had al voorbij moeten zijn. Voor hem geldt hetzelfde, maar nu u hier bent... Ik weet niet wat ik met u aan moet.'

'Nou, dit is nauwelijks onze schuld,' zei Emma. 'U hoeft niet zo onbe-leefd te zijn.' Ze reikte naar het kleine koperen plaatje dat aan de onderkant van de zandloper was bevestigd – haar volledige naam en geboortedatum stonden erin gegraveerd in Comic Sans.

'Alstublieft!' zei Mark. 'In godsnaam, laat dit stoppen! Zet ons daar maar neer, in Sefton Park. We kunnen wel teruglopen. Eender waar, eigen-lijk. Maar... zet ons zachtjes neer. Op de grond. Of parkeer het... paard gewoon en laat ons eraf klimmen, zodat we helemaal niet vallen.'

'Nee,' zei de Dood, en de zandloper verdween. Zijn hand strekte zich uit en er ontsproot een handvat uit. Terwijl hij zich omdraaide, groeide het uit tot een spiraalvormige, knoestige houten steel, met aan het einde het grote, gebogen lemmet van een zeis. Hij hief hem over zijn schouder, waardoor Emma en Mark het werktuig goed konden zien voordat hij het recht voor zich uit zwaaide. Er opende zich een spleet in de lucht, die knetterde van indigoblauw bliksemlicht. De spleet verbreedde zich tot een inktzwart gat, waar de bliksem met plotselinge, felle flitsen overheen schoot.

Emma sloeg haar armen om Mark heen.

'Dit is,' zei hij, 'het minst waarschijnlijke wat had kunnen gebeuren.'

'Het kan erger,' zei ze. 'Het is onwaarschijnlijk dat we dit deel nu overleven.'

'Ja, maar het is niet onmogelijk.'

Het paard dook erdoorheen en ze waren verdwenen. Niemand zag hen komen of gaan voordat het portaal zich achter hen sloot.

De Dood nam hen mee, met lichaam en al...

HOOFDSTUK DRIE

De Dood. Het definitieve einde, het onoverkomelijke obstakel, het laatste moment van ieder leven.

De figuur van de Dood, het in een habijt gehulde skelet met een zeis, was het eeuwige gezicht van de laatste en grootste leermeester van de mens. Hij was onvermijdelijk. Elk deel van hem was bedoeld om een angst op te wekken die diepgeworteld en inherent is aan al het menselijk leven. Een lichaam zonder vlees was zonder enige twijfel dood. Dat inzicht weerklonk in diverse gebieden van de menselijke psychologie als een manier om de bijna universele personificatie van de Dood als mythische figuur te verklaren.

Hij kwam in vele gedaanten, maar bijna allemaal waren ze gezichtsloos, skeletachtig, en vaak gezeten op een paard dat even vaal was als de schedel onder de donkere mantel, of even benig als zijn berijder. En de zeis, zijn werktuig, was de sublieme les van de eindigheid van de mens. Opgroeien, sterk worden, bloeien en op hun hoogtepunt geoogst worden – neergemaaid door een zeis. In de holle ogen van de Dood was de mens niet meer dan halmen in het veld, golvend als een zee van amber.

Diezelfde Dood woonde in een schilderachtig, wit huisje met kiezelpleister.

De voortuin stond vol bloemen, verspreid tussen riet en kweekgras dat in eeuwigdurend ontluikend groen gevangen zat. Ze keken net uit op een grote rivier met iriserende kleuren, alsof er zorgvuldig een oliefilm over de stroming was aangebracht, en zo zond elke rimpeling een regenboog van gereflecteerd licht uit. Verder in de verte was een storm die eeuwig broeide boven een verduisterde plek vol bergen en valleien, bedekt met een permanente schaduw.

Als een licht vliegtuigje galoppeerde het vale paard naar beneden en vertraagde tot een landing met de neus omhoog. Het kloste over de grond naar een stal aan de zijkant van het huis. Emma en Mark namen een moment om de grootsheid en de vreemdheid van de nieuwe wereld waarin ze zojuist waren geworpen te aanschouwen. Stroomopwaarts, links van de rivier, was een eindeloze leegte, waar niets leek te bestaan. Langs de oever stonden andere huizen van verschillende groottes en bouwstijlen, sommige aan de kant van de Dood en andere aan de overkant van het brugloze water.

Terwijl hun vale rijdier de met kasseien geplaveide paddock in kloste, voelde Emma zich volkomen verward. Een zadel delen met Mark had niet op de planning gestaan. Evenmin als een arm om het middel van de Dood geslagen houden. Ondanks dat ze de hele dag – en, eerlijk gezegd, het grootste deel van de week – had nagedacht over haar dood en de uitvoering ervan, had ze nooit ook maar één keer nagedacht over de mogelijkheid van een hiernamaals. Ze voelde zich beslist onvoorbereid en niet gepast gekleed.

Het vale paard zuchtte toen het bij een staldeur tot stilstand kwam en liet onmiddellijk zijn neus in een granieten waterbak zakken, luidruchtig slokkend. Mark ontspande zijn wit uitgeslagen vingers, die, zo realiseerde hij zich, het achterwerk van het beest nog steeds in een bankschroefachtige greep klemden. Hij verontschuldigde zich in stilte bij het paard, bang dat als hij de woorden hardop zou uitspreken, de oude merrie misschien zou antwoorden. En nu Mr. Ed ontdekken zou hem misschien net over het randje duwen, voor de tweede keer vandaag.

Hij probeerde wijs te worden uit hun omgeving. Het huisje, de paddock, de rivier omgeven door donkere bergen en wat leek op een opkomende storm in het westen – niets ervan week ver af van zijn expeditie voor de Duke of Edinburgh Award naar de 'Lakes'.

'Het moet Cumbria zijn', zei Mark. 'Kijk dan. Het is net een enorme camping. Wedden dat ze watersporten hebben.'

'We kunnen niet meer in Engeland zijn', was Emma het niet met hem eens. 'Ik denk niet dat er ergens in Engeland een... leegte is.'

'Het stadscentrum van Birkenhead komt aardig in de buurt...'

De Dood kreunde terwijl hij van het paard afstapte. Emma en Mark volgden en probeerden aarzelend het paard te aaien als dank dat het hen er niet had afgegooid. De Dood gebruikte ondertussen zijn zeis als wandelstok om het pad naar zijn huis op te lopen. Hij mankte een beetje.

Mark stond dicht genoeg bij Emma om te kunnen fluisteren. 'Weet je nog wat ik zei, net voordat-'

'Niet hier, Mark', fluisterde ze terug, terwijl ze een eerste stap richting het huisje zette. 'Ik ben nog steeds... nou ja, alles aan het verwerken.'

'Het is gewoon... ik hoop dat het nu niet, je weet wel, ongemakkelijk is tussen ons.'

'Dat is het niet', antwoordde Emma.

'Nou, die toon geeft wel aan dat het dat wel is.'

'Welke toon? Kijk, ik...' Emma stopte en wachtte tot Mark haar had ingehaald, en leunde naar zijn oor. 'Vat dit niet verkeerd op. Maar dat jij je liefde aan mij verklaart, zou op elke andere dag gelden als het raarste ter wereld. Ooit. Maar, gezien wat er vandaag verder is gebeurd. Wat er *gebeurt*... denk ik dat we dat gesprek even parkeren, en we er geen woord meer over zeggen. Akkoord?'

'Prima.' Mark probeerde te glimlachen en gebaarde met een vinger dat hij zijn lippen dichtritste, maar hoe hij ook zijn best deed, hij kon de gekwetste blik op zijn gezicht niet verbergen.

De Dood was bijna bij de voordeur van het huisje.

'Weet jij hoe je moet paardrijden?' vroeg Mark, van onderwerp veranderend.

'Ik heb ooit les gehad', fluisterde ze terug, 'als kind, maar we reden alleen maar in een cirkel aan een longeerlijn.'

'Is een vliegend paard berijden heel anders, denk je?'

'Ik ga niet het paard van de Dood stelen!' fluisterde ze. 'Als dat je suggestie is...'

Mark keek dramatisch om zich heen. 'Ik denk niet dat we op een bus kunnen wachten.'

'Jullie twee!' brulde de Dood. Zijn stem, oeroud en bevelend, deed de lucht zelf trillen en rammelde een moment in hun schedels, voor het geval degenen achterin niet opletten. Hij was onmogelijk te negeren. 'Niet treuzelen. Kom binnen.'

'Ja, meneer!' riep Mark. De Dood ging naar binnen en liet de deur op een kier staan terwijl Mark Emma dichterbij trok. 'Wat is het protocol voor het betreden van het letterlijke huis van de Dood? Moet ik een knieval maken of zo?'

'Gedraag je gewoon goed', zei ze. 'We weten niet waar we zijn of wat er aan de hand is. We weten niet met wat voor iets we hier te maken hebben. Het kan *Meet Joe Black* zijn, of *Beetlejuice*. We moeten voorzichtig zijn.'

'Ja, maar als we hem lastigvallen en hij schopt ons eruit – betekent dat dan dat we teruggaan naar de aarde? Moeten we hier blijven als we te gedwee en beleefd zijn?'

Emma dacht hierover na. Ze had de dood gewenst. Ze had niet op een hiernamaals gerekend, maar was bereid het spelletje mee te spelen. Alle pijn, de angst en de verlammende eenzaamheid die haar gedachten jarenlang hadden achtervolgd, waren plotseling verdwenen. En dat voelde goed. Tot nu toe was dit hele gedoe met de dood een reuzenstap in de goede richting. En ze wist zonder enige twijfel dat ze dood wilde blijven. Mark, daar was ze zeker van, zou er precies het tegenovergestelde over denken. Hij was de meester van de kleine lettertjes en zou zich richten op de details, de ontsnappingsclausule, het Artikel 50 dat hij kon activeren om op een of andere manier de klok terug te draaien en hen terug in hun kloteflat in Liverpool te krijgen. Ze moest dit voorzichtig spelen. Mark te vriend houden, maar ervoor zorgen dat hij geen manier vond om hen *weer terug* naar het aardse bestaan te duwen.

'We kijken het even aan,' zei ze. 'Als hij wil dat we blijven, dan doen we dom totdat hij ons eruit schopt. Als hij wil dat we weggaan, dan doen we beleefd en proberen we te blijven.'

Hij stak zijn duim naar haar op en liep voor haar uit de woonkamer in. Die was op een eigenzinnige manier ingericht. Er hingen wat ornamenten aan de muren, voornamelijk schedels en schilderijen – er zat duidelijk een thema in. Boven zijn haard had de Dood een variant op het Laatste Avondmaal, waarop iedereen een skelet was. Een portret van een met goud ingelegde skeletman hing bij een raam. Een borstbeeld van Apollo, maar dan als skelet, pronkte op een boekenkast. Elk boek was een grootse kroniek van de dood. Vele ervan waren boeken over oorlog; de enige uitzondering was een exemplaar van *Fifty Shades of Grey* met ezelsoren.

'Kinky,' grinnikte Mark.

'Sst,' siste Emma, terwijl ze Mark aanspoorde te stoppen met naar het decor te staren en hun gastheer te blijven volgen.

Afgezien van die decoraties bestond het huis uit vrij standaard – zij het een tikje aparte – meubels. Alles dateerde uit de jaren zeventig, met wat golvende ontwerpen en psychedelische kleuren die duidelijk al flink wat jaren van verkleuring hadden doorstaan. Het tapijt was hoogpolig maar platgetreden, en alleen in de hoeken bij de muren was het nog zacht met dikke vezels. Het plafond was verrassend hoog voor een cottage, met meer dan genoeg ruimte voor een stem om te echoën.

Er was hier geen spoor van de Dood, dus liepen ze door naar de hal en verder naar de keuken.

'Oeh, een onbewerkte bakstenen muur, heel hip.' Mark knikte waarderend, wreef met zijn vinger over de ontbijtbar en controleerde die daarna op stof. 'Schoon en netjes ook.'

'We zijn niet bij een bezichtiging,' merkte Emma gevat op, voordat ze onmiddellijk de deuren van de oven en de wasmachine opentrok en in de keukenkastjes neusde.

Er was geen tekort aan apparaten, maar ze leken allemaal uit hetzelfde tijdperk te komen als de meubels – oud maar functioneel, als een tijdcapsule van naoorlogs Groot-Brittannië, met af en toe een vleugje jarenzeventigdisco.

'Nee joh! Een Marathon.' Mark stuiterde bijna van opwinding bij de ontdekking van de voorloper van de Snickers-reep. 'Vijftien pence. Ik voel me een miljonair. Kijk hoe groot hij is!'

Mark en Emma waren op dit punt meer dan alleen stiekem aan het rondneuzen in de kastjes. Voor een toevallige toeschouwer, wat de Dood was terwijl hij het stel vanuit de keukendeur bekeek, zagen ze eruit als een paar erg hongerige inbrekers. Al het voedsel in blik en pak kwam uit het verleden: uitgerangeerde merken van dode bedrijven uit de echte wereld die hun weg hadden gevonden naar het eenvoudige landhuis van de Dood.

'Ahum.' De Dood wenkte hen vanuit de deuropening naar de hal.

Hij draaide zich op zijn hielen om, en Mark en Emma deden snel de kastdeuren dicht en volgden hem. De Dood strompelde vrij comfortabel door het huis terwijl hij hen langs de trap en door een stel dubbele deuren naar zijn werkkamer leidde.

Hij reikte naar zijn leren rookstoel, liet zich erin vallen, sloeg zijn kap af en liet de lucht in de gaten van zijn schedel stromen. Zijn kaak ging open wanneer hij vocale geluiden maakte. Hij bewoog niet alsof hij praatte; hij was simpelweg óf gesloten en stil, óf open en luid.

'Veronique!' riep hij.

'Ik kom eraan!' antwoordde een opgewekt Frans accent vanaf de bovenkant van de trap. Kort daarna kwam een meisje van niet ouder dan achttien,
met lang blond haar in een ingewikkelde vlecht en gekleed in een zwarte
rouwjurk, de hoek om de kamer in. Ze slaakte een kreet toen ze het extra
gezelschap zag. 'Oh, mon Dieu, monsieur. Gasten?'

'Word maar niet te enthousiast,' zei hij. 'Ze zullen hier niet lang zijn.'

Mark en Emma knikten naar elkaar. Het toneelstukje was begonnen,
maar om heel verschillende redenen.

'Erg prettig u te ontmoeten,' zei Emma en stak haar hand uit ter begroe-
ting. 'Ik ben Emma. Dit is mijn huisgenoot, Mark.'

'We zijn slechts op doorsterven,' zei Mark. 'Ik bedoel, op doorreis.'

Ze grijnsden allebei om de slechte grap. Veronique lachte oprecht met
hen mee en pakte Emma's hand. Emma kon de botten onder haar handschoenen voelen. Ze was net als zij, alleen een beetje doder dan zij.

'Erg prettig kennis te maken,' zei ze. 'Ik ben Veronique. De assistente
van de Dood. Zijn rechterhand. Zijn... Oh, monsieur?'

'Wat?'

'Was u van plan binnenkort terug te keren om meer zielen te oogsten?'

De Dood kreunde. 'Nee. Dit heeft-'

'En bent u de boodschappen vergeten?' vroeg ze. 'En de *Heat* die ik had
gevraagd?'

De Dood sloeg een hand voor zijn gezicht. 'Dat ben ik.'

Veronique zuchtte. 'Als u mij toestaat, kan ik het zelf gaan halen. Maar
ik heb het u zo vriendelijk gevraagd, en u stemde toe, zoals u zo vaak doet-'

De Dood sloeg op de leren armleuning van zijn stoel. 'Ik heb aanzienlijk
belangrijkere dingen om me zorgen over te maken dan welke beroemdheid
deze week haar leven heeft verpest!'

'Nou, ik niet,' klaagde ze.

De Dood kreunde opnieuw; weer een ruzie die zinloos was begonnen
en geëindigd zonder dat er een overeenkomst was bereikt.

'Eh...' zei Emma. 'Wat ons betreft?'

'U zei dat onze zandlopers vastzaten?' wierp Mark op.

'Hmm, ja,' zei de Dood. Hij toverde twee zandlopers tevoorschijn en
liet ze met slechts een kneepje van zijn vingers in zijn handpalm verschijnen.
De grotendeels lege bollen zaten aan de bovenkant. Toen hij ze omdraaide
of kantelde, bleef al het zand vastzitten. 'Goedkope, plastic namaakdingen.
Het wordt hier een beetje vochtig – de rivier, weet u wel? Ik moet uw zand-

lopers buiten hebben laten liggen tijdens een wandeling of zo, en er is wat vocht aan de binnenkant vast komen te zitten.'

'Rijst zou dat kunnen verhelpen,' stelde Emma voor. 'Als je telefoon nat wordt, moet je hem in droge rijst begraven om het vocht te absorberen.'

'Of silicagel,' voegde Mark eraan toe, die behulpzaam wilde zijn. 'Je krijgt er zakjes van in de doos bij elektrische apparaten – waterkokers, broodroosters, dat soort dingen. Daar is het voor.'

'Precies!' Emma knipte met haar vingers en wendde zich tot Veronique. 'Silicagel, kun je dat onthouden?'

Veronique knikte, niet zeker wat er gebeurde maar blij dat ze erbij betrokken werd.

'Oké,' ging Emma verder, 'en terwijl zij dat gaat halen, kunnen wij hier blijven en-'

'Jullie blijven niet,' drong de Dood aan.

'Geweldig!' juichte Mark. 'Dan liften we mee met Veronique en zijn we uit uw haren... ik bedoel, schedel.'

De Dood staarde hen even aan en duwde zich toen uit zijn stoel. Hij stak de kamer over om bij een rij ornamenten aan de muur te blijven staan. Zeisen, hellebaarden, pieken en lange bijlen van verschillende soorten uit alle culturen hingen in een horizontale lijn, helemaal tot aan het hoogste punt van het plafond. De Dood streek met een hand over een ervan.

'Jullie zijn zandontwijkers,' zei hij. 'Jullie hebben de dood ontlopen door een gril die niet was te voorspellen. Maar jullie zand moest hoe dan ook vallen. Zelfs al wordt het met uren, dagen of jaren vertraagd, het was de bedoeling dat jullie op dat moment zouden sterven. Een fout veroorzaakt door condensatie zal jullie leven niet redden.'

'Maar,' zei Mark, 'u heeft ons gered. U voorkwam dat we crashten.' Hij had moeite om chocola te maken van de beperkte informatie die hij had.

'Ik heb jullie niet *gered*,' zei de Dood. 'Ik heb jullie hierheen gebracht, net als elke andere ziel, om verder te gaan. En jullie volgende stap is daarginds.' Hij wees naar de deur naar de tuin, die vanzelf openging. Het enige wat in zicht was, was de rivier.

De rivier de Styx. Net als de band.

'Dus, we zijn onherroepelijk dood...' Om Emma's lippen speelde de hint van een glimlach.

'Nee.' Gefrustreerd wreef de Dood over zijn slapen.

'Dan leven we dus nog?' vroeg Mark, terwijl hij zijn zandloper oppakte en op de aangekoekte laag zand tikte die aan de binnenkant van de bovenste bol vastzat. Voor de zekerheid schudde hij ermee.

'Niet bepaald. Zoek Charon,' zei de Dood, 'en vertel hem... Vertel hem maar wat je wilt.'

Het leek erop dat de Dood hen gewoon had opgegeven en hen beval weg te gaan. Hoewel het duidelijk was dat ze hier niet welkom waren, wisten Mark en Emma nog steeds niet meer over hun huidige gezondheidstoestand. Ze wendden zich tot Veronique, die bezorgd naar haar superieur keek. Toen keek ze hen met sympathie aan en knikte zwijgend dat ze moesten gaan. Alstublieft.

Ze stapten door de open deur naar buiten en keken over het kronkelende pad naar de rivier.

'Dus...' fluisterde Mark, 'weet jij hoe je een boot bestuurt?'

HOOFDSTUK VIER

De dichte mist die van de rivier de Styx opsteeg, was meer dan vochtig. Het was alsof je een koude sauna binnenliep. Hij was zo grijs als de lucht in de lente, maar dan overal, in drie dimensies. Mark en Emma hielden elkaars hand vast toen ze erin liepen, zodat ze op weg naar de waterkant niet zouden verdwalen.

'Hoe breed is deze rivier?' vroeg Mark zich af.

'Hij lijkt me niet zo breed,' zei Emma.

'Laten we het uitzoeken.' Mark raapte een glad steentje van de oever op, klemde het tussen zijn duim en wijsvinger en liet het over het water ketsen, maar na de eerste stuitering verdween het in de mist. 'Ik schat dat hij minstens vier keer stuiterde. Ik kan het nog steeds.'

Emma snoof. Ze pakte een grote steen op en gooide die met twee handen zo ver als ze kon. Ergens in de mist landde hij met een luide plons. 'Hij is behoorlijk breed. Volgens mij heb ik sinds de basisschool niet meer in een rivier gezwommen.'

'Ik heb nog nooit buiten een kinderbadje gezwommen. Echt nooit,' gaf Mark toe.

'Dat klopt niet; we gingen toch naar Ayia Napa in het jaar dat we elkaar ontmoetten?'

'Ik ging wel naar het strand, maar ik heb niet gezwommen.'

'O.'

'En de oceaan is niet zoals een rivier,' legde Mark uit. 'De stroming is helemaal... die is naar de kust toe, en bij een rivier is het meer zijwaarts.'

'Inderdaad.' Emma knikte enthousiast. 'Het zijn verschillende manieren van zwemmen.'

Mark keek naar het water, terwijl er zich een plan in zijn hoofd vormde. 'Hé, als we hier verdrinken, gaan we dan misschien terug?'

Emma bleef staan en probeerde hem door de mist heen veroordelend aan te staren. 'Jij lijkt nogal gebrand op sterven. Alweer. Ironisch, gezien de moeite die je hebt gedaan om mij tegen te houden.'

'Ik wil leven. Ik moet alleen uitzoeken hoe we terug naar... de aarde kunnen komen,' zei Mark nuchter, er absoluut van overtuigd dat hij logica kon toepassen op hun hachelijke situatie. Misschien moesten ze zelfmoord plegen in het voorgeborchte om weer te kunnen leven?

'Maar ik wil niet terug,' zei Emma. 'Ik heb hiervoor gekozen. Nou ja, niet voor *dit* precies. Maar wel voor de dood.'

'Ik niet. En ik wil niet dood zijn. Je gaat me toch niet kwalijk nemen dat ik je probeerde tegen te houden, hè?'

Ze zuchtte. 'Je hebt er een behoorlijke puinhoop van gemaakt met je reddingsactie. Kijk, ik was heel goed bij zinnen toen ik plande wat ik destijds deed. Ik had erover nagedacht. Zelfs over hoe ik jou misschien zou kwetsen. Dat accepteerde ik.'

'En toch deed je het,' stamelde hij, de pijn duidelijk hoorbaar in zijn stem. 'Je zette het toch door... je probeerde het, zonder het me zelfs te vertellen. Wat als ik je brief nooit had gevonden? Of als ik had gewacht tot na zevenen? Wat als ik toevallig over Pier Head slenterde op het moment dat jij sprong en je op mij landde?'

'Dat zou knap waardeloos zijn, en heel onwaarschijnlijk.'

'Of erger nog, wat als ik er pas later aankwam en uitgleed over je hersens?'

'Wat als je gewoon binnen was gebleven en niet de moeite had genomen om me te zoeken?' zei Emma, die behoorlijk boos werd. 'Zoals de bedoeling was.'

'Dan was ik een waardeloze huisgenoot geweest, nietwaar?'

Het gekraak van hout en een waterspets onderbraken hun ruzie. Uit de mist verscheen een gestalte, eerst als een silhouet tegen de ivoorwitte lucht, en vervolgens als een man, ineengedoken in lompen die doorregen waren met een inleg van munten en dunne gouden vlechten. Zijn huid spande strak over benige oude handen en een lange, natte baard hing van zijn gezicht.

'Twee zielen, op weg naar de overkant?' vroeg een spookachtige stem.

'Bent u Charon?' vroeg Emma op haar beurt.

'Dat ben ik,' zei hij, terwijl hij naar het houten vaartuig naast hem gebaarde. 'De veerman van de rivier de Styx. Hebben jullie het tolgeld voor de oversteek?'

'Tolgeld?'

'Een gouden munt,' zei hij, waarna hij zijn mond opendeed en zijn tong uitstak, 'die hier, in uw kaak, rust. Heeft u zoiets bij u?'

Mark haalde zijn portemonnee tevoorschijn en rommelde wat met wat munten. 'Ik heb zestig pence aan kleingeld. Ik hoef het toch niet in mijn mond te stoppen, hè? Kunnen we die stap overslaan?'

'Ugh,' kreunde Charon. 'Waar is uw ruiter?'

'Die ging een dutje doen en liet ons aan ons lot over.'

'Wij zijn zandlopers,' zei Emma. 'Wat dat ook moge betekenen. De Dood heeft ons vroegtijdig opgeëist omdat zijn zandloperding vochtig was geworden.'

'Hmm?' gromde Charon. 'Dat is al bijna honderd jaar niet meer gebeurd! Wat heeft hij nu weer gedaan om van deze handel zo'n lastige onderneming te maken?'

'Ik denk niet dat het zijn schuld was,' zei Mark. 'Hij denkt dat het de rivier is. Of de mist. Of misschien was de "te mooi om waar te zijn"-neppamahoniehouten zandloper die hij van AliExpress had, inderdaad, euh, te mooi om waar te zijn.'

Charon greep zijn roeiriem met een dreigende vastberadenheid beet. 'Als jullie niet dood zijn, dan zetten jullie geen voet op mijn veerboot.'

'Kan dit ons terugbrengen naar de aarde?' vroeg Mark. 'Naar de wereld van de levenden? Idealiter zouden we niet dood willen zijn, dus als u-'

'Spreek voor jezelf,' onderbrak Emma hem.

Charon tilde de roeiriem uit het water en stak ermee naar Mark. Het olieachtige water spatte op de grond en glibberde toen snel terug om zich weer bij de troebele diepte te voegen, alsof het naakt uit de badkamer was gelopen en pardoes zijn schoonmoeder tegen het lijf was gekomen.

'Ik zei nee!' riep hij uit. 'Jullie zijn te zwaar. Mijn boot zinkt als ik jullie moet dragen met al jullie vlees en ingewanden en andere delen. Alleen zielen, en alleen degenen die het tolgeld kunnen betalen.'

'Tja, wat moeten we dan doen?' vroeg Emma. 'Kunnen we in plaats daarvan langs de rivier lopen?'

'Die kant op zullen jullie niets vinden,' waarschuwde Charon. 'Niets dan het ondoordringbare Limbo, waar de arme zielen zonder betaling voor eeuwig ronddwalen, om te verdrinken in de rivier of te treuren aan haar oevers, voor eeuwig weemoedig over de landen die ze hadden kunnen bereiken.'

'Wat gebeurt er als ze verdrinken?' vroeg Mark hoopvol.

'Heeft u ooit water ingeademd?' vroeg Charon. 'Voor eeuwig? In uw longen die alleen voor lucht bedoeld zijn?'

'O.'

Charon lachte wreed. 'Arme stakkers. Geroofd van jullie eigen dood door een eerlijke vergissing. De arme benige klootzak moet zichzelf op dit moment wel voor zijn kop slaan omwille van jullie.' Hij grinnikte. 'Hij is een kwade Magere Hein als hij de boel verprutst. Heel kwaad.'

'Hij leek er meer neerslachtig dan grimmig over,' opperde Emma, 'als dat helpt.'

'Daar wed ik op.' Charon trok zijn mantel recht en stapte terug in zijn boot.

'WAT IS HIER AAN DE HAND?'

De brul van de Dood spleet de mist tot aan de overkant van de rivier, en een golf olieachtig water duwde de boot weg. Hij zag er woedend uit, voor zover dat mogelijk was terwijl je een tweedjasje en een golfbroek met ruitpatroon droeg en in de ene hand een Tesco-*herbruikbare tas* vol basmatirijst hield en in de andere een vierpintfles halfvolle melk. Het exemplaar van *Heat* waar Veronique om gevraagd had, zat opgerold in zijn jaszak.

'Waarom zijn jullie hier nog?' vroeg hij. 'Stap in de boot.'

'Zij stappen niet in mijn boot!' hield Charon vol.

'Jawel,' beval de Dood.

'Niet dus.'

'Wel dus.'

'Niet dus!'

'Ze *zullen* wel.'

'Echt niet!'

De Dood zuchtte en gaf toe. 'Oké. Ik schiet hun tol wel voor.'

'Uw krediet is hier niets meer waard,' zei Charon. Hij duwde de boot met een klots van zijn riem verder van de oever. 'Te veel vlees. Te vet, te mollig.'

'Hé!' riep Emma.

'Ik denk dat hij het over mij heeft.' Mark klopte op zijn buik en probeerde die in te trekken.

'Ze zijn uw probleem!' riep Charon terwijl hij in de nevel vervaagde. 'Uw fout!' Hij bleef verdere weigeringen roepen tot hij in de witte mist uit het zicht was verdwenen. De Dood zuchtte en draaide zich om om weg te gaan. Mark en Emma stonden aan de waterkant, niet zeker of ze moesten volgen of blijven staan.

'Hij neemt ons niet mee, of wel?' zei Emma.

'Nee,' stemde de Dood in.

'Dus,' zei Mark, bezorgder dan eerst, 'wat moeten we nu doen?'

De Dood antwoordde niet. Hij liep gewoon weg. Als een oude man die terugkomt van de buurtsuper en zijn laatste pond heeft uitgegeven aan een kraslot in plaats van aan het opwaarderen van de elektriciteitsmeter, en nu zijn soep niet kan opwarmen. De hele beproeving was te veel geweest

Hij verbood hun niet hem te volgen, dus liepen Mark en Emma achter hem aan. De mist rolde weer om hen heen en klampte zich aan hen vast. Hun kleren waren vochtig. Mark rilde in een verdwaalde windvlaag.

'Hij heeft me nooit een fatsoenlijk antwoord gegeven,' zei Mark. 'Over verdrinken.'

'We moeten ervan uitgaan dat we leven. Zo'n beetje,' zei Emma. 'We zijn gewoon verdwaald. We... we zijn in een ander land zonder visum. We weten dat we hier kunnen zijn, maar officieel zijn we niet het juiste soort burger om te blijven. Zoals Tom Hanks op een vliegveld. Dat is hoe ik het maar zie.'

'Dat is dan goed nieuws. Er is nog een kans. Een handige speling van het lot. Daar kan ik wat mee.'

'Het is beslist onhandig.' Emma sleepte met haar voeten als een mokkende peuter.

De Dood stopte bij de deur en wachtte op hen, gewoon om er zeker van te zijn dat ze kwamen, maar met de vage hoop dat ze dat niet zouden doen. 'Ik zeg het nog een keer, maak geen plannen om lang te blijven. Maak je nuttig voor Veronique terwijl je hier bent, als dat kan. Ik wil niet dat je mij of haar tot last bent.'

'Ja, meneer,' stemde Mark in.

'Noem me geen *meneer*,' eiste de Dood. 'Word niet familiair. Verwacht geen beloningen of gunsten. Geloof me, ik verwacht dat jullie die rivier op de een of andere manier zullen oversteken.'

'En dan zijn we dood?' vroeg Emma. 'Hartsikke dood?'

'Ja,' bevestigde de Dood.

'Fantastisch.'

De ruiter snoof en ging zijn huisje binnen. Mark en Emma keken elkaar streng aan. Zeker, ze hadden eerder ruzie gemaakt over wat voelde als beslissingen over leven en dood – Brexit, vaccinaties, of ze de eerste aflevering van een nieuwe serie moesten kijken, welwetende dat als ze eenmaal begonnen, ze die zouden bingen tot vijf uur 's nachts en zich de volgende dag doodmoe zouden voelen, de eeuwenoude discussie over het al dan niet toevoegen van ham aan een carbonara, of wiens beurt het was om de vaatwasser uit te ruimen waarbij beide partijen stellig beweerden dat zij het de vorige keer hadden gedaan – maar dit was anders. Dit was echt leven en dood. Ze waren water en vuur en geen van beiden was bereid ook maar een jota toe te geven. Ergens was Mark blij dat het zover was gekomen. Hij had er spijt van dat hij zijn gevoelens voor Emma er op het meest ongelegen moment had uitgeflapt, en hij had nog meer spijt van haar reactie. Als hij ergens troost uit kon putten vandaag, was het het feit dat hij nog leefde, of althans bijna.

HOOFDSTUK VIJF

Het leven in huize Dood – wat op zich al een ironische gedachte was – was grotendeels saai. De Dood trok zich terug in zijn werkkamer aan het einde van de gang. Er was geen tv, aangezien het medium nog niet dood was. De Dood had echter wel een Marconiradio, die uitsluitend treurige melodieën, weemoedige ballades en liedjes over sterven speelde, van muzikanten die al lang of kort geleden waren heengegaan.

De Dood leunde achterover in zijn favoriete leunstoel en las om de tijd te verdrijven. Hij sloeg ofwel een van zijn vele boeken over de geschiedenis van hen die gestorven waren open, of hij liet een krant verschijnen met overlijdensberichten van zowel beroemde als alledaagse mensen en de levens die zij ooit leidden.

Veronique zorgde voor het huis en de bijgebouwen. Ze hield alles op orde, schoon, stofvrij en zorgde over het algemeen voor een steriele sfeer in huis. Ze liet het eruitzien als een museumstuk in plaats van een bewoond huis – wat in Marks ogen passend was. Ze zorgde ervoor dat de plek eruitzag en aanvoelde als het huis van de Dood. Als het er te levendig was geweest, had het als een grap aangevoeld.

Mark probeerde zijn zenuwen te negeren en het zich gemakkelijk te maken op de stijve bank voor de open haard, die eruitzag alsof er nog nooit een vuur in had gebrand. Steenkoud, zoals de meeste dingen hier. Emma daarentegen probeerde wat proactiever te zijn.

'Is er iets wat we kunnen doen?' vroeg ze.

'Hmm?' zei Mark.

Maar Veronique klapte in haar handen en wees naar de keuken. 'Eigenlijk wel.'

Emma volgde haar de kamer met de linoleumvloer weer in. Die voelde iets groter aan dan hij eruitzag. De achterdeur leidde naar een ander wijd open veld met bloemen, vermengd met verschillende soorten tarwe die volop in de groei waren, als een akker die na een jaar van verwaarlozing in het zaad was geschoten.

'Let u daar maar niet op,' zei Veronique. 'De tuin, bedoel ik. Ik kan het niet bijhouden.'

'Waarom groeit het überhaupt?' vroeg Emma. 'Ik dacht dat er in een land van de dood... niets zou zijn?'

'Alleen maar rotsen en aarde en grind? Wat saai. Dit hiernamaals is zo slecht nog niet. Het wordt na verloop van tijd wel eentonig... een beetje saai. Het lange wachten tot er iets gebeurt is het ergste. Af en toe komt monsieur terug met verhalen over een of andere bizarre dood die hem beviel, wat me helpt herinneren hoe het was om te leven.'

'Hoe lang geleden bent u gestorven?' vroeg Emma. 'Het spijt me als dat een gevoelig onderwerp is voor de doden, maar...'

Veronique draaide zich naar haar om met een bedeesde glimlach. 'Weet u? Het is nu honderdvier jaar geleden. Honderdvier jaar sinds ik leefde.' Ze toonde een opgewekte glimlach met kuiltjes in haar wangen.

'O,' zei Emma. 'Mijn excuses?' Ze probeerde tegelijkertijd blij en verontschuldigend te klinken, zodat de assistente van de Dood eruit kon pikken wat ze wilde horen, maar het klonk vooral erg verward, wat wel zo'n beetje klopte.

'Ik was een verpleegster,' legde Veronique uit, 'aan het front van de Oorlog. De loopgraven waren de belichaming van de dood. Ik dacht dat de Hel uit de grond was opgestegen en het platteland had vervangen, waardoor het kilometers ver zwart en dood was geworden. En de mannen daar... Er was zo veel dood, ik wist dat het uit een andere wereld moest komen. Die hel van de oorlog was alles wat we kenden. Geen ontkomen aan, geen kant op te gaan. Alleen sterven, of leven en dan weer vechten tot de dood erop volgde.'

'O, jee,' zei Emma.

'Klinkt als een fan van Everton zijn,' grapte Mark toen hij zich bij hen in de keuken voegde.

'Ik werd gered uit een triagetent en door een dappere man door de loopgraven gedragen. Hij nam me mee om me te beschermen. Hij zei dat mijn leven meer waard was dan het zijne. Als hij stierf, zou er één geweer minder vuren, maar als ik stierf, zouden mijn handen zo veel minder soldaten genezen. Ik vond dat hij ongelijk had. "U kunt geen gelijk hebben!" zei ik. "U mag niet voor mij sterven!" En de gele wolk daalde neer om ons te verstikken. Ik probeerde te rennen, om hem te eren en te bewijzen dat hij gelijk had en het waard was. Maar het mocht niet zo zijn. Ik voelde mezelf door de lucht vliegen nadat ik stikte in de verzengend hete, giftige lucht. En toen was ik hier.'

'Dat is afschuwelijk,' zei Emma.

'Blijkbaar,' concludeerde Veronique, 'als ik was blijven leven, hadden enkele levens gered kunnen worden. Maar hun levens of hun dood hadden de oorlog niet sneller beëindigd. Ik werd hierheen gebracht en kreeg een keuze: ik kon de rivier oversteken naar mijn dood of aan deze kant van de rivier blijven om een doel te dienen dat groter was dan ikzelf. Ik besloot te blijven, met de boodschap van de soldaat in mijn hart.'

'Helpt of geneest u hier veel mensen?' vroeg Emma.

'Nee, nee. Helemaal niet.' Ze schudde haar hoofd. 'Mijn hulp is grotendeels oppervlakkig. Van verpleegster tot dienstmeid, dat is wat ik ben geworden. Maar het is niet alleen maar slecht. Nu ik hier ben, ben ik zo veel van het leven en de dood gaan waarderen – en ook de Dood zelf. Hij is de laatste tijd echter een... hoe zegt u dat? Hij is een *curmudgeon*. De taak die hij heeft is inderdaad zwaar en stopt nooit, hoe hij ook worstelt om het bij te benen.'

'Hij is niet meer op pad gegaan om meer zielen te verzamelen sinds wij hier zijn gekomen, hè?' zei Mark van de andere kant van de eetbar. 'Is hij gestopt met, eh, oogsten vanwege ons?'

'Mensen sterven, of de Dood er nu is om hen te begeleiden of niet,' zei ze. 'Alleen, zonder zijn leiding, worden ze aan hun lot overgelaten om rond te dwalen en hun weg hiernaartoe te vinden door de leegte. Degenen die de Dood meeneemt, worden directer naar de rivier gebracht, en allen sterven op een wijze die niet wordt gehinderd door de andere ruiters.'

'Ruiters?' antwoordde Mark. 'Oorlog, Ziekte en... Honger, is het?'

'Pestilentie en Hongersnood,' corrigeerde Veronique hem. 'U kunt hen trouwens ontmoeten. Binnenkort!'

'Zouden we dat wel moeten doen?' vroeg Mark zenuwachtig. 'Ik denk dat ik liever geen ruiters ontmoet. Behalve misschien een politieagent te paard. Of een polospeler.'

Emma keek hem met diepe, verwarde bezorgdheid aan. Toen viel het kwartje, en ze trok haar uitdrukking onmiddellijk in.

Mark grinnikte. 'Je dacht dat ik waterpolo bedoelde?'

'Ja,' zei ze. 'Dat dacht ik inderdaad.'

Veronique opende de voorraadkasten en merkte meteen dat de spullen niet helemaal stonden waar ze ze eerder met zoveel liefde had neergezet. Emma en Mark keken overal behalve naar Veronique; Mark begon zelfs te fluiten in een poging zijn onschuld te benadrukken. Maar zijn ogen verraadden hem toen ze afdwaalden naar de Marathon-reep die hij zo begeerde. Veronique pakte hem op en gooide hem naar hem toe.

'Bon appétit.'

'Bedankt.' Mark ving hem in de lucht en verwonderde zich opnieuw over het gewicht van de reep en de vrijgevigheid van Mars Wrigley.

Alle standaard hoofdvoedselgroepen werden in de keuken van de Dood vertegenwoordigd door verdwenen merken en voedselhypes die al lang uit de mode waren, wederom voornamelijk uit de jaren zeventig. Veronique haalde een selectie voorverpakte, kitscherige feesthapjes tevoorschijn en zette ze op het aanrecht: cocktailworstjes, een diepe ovenschaal vol quiche, een halve sinaasappel doorboord met tandenstokers met blokjes ham en kaas als een vlees-en-zuivelspoetnik en een gelatinepuddingvorm met daarin een gigantische trifle.

'Voor mijn anniversaire,' legde ze uit. 'Ik heb een feestje georganiseerd. Une surprise... met zijn kameraden, uitgenodigd om het te vieren!'

'Dat klinkt enig,' zei Mark. 'De hele apocalyptische cast onder één dak. Een avondje niet op aarde.'

'De monsieur heeft wat vertier nodig,' zei ze. 'Ik zou geen kwaad woord over de meester willen spreken, maar het werk valt hem zwaar. Het is uw schuld niet, nee. Er zijn vele fouten ontstaan waar hij geen tijd voor kan vinden om ze te herstellen. Het is de ongelukkige aard van zijn werk. Er gaan meer mensen dood en hij heeft minder tijd om degenen te vinden die het waard zijn om door hem geoogst te worden.'

'Een gezellig feestje met oude vrienden,' zei Emma. 'Dat zou hem moeten opvrolijken. En als hij in een vrolijke bui is, is hij misschien wel geneigd om wat harder aan zijn *fouten* te werken, toch?'

Veronique knikte en Emma besefte dat ze een waardevolle bondgenoot kon zijn in haar queeste om op de juiste manier te sterven door de rivier over te steken.

'Dus,' zei Emma, die zich opgemonterd voelde, 'hoe kunnen we helpen, als dat al kan?'

'We moeten de woonkamer opnieuw inrichten,' antwoordde Veronique, 'de eettafel dekken en de bedankjes voor de gasten voorbereiden voordat ze arriveren.'

Precies op dat moment werd er driemaal op de deur geklopt. Licht, maar beslist.

Veronique hapte naar adem, klapte opgewonden in haar handen en rende naar de ingang. Mark en Emma bleven in de keuken staan en keken toe hoe drie figuren binnenkwamen, gekleed in grootse regalia uit vervlogen tijden. Dit moesten de ruiters zijn: Oorlog, Pest en Hongersnood.

Oorlog was uitgerust met een edelmoedig plaatstaal-harnas in Romeinse stijl, met uitpuilende metalen spieren en robuuste rode verf – of het gespetter van bloed – die tegen het ijzeren pantser roestte. Pest droeg het snavelmasker van een pestdokter en een gewaad bedekt met zoveel smerigheid dat het kroop van het leven. Een hele kluit aarde rustte op zijn schouder, waaruit wormen vrijelijk in en uit krioelden. Dan Hongersnood, klein en benig, met een strakgespannen huid over zijn lichaam en een gezicht bedekt door een zachtjes wuivende sluier. Hij leek de zwakste, maar stond het meest rechtop en op de een of andere manier het edelst van allemaal.

'O?' zei Pest. 'Gasten? Ze lijken behoorlijk gezond. Kom eens tevoorschijn, dan kan ik jullie onderzoeken.'

'Het zijn gasten door omstandigheden,' zei Veronique. 'Als u het niet erg vindt dat ze hier zijn...'

'Het is geen enkel probleem,' zei Oorlog, met een vrouwenstem. Ze zette haar helm af en onthulde een oudere, maar statige en ingetogen vrouw te zijn.

'Oorlog is een vrouw?' zei Emma hardop, voordat ze een hand voor haar mond sloeg.

'Waarom zou ze dat niet zijn?' vroeg Oorlog. 'Oorlog is wat mannen tot strijd en moord drijft en er is in jullie geschiedenis geen prominentere drijfveer geweest die de raderen van de hatelijke strijd heeft doen draaien dan het verlangen naar een vrouw.'

Emma draaide zich om naar Mark, die instemmend knikte.

'Mark! Emma!' riep Veronique. 'Help me de tafel dekken, alstublieft. Dan zijn we zo klaar.' Ze wendde zich tot de andere ruiters. 'Maakt u het zich gemakkelijk!' Toen vluchtte Veronique met haar menselijke metgezellen weg om het toneel voor het diner in te richten, terwijl de ruiters bleven zitten en kletsen.

En al die tijd zat de Dood in het donker van zijn hol, alleen met zijn eigen misnoegen, dat langzaam groeide naarmate de schaduwen langer werden en de lichten in zijn kamer uitdoofden...

HOOFDSTUK ZES

Het was donker in huis en griezelig stil. 's Avonds kwam de Dood zijn hol uit, in de verwachting het gefluister en gekonkel tussen Veronique en zijn ongewenste gasten te horen. Hij verwachtte hen te horen kletsen en roddelen over hun menselijke futiliteiten, over de levens van de beroemdheden die ze zo hoog in het vaandel hadden staan boven hun eigen leven — vanwege de vermeende superioriteit van acteren, of 'influencen', of andere nietszeggende talenten — en dat hij degene zou zijn die binnen zou schrijden om hen eraan te herinneren dat zelfs die zogenaamde beroemdheden waar ze zo over zwijmelden een dood zouden sterven die veel minder gevolgen zou hebben dan de hunne.

Maar dat zou betekend hebben dat hij hen eraan moest herinneren dat ze speciaal waren. Dus zou hij zijn mond houden. Ze waren speciaal omdat hij had gefaald, en dat zou hij niet nog eens doen. De enige woorden die hij had, waren een bedankje voor Emma's handige rijsttip, aangezien die had gewerkt en hun zandlopers nu condensvrij waren. Het kon vast niet lang meer duren voordat de aangekoekte zandkorsten volledig zouden opdrogen en eraf zouden vallen. Daarna zou hij hun dood aan Charon kunnen bewijzen en hen binnen afzienbare tijd op weg kunnen sturen.

Als hij ze maar kon vinden. Om de een of andere reden had Veronique de zitkamer donker gelaten, net als de rest van het huis. Hij wist dat zij en de andere twee nergens naartoe konden. Tenzij ze de rivier opnieuw wilden proberen, maar zonder hem om te onderhandelen zou dat zinloos zijn. Ze konden ook niet de leegte van het Limbo in zijn gedwaald — de oneindige uitgestrektheid van het niets, waar de gevoelloosheid van het niet-bestaan hen er uiteindelijk van zou weerhouden om voor altijd ook maar enige gedachte te denken.

'De jeugd van tegenwoordig', mompelde hij. Hij stapte naar voren, vol vertrouwen dat hij de indeling van de zitkamer uit zijn hoofd kende, zodat hij zijn weg naar de toorts aan de muur kon vinden. Zijn diepe gemompel overstemde het zachte, giechelende gefluister dat zich in het donker schuilhield. '... kan ik net zo goed hun kop eraf hakken, dan ben ik ervanaf...'

BONK!

'AGH!' brulde de Dood met zijn holle stem en hij sprong achteruit, terwijl hij zijn gewonde knie vastgreep. Een paniekerige stem snelde door de kamer, haastig om de toortsen aan te steken.

'Verrassing!'

Iedereen was er. Veronique, Mark, Emma en de ruiters zaten rond de goede eettafel met slecht passende feesthoedjes op. Mark en Emma deden hun best om zich niet dwaas te voelen, maar ze zaten naast Oorlog, nog steeds in haar formele harnas, en Hongersnood, nog steeds in zijn relatieve niets, die des te blijer waren om de Dood met een vrolijke verrassing te overladen. Mark blies op een papieren toeter en Emma liet een partypopper knallen.

De Dood zette zijn laatste struikelpas en zette langzaam zijn kloppende been weer op de grond. Hij draaide zich om naar de ingang waar een zevende, verdwaalde stem kreunde en zag Charon in de open deuropening staan. Zijn been was nog steeds aan zijn boot geketend; altijd de veerman, niet in staat de rivier over te steken waarover hij eeuwig zielen overzette. De ketting was net lang genoeg voor hem om bij de deur te komen, dus moesten ze het feestje wel in de zitkamer houden. Alle meubels waren opzijgeschoven om ruimte te maken voor de volledig uitgeschoven tafel. En een klein bijzettafeltje was naar de deur geschoven zodat Charon erbij kon blijven hangen en zijn Babycham en ananas erop kon zetten.

De Dood kon een glimlach — min of meer — niet onderdrukken. Een glimlach van de Dood werd altijd vermoed of aangenomen, aangezien hij geen gezicht had om mee te glimlachen. Het gesnuif dat hij liet horen was niet afwijzend, maar accepterend en een tikkeltje gesust.

Wat betekende dat de verrassing een succes was.

Veronique had haar moment als middelpunt van het feest, maar daarna was het de beurt aan de ruiters. Ze werkten een reeks drankjes weg, samengesteld door Veronique en geserveerd door Emma, en peuzelden van de feesthapjes die door Mark opgediend waren. De mensen en de mensachtige factie trokken zich uiteindelijk terug in de logeerkamer, die Veronique stiekem had klaargemaakt voor het duo, terwijl de Dood, Oorlog, Hongersnood en Pestilentie bijpraatten.

'Dat is een tijd geleden, hè?' zei Oorlog, terwijl ze haar zwaard tegen de tafelpoot zette. Pestilentie deed zijn boog af en Hongersnood speelde met zijn weegschaal op tafel door hem heen en weer te kantelen.

'Wij allemaal samen? We zijn meestal zo solitair. Of, op zijn best, zien we elkaar altijd in het voorbijgaan', merkte Hongersnood op.

'Hmm', bevestigde de Dood.

Hij was de enige die zich tegoed deed aan de kaas-ham-egel. Hij stak de tandenstokers in zijn mond en het eten dat eraan zat verdween simpelweg.

'Deze zijn heerlijk.' Hongersnood reikte naar een vierde zoetigheid van een van de borden. 'Wat zijn het?'

'Top Hats.' De Dood knikte instemmend. 'Heerlijk. Marshmallow bedekt met een pepermuntje, geplaatst op gesmolten chocolade die men dan laat opstijven. Een idee van Veronique. Zegt dat je die pas na achten mag eten.'

Charon wierp een blik op de klok aan de muur met het Dood-thema: een donkere ruiter met twee zeisen als wijzers. Hij stond stil.

'Hoe kun je dat weten?' vroeg hij.

'Ergens is het altijd na achten.' De Dood reikte over de tafel, stopte een Top Hat in zijn open kaak en het verdween. 'Subliem.'

'Hoe gaat het met het werk? Druk?' vroeg Pestilentie aan Oorlog terwijl hij over zijn kin wreef.

'Sommigen van ons hebben het drukker dan anderen', antwoordde Oorlog pinnig.

Alle ogen richtten zich op Hongersnood.

'Daar ben ik niet blij mee', zei Hongersnood. 'Het ligt aan het tijdperk.'

'De tijd heeft ons geen goed gedaan', stemde Pestilentie in. 'Dit tijdperk van geneeskunde, technologie en een lang leven — mensen die al mijn fijn vervaardigde ziektes jaren en jaren overleven. Ze hebben geluk dat ik mijn werk zo leuk vind, anders had ik er misschien allang de brui aan gegeven en was ik met pensioen gegaan.'

'Het wordt er vanaf nu alleen maar zwaarder op', zei Hongersnood, terwijl hij voor zichzelf een flinke portie van de trifle opschepte. 'Zeker voor mij. Mensen worden nu betaald om waterputten te boren en voor voedsel te zorgen. Zelfs oorlogsslachtoffers krijgen te eten.'

'O, is dat zo?', vroeg Oorlog met een bekakte arrogantie. Hongersnood draaide loom zijn hoofd naar haar toe.

'Ik heb altijd trots geput', zei Pest, 'uit de kleinste dingen. Melaatsheid was mijn persoonlijke favoriet en kijk eens waar het nu is. Zo goed als verdwenen. De laatste leprakolonies zijn leeggehaald, gesteriliseerd en veranderd in chique hotels. Maar malaria, dat is het geschenk dat blijft geven. Elke mug wordt persoonlijk door mij geïnfecteerd. Miljoenen van die kleine klootzakjes, die allemaal rond stilstaande wateren vliegen. En het geneesmiddel heeft de ziekte nog steeds niet ingehaald. Het is een beetje net als in de goede oude tijd. Ik word er sentimenteel van als ik aan het verleden denk.'

'Iedereen stuk voor stuk?', vroeg Oorlog vol ongeloof.

'Met de hand, ja', bevestigde hij. 'Een leuke manier om een regenachtige zondag door te brengen.'

'Wanneer regent het hier ooit?', vroeg Charon.

De donder rolde door de lucht. Een paar druppels spatten tegen zijn jas.

'Goedkope goocheltrucs', mopperde hij terwijl hij tegen zijn enkelketting vocht om de stortbui te ontwijken.

'Maar erg effectief.' Oorlog glimlachte. 'Wees dankbaar dat het geen hagelstenen zo groot als tennisballen waren.'

Charon sloeg zijn Babycham achterover en hield zijn glas op, in de hoop dat iemand het zou bijvullen. Met tegenzin schoof Oorlog haar stoel naar achteren en schonk bij.

'Nou, met mij gaat het fantastisch', pochte Oorlog terwijl ze Charons glas volschonk. 'Grensgeschillen, een olieobsessie, en als dat allemaal voorbij is... laat de Wateroorlogen maar komen. O, ik kijk daar zo naar uit. De bevolkingsgroei loopt uit de hand. Landen met bevolkingen van *miljarden* die decennialang gewapende mannen over territoriale grenzen sturen, alleen maar om een centimeter land te winnen dat ze om een of andere nieuwe, subjectieve reden waardevol vinden. En de intriges zijn gewoon *ooh!* Geef twee mannen rust en stilte, en ze zullen vechten over wie de luidste scheten laat!'

'Ik wou dat deze generaties tradities in ere hielden', klaagde Charon. 'Ik heb in geen eeuwen een munt onder een tong gezien. Mensen worden begraven met waardeloze spullen, ongeschikt als smeergeld. Het is een schande. Zelfs de miljonairs scheppen op over het leven dat ze hebben geleid en komen nog steeds zonder munten, geen haar beter dan de boeren. En dan weiger ik ze de overtocht, en komen ze terug met *advocaten* om te klagen. Het is pure waanzin.'

'Hmm', zei Dood, en hun ogen richtten zich op hem, hun gastheer, om verder te gaan. 'Het is allemaal een beetje veel, nietwaar? Al dat werk, voor niets.'

De ruiters voelden dat de sfeer aanzienlijk was gedaald. Uiteindelijk konden ze hun stem niet tegen hem verheffen, niet met zoveel zelfvertrouwen, aangezien al hun moeite en al hun prestaties nog steeds via *hem* moesten passeren.

'Dus, wanneer ontmoeten we de nieuwkomers?', vroeg Hongersnood, in een poging de sfeer wat op te vrolijken.

'Jullie hebben ze al ontmoet.' Dood probeerde wat borrelnootjes in zijn open mond te gooien, maar het meeste miste en rolde over het tapijt.

'We hebben ze gezien', viel Oorlog in, 'maar ik zou niet zeggen dat we ze *ontmoet* hebben. Ik weet helemaal niets van ze. Het zou interessant zijn om hun mening te horen over onze kleine discussie van vanavond. Een soort klantenpanel voor de "stem van de klant".'

'Ze zijn verhinderd', zei Dood terwijl hij zijn mede opdronk. 'Hun mening doet er niet toe. Ze vallen snel genoeg onder Charons hoede.'

'Niet tenzij ze een munt in hun ondergoed hebben gevonden', antwoordde Charon, terwijl hij wat vuil onder een vingernagel vandaan peuterde. 'Je kent de regels.'

Pest pakte zijn glas en richtte het op elk van zijn mederuiters.

'Wie', daagde hij uit, 'denkt u dat het *meeste* werk van ons allemaal heeft verricht, hmm?'

'Ik', zei Oorlog onmiddellijk.

Pest snoof.

'Wat, jij? Zeker *hij* niet.' Ze wees naar Hongersnood.

'Je zult merken', zei Hongersnood feitelijk, 'dat verhongering het belangrijkste onderdeel was dat de angstige opmars van de mens naar de beschaving voortstuwde. In hun historische afkomst, vanaf hun oerwortels, heeft de mens alleen ooit de natuur bevochten in de jacht op voedsel – en vaak gefaald. Alleen al de IJstijd zet mijn record op, o, ik weet niet, een paar duizend jaar ongeschreven menselijke geschiedenis – een stukje hoger dan het jouwe, denk ik.'

'Oorlogen worden gevoerd', zei Oorlog, 'om voedsel. Elke dood in de jacht op het voedsel van een ander land of stam telt als de mijne.'

'Maar de landbouw heeft jullie beiden geruïneerd', zei Pest. 'En dus, als ik de landbouw ruïneer, leidt dat tot iets veel ergers. Een zieke boer kan niemand voeden, en wie blijft er dan over om te vechten? De beestjes? De lucht? Deze malaria hier is een langzame brander, maar ik beloof je, het is een winnaar.'

'Jij hebt tenminste altijd Alzheimer', zei Oorlog. 'Het maakt een sterke man zwak genoeg om te vergeten dat hij ooit een soldaat was.'

'En om de hele dag te vergeten te eten', zei Hongersnood.

Ze proostten allemaal op de slechte gemoedstoestanden van de mensheid, terwijl Dood stilletjes in zijn stoel smeulde.

'En dat alles', zei hij uiteindelijk, 'elke ziel die op welke manier dan ook sterft, gaat via mij.'

Hij hief zijn glas in de lucht.

'Op ons', proostte hij. De anderen beantwoordden het gebaar stoïcijns. Dood was nou niet bepaald het leven van zijn eigen feestje. Maar hij had gelijk.

HOOFDSTUK ZEVEN

De nacht viel over het land tussen leven en dood. De nacht van het grimmige hiernamaals was donkerder dan de nacht die Mark en Emma kenden. Er waren geen sterren, maar er waren wel lichten. Vurige strijdwagens raasden door de lucht als koplampen in de verte. Vanuit het raam van de logeerkamer zagen ze hoe de ruiters op hun paarden de lucht in gingen en zich verspreidden over het uitgestrekte domein van de Limbo aan deze kant van de rivier de Styx. Charon hikte en baande zich voorzichtig te voet een weg terug naar de oever voordat hij in de mist verdween.

'Ik had ze graag allemaal gesproken,' zei Mark. 'Om misschien... wat antwoorden te krijgen.'

'Antwoorden op wat?' vroeg Emma.

'Zoals... hoe de meeste mensen voor hen niet echt meer sterven. Waar staan zij nog voor? Jij bent daar een goed voorbeeld van. Waar is de ruiter van depressie?'

De Dood klopte op de deur van hun kamer en deed die open. Ze sprongen op uit hun stoelen bij de deur en probeerden vriendelijk te zijn.

'Heeft u van het feest genoten?' informeerde Emma.

'Veronique heeft alles geregeld,' zei Mark. 'Ze is een geweldige dame. En ze heeft deze hele kamer voor ons gedaan – we hebben natuurlijk een beetje geholpen – en we gingen ervan uit dat het oké was om te blijven, maar, eh...'

'Hmpf,' pufte de Dood. 'Ik heb nu niet de tijd of de helderheid om na te denken wat ik met jullie aan moet. Die laatste Jägerbomb zit vast in mijn hoofd. Jullie blijven vannacht hier, en morgenochtend bedenk ik de volgende stappen wel.'

'Natuurlijk,' zei Emma. 'Het is niet alsof we zomaar... weg kunnen rennen of zo.'

'Inderdaad,' stemde de Dood in. Hij zuchtte en schuifelde de overloop af richting de trap. Hij trippelde naar beneden en ging zijn kamer binnen, tegenover zijn studeerkamer. Zijn slaapkamer was donker, maar anders dan de zitkamer met de lichten uit. Het was gewoon somber. Een plek waar geen licht kon schijnen en alles zwart was. Naar binnen gluren was als staren in de schaduw van een schaduw.

Terug in hun kamer gingen Mark en Emma weer in hun stoelen zitten en keken elkaar aan. Hun situatie bleef onveranderd onzeker.

'Het lijkt erop dat we een bed delen,' zei Mark, en hij klopte op de wollen dekens. Hij stond op en begon zich uit te kleden.

'Wat doe je?'

'Ik maak me klaar om naar bed te gaan. Ik vermoed dat we vroeg op moeten.' Mark gooide zijn spijkerbroek over een van de stoelen en begon zijn overhemd los te knopen.

'Kun je niet gewoon slapen in wat je aanhoudt?'

'Ieuw. Nee. Dan krijg ik het te warm... Ik houd mijn boxershort wel aan.'

'Dat mag ik hopen.' Emma liep om het bed heen naar de andere kant. 'Ik wil niet wakker worden doordat er iets in mijn rug prikt, of het nu een hand, elleboog of iets anders is.'

Mark klom onder de dekens en ging op zijn rug liggen, starend naar het plafond. Hij beet op zijn onderlip, niet zeker of hij moest zeggen wat hij dacht.

'Kunnen we het tenminste hebben over-'

'Nee,' antwoordde Emma terwijl ze haar schoenen uitschopte en volledig gekleed onder de dekens kroop.

'Prima.'

'Prima.'

Veronique zocht hen beiden op in de vroege ochtenduren, voordat de Dood tevoorschijn kwam. Hij was wakker, maar niet in een stemming om na te denken. Al zijn gedachten waren botkrakende kreten door zijn kater. Hij besteedde het grootste deel van de ochtend met zijn vingers over zijn schedel te strijken, in een poging het bonzen te onderdrukken. Wederom liet dit Emma en Mark zonder leiding achter en Veronique op zoek naar gezelschap.

De spanning in hun kamer was om te snijden. Als Veronique het merkte, was ze te beleefd om er iets over te zeggen of het een geweldig idee in de weg te laten staan.

'Goedemorgen,' begroette Emma haar.

Veronique ging op de rand van het bed zitten. 'Zouden jullie mij even een plezier willen doen?'

'Natuurlijk,' zei Emma. 'We zijn uw gasten en die van de Dood. We willen u elk plezier doen dat u wenst.'

Veronique zuchtte. Er zat haar iets dwars, misschien geworteld in de festiviteiten van de avond ervoor.

'Heeft u hulp nodig met opruimen beneden?' vroeg Mark. 'Stilletjes, om hem niet te storen?'

'Nee, dat heb ik al gedaan,' zei ze. 'Het was mijn feest, dus mijn plicht. Ik zou hem nooit vragen om te helpen. Weet je, de Dood... Hij is... oud.'

'Hoe oud precies?' vroeg Emma.

'Zo oud als de tijd zelf,' antwoordde Veronique.

'En hij werkt nog steeds,' zei Mark, onder de indruk. 'Daar steekt een gepensioneerde maar bleekjes bij af.'

'Maar hij kan niet eeuwig zo doorgaan,' vervolgde Veronique. 'Zelfs voordat ik stierf, kon ik niet anders dan medelijden met hem hebben in plaats van haat of angst. Hij deed me zo aan mezelf denken, hoe ik door de hel van de oorlog ging om anderen te verzorgen, hoe ik de pijnen van de hitte en bloedige wonden verdroeg, allemaal om hun lijden te stoppen. Oh, en hij was toen ook vriendelijker. Maar er stierven er zo veel, zo snel. En de "Oorlog om alle Oorlogen te Beëindigen" ging door in de Tweede Wereldoorlog, en de tientallen oorlogen daarna. Hij is zich al sinds de Industriële Revolutie een slag in de rondte gewerkt. Hoe meer mensen er zijn, hoe harder hij moet werken om hun zielen naar de andere kant te krijgen. En als ze vastzitten en blijven hangen zonder een duidelijke oversteek, waar hij niets aan kan doen, wordt hij door de zielen die hij oogst uitgemaakt voor lui. Maar dat is hij niet, dat verzeker ik je. Hij is gewoon oud en moe en... hij heeft hulp nodig.'

'Nou, de Dood kan niet met pensioen gaan,' zei Emma oprecht. Tenminste, niet voordat hij een manier had gevonden om haar naar de andere kant te helpen. 'Dat zou... slecht zijn.'

'Dat zou slecht zijn,' stemde Mark in. 'Als het de bedoeling was dat onze zielen na de dood voor altijd in ons lichaam zouden blijven, zou dat voor de meesten een vrij afschuwelijk beeld schetsen van het eeuwige bestaan. Vooral voor ons.'

'Ja,' zei Veronique. 'Zonder de Dood zouden zielen in onbeweeglijke lichamen wonen en de pijn van het sterven voor altijd voelen.'

Mark fronste. 'Zouden we dan bijvoorbeeld nog steeds voelen hoe onze hersenen... uit onze schedel spatten en over de voetgangers op straat?'

Veronique keek hem recht in de ogen en knikte. Ze raakte zachtjes haar keel aan. 'Ik voelde het mosterdgas decennia nadat ik hier kwam nog steeds in mijn keel. De herinnering aan de pijn blijft je bij. En het wordt het enige wat je je nog kunt herinneren. Voor altijd.'

'Ja, we hebben de Dood nodig,' besloot Mark. 'Dat lot gun je niemand.'

'Maar hoe kan iemand hem helpen?' vroeg Emma. 'Voor zover ik het kan zien, is het een soort eenmansshow. Valt wat hij doet überhaupt te leren?'

'Dat zou kunnen,' zei Veronique. 'Ik heb immers veel geleerd. De Dood heeft me duidelijk gemaakt dat er dingen zijn die hij kan doen, die ik ook zou kunnen doen, maar waarvan hij niet wil dat ik ze doe.'

'Waarom niet?' vroeg Emma. 'Zelfs ik heb het gevoel dat het ongepast is om de Dood naar de winkel te sturen voor een Double Decker en de nieuwste *Bella*.'

'Nou,' zei Veronique, 'als u terug zou kunnen keren naar de wereld van de levenden, wat zou u dan als eerste doen?'

'Met passie leven. Wetende dat elk moment gekoesterd moet worden omdat het zomaar je laatste kan zijn,' antwoordde Mark, terwijl hij de hele tijd naar Emma keek.

'Bravo!' Veronique glimlachte en klopte Mark op zijn bovenarm.

'Ik wil niet terug naar de wereld van de levenden...' zuchtte Emma. 'Ik wil hier zijn. Nou ja, niet hier hier. Aan de andere kant van de rivier.'

Veronique keek van de een naar de ander. 'U bent een vreemd stel, non?

Waarom zou u er niet voor kiezen om te leven? Om samen te zijn? De wereld te zien? Uw leven weer op te pakken zoals gepland?'

'Eigenlijk had ik dat gisteren moeten verduidelijken. We zijn geen stel. We zijn huisgenoten,' legde Emma uit.

'Mon Dieu! Excusez-moi, ik nam zomaar aan-'

'Gewoon huisgenoten,' herhaalde Emma.

'Niet omdat ik het niet heb geprobeerd...' fluisterde Mark binnensmonds.

'Niet doen,' waarschuwde Emma.

'Zouden we dat kunnen?' vroeg Mark, die dacht dat het gezelschap van Veronique misschien wel te verkiezen was. 'Weer leven, bedoel ik?'

'Het was de bedoeling dat mijn leven, zoals gepland, op dat moment zou eindigen,' zei Emma.

'Dat van mij niet,' voegde Mark er snel aan toe.

'Dat is wat *monsieur* het meest bezighoudt,' zei Veronique. 'De krachten van de Dood toevertrouwen aan hen die ooit sterfelijk waren, zou het gezichtspunt dat nodig is om de plichten uit te voeren net iets te veel vervormen. De Dood is nooit sterfelijk geweest, heeft nooit geleefd. Hij is altijd geweest zoals hij nu is, altijd de Oogster. Hij weet niet beter. Het is voor hem vanzelfsprekend om dit werk te doen. En hij weet dat het voor anderen niet vanzelfsprekend is om het te leren.'

'Kunnen we onze alternatieven doornemen?' vroeg Emma. 'Weet u hoe het is aan de andere kant van de rivier?'

Veronique schudde haar hoofd. 'Ik ben nooit volledig gestorven, dus ik ben nooit overgestoken. Er komt ook nooit iemand terug. En Charon, le salaud, die geeft geen antwoorden. Te bitter, te prikkelbaar om behulpzaam te zijn. Hij klaagt alleen maar de hele tijd.'

'Zo'n type leek hij me al,' zei Mark, 'dat hij je in je oog zou spugen en zeggen dat het regent.'

'Denkt u dat Charon van gedachten zou veranderen? Me misschien als een speciaal geval zou behandelen?' vroeg Emma zich af. 'Misschien ziet hij af van dat hele muntjes-verzamelen en laat hij mijn ziel gewoon passeren, *laissez-faire*-stijl. Misschien als u het hem vraagt, Veronique, dat hij dan luistert.'

'Stel je voor dat je de pont over de Mersey neemt zonder te betalen,' zei Mark. 'Dan zou de gemeente binnen een week failliet zijn. Ik zie hem daar niet mee instemmen. En er staan nog miljoenen zielen in de rij op die rivieroever in het Voorgeborchte te wachten om over te steken – en die hebben ook geen munten.'

Veronique greep in haar schort en haalde een buidel tabak en een pakje vloeitjes tevoorschijn. Behendig rolde ze een sigaret, likte de plakrand en stak hem in haar mond. Ze gaf het doosje lucifers aan Mark.

'S'il vous plait.'

Mark deed wat hem gevraagd was, streek een lucifer af en stak haar sigaret aan. Beiden keken toe hoe Veronique diep inhaleerde en een rookwolk naar het plafond blies.

'Zoals ik het zie-'

'Au!' schreeuwde Mark, terwijl hij de nog brandende lucifer, die zijn vinger had verbrand, op de grond gooide.

'Zoals ik het zie,' begon Veronique opnieuw, 'staat u op een kruispunt, non? Mademoiselle Emma, u aanvaardt uw dood en wenst door te gaan naar het hiernamaals?'

'Klopt.' Emma knikte.

'D'accord. Echter, monsieur Mark, u wilt terugkeren naar de wereld en een tweede kans in het leven krijgen. Waar?'

'Correcto.' Mark probeerde zijn beste Franse accent uit.

'Dat is Spaans, geen Frans, sufferd,' sneerde Emma.

'Geeft niet. Ik denk dat er een oplossing is die u zou kunnen helpen,' mijmerde Veronique, 'maar slechts voor een van u beiden. En het probleem is... ik kan niet zeggen voor wie.'

Emma's interesse was gewekt. 'Wat? Wat is de oplossing?'

'Als u *monsieur* zou helpen met zijn oogsten, zou hij u misschien mogen en misschien, heel misschien, uw wens inwilligen.'

Emma en Mark wisselden een blik, terwijl het besef doordrong dat ze mogelijk konden samenwerken om heel verschillende doelen te bereiken.

'Zou u het overwegen?' vroeg Veronique. 'De assistenten van de Dood zijn?'

'Nou, wat zou u dan doen?' vroeg Emma. 'We zouden u niet voor de voeten willen lopen of uw keuken te vol maken.'

'Ik ben slechts een soort persoonlijke assistente,' zei ze. 'Huishoudster. Hulp in de huishouding. Ik vraag of u ook de Dood zou willen worden.'

'Ho. Wacht even,' zei Mark. 'Ik dacht dat u hier al honderd jaar was, en hij heeft u nog steeds niet teruggestuurd! Dat is nou niet bepaald een zekere weg terug naar de levenden.'

'Ik zei niet dat het een snelle oplossing was. Alleen dat het een mogelijke oplossing was. En ik ben hier gelukkig. Ik wens noch over te gaan, noch terug te keren.'

'...Zou hij ons werkelijk laten?' zei Mark toen, hoopvol dat dit plan hem in het slechtste geval in staat zou stellen terug te keren naar het leven en hem in het beste geval de existentiële angst voor de onbekende eeuwigheid aan de andere kant van de rivieroevers zou besparen.

HOOFDSTUK ACHT

'Nee,' zei de Dood op bevelende toon. 'Het is op zijn best een weerzinwekkend idee.'

Veronique zat bij de Dood in zijn werkkamer. Hij had Emma's schandalige zandloper naast zich op de standaard staan. Hij was halfvol met rijst, waarvan een deel nu vastzat in de nauwe opening en – erger nog – de korst zand zat nog steeds vastgeplakt aan de binnenwand. De waas van condens was tenminste verdwenen, dacht hij. Hij klopte nog eens op de bovenkant, puur om te controleren of de korrels zouden vallen of niet, maar nee. Dat deden ze niet.

Achter de Dood stond een van de boekenkasten haaks op de andere – een open doorgang naar de Hal der Tijd – waar rijen en rijen planken te zien waren, en op elke plank stond een zandloper, zover het oog reikte. Sommige waren uitgelopen, levens die met grote spanning waren afgewacht. Andere liepen nog, plichten die hij op een bepaald, nog niet bereikt tijdstip moest vervullen. Sommige waren gloednieuw. En bij andere moest het zand nog beginnen te vallen, opgehouden in de bovenste bol – ongeboren levens die wachtten op de eerste stap in de grimmige mars naar hun onvermijdelijke einde.

Nu de deur openstond, sijpelde het zachte gezoem van het constante vallen van zand, gefilterd door glas, de werkkamer van de Dood binnen, een witte ruis van ziften die de stilstaande lucht verving. Er waren weinig stoelen. Het was tenslotte zijn privékamer, zijn studeerkamer over het noodlot van de mensheid en het einde van al hun grootse ontwerpen. Hij had één ornament dat geen zandloper was en dat hoog aan de noordelijke muur hing: een zeis van een oeroud, bijna prototypisch ontwerp met een kort en ondiep blad en een knoestig handvat gemaakt van een gevallen tak.

'Monsieur, wees alstublieft redelijk,' smeekte ze. 'Dit is toch een vrij unieke gebeurtenis, niet? Een kans, zou men kunnen zeggen.'

'Het is een opportune puinhoop,' beweerde hij. 'Elk moment dat het niet is opgelost, is een kwelling die ik niet zelf heb veroorzaakt.'

'Dan zou het toch verstandig zijn om van deze zure appels appelmoes te maken, ja? Ik geloof dat dat de uitdrukking is. Neem een slechte kans en draai en pers hem tot er vers... sap uitkomt.'

'De sappen van leven en dood zijn nooit vers. En veel bitterder dan welke citroen dan ook.' De Dood hield zijn vuist voor zijn mond en dempte een hoest die diep van onder zijn borstbeen kwam. 'Ik zou een lachertje zijn voor de andere ruiters, voor de andere rusteloze godheden en vergeten idolen uit de oude tijdperken. Niemand van hen heeft assistenten – niet serieus, tenminste. Al hun hulp ligt in de grillen en de wil van mensen om een puinhoop van hun eigen bestaan te maken, waar ze eerlijk gezegd expert in zijn.'

'Ik zeg het niet graag, maar u bent moe, Monsieur. U moet het voelen. U kunt niet ontkennen dat u de laatste tijd... broos bent geworden.'

'Broos?' snauwde hij. Hij sloeg met zijn hand op de leuning van zijn stoel en er klonk een zacht *KRAK*. Beiden keken naar beneden. Zijn pink was gebroken en hing er nog maar aan één knokkel bij. Hij zuchtte en zette hem terug op zijn plaats. 'Ik ben de Dood. Mijn kracht ligt in de slag van mijn wil en de snelheid van mijn paard, dat *u* vandaag nog moet borstelen. Ik heb het te druk.'

'Met staren naar zand dat niet valt?' vroeg ze. 'Of omdat u de laatste keer dat u hem borstelde een hele dag niet rechtop kon zitten, omdat uw ruggengraat ontwricht was? Als u niet op uw achterste was gevallen, was die nooit meer rechtgekomen.'

'Ik viel die keer met opzet,' hield de Dood vol. 'En nee. Er is nog een reden die zelfs u niet kunt ontkennen, net als de waarheid die u in mijn gezicht beweert te spuwen. Het zijn mensen. Ze zijn geneigd fouten te maken uit emotie. Ze zouden kunnen oordelen terwijl ze oogsten en de dood ontzeggen aan hen die hij opeist. Ze zouden een lijdend kind zien dat

op het punt staat haar laatste adem uit te blazen en besluiten haar in doodsangst te laten leven, in plaats van haar jonge ziel op te eisen voor het
eeuwige vagevuur. Ze begrijpen de noodzaak van de dood niet. En de
vrouw al helemaal niet, die haar eigen leven heeft verkwist om hem sneller
te ontmoeten.'

Emma, die met Mark aan de andere kant van de deur had staan luisteren, kwam bij deze opmerking de kamer binnen.

'Ach, hou toch op,' drong ze aan. 'U laat ons hier liever wachten, nagel-
bijtend en tandenknarsend, voor het geval we toevallig weer doodgaan?'

'Ja,' zei de Dood. 'En ik verwacht dat u er zo stil als een luis over bent.'

'Geen muis?' vroeg Mark, terwijl hij zich naar binnen wrong.

'Muizen zijn niet stil,' zei de Dood. 'Ze piepen en scharrelen in de
muren. Luizen zijn zo stil dat u ze niet eens kunt horen. En ze zijn net zo
vervelend als u.'

'U heeft niet eens haar,' zei Emma. 'Een kale man die klaagt over
problemen met luizen klinkt wel heel erg als de Dood die tegen een suïci-
dale vrouw praat over de waarde van het leven.'

De Dood hoestte een droog lachje. 'Vrouw is een beetje een misvatting
voor u, *meisje*.'

'Of is het misschien,' begon Emma, 'dat u zich geïntimideerd voelt door
Oorlog? Om een sterke vrouw de macht te zien grijpen met hetzelfde
niveau van grandeur als u? Denkt u dat een vrouw niet ook de Dood kan
zijn?'

'Het feit dat u Oorlog als een vrouw zag, zegt veel over u,' zei de Dood.
'Alles wat ik zie is een berg lijken, en in Pestilentie een berg ongedierte, en in
Hongersnood een berg zand. Deze ogen' – hij stak een vinger in een holle
oogkas – 'zien een wereld die u niet kunt zien, een absoluut *objectieve* wereld
van ideeën, niet van dingen. Dat is wat u mist. De Dood kan niet geschilderd worden in de tinten van de vele kleuren van uw moraal en ethiek. Hij
is volkomen zwart. En schittert nooit, zelfs niet onder de zon!'

De Dood haalde tijdens zijn tirade te vaak adem en kreeg daardoor een
hoestbui. Een erge. Een kokhalzende, proestende hoest waarbij de lucht
tegen zijn niet-bestaande keel vocht. Veronique stond onmiddellijk op om
hem bij te staan en op zijn schouderbladen te kloppen, aangezien dat het
stevigste deel van zijn rug was. Zijn kaak viel eraf, en toch hoestte hij nog
steeds met lange, piepende halen.

Emma en Mark hielden zich even in. Hun stemming sloeg om. Ze waren bereid om voor hun leven te vechten, maar niet ten koste van een ander wezen, al dan niet levend.

'Meneer', begon Mark, nadat hij de onderkaak van de Dood van de vloer had geraapt, 'met alle respect, ik denk dat u ons nodig heeft. Hoe tijdelijk ons verblijf ook mag zijn. We zullen op zijn minst niet zo'n last zijn als we uw achterstallige werk doen.'

'Achterstallig werk', mompelde de Dood. Hij griste het bot uit Marks handen, klikte zijn kaak terug op zijn plaats en kreeg zijn ademhaling weer onder controle. 'Denken jullie dat de Dood kan verslappen? Alleen het idee al gaat in tegen mijn doel. Ik verslap niet.'

'Misschien is dat juist de reden waarom u in deze staat verkeert', zei Emma. 'Een eeuwigheid aan plicht zou iedereen uitputten, zelfs u. Zeker nu de wereld zo complex is als nu. Mensen die sterven – zoals ik – zonder dat een oorlog, hongersnood of plaag ze het laatste zetje geeft. Of die sterven bij ongelukken terwijl ze het leven van een ander proberen te redden.' Ze draaide zich met een dankbare grijns naar Mark.

'Sentimentaliteit past de Dood niet', zei de Dood. 'Zouden jullie de ziel nemen van een kind wiens tijd gekomen was?'

'Ja', zei Emma vol vertrouwen.

'Een goed mens dat in koelen bloede werd vermoord?'

'...Ja', bevestigde Mark.

'Een... een gezin van zes dat van een klif is gereden?'

'Ja.'

'Een... een moeder die door haar eigen zoon is vermoord?'

'Ja', stemden ze beiden in.

'Een zoon die door zijn moeder is vermoord?'

'Ja.' Emma balde vol passie haar vuist.

De Dood keek naar Veronique, die hem een geruststellende blik probeerde te geven. 'Zou u haar ziel nemen?'

'Wat?!' riep Veronique uit. Ze liet hem los, waardoor hij terug in zijn stoel viel.

'Zouden we dat moeten doen?' vroeg Mark. 'Ik dacht dat u en zij een afspraak hadden.'

'Als haar tijd echt gekomen is', zei Emma, 'en ze heeft het geaccepteerd...' Ze keek naar Veronique, en de huishoudster gaf haar een goedkeurende blik.

'Hmm...' De Dood hoestte weer. 'En wat met elkaar? Zouden jullie, als jullie konden, elkaars leven beëindigen op dat noodlottige moment waarop jullie samen hadden moeten omkomen?'

Mark pakte Emma's hand. Beiden knikten en antwoordden tegelijk: 'Ja.'

'Wauw, dat is verdomd koelbloedig', zei de Dood. 'Ik dacht dat mensen empathisch en- en meedogend hoorden te zijn. Jullie zijn bereid om zowat iedereen koud te maken.'

'Nou ja,' nam Mark het woord, 'in de huidige omstandigheden...'

'Ik veronderstel dat het logisch is', zei de Dood. 'Je hebt geprobeerd zelfmoord te plegen. Je kan niet helemaal goed bij je hoofd zijn.'

Emma opende haar mond om te protesteren, maar hield zich in en accepteerde zijn belediging.

'Maar waarom jullie zo graag willen helpen, moet ik nog uitzoeken', peinsde de Dood.

Mark en Veronique wisselden een blik.

'Goed dan.' De Dood leunde voorover en kwam overeind. 'Ik zal jullie beoordelen voor deze taak. Maar weet dat het zwaar zal zijn. Zwaarder nog dan wat ik jullie nu heb verteld. Om de Dood te worden, moet je bereid zijn je menselijkheid volledig af te werpen en je hele wereld zwart te kleuren.'

Beiden knikten. Veronique klapte met een vrolijke glimlach in haar handen. Ze was blij om te zien dat iedereen samenwerkte – Mark en Emma met een groeiende angst terwijl het gewicht van hun realiteit op hun schouders zonk, en de Dood met de zelfverzekerde, smeulende blik van een miljard levens die in zijn aanwezigheid verloren waren gegaan.

Het was een productieve ochtend geweest.

HOOFDSTUK NEGEN

Een gouden stater tolde door de leegte, een klein overblijfsel uit een oud tijdperk, geslagen en gemunt voordat de meeste munten geteld werden. Aan de ene kant stond de buste van Alexander de Veroveraar, tijdens zijn leven koning van de hele middenwereld, vroegtijdig geveld door een zeer onverwachte aanval van de pest. In zijn kielzog had hij een rijk achtergelaten dat versplinterd was door oorlogen, en zijn gebrek aan controle leidde tot ongebreidelde hongersnoden op de woestijnvlakten. En terwijl de jonge koning veroverde, liet hij overal de Dood achter zich in de vorm van grote hopen lijken. Gezien deze onverzadigbare dorst naar bloedvergieten en over-heersing, werd hij door alle vier de ruiters nog steeds als een toffe knaap beschouwd. Vele eeuwen later gaf Pestilentie zelfs toe dat hij een zwak had voor Alexander, maar hij ontkende het de volgende dag met klem en schoof de schuld van zijn spijtige acties en woorden van de avond ervoor op een bijzonder krachtige rijstwijn uit de Jin-dynastie.

Charon liet de munt over zijn vingers rollen. Alleen wanneer hij geld in zijn hand had, bewoog hij zich met zoveel gratie en overtuiging. Zijn ineen-gedoken houding verdween en hij stond rechterop wanneer hij met zijn goud speelde. Zijn scheve grijns verstrakte toen hij de munt in de lucht wierp. De munt landde en hij staarde Alexander recht in de ogen – een man die hij lang geleden had ontmoet en overgezet. Iemand die het fatsoen had om te sterven en wiens dood werd voorafgegaan door de imitators die zijn plaats wilden innemen. Ze waren allemaal Alexander – zelfs in hun ziel geloofden ze dat het waar was. Maar ze stierven allemaal en al hun zielen ontmoetten de veerman; hun grootse plannen konden de ogen van de Dood niet misleiden.

Charon zuchtte. Overal om hem heen was water, en de korte tijd die hij aan land doorbracht werd altijd begroet met onenigheid of passief vermaak ten koste van hem. Hij was slechts een aanhangsel van de ruiters, ook al was hij net zo belangrijk voor het bestaan als zij.

'Het is niet eerlijk,' verklaarde hij. Hij klemde de munt stevig vast en ging achterover in zijn boot zitten. Het hout kraakte en schuurde tegen het kalme oppervlak van de traag stromende rivier. Het olieachtige water rimpelde met kleur, waarna de lichtkringen zich terugtrokken en weer veranderden in een puur, levenloos wit. 'Nog nooit van een nijlpaard gehoord? "O, maar het is geen boot, Charon,"' zei hij, spottend in de toon van een van zijn tegenstanders. "Je kunt geen zielen overzetten op de rug van een beest, Charon." Om nog maar te zwijgen van olifanten en paarden met lange ruggen of kamelen... Allemaal dingen waar de mens mee over water is gegaan. En niets voor mij... Walvissen, zelfs. Een walvis zou hier prima kunnen leven.'

Hij draaide zich om en keek naar het water. Het was zijn enige houvast. De rimpelingen waren als een stem in zijn oor, die hem zowel troostte als bespotte. Hij keek naar zijn munt, een die hij van zijn opsmuk onder zijn smoezelige, in mist doordrenkte overkleed had geplukt. 'Het is het niet meer waard...'

Zonder zielen die wachtten om overgezet te worden, liet Charon een muntworp beslissen aan welke oever hij zou aanmeren. De zuidoever was de oever van de onlevenden, de plek waar zielen de boot ontmoetten om naar de andere kant over te steken. Het was het Limbo, het vagevuur, allerlei vormen van een leegte zonder doel, een woestijn van het onwerkelijke. De noordoever was de kant van het lange wachten, waar de zielen die over- staken bleven hangen om te zien wie er nog meer zou komen oversteken, voordat ze hun laatste reis naar de wereld lang na de dood maakten.

Grote leiders die metgezellen, leerlingen en volgelingen zochten om zich het gevoel van leven te herinneren. Geliefden die door de eeuwen heen van elkaar gescheiden waren en hereniging zochten. Ouders die hun kinderen of hun eigen ouders zochten in de mist. Grote leraren uit het verleden die kennis zochten over hun toekomst. Wijze mannen wiens woorden ooit

Charons roeispaan zo hadden verdraaid dat hij hen zonder betaling overzette. En de zielen met schulden, met hun gladde praatjes, die een betaling
beloofden die ze nooit konden of zouden leveren. Er waren er meer van dan
Charon wilde toegeven.

Kop voor het noorden, munt voor het zuiden. Hij wierp de munt met
extra, boze kracht op, en deze schoot opzij, de troebele diepte in.

'Verdomme,' mompelde hij.

Het huis van Oorlog was een huis dat vele malen was verbouwd tot wat
alleen maar kon worden omschreven als een uitgestrekt complex. Het
oorspronkelijke gebouw, eerst gebouwd als een langhuis volgens de Viking-
traditie, was sindsdien een artistieke foyer geworden voor de rest van de
kamers. Oorlogsonderkomens uit alle tijdperken vormden samen een
monsterlijke campus, gewijd aan het leren en herdenken van oorlogen uit
het verleden. Culturele artefacten uit elke tijd sierden haar muren, allemaal
dodelijk, of in ieder geval ooit dodelijk geweest.

Ze had breedzwaarden, gehavend en gebroken, opgehangen aan
displaysteunen. Daarnaast speren en zwaarden van krijgers uit lang
vervlogen tijden, elk met een geschiedenis van wie de wapens wanneer
hadden gedood. De overblijfselen van het legendarische zwaard Durandal,
slechts afgebroken fragmenten van verroest ijzer, lagen in een herdenkings-
vitrine boven op een boekenkast. Daarnaast lag de kogelhuls van het hoofd-
schot dat JFK doodde.

Oorlog zat diep in haar complex, in een uitbouw in koloniale stijl,
gemodelleerd ter ere van de genocidale overname van de Nieuwe Wereld –
een van haar favoriete tijdperken. Oorlog zat in een casual rozerood
broekpak op een bureaustoel en keek naar een muur van schermen. Televi-
sie, andere nieuwsmedia en livestreaming waren de slagvelden van de
moderne oorlog. Ze had een beursticker om de relevante bedrijven te volgen
die verbonden waren met wapenhandel en particuliere militaire handha-
ving. Achter haar hingen foto's van verschillende wereldleiders, sommigen
levend of recent overleden, wier oorlogsinspanningen doorgingen – zelfs na
hun eigen heerschappij – en Oorlog volop in bedrijf hielden.

Eén scherm trok haar aandacht. Ze pakte een van de ongeveer twintig
afstandsbedieningen en zette het volume zo hard mogelijk. Een Engels

nieuwsbericht — de taal waar ze het meest van hield — beschreef een hoogst ongebruikelijke gebeurtenis.

'De terugtrekking verloopt volgens plan, nu internationale en binnenlandse militaire bases hun troepen weghalen. De autoriteiten hebben de Russische Federatie geïnformeerd dat de Oekraïense strijdkrachten zullen worden ingezet om de binnenlandse problemen in hun eigen steden aan te pakken. De Russische Federatie heeft bevestigd dat deze terugtrekking deel uitmaakt van een gezamenlijke operatie met de Oekraïense regering.'

'Wat?' mompelde Oorlog.

Een ander scherm verscheen in beeld: twee mannen in pak schudden elkaar de hand in een gebouw in Panmunjom, een eenvoudig bouwwerk dat schrijlings op de grens tussen Noord- en Zuid-Korea stond.

'Ambassadeurs ontmoetten elkaar voor het eerst in jaren om te onderhandelen over de aanleg van de eerste verbindingsweg tussen de twee landen. Hoewel de plannen zich nog in een vroeg ontwikkelingsstadium bevinden, heeft Noord-Korea dit voorstel gedaan als een manier om vredesbesprekingen te starten door middel van wederzijdse handel.'

'Laat me niet lachen,' snauwde Oorlog.

Nog een laatste keer eiste een ander scherm al haar aandacht op. Een conferentie tussen twee mannen — de een met een Arabische hoofddoek en de ander in een pak met een speldje van de davidster prominent op de revers van zijn jasje.

'De Israëlische minister heeft de eerste afgerond van wat hij hoopt dat vele besprekingen met de Palestijnse vertegenwoordiger over dit staakt-het-vuren zullen zijn. Het is nog te vroeg om conclusies te trekken, maar het lijkt erop dat vrede voor het eerst binnen handbereik is in de Gazastrook. De Amerikaanse president had het volgende te zeggen over deze gesprekken...'

Het beeld versprong en Oorlog kromp met een kreun ineen. Ze greep naar haar zij en ging op een mank been staan. Ze rolde de pijp van haar broekpak op en betastte de huid van haar linkerscheenbeen.

Er zat een vlekje bloed op haar hand toen ze die weghaalde. Ze keek naar beneden en zag een oude wond, een die ze allang vergeten was, die net weer was opengegaan. Haar lichaam bestond onder haar harnas uit louter littekens, maar allemaal genezen en verhard. Geen enkele wond had opnieuw mogen opengaan. Niet na zo'n lange, lange tijd...

Na hun gesprek-annex-sollicitatiegesprek had Veronique het grote koperen bad met stomend heet water gevuld en Emma weggestuurd voor een kans om te ontspannen en op te laden. Ze had de mannen in huis in niet mis te verstane bewoordingen laten weten dat ze een tijdje uit de buurt van de badkamer moesten blijven.

Mark wachtte in de eetkamer op zijn beurt, terwijl hij het ontbijt dat Veronique voor hem had klaargezet verorberde. Hoezeer hij er ook naar verlangde om weer levend in zijn flat te zijn, weg van deze plek, hij was al erg gesteld op de huishoudster van de Dood, vooral op haar bakkunsten. Toen Emma binnenkwam, pikte hij met een natgelikte vinger de laatste kruimels croissant van zijn bord.

'Wat heb jij in vredesnaam aan?' lachte Mark.

Emma wreef zelfbewust over de stof van haar geleende kleding: een marineblauwe kiel en een wijde bruine broek.

'Veronique heeft mijn kleren meegenomen om te wassen toen ik in bad zat. Dit lag voor de deur.'

'Het laat je ogen goed uitkomen.'

'Lach er maar om, tijger,' grijnsde Emma, 'er ligt voor jou ook andere kleding klaar.'

De Dood kuchte. Hij deed dat vrijelijk en bijna arrogant, in de richting van Mark.

Emma grijnsde naar Mark, denkend dat zij er beter van af was gekomen dan hij met de enorme Schotse ruitbroek en de gele ruitjestrui die hij had gekregen. De groep had zich naar de zitkamer begeven, die Veronique had herschikt om hun sollicitatiegesprek beter te faciliteren. Ze stak het haardvuur aan, wat de kamer op de een of andere manier kouder maakte. Het vuur stal alle warmte voor zichzelf en liet Mark en Emma rillend achter, terwijl de Dood er behaaglijk bij zat in zijn dikke gewaden met een krant in zijn hand.

'Kunt u paardrijden?' vroeg hij.

'Ik heb paardgereden toen ik een klein meisje was,' zei Emma. 'Niet heel lang, maar ik ken de basis nog wel.'

De Dood wendde zich tot Mark.

'Bereid om te leren,' zei hij, terwijl hij zijn duim opstak.

De Dood gromde, geamuseerd. 'Kunt u een zandloper aflezen?'

'J-ja?' antwoordde Mark. 'U hoeft er toch alleen maar... naar te kijken?'

'Dat zou je denken,' mompelde de Dood. 'Kun je maaien?'

'Is dat een metafoor?' vroeg Emma. 'Of een zakelijke term?'

'Met een zeis.'

'Dat kan ik,' bevestigde Mark. 'Dat heb ik ooit gedaan. Toen ik een jongen was, verbleven we een zomer in een huisje bij Abersoch. Een buurman liet me zijn gazon maaien, maar hij hield van rust, dus leerde hij me een sikkel te gebruiken voor het gras.'

'Ik heb ooit mijn eigen haar geknipt,' zei Emma. 'En daarna nooit meer met scherpe voorwerpen gespeeld. Maar als het een kwestie van oefenen is...'

'Kunt u oordelen over het leven van een man,' vroeg de Dood, 'of het goed geleefd is of niet, met slechts één blik in zijn ogen? En kunt u het verhaal van al zijn zonden horen aan niets dan de laatste zucht die over zijn lippen komt?'

De twee dachten even na over hun antwoorden, en hoe ze het best nee konden zeggen.

'Ik heb ooit een YouTube-video gezien van een beroemd interview met een crimineel,' zei Mark, 'en daarin vertelden ze hoe ze aan zijn knipperen en de manier waarop hij naar het plafond keek als hij de waarheid verdraaide konden zien dat hij loog. Dus, ik denk dat ik de rest daarvan wel zou kunnen leren.'

'Nee, dat kunt u niet,' zei de Dood. 'Niet tenzij u uw eigen ogen uitrukt en de wereld bekijkt door de objectieve lens van absolutie.'

'Is dat een keuzefacultatieve operatie?' vroeg Mark.

De Dood legde zijn krant op het tafeltje naast zich neer. 'Dit is hopeloos, zinloos en zelfs als grap is het totaal niet vermakelijk. *Maar* het is nieuw en uniek. U tart de status quo al in een verontrustende mate. Daarom ben ik bereid u het te zien proberen. Maar begrijp goed dat dit voor mij een groot ongemak is. Vooral omdat ik de enige ruiter ben die zo overwerkt is dat hij leerlingen moet aannemen. Als u slaagt, zult u uitsluitend onder mijn naam slagen. Uw succes zal mijn succes zijn, en uw mislukkingen zullen *uw* mislukkingen zijn. Is dat begrepen?'

Emma zuchtte. 'Ja, dat soort werk ken ik.'

En dat was ze ook. Op kantoor zorgde Emma ervoor dat anderen goed voor de dag kwamen. Zo maakte ze in een handomdraai een presentatie voor het verkoopteam, want 'jij bent zoveel beter met PowerPoint dan ik'. Het late e-mailtje naar leveranciers om ervoor te zorgen dat alles op rolletjes liep voor het evenement van morgen, waarvoor ze niet eens was uitgenodigd. Ze kocht de melk uit eigen zak zodat het managementteam de gasten koffie kon aanbieden. Geen bedankje, geen erkenning.

'Maar er is geen makkelijke uitweg', zei de Dood. 'Tot uw laatste zandkorrel uit uw zandloper is gevallen, zult u in mijn dienst zijn. En daarna steekt u beiden de rivier over.'

Mark knipoogde naar Veronique, zijn mede-samenzweerder, maar dit keer beantwoordde ze zijn glimlach niet. Iets in de toon van de Dood vertelde haar onomwonden dat de kans dat Mark in een andere hoedanigheid dan het oogsten van de zielen van de doden naar de aarde zou terugkeren, nihil was. Maar Mark merkte het niet. Hij ging er volledig voor.

'Hoe zit het met de tol?', vroeg Emma.

De Dood stampte op de grond. 'Mijn voet in Charons mond zal de tol zijn als hij mij trotseert.' Toen haperde zijn stem en hoestte hij opnieuw. Hij klopte met zijn hand op zijn borst om vrijer te kunnen ademen. 'Maar eerst zult u training nodig hebben...'

HOOFDSTUK TIEN

Het rijk der doden, het land tussen levens, de wachtkamer van de eeuwigheid, was uitgestrekt en ongeordend. Maar net als in ieder uitgestrekt land waar geen orde heerst en kansen schaars zijn, vond de mensheid een manier om orde te scheppen, zelfs in de dood. Zij die er niet in slaagden met de veerpont de rivier over te steken, deden dat ofwel met een of andere grootse bedoeling – vroom of niet – of bleven hangen door een noodlottige verbintenis met de ondoden. De verloren zielen van het vagevuur weigerden verloren te blijven en verzamelden zich zodoende in gemeenschappen, die zich vervolgens mettertijd vanuit het niets in de wildernis ontwikkelden.

Veronique koppelde een kar aan het vale paard en sprong erin met Mark en Emma, terwijl de Dood schrijlings op zijn rijdier zat en hen meetrok, het immense land van het Limbo in, om als hun gids te dienen. Ze was nog maar 104 jaar jong als een geest die door de eeuwigheid zwierf, maar ze had degenen die hun doelloze straf in de malaise ondergingen en hun vele neigingen leren kennen.

De eerste groep die de twee leerlingen-in-opleiding moesten bezoeken was onverwacht gastvrij. Een groep Shaolinmonniken wachtte hen op bij een tempel die steen voor steen, gedurende millennia, was opgebouwd uit de modder van de grond en de hitte van hun eigen, eeuwig brandende discipelen als smidsvuur. Hun vrome vastberadenheid hield zelfs in de dood stand, zelfs wanneer die in strijd was met hun eigen overtuigingen.

De Dood zette de anderen af en wachtte tot ze uit de kar stapten. Veronique koppelde die los en liet hem gaan.

'Ik kom terug,' zei hij. 'Ik heb nog steeds mijn plichten te vervullen. Ik kan jullie niet eeuwig de les lezen.'

'Ik voel me weer een kind,' zei Mark. 'Alsof ik op school word afgezet. Denk je dat hij ons na zijn werk met ons huiswerk zal helpen?'

Het vale paard hinnikte en onderbrak hen met zijn doodskreet.

'Jullie opleiding hier zal in zeisvechten zijn,' riep de Dood naar hen. 'Hoewel alle levens gelijk zijn in de dood, blijven prestaties uit het leven aan de ziel in deze vorm kleven. En deze koppige zielen weigeren te accepteren dat ze dood zijn.'

Een monnik benaderde hen met een houding vol respect. Hij was ouder, misschien midden zestig, en uitzonderlijk goed gebouwd. 'Wij wachten tot ons pad naar verlichting wordt geopend en zullen een eeuwigheid wachten op onze kans om herboren te worden.'

'Ik heb je al verteld dat het zo niet werkt!' riep de Dood uit, voordat hij de teugels liet klappen en de lucht in vloog terwijl de monnik voor hem boog. Veronique bleef bij de kar staan terwijl de monnik Mark en Emma meenam.

Ze liepen met hun gids over het terrein en aanschouwden de bouwwerken waartoe de mens in staat was op de verder vormeloze vlakten van de onschepping. Alles was gemaakt van gebakken aarde. Grote klokken waren gepolijst en met zo'n kracht samengeperst dat de harde klei het metaal nabootste dat het had moeten zijn. Hun voedsel, ook van modder gemaakt, was met zulke uitgesproken zorg en detail vervaardigd dat elk gerecht bewoog en rook alsof het echt was.

'Hoe werkt dit allemaal precies?' vroeg Emma.

'Shaolin,' legde de monnik uit, 'is een manier van discipline, om je lichaam te slijpen als een tempel voor de Boeddha, en verlichting niet in dit leven te aanvaarden, maar in duizend-'

'Ik bedoel meer over de klei en zo,' verbeterde Mark hem. 'Sorry dat ik u onderbreek.'

'Het geeft niet,' zei de monnik. 'Er komt altijd wel een kans voor mij om mijn zin af te maken. Wat betreft hoe dingen hier gemaakt worden, simpel menselijk verlangen heeft onze creaties gevormd.'

'Zijn jullie er niet juist op uit om jezelf van verlangens te ontdoen?'
vroeg Mark.

De monnik draaide zich met een glimlach naar hem om en tikte tegen
Marks voorhoofd. 'Niet zo bijdehand worden.'

'En waren jullie niet juist van de vrede en rust?' vroeg Emma.

Hij draaide zich naar haar om. Ze hield haar hand boven haar voorhoofd om zichzelf te beschermen, maar hij tikte in plaats daarvan op haar
neus. De twee deinsden terug van de verrassende pijn.

'Jawel,' antwoordde de monnik, 'maar we laten ons niet voor gek zetten
door anderen. Daarom trainen we in het leven ons lichaam. De weg van
Shaolin was een weg van krijgers, niet afgestompt door de leer van verlichting, maar juist aangescherpt. De sekten splitsten zich ergens na mijn dood
op in de sekte die jullie kennen – van vreedzame afzondering en diepe medi-
tatie – en de krijgersklasse die de Boeddha verdedigde bij elke kruising van
conflicten in de geschiedenis. Zij die zouden doden werden in de ogen van
de Boeddha niet als minderwaardig gezien, want er was ook een boeddhisti-
sche heilige die tijdens een oorlog de aanwezigheid van het goddelijke
verkreeg. Zij volgden hem de strijd in, terwijl de rest de verdediging van hun
thuisgebied opeiste en zich er nooit buiten waagde.'

'Aha,' zei Mark. 'Dus je hebt vechtmonniken en vredelievende
monniken.'

'En monniken die in brand staan,' merkte Emma op.

'Dat zijn de werkelijk toegewijden,' legde de monnik uit. 'Zij die hun
nieuwe realiteit afstoten en in de vlammen op de transcendentie wachten.
Ze branden voor eeuwig, veranderen nooit, lijden altijd pijn, en toch deert
het hen niet. Ze kunnen een miljoen keer sterven, maar als ze de miljoen-en-
eerstste keer opstijgen, dan was alles het waard.'

'Niet iedereen kan dat,' zei Mark. 'Duidelijk.'

'Het is niet gemakkelijk,' zei hij. 'Noch in het leven, noch in de dood,
om de pijnen van een onveranderlijke wereld te doorstaan. Maar we volhar-
den. Anderen zijn niet zo geduldig. Wij hebben onze eigen status quo in de
dood gehandhaafd, onveranderlijk, verenigd door de pelgrims die zich in
het niets wagen om meer gelovige zielen te vinden die de genade van de
Boeddha zoeken in dit onvermelde land. Door geloof zijn we verenigd. We
zijn sterk.'

'En degenen zonder geloof?' zei Mark. 'Of met verschillende geloven,
hoe werken jullie dan samen?'

'Dat doen we niet,' zei hij. Hij schopte een staf omhoog en ving die met een zwaai op. 'Daarom trainen we.'

'Aha.' Mark knikte. 'Heeft u ook die coole met een scherp lemmet aan het eind en die kleine kwastjes?'

'Uw aanwezigheid is mij als vrij uniek omschreven,' legde de monnik uit. 'U leeft nog, nietwaar?'

'Ja,' zei Mark, zonder een overtuigende hoeveelheid zelfvertrouwen.

De monnik stootte de stok in Marks borst en sloeg hem achteruit, waardoor alle lucht uit zijn longen werd gedrukt. Emma kwam onmiddellijk naar voren om zichzelf te verdedigen, in de overtuiging dat de proef al was begonnen en dat haar nieuwe instructeur haar vechtkunsten testte om te zien wie van hen het snelst te onderwijzen zou zijn. Hij raakte haar op het hoofd en veegde toen haar benen onder haar vandaan. Ze kwam hard op de grond terecht. Ondanks de pijn in haar heup stond ze snel weer op. Ze redeneerde dat hoe sneller ze de kunst van de Dood onder de knie zou krijgen, hoe sneller ze het recht zou verdienen om naar de andere kant over te steken.

'En u?' De monnik gebaarde dat Mark naar voren moest komen.

Hij was iets langzamer met opstaan en nog steeds buiten adem. Hij was echter net zo vastberaden als Emma om de kunst van de Dood meester te worden, in een poging om in een goed blaadje te komen. Hij was van nature iemand die het anderen graag naar de zin maakt, dus het was geen enorme verandering, en hij was altijd al een groot fan van vechtsportfilms geweest, ook al ontbrak het hem aan de vaardigheden en coördinatie om er ooit zelf een te beoefenen. Dit zou zwaar worden, dacht hij, maar wel leuk.

Mark kwam weer naar voren, ditmaal met zijn staf geheven als een steeklans.

Klets, klets.

En hij landde met een plof op de grond.

'Au.'

'Als hier een lemmet aan een uiteinde had gezeten,' verkondigde de monnik, 'had u dat dan overleefd?'

'Ik heb het zonder al nauwelijks overleefd!' kreunde Mark.

De monnik tikte met het stompe uiteinde van de staf op de grond. 'We zijn de kwetsbaarheid van het mens-zijn niet vergeten. We zullen jullie dan ook trainen totdat jullie een onwankelbaar vertrouwen hebben met een staf in de handen. Het lemmet erop zal zo in jullie harten gegrift staan dat jullie niet zullen aarzelen om ermee te zwaaien wanneer jullie het echte werk in handen hebben.'

'Ik heb als jochie ooit gras gemaaid met een sikkel,' zei Mark. 'Mag ik dit stukje overslaan?'

Hij kreeg weer een tik op zijn hoofd. Een harde.

'Sta op,' beval de monnik. 'En dan zullen we beginnen.'

Het feit dat hun inleidende pak slaag niet het begin was, deed hen beiden even stilstaan.

Veronique keek vanaf de kar toe, met een paar stukjes Terry's Chocolate Orange in haar benige handen geklemd, terwijl de twee leerlingen ander-halve dag lang door een menigte monniken heen en weer werden geslagen voordat ze overgingen op een formelere training. Tegen het einde ervan verwachtte ze dat ofwel het laatste zand uit hun zandlopers zou vallen, ofwel dat ze ware meesters van de staf met het lemmet zouden worden...

En ze had genoeg thee en snacks meegenomen om alles te kunnen zien.

HOOFDSTUK ELF

Tijd verstreek in het rijk voorbij het leven... zo'n beetje. Het concept van voorbijgaande tijd was moeilijk in te schatten. De meeste bewoners van het vagevuur hadden geen zon of maan, dag of nacht, en geen eb en vloed van gebeurtenissen. Zelfs de monniken, die hard aan het werk waren met de training van Mark en Emma, konden slechts gissen naar het verstrijken van de tijd – hoewel een van hen routinematig mediteerde door elke seconde met zijn vuist op een bel te slaan.

Dus, honderdduizenden seconden later, werd de training van Mark en Emma als 'goed genoeg' bestempeld om als voltooid te worden beschouwd. Daarom kregen ze beiden een zeis en werden ze klaargezet om het op te nemen tegen hun trainingsmeester. Marks zeis was meer een hele lange herdersstaf, met aan het uiteinde een metalen haak die aan de binnenkant geslepen was. De zeis van Emma was iets korter, net niet zo lang als zijzelf, en het blad was smaller, maar had een stevige grip aan het uiteinde.

'Vrees geen letsel,' zei de monnik. 'Er is niets wat jullie kunnen doen om me tegen te houden.'

'Dat is bemoedigend,' zei Mark. 'Dus zelfs als we je in stukjes hakken, ga je op de een of andere manier gewoon door?'

Als antwoord liet de monnik zijn eigen staf met messen in een snelle beweging ronddraaien, waarmee hij door zijn eigen nek sneed. Zijn hoofd viel eraf en hij ving het op met zijn nog steeds bewegende hand.

'Dat kunnen wij waarschijnlijk niet,' zei Emma. Ze keek naar Mark. Hij haalde zijn schouders op. Misschien konden ze het wel, maar het was het risico voor zo'n feesttrucje niet waard. De monnik zette zijn hoofd weer vast.

'We zijn al dood,' zei hij. 'Dat hebben we geaccepteerd. Hoewel dit niet onze ideale plek is om voor eeuwig te rusten, is het toch een vredige. De enige dood die ons nu nog aanvaardt, ligt aan de overkant van de onoversteekbare rivier.'

'Kun je niet gewoon Charon á la *Enter the Dragon* aanpakken, zijn veerboot jatten en hem zelf de rivier oversturen?' vroeg Mark. 'Hypothetisch dan? Voor zover ik weet, is hij niet een heel slechte man, maar... iemand moet er toch wel eens aan gedacht hebben?'

'Daar is ten strengste voor gewaarschuwd,' legde de monnik uit. 'Wie niet kan betalen om de rivier over te steken, zal erin gedumpt worden. En er is geen uitweg, geen pad om over te steken – alleen een eindeloze val van pure doodsangst, in een vergeten leegte die onder het stille water ligt.'

'En ik neem aan dat zwemmers het allemaal hebben geprobeerd en nooit meer boven zijn gekomen?' vroeg Emma.

De monnik kwam op hen af. De tijd voor praten was voorbij. Ze moesten zich bewijzen. Hij haalde uit naar Mark, die zijn blad blokkeerde en verdedigend naar achteren deinsde. Mark voerde een tegenaanval uit; hij probeerde de staf van de monnik te vangen met het blad van zijn zeis – een snelle manoeuvre, maar mis.

Toen Emma. De monnik zwaaide naar haar. Ze rolde achteruit en liet haar zeis ver naar voren zwiepen. De monnik sprong eroverheen. Ze zwaaide opnieuw, stopte halverwege en trok hem abrupt naar zich toe. De monnik deed een salto achterover om de verstrikkende haal naar zijn enkels te ontwijken.

'Goed,' zei de monnik. 'Reiken en trekken. Dat is de beweging van de zeis. Om de afstand die de dood bij alle stervelingen creëert te overbruggen, moet je ze met geweld naar binnen trekken. Dit is de filosofie van de zeis, en door deze te internaliseren, zul je grotere hoogten van vaardigheid bereiken.'

'Krijgen we ook een band of zo? Ik heb altijd al willen zeggen dat ik een zwarte band heb.'

'Een band is om je broek op te houden,' antwoordde de monnik.

'Dus dat is een nee, dan.' Marks gezicht betrok. Hij keek terneergeslagen.

De oude monnik kreeg medelijden met zijn nieuwe protegé. 'Als het zoveel voor je betekent.' De monnik maakte een stuk stof van zijn middel los en gaf het aan Mark. 'Hier.'

Mark glunderde toen hij het geschenk aannam, wijs genoeg om niet te grinniken toen de wijde broek van de monnik om zijn enkels viel. Hij klemde de band in zijn handen, zijn meest gekoesterde bezit van de laatste tijd.

Ze maakten beiden een ceremoniële buiging voor de monnik. Hun training was voltooid. Niet dat ze meesters waren, maar ze waren bekwaam genoeg. Buiten hun eigen lichaam zou geen enkele sterfelijke ziel het lef hebben om zich tegen hen te verzetten. Vermoedelijk zouden ze ook niet gewapend zijn. Eigenlijk leek hun intensieve training overkill.

Hoe dan ook, ze verlieten het uitgestrekte complex van de monniken en keerden terug naar Veronique.

'Hoe is het gegaan?' vroeg ze.

Mark tikte met zijn zeis op de grond. 'We hebben het verlichtingsniveau van een krijgsgod en oeroude vechtkunsten bereikt.'

'We hebben ontdekt aan welk uiteinde je de zeer scherpe, puntige dingen moet vasthouden en met welk uiteinde je naar iemand moet zwaaien,' verduidelijkte Emma.

'O, prachtig,' zei Veronique. 'Monsieur zou spoedig terug moeten zijn. U zou misschien de degens kunnen kruisen als nobele strijders, om te bewijzen dat uw eerste stap is gezet, non?'

'Dat zou een beetje brutaal zijn,' hield Mark beleefd vol. 'Ik bedoel, hij is hierin zeer goed getraind, zelfs doorgewinterd. Het zou een beetje *onbeleefd* overkomen om te zeggen: "O, vooruit dan opa, laten we eens zien wat je nog in huis hebt." "Ik heb net zelf geleerd mijn veters te strikken; zullen we een wedstrijdje doen," toch? Dat is... dat is aanmatigend van ons om dat te doen, nietwaar?'

Emma, die aanvoelde dat Mark wanhopig onder zo'n uitdaging uit probeerde te komen, voelde zich iets zelfverzekerder. 'Gebruikt hij zijn zeis eigenlijk wel, weet je dat?'

'Hij heeft er altijd een bij zich,' zei ze. 'En hij wisselt ze als de seizoenen komen en gaan. Ik weet zeker dat sommige gewoon opnieuw geslepen moesten worden. Maar nee, dat doet hij niet. Hij vervangt het hele ding. Het kind met het badwater weggooien. De andere ruiters hebben hun gereedschap, en ze lijken er altijd trots op om het te laten zien. Misschien is het meer voor de esthetiek dan voor de strijd. Maar ik ging vrijwillig met hem mee toen ik stierf. En daar was ik best blij om. Dus, misschien heb ik gewoon niet gezien welk nut hij voor zijn zeis heeft in zijn dagelijkse bezigheden, anders dan de tuin netjes te houden.'

'Rebellerende zielen,' zei Mark. 'Zielen die niet gemakkelijk meegaan. Dat soort?'

'Hooligans,' voegde Emma toe.

Toen kwam er van boven een plotseling, donderend geluid. De hoeven van een oeroude verschrikking vulden de lucht als vreemde hartslagen die de borstkas van de levenden en de minder fortuinlijken binnendrongen. Een sterfelijke polsslag zaaide een afschuwelijk gevoel door de lucht en in de grond, en bevorderde de groei van schimmige draden aan de oppervlakte, alsof de aarde zelf beefde van angst. De Dood kwam op zijn vale paard, een wapperende schaduw van een gewaad sleepte achter hem aan, met een glinsterende zeis over zijn schouder.

Hij steeg af en alles verstomde. Het hoefgetrappel van zijn vale paard deed het beven van de grond verstommen. Hij had de twee aanhangsels een behoorlijke tijd niet gezien en dat leek hem wel te bevallen. Zijn postuur had zich hersteld, hoewel zijn gezondheid nog steeds te wensen overliet. Zelfs voor een skelet leek hij bleek en mager.

'Jullie zijn niet dood,' verklaarde de Dood.

'Onze training was een succes,' zei Emma trots.

De Dood kreunde. 'Dat is... niet bepaald *goed* nieuws.'

'Kunnen we hier beneden überhaupt wel doodgaan?' vroeg Mark.

De Dood haalde zijn zeis van zijn schouder en leunde erop als een kruk. 'Dat is een fascinerende vraag waarvan ik hoopte dat die in mijn afwezigheid beantwoord zou worden. Maar blijkbaar niet, althans niet in de weken dat jullie hier zijn.'

'Weken?' vroeg Emma.

'Ja, vanuit aards perspectief,' verduidelijkte de Dood. 'Tijd is slechts een vluchtige schaduw en een herinnering aan de sterfelijkheid die degenen hier niet langer nodig hebben. Millennia, decennia, louter momenten, alles loopt door elkaar en kruist elkaar. Het laatste moment van de ene eeuwigheid kan samenvallen met het begin van een andere. Maar de tijd schrijdt onverstoorbaar voort – de metingen ervan zijn allemaal handige onwaarheden, maar de resultaten zijn allemaal hetzelfde.' Hij klopte met zijn hand op zijn borst. 'Tijd is een grote bondgenoot van me. Hoewel onhandelbaar, brengt het de mensen altijd dichter bij mij.'

'Dus we worden wel degelijk gemist,' zei Mark. 'In ieder geval door onze huisbaas.'

De Dood kneep zijn ogen samen, plotseling nieuwsgierig. 'Wat hebben jullie daar vast?'

'Die hebben we van de monniken gekregen,' zei Mark. 'We hebben met allerlei soorten zeisen geoefend, maar deze voelen het beste voor ons.'

'Niets ten nadele van de jouwe, uiteraard,' zei Emma. 'Hij is gewoon te... onpraktisch?'

'Hij is geweldig om te dorsen,' zei Mark, 'maar een beetje onhandelbaar om mensen te hoeden.'

'Hmm,' de Dood keek naar zijn zeis en vervolgens naar de dichtstbijzijnde pilaar van het klooster. Veronique was druk bezig zijn paard voor de koets te spannen, zodat ze allemaal naar huis konden vliegen. 'Het is niet eenvoudig, maar onpraktisch is niet het juiste woord.'

'Ik veronderstel,' begon Mark, 'dat hoe meer we over de praktische aspecten van wapens en hun gebruik praten, hoe dichter we bij het expertisegebied van Oorlog komen.'

'Hoewel we nieuw zijn en accepteren dat iedereen ergens moet beginnen,' zei Emma, 'zou je het erg vinden om ons te laten zien wat voor vaardigheden je met je zeis hebt?'

'Emma!' riep Mark op gedempte toon. 'Je vraagt onze *gastheer* toch niet om zich te bewijzen, hè?'

'Ik wil het gewoon zien,' drong ze aan. 'Ter vergelijking, hoe we misschien-'

De Dood zwaaide zijn zeis. Niet op een praktische manier. Het was een ceremoniële, vlakke en snelle zwaai, naar buiten en opzij. De grote pilaar die de grens van de monniken markeerde, werd afgehakt als riet dat door een bijl was gespleten. Toen volgde een hevige wind die het lemen bouwsel omverduwde, waarna het in de vormeloze leegte weer veranderde in een hoop vormeloze grijze modder.

'Na duizenden jaren,' zei de Dood, 'kom je er vanzelf achter. Wat jullie betreft, zwaai gewoon met het scherpe gedeelte naar iedereen die je lastigvalt. Dat alleen is al voldoende.'

De Dood liep naar zijn paard, gebruikte zijn zeis als wandelstok, en steeg weer op. Mark en Emma keken verontschuldigend naar de monniken die zich rond hun verloren bouwsel hadden verzameld, om het ofwel opnieuw op te bouwen ofwel tegen de resten te schoppen. Het leek erop dat zij niet konden blijven om te helpen. Ze hadden iets belangrijkers te doen...

HOOFDSTUK TWAALF

Het groepje keerde terug naar de knusse cottage van de Dood. Het viel Mark meteen op in welke staat de voortuin van het huis verkeerde. Het eens overwoekerde en met onkruid gevulde veld vol kreupelhout, braamstruiken en allerlei soorten verwilderd graan. Alles was heel kort gemaaid en er was geen spoor meer van over. Alsof de Dood veel tijd en moeite had gestoken in het maaien van zijn gazon. Al had het waarschijnlijk maar een paar halen gekost, eentje per richting, helemaal tot aan de voordeur.

Het huis was echter iets minder ordelijk. Veroniques afwezigheid was merkbaar. Tafels en stoelen stonden scheef, een verzameling vuile potten lag opgestapeld in de gootsteen. Gebruikte kopjes stonden overal en nergens. De gordijnen waren ongelijk dichtgetrokken. Een zeis was met het blad voorover in de vloer gevallen en was daar gewoon achtergelaten, vastgeklemd in het decoratieve parket, te diep om eruit te trekken.

'Jullie twee', riep de Dood hun toe. Hij knipte met zijn vingers. Op zijn bevel veranderde zijn habijt, eerst in een verhullende mist van inktzwarte duisternis, en daarna in een prachtig gesneden enkelknoops pak, dat zijn spookachtige proporties als een tweede huid omhulde, maar wat in het geval van de Dood eigenlijk de eerste huid was. 'Jullie volgende les in de plicht van de Dood ligt aan het einde van jullie leven.'

Mark en Emma keken elkaar ietwat bezorgd aan. Ze lieten hun nieuwe zeisen bij de deur staan, naast de ongebruikte kapstok en de verzameling paraplu's, terwijl Veronique in het Frans vloekte toen ze de woonkamer in liep om de schade ongedaan te maken die de Dood in de paar weken van zijn vrijgezellenbestaan had achtergelaten.

De Dood leidde hen door zijn werkkamer en de verborgen deur in de boekenkast naar de Zaal der Tijd, die aan alle kanten en in elke beschikbare ruimte vol stond met zandlopers, voor wat Mark en Emma alleen maar konden vermoeden mijlenver doorliep. Hij liet zich in zijn favoriete, versleten oude stoel zakken en gebaarde dat zij ook moesten gaan zitten. Op de salontafel met vergulde randen lagen twee zandlopers op hun kant. Mark en Emma herkenden ze als die van hun eigen levensduur, de symbolische en mystieke (maar zeer reële) levenslijnen die hen voorlopig van een echte dood weerhielden.

Op een standaard tegenover hen stond een andere zandloper en een ondiepe schotel gevuld met dubbel gebleekte basmatirijst. De Dood draaide de bovenste bol van de zandloper open en pakte een paar rijstkorrels, die hij boven op het zand legde, dat korreltje voor korreltje naar beneden sijpelde. Hij draaide de deksel er weer op en hield de zandloper omhoog.

'Vertel me wat je ziet', zei hij.

'Een zand-sationeel advies dat wordt opgevolgd', zei Emma zelfvoldaan.

De Dood kreunde.

'Eh, een zandloper?', zei ze dit keer.

Hij kreunde opnieuw, wat grensde aan ongeduldig gegrom.

'Leven?', vroeg Mark.

De Dood zuchtte. 'Dit is inderdaad dat wat het leven meet. De tijd die iemand nog te leven heeft, sijpelt naar beneden als zandkorrels. Elke korrel is een moment, van enige betekenis, en de stroom is voor iedereen anders. Sommige stromen snel, met veel grootsheid; sommige zijn slechts halfvol, of zelfs minder, wanneer ze tot leven komen. Elk een tragedie van een andere lengte, maar stuk voor stuk onvermijdelijk. Als je al het zand zou nemen dat in elke woestijn van jullie wereld ligt, dan zou die hoeveelheid zand slechts goed zijn voor één dag van de plicht van de Dood.'

'Dat is een heleboel zand', zei Mark.

'Dat is een heleboel plicht...', zei Emma. 'Ik bedoel, hoeveel mensen sterven er elke dag? Aan wat dan ook? Dat moeten er toch minstens een paar duizend zijn?'

'Het zand dat verloren gaat', zei de Dood, 'gaat niet alleen verloren door de dood. Er zijn talloze manieren om het zand sneller te laten stromen... en enkele mysterieuze manieren die het kunnen laten *stoppen*.' Hij wierp een boze blik op hun vastgelopen zandlopers. De bovenste bollen waren leeg, op de korsten zand na die aan de zijkanten waren hard geworden. In elk lag een handjevol rijst, waardoor ze dubbel zo vol leken.

'Jullie moeten leren hoe je elke zandloper moet meten en corrigeren', zei de Dood, 'en welke timing nodig is om de bijbehorende ziel precies te verzamelen als de laatste momenten wegtikken. En dat moeten jullie ongeveer zeventienhonderd keer per dag doen en er even vaak opuit trekken om de zielen te oogsten en naar de rivier te brengen. Want dat is het gemiddelde aantal dat elke dag sterft in het gebied dat jullie nu het Verenigd Koninkrijk noemen.'

'Hoeveel huizen bezoekt de Kerstman elk jaar?', vroeg Mark. 'Als hij dat elke dag zou moeten doen, zou hij ook tot op het bot vermagerd zijn.'

'Staan al deze op het punt om opgehaald te worden?', vroeg Emma terwijl ze door de kamer gebaarde. 'Of zijn deze... hier om een andere goede reden?'

De Dood pakte een lege zandloper van een plank, een zonder naam, zonder versiering, iets puurs en eenvoudigs. Hij opende de bovenkant en wreef de toppen van zijn vingerkootjes tegen elkaar. Er ontstond zand dat de bovenste bol van de zandloper vulde. Hij bleef wrijven tot er niets meer uitkwam, en draaide toen de bovenkant er weer op. Nu de zandloper compleet was, hield hij hem omhoog en veegde met een uiterste falanx over het koperen paneeltje. Terwijl ze toekeken, verschenen er letters, geëtst in het plaatje aan de voet van de zandloper: Noah Archibald Simmonds.

'Dit is een leven', zei hij, 'dat vorm krijgt. Het einde ervan is vastgesteld. Hoewel het lot niet zeker is, kan dit leven daarbinnen nooit worden vervangen, en zodra het begint te stromen' – hij schudde de zandloper en het zand begon langzaam door de smalle hals te sijpelen – 'blijft het doorgaan tot het einde.'

'Dus dat is Noah die daadwerkelijk geboren wordt?', vroeg Emma.

'Hmm, ja', zei de Dood. 'Elke dood begint bij het leven.'

'Ik dacht dat iemand anders dat zou doen', zei Mark.

'Als een ander de verantwoordelijkheid had om het leven te beheren en te onderhouden', antwoordde de Dood, 'waarom zouden ze dit leven dan aan de Dood overleveren? Als er een ruiter als het Leven zou bestaan, dan zou het uitdelen van leven hun taak zijn, nietwaar?'

'Als een ooievaar', zei Mark.

'Of een boer met een kolenveld', opperde Emma.

'En het leven dat ze hadden geschapen aan de dood laten overgaan, zou een mislukking zijn, nietwaar?', vervolgde de Dood.

'Nou ja', begon Emma, 'in economische zin zou het leveren van leven dat jij kunt oogsten wederzijds voordelig zijn als jij ook iets aan het Leven zou kunnen bieden. Stabiliteit, bijvoorbeeld? Voorkomen dat de bevolking te groot wordt?'

'Die mijlpaal is jaren geleden al gepasseerd', zei de Dood. 'Jullie vervloekte Industriële Revolutie heeft het onmogelijk gemaakt om jullie lastige groeipercentages te beheersen. En er zijn maar zo weinig landen die de euvele moed hebben om weer in de min te duiken.'

'Graag gedaan?' zei Mark.

'Het leven is een kwestie van de dood,' verklaarde de Dood. 'Het belang ervan kan aan niemand anders worden toevertrouwd. En als jullie de Dood worden, of tenminste als mijn gevolmachtigden optreden, dan is het aan jullie de taak om het niet verkeerd te beheren.'

De Dood reikte naar de hendel van zijn stoel om er een relaxfauteuil van te maken. Hij trok eraan en de kamer begon te zakken. Mark en Emma vielen terwijl de muren om hen heen omhoogkwamen. De vloer schoot naar beneden. En aan alle kanten om hen heen waren de planken en de zandlopers, een oneindige hoeveelheid, die tot een onmetelijke diepte reikten. Ze verloren het plafond uit het oog en daalden daarna minutenlang verder.

Toen stopten ze eindelijk. De haard, het enige deel van de kamer dat niet een met zandlopers bedekte plank was, was gedoofd en gevuld met zand dat eruit stroomde alsof het regen was die door de schoorsteen naar binnen kwam.

'Hier komt finesse bij kijken,' zei de Dood. 'Die zullen jullie moeten leren. Om de juiste hoeveelheid te vinden om elke zandloper te vullen.' Hij stond op uit zijn stoel, waarvan de ligstand onmiddellijk uitklapte. Hij gromde en duwde het voeteneind weer terug, en pakte vervolgens twee simpele, lege zandlopers. Hij overhandigde ze.

'Voel hun gewicht,' gaf hij als opdracht. 'Hun lichtheid. Een leven zonder de dood heeft geen betekenis, geen doel. Geen maatstaf. Maar een leven dat te lang wordt geleefd, wordt een zware last. Jullie moeten de juiste balans ontdekken. Een "precies goed"-gevoel om het mee te vullen. Dan kan dat leven beginnen, en beginnen te eindigen.'

Mark en Emma hielden de zandlopers vast en wogen ze in hun handen. Ze voelden inderdaad licht aan, veel lichter dan verwacht. Het glas was goedkoop acryl en het hout was niets meer dan laminaat. Hij bracht ook hun eigen zandlopers. Hij gaf die van Emma aan Mark en andersom.

'Voel deze maar,' zei hij.

Beiden namen hun eigen leven in handen en vergeleken het gewicht, als weegschalen.

'Wauw,' zei Mark. Hij draaide zich naar Emma. 'Hij is... verrassend zwaar.'

'O ja?' vroeg ze.

Het was niet de eerste keer dat hij haar leven in zijn eigen handen had. Hij herinnerde zich wat er de vorige keer was gebeurd, greep het een beetje steviger vast en concentreerde zich in plaats daarvan op de lege zandloper. Hij vergeleek het gewicht van een geleefd leven, goed of niet, met een leven dat nog moest beginnen.

'Vul ze,' zei de Dood, 'tot ze net zo stabiel aanvoelen als die van jullie. Het zal elke keer een andere hoeveelheid zand kosten. Sommige zullen sneller vallen dan andere.'

Daarmee trok de Dood zijn kap over zijn hoofd en verdween.

Mark en Emma liepen naar de haard en begonnen de zandlopers te vullen zoals hun was getoond. Ze experimenteerden met het gewicht tot het precies goed voelde. De ene was iets oppervlakkiger dan die van henzelf – een leven dat voorbestemd was om nog eerder te eindigen dan het hunne. De andere was veel dichter, hoewel het zand sneller stroomde; een leven vol gebeurtenissen die al plaatsvonden.

'Gefeliciteerd met jullie verjaardag,' zei Mark.

'Sorry dat we je gedood hebben,' voegde Emma eraan toe. 'Door... je geboren te laten worden.'

Mark zette een zuur gezicht op. 'Ja, dat moeten we zeker tegen onze eerstgeborene zeggen, nietwaar? Gewoon je verontschuldigingen aanbieden zodra het uit je baarmoeder komt.'

'Onze eerstgeborene?' vroeg ze vol ongeloof.

'Ik bedoel gewoon...'

'Laten we maar even voorbijgaan aan het feit dat we huisgenoten zijn en geen relatie hebben die verdergaat dan het delen van de rekeningen, en dat we dood zijn. Nou ja, zo'n beetje dood. Zou jij, met wat je nu weet, nog steeds een kind op de wereld willen zetten?' Ze hield haar zandloper omhoog om haar punt kracht bij te zetten.

'Niets verder dan het delen van de rekeningen?' spuwde Mark. 'Het is prima als je mij niet ziet zoals ik jou zie. Ik snap het. Echt waar. Maar is onze relatie voor jou echt zo simpel? Zo zakelijk?'

'Sorry. Dat kwam er helemaal verkeerd uit.' Emma werd milder, reikte naar Marks arm en legde er een hand op. 'Dat meende ik niet. Je was... je *bent* de beste vriend die ik ooit heb gehad.'

'Mooie redding.'

'Dank je.'

'En je bent me nog steeds twintig pond schuldig voor de elektriciteit van vorige maand.'

Emma lachte. 'Zodra we een pinautomaat tegenkomen.'

Mark pakte de dichtstbijzijnde lege zandlopers en gaf er een aan Emma. Ze werkten in stilte en leerden de waarde van het leven waarderen, met niet meer dan een handvol zand per keer.

HOOFDSTUK DERTIEN

Na weer een lange, onbestemde periode werden ze redelijk bedreven in het ziften van zand. Emma had de neiging om handenvol tegelijk toe te voegen en het overtollige er dan weer uit te gieten. Mark was echter veel voorzichtiger en voegde soms maar een snufje tegelijk toe, alsof hij vlees aan het kruiden was.

'Ik ben dol op je flair van een tv-kok,' zei Emma geamuseerd. 'Alleen nog een takje peterselie.'

'Als het maar werkt,' antwoordde Mark, zonder zijn ogen van het zand af te halen.

Ze wogen allebei hun zandlopers in hun handen, tevreden met het resultaat. Emma's bovenste bol was bijna tot de rand gevuld. Die van Mark was nog niet eens halfvol.

'Moment van de waarheid?' zei Emma.

'Zeker.'

Ze wisselden van zandloper en controleerden het gewicht.

'Precies goed.' Mark knikte waarderend en klikte de bovenkant van Emma's zandloper op zijn plaats. Op datzelfde moment verscheen de ets op het naamplaatje en begon het zand in een oogwenk te vallen. 'Gefeliciteerd, Nadia.'

Hij glimlachte en schoof de zandloper over de vloer alvorens onmiddellijk een lege op te pakken, klaar om het hele proces opnieuw te beginnen.

'Het lijkt wel *One Born Every Minute*.' Emma liet het zand uit haar komvormige hand vallen. 'Maar dan op steroïden. Zonder al het geschreeuw en de lichaamssappen.'

Nadat ze wat traag op gang waren gekomen, hadden ze een soort ritme gevonden en inmiddels ruim tweehonderd nu volledig stromende zandlopers gevuld, die om hen heen op de vloer lagen. Nadia werd boven op Harry – Emma's vierde van die ochtend – geplaatst om een tweede laag te beginnen.

'Het is best gek dat we in feite levens creëren,' zei Emma.

Mark dacht er een seconde over na en schudde toen zijn hoofd. 'Dat doen we niet echt, hè? Het scheppingsgedeelte gebeurt in bedden, op vloeren, in voorraadkasten over de hele wereld. Wij zetten alleen de timer aan.'

Emma lachte. 'Vergelijk je dit nu met een paar vissticks twaalf minuten op tweehonderd graden in de oven gooien?'

'Twee tien, als je krokante paneermeel wilt. Maar ja. Het is nog steeds verbazingwekkend en een voorrecht.'

Het ging allemaal om het gevoel, en dat gevoel kwam met een ontzag en vrees voor de macht die ze hadden. Een zeis rondslingeren – een gevaarlijk object bedoeld om op brute wijze een leven te nemen – was één ding. Maar het gewicht voelen en de resterende tijd van een mensenleven inschatten was iets heel anders. Hun morele grenzen werden opgerekt. Ze deden alleen wat nodig was om het leven te laten beginnen, maar uiteindelijk zou al dat leven op de een of andere manier eindigen.

Ze werkten verder aan de lege zandlopers, maar er wachtten er steeds meer om gevuld te worden en nog oneindig veel meer die al liepen. Het voelde alsof ze heel weinig hadden bereikt in veel te veel tijd. Toen ze een pauze namen en van de vloer opstonden, waren hun benen stijf en voelden hun ruggen krom.

'Ik kan me voorstellen,' zei Mark, 'dat dit na verloop van tijd slopend zou kunnen worden.'

'Het is net als werken in een mijn,' zei Emma. 'Uiteindelijk wordt het hele lichaam samengedrukt om met de omstandigheden om te kunnen gaan.'

'Doen je knokkels pijn?' vroeg Mark. 'Van het scheppen van het zand?'

'Een beetje. Maar mijn nagels hebben er nog nooit zo glanzend uitgezien.'

De Dood verscheen plotseling in de ruimte, en Emma morste een handvol zand op de vloer.

'Sorry, kleintje,' fluisterde ze en schepte het zand terug in de zandloper.

'Les afgelopen,' kondigde de Dood aan en stampte met zijn voet.

De muren schoten met dezelfde liftende vervaging die ze eerder hadden ervaren de vloer in. Mark en Emma stelden hun verzameling gevulde zandlopers vlakbij veilig voordat ze door de toenemende g-kracht tegen de vloer werden gedrukt.

'Jullie hebben nu het gevoel van een juist leven geleerd,' zei de Dood. Ze bereikten de bovenste verdieping. De studeerkamer annex lift schokte tot stilstand. De zandlopers wankelden, maar geen enkele viel om. 'De rest is slechts regelgeving. U kunt niet knoeien met het zand van een al bestaande zandloper. U kunt er niets aan toevoegen of uithalen. De toevoeging van rijst voor vochtreductie schijnt echter prima te zijn.'

'Gelukkig maar,' zei Emma.

'Verder,' ging de Dood verder terwijl hij opstond, 'wanneer er een bijna leeg is, moet u de afweging maken wanneer en hoe de bijbehorende ziel te innen. Sommige momenten zijn duidelijker dodelijk dan andere. In uw geval waren uw laatste momenten bedoeld om zonder enige consternatie te komen. Maar door deze penibele situatie bent u niet in staat te sterven. Dat is een essentiële maatregel die u altijd moet nemen: als er ook maar één zandkorrel over is, een enkel moment dat nog niet is vervuld, kan het leven niet worden genomen. Het moet volledig worden afgewacht tot dat laatste moment voorbij is.'

'Dus als een heel saai persoon,' zei Mark, 'zichzelf opzettelijk opsluit om te voorkomen dat er enige levenservaringen op zijn pad komen, zou hij langer kunnen leven?'

'Uiteindelijk,' zei de Dood, 'sterft alles. Maar nogmaals, de meting van momenten en betekenis verschilt sterk. Sommige mensen overleven oorlogen maar doorzeven hun eigen momenten met meer dodelijkheid dan de soldaat die met zijn geweer in de hand achter een barricade zit. Verveling is relatief. Die monniken zijn daar uitstekende voorbeelden van. Sommigen worden honderden jaren oud omdat ze hun momenten heel anders meten.'

'Dus eentonigheid kan tijd besparen,' zei Emma, denkend aan de eindeloze stapel verzekeringsaanvragen die haar elke ochtend op haar werk begroetten en hoe dat uiteindelijk een kritieke factor was geweest in haar beslissing om haar leven te beëindigen. 'Als ik dat had geweten, had ik me gedeisd gehouden op mijn werk en de dagen gewoon aan me voorbij laten gaan.'

'Is niet elke baan op de een of andere manier repetitief, wat je beroep ook is?' vroeg Mark zich hardop af. Hij was tevreden geweest met zijn werk. De baan zelf, het maken van online advertenties voor voedsel- en drankmerken, kon een beetje eentonig zijn. Hij had het interessant gemaakt door gevatte woordspelingen en -grappen te bedenken om — naar zijn mening — de tekst en de effectiviteit van de reclame te verbeteren. Vaker wel dan niet eindigde dit ermee dat Mark een telefoontje kreeg van een woedende brandmanager, die er de voorkeur aan gaf dat 'de ingehuurde hulp zich niet bemoeide met het genie van een bekroonde copywriter.' En Mark vond dat prima. Hij was er heilig van overtuigd dat het beter was om het te proberen dan stilletjes in een hoekje te blijven. Maar af en toe werkten zijn onconventionele ideeën voor de tekst wel. Het merk stond het bureau toe om van de briefing af te wijken en de data te laten oordelen. En het werkte. Hij had hen geholpen hun kwartaaldoelstelling voor verkochte broccoliroosjes te verpulveren of geholpen een nieuw energiedrankje succesvol te lanceren en bij beide gelegenheden had het bureau de eer opgestreken en kreeg Mark een M&S-waardebon van £50 toegeschoven. Win-win.

'Saaie levens zijn eenvoudig te beoordelen,' zei de Dood. 'U kunt ze gelijkmatig timen. Hun zand stroomt langzaam. Sommige levens, ziek of arm geboren, eindigen vroeg en zijn toch veelbewogen. Hun zand stroomt snel. Pak een van de zandlopers die u heeft gevuld. U zult zelf oordelen over het leven dat u heeft veroordeeld.'

Mark en Emma pakten elk willekeurig een zandloper uit de groep die ze hadden gevuld en hielden die omhoog. Die van Mark was heel vol, tot aan de rand, en het zand sijpelde er langzaam doorheen. Die van Emma was voor ongeveer driekwart gevuld en stroomde iets sneller.

'Geef ze jaren,' instrueerde de Dood. 'Ga af op uw eerste ingeving.'

'Oké,' zei Emma. 'Deze vent, Jack, wordt in de negentig en doet er verder helemaal niets mee. Bijna een derde van zijn leven leeft hij van zijn pensioen.'

'Deze, Maisy,' zei Mark. 'Eh... van middelbare leeftijd? Misschien in de vijftig? Vrij enerverend.'

'Een getal,' zei de Dood. 'Heel en compleet.'

'Eenennegentig,' schatte Emma.

'Eh,' stotterde Mark. 'Eh, vijfenveertig... nee, vijfenvijftig. Drieënvijftig? In de vijftig, maar achtenvijftig? Misschien zevenenvijftig?'

De Dood griste de zandloper uit Marks hand. 'Hoe lang is lang genoeg? Als het aan u lag, zou u ze elke kans geven om zichzelf te redden en hun onvermijdelijke einde te ontlopen. Toch, praktisch gezien, bent u het tegenovergestelde van hun redding. Zelfs als u het zand in dit glas zou kunnen verdubbelen, zou het nog steeds betekenen dat ze door uw hand aan hun einde moeten komen. Deze eindigt op negenenveertig. U was te vrijgevig met uw inschatting. Zelfs als u denkt dat het verkeerd is, moet u wreed zijn en alleen erkennen wat u ziet, wat u weet dat waar is.'

'Had ik het goed?' vroeg Emma.

'Tweeënnegentig,' zei de Dood. 'Niet slecht.'

Emma knikte zelfverzekerd, terwijl Mark een beetje pruilde. Hij was niet boos dat hij het mis had, maar de manier waarop hij het mis had en de strenge preek erover raakten hem een beetje. Hij was te hoopvol en trots op de mensheid om de grimmige rechter te zijn die hij voorbij de grens van het leven moest zijn, wat geen verschrikkelijke eigenschap was. Hij was niet zo cynisch en somber dat hij vol vertrouwen was in zijn vermogen om anderen te verdoemen.

Maar de Dood was dat wel. En Emma was... goed in wiskunde, dus dat was logisch.

'Wanneer een zandloper leeg is,' instrueerde de Dood, 'wordt hij bij de verzameling geplaatst. Een leven dat de rivier oversteekt, wordt opgeslagen en nooit meer teruggehaald. Dit is om mij eraan te herinneren welke zielen volledig zijn overgegaan en welke nog wachten.'

'En idealiter,' zei Mark, 'willen we dat ze allemaal overgaan. Uiteindelijk.'

'Er is maar één veerman,' zei de Dood. Hij liep naar het raam dat uitkeek over de rivier en de mist. 'Eén die geketend is door zijn eigen overtuigingen en traditie. Het leven is veranderd, de cultuur is veranderd, maar niets daarvan weerspiegelt hun ware einde.'

'Volgens mij hebben we heel wat oorlogen gevoerd over wiens versie van het hiernamaals de juiste is,' zei Mark. 'Het is een heet hangijzer.'

De Dood pakte er een zandloper bij die nog liep, met het meeste zand al in de onderste helft. 'Hoeveel tijd heeft deze persoon nog?'

Mark tuurde naar het zand — de manier waarop het viel, de vorm die het aannam — en keek toen naar de naam op het plaatje. 'Georgie!? George Banbridge? Nee, joh!'

'Wat?' vroeg Emma.

'Het is een maat van me van school,' zei hij. 'De basisschool. Hij is er nog steeds, het gaat zijn gangetje! Wat is de wereld toch klein.'

'En hoelang kan hij nog *zijn gangetje gaan*?' vroeg Emma. 'Jij weet dat eerder dan hij. Denk er eens over na. Je zou op de volgende reünie kunnen verschijnen en hem in zijn gezicht kunnen vertellen wanneer hij doodgaat.'

'Dat zou ik niet doen,' zei Mark. 'George was een goeie jongen. Een keer kocht hij na school een pakje peuken voor ons allemaal. We hebben er geen enkele van gerookt, we ruilden ze alleen maar voor de lol.'

De Dood zuchtte ongeduldig.

Mark herpakte zich en bekeek de inhoud nog eens goed. 'Eh, nog zo'n dertig jaar te gaan?'

'Redelijk,' zei de Dood. 'Dus, over dertig-zoveel jaar daalt u af naar het rijk der stervelingen en volgt u hem, om op het noodlottige moment van zijn dood te wachten om zijn ziel te verzamelen, ja? Gewoon wat rondzwerven en toekijken hoe hij leeft totdat er iets gebeurt waardoor hij sterft?'

'Eh...'

'Terwijl duizenden anderen,' vervolgde de Dood, 'om u heen sterven, buiten uw gezichtsveld en zonder uw medeweten, zult u voor een tijd uw enige kracht aan deze ene ziel wijden en aan geen enkele andere, totdat er dertig-zoveel jaar voorbij zijn?'

'Nou ja, dat zou ik toch niet hoeven te doen?' zei Mark. Hij draaide zich onzeker naar Emma. 'Of wel?'

Ze haalde haar schouders op.

'Precisie,' zei de Dood, 'is belangrijk. Het voorkomt dat u uw tijd verspilt aan iemand die zijn laatste moment *zou kunnen* bereiken en leidt u gemakkelijker naar iemand die dat *zal* doen. Leer hoe u het vallen van het zand in jaren kunt meten. Dan in maanden. Dan in weken, dagen, uren en minuten — tot op het moment dat de ziel rijp is om geoogst te worden.'

'Is er eentje met minder zand die we als oefening kunnen doen?' vroeg Mark.

De Dood zuchtte en gooide een zandloper naar hem. Mark schrok en ving hem in paniek op.

De zandlopers waren onkwetsbaar voor elke vorm van schade van buitenaf. Maar Mark over zijn eigen angst zien stuntelen was een kort uitstel voor de ongeduldige Dood.

HOOFDSTUK VEERTIEN

De Dood was op pad, de eeuwige zielen van de mensheid oogstend om ze zonder enige ceremonie in de allesverslindende leegte van het vagevuur te plaatsen. Als ze dachten dat hun dag niet zo liep als gepland toen de Dood verscheen, zou het alleen maar erger worden wanneer hun zielen bespot werden om hun gebrek aan vooruitziende blik door de gevoelloze hand van de veerman, Charon.

Op verzoek van Veronique gingen zij, Mark en Emma naar buiten om over het terrein te wandelen.

Ze nam hen mee naar de achtergelegen weide, naar een vervallen stal achter de heuvel. 'Hier,' zei ze, 'bewaren monsieur en zijn kameraden hun reservepaarden.'

'Reservepaarden?' vroeg Mark.

'Ja,' legde Veronique uit. 'Elk paard is goed in een storm, zo luidt het gezegde. Ze hebben natuurlijk hun favorieten, zoals iedereen. Paarden zijn goede vrienden en goed gezelschap als ze goed getraind zijn. En dit zijn paarden die de grens tussen leven en dood kunnen overstijgen, om de bewoners van deze onlevende ruimte terug te brengen naar de aardse wereld.'

'Waarom paarden?' vroeg Emma.

Veronique haalde haar schouders op. 'Ik veronderstel dat ze te oud zijn om te leren autorijden?'

'Ik denk dat paarden voor hen een grote betekenis hebben in een breder aspect van de menselijke cultuur en geschiedenis,' zei Mark. 'Waarom zou Oorlog anders niet op een leeuw rijden, of Hongersnood ervoor kiezen om niet op een soort reusachtige sprinkhaan uit de lucht te komen?'

'Doe niet zo gek,' zei Veronique. 'Er zijn hier geen leeuwen. Paarden gaan ook dood en komen hierheen. Ze worden getemd en aan het werk gezet.'

'Hebben paarden een ziel?' vroeg Emma.

'Alle levende wezens hebben die,' zei ze. 'Maar wilde dieren laten zich niet zo makkelijk in een kudde drijven. Paarden wel. Dus die verzamelen zich en vinden hun weg naar deze weide om te grazen en te wachten op een kalme, leidende hand.'

'Maar als alle dieren hier komen,' zei Mark, 'en als wij de taken van de Dood moeten aanvullen, waarom kunnen we dan niet op iets als een leeuw rijden?'

'Ik denk,' zei Emma, 'dat het meer de vraag is of je denkt dat je makkelijker een leeuw kunt trainen dan een reeds gedomesticeerd paard?'

Mark luisterde en verwerkte haar woorden om de situatie in zijn hoofd te begrijpen. Maar hij had nog dringender vragen terwijl hij om zich heen keek naar de uitgestrekte prairie. 'Waar zijn de honden? Waarom zijn hier geen honden?'

'Ze raken verdwaald,' zei Veronique. 'En monsieur houdt niet van honden. Hij zegt dat ze altijd tegen hem blaffen als hij hun baasjes komt halen. Ze scheuren aan zijn pij als ze hem te pakken krijgen. Hij brengt ze niet mee als hij het kan vermijden.'

'Dus er zijn spookhonden op aarde?' zei Mark. 'Gewoon... overal?'

Veronique maakte de grendel van een van de staldeuren los en klapte zachtjes in haar handen. Een kleine kudde van verschillende soorten paarden draafde het veld in. Sommige gingen er in galop vandoor en vluchtten voor de vreemdelingen, terwijl andere kalm waren en timide van het gras aten.

'Hebben jullie ooit eerder paardgereden?' vroeg Veronique.

'Ik wel,' zei Emma. 'Toen ik acht was. Toegegeven, het enige wat ze deden, was me in het zadel zetten en het paard een rondje laten lopen aan een longeerlijn. Dus wat rijden betreft, ja, maar... sturen, nee.'

'Voor mij is het gewoon nee,' zei Mark.

'Mark heeft het niet zo op paarden,' vertelde Emma aan Veronique. 'Hij vertrouwt ze niet.'

'Ik ga me hier niet nog eens voor verantwoorden!' klaagde hij. 'Het is geen trauma, ik verzeker het je. Het is volkomen redelijk.'

'Hij hoorde dat ze iemands hoofd eraf kunnen bijten, en sindsdien is hij er bang voor.'

'Het was niet zomaar een gerucht, het was een legitiem historisch verhaal. De Grieken hadden wilde paarden die leerden bijten door te vechten met bergleeuwen, en paarden zijn erg sterk, dus is het logisch dat ze kaken zouden hebben die sterk genoeg zijn om door spieren heen te bijten. Daarbij zijn ze zwaar en hebben ze hoeven. Als ze op je gaan staan, ga je dood. En ze zijn zo hoog. Als je eraf valt, is het alsof je van een praalwagen valt. Dan ga je dood. Alles aan paarden is gewoon een risico op de dood. Je kunt niet eens bij ze in de buurt gaan staan, of ze draaien zich om, schoppen je en je bent dood. Het zijn net emoes.'

Emma wuifde met haar hand naar hem voordat ze zich tot Veronique wendde. 'Dus, heb je misschien leeuwen waar hij op kan rijden?'

'Nee,' zei Veronique. 'Maar ik denk dat ik wel iets heb dat zal werken.'

Emma kreeg een hengst om in te rijden. Ze moest al het werk zelf doen: het paard met een deken en een zadel opzadelen, om het paard tot vriend te maken en het te leren houden van deze lichte vorm van onderwerping die haar de controle zou geven. Veronique hielp haar op weg en leerde haar hoe ze het hoofdstel moest omdoen. Ondertussen kreeg Mark een shetland-pony; een volwassen paard zo groot als een hele grote hond. Zijn taak was veel makkelijker, maar hij zag er nog steeds tegenop om op dat ding te gaan rijden. Niet omdat het gevaarlijker was dan een volgroeid paard, maar omdat hij niet anders kon dan denken dat hij er stom uitzag terwijl hij het probeerde.

'Oké,' zuchtte Mark uiteindelijk. Hij ging op de rug van de shetlander zitten en die kreunde onder zijn extra gewicht. Ze stonden een moment stil in de leegte. 'Ehm... hup dan?'

Marks onzekerheid hielp het paard niet. Hij probeerde naar voren te leunen om het te laten lopen, probeerde het met zijn heupen in beweging te krijgen. Hij probeerde zich geen volslagen sukkel te voelen, als volwassen man op een kinderachtig hobbelpaard, maar het werkte niet.

'Kom op!' drong Mark aan. 'We moeten gaan... zielen oogsten en zo. Jij en ik, paard. Een vlam aan de hemel van een duister lot en een onfortuinlijk einde.' Hij keek naar het veld en zag dat Emma haar paard eindelijk had opgetuigd en in beweging had gekregen. Ze hoefde het alleen nog maar te bestijgen, maar de hengst was een vrijgevochten rebel met een hart van goud en zou zich niet laten binden door een mens dat hij niet kon vertrouwen.

'Kijk daar eens,' zei Mark tegen zijn pony, zijn enige vriend binnen gehoorsafstand. 'Ze gaat er gewoon voor, hè? Soms wou ik dat ik dat ook kon. Niet een paard bestijgen, dat heb ik blijkbaar al gedaan. Maar gewoon... ze is zelfs dapper genoeg om haar eigen leven te nemen. Niet dapper, maar zeker. Zeker dat ze iets kan doen, en dan doet ze het ook. Een leven lang hebben mensen haar verteld dat ze dingen niet kon, en zij ging het gewoon toch doen. Ze pikt geen "nee", zelfs niet van een paard.'

Emma rende naast het paard terwijl het galoppeerde en greep het zadel. Met een sprong tilde ze zichzelf op, stak een voet in de stijgbeugel, zwaaide haar been eroverheen en besteeg het. Het maakte een korte bokkesprong toen ze in het zadel landde. Veronique reed naast haar.

'Borst naar achteren,' instrueerde ze, 'heupen naar voren. Rijd op je achterwerk, niet op je kruis.'

'Hoe laat ik hem langzamer gaan?' schreeuwde Emma.

'Trekken,' zei Veronique. Ze trok aan haar eigen teugels en haar paard vertraagde tot een draf. Emma probeerde hetzelfde te doen, maar haar hand glipte weg en ze draaide het hoofd van het paard. Het bewoog natuurlijk in de richting waarin het keek, terug naar de stal en in het pad van Mark en zijn onbeweeglijke, pluizige ezel.

Mark schopte met zijn voeten tegen de flanken van de pony. 'Oké, nu zijn we allebei in gevaar. Kom op, vooruit. Hup, hup! Komaan! Wil je tot lijm verwerkt worden? Dat is wat er gebeurt als je voor een trein gaat staan!'

De pony kreunde en hinnikte zielig voordat hij zich eindelijk afzette en naar voren sukkelde. Hij zette een paar stappen, ging toen over in een korte, huppelende galop en kwam onmiddellijk van de grond en de lucht in. Alsof hij een onzichtbare heuvel beklom.

'NEE!' schreeuwde Mark. 'Dit is niet de bedoeling!'

'Mark!' schreeuwde Emma terwijl ze voorbijreed. Het lukte haar de teugels te pakken en ze zette haar paard met haar hielen tot stilstand. 'Hoe deed je dat?'

'Ik zat nog liever op een emoe!' schreeuwde hij. 'Dan zou dit tenminste logisch zijn!'

'Emoes kunnen niet vliegen,' corrigeerde Emma hem.

'Ze hebben veren!' schreeuwde hij. Hij ging steeds hoger en vond er helemaal niets aan. Veronique liet haar hengst steigeren en reed voor de pony uit om hem terug te sturen. Emma zat op haar paard en liet het uit zichzelf draven terwijl ze toekeek hoe Mark in de lucht bijeengedreven werd door een gitzwart ros. Het was als een wolk die achter de verjaardagsballon van een kind aanzat.

'Een leeuw zou ook niet vliegen,' zei Emma. Uiteindelijk keerde Mark terug naar de grond, geen spat minder bang dan voorheen. Een pony was leuk en aardig, niet te hoog om vanaf te vallen, maar toen hij vloog, verdween dat voordeel en werd hij zelfs gevaarlijker dan een normaal paard.

De twee bleven oefenen totdat Veronique hen meenam naar hun volgende trainingsgebied langs de oevers van de rivier de Styx...

HOOFDSTUK VIJFTIEN

Mark en Emma waadden de mist in. Het geklepper van hoeven voerde hen dieper het duistere moeras in. Emma, gezeten op haar witte paard met donkere vlekken op de borst, had haar hengst comfortabel onder controle. Mark reed naast haar op zijn pony, wiens dikke vacht de vochtigheid leek te verzamelen.

'Hoe heet die van jou?' vroeg Mark.

'Moeten we ze een naam geven?' vroeg ze. 'Ik nam aan dat hij al een naam had.'

'Ik kan niet beslissen voor de mijne,' zei hij. 'Niets lijkt te passen bij de waardigheid die hij vertegenwoordigt.'

'Waardigheid?'

'Vooral het gebrek eraan. Ik heb even met Napoleon gespeeld, maar met zijn 1,70 meter was hij niet eens zo veel kleiner dan ik. Dat hele gedoe over zijn lengte was in de eerste plaats vooral propaganda, om oneerbiedig te blijven terwijl hij vrij spel had en elk Europees koninkrijk van die tijd veroverde.'

'Dan was hij dus een verspreider van de dood,' zei Emma. 'Hoewel, voornamelijk door Oorlog.'

'Wat ons weer bij die vraag brengt,' merkte Mark op. 'Wij zijn voorna- melijk verantwoordelijk, denk ik, voor dood door ongeval of ouderdom, toch? Pestilentie zou dan voor de ziektes zijn en Hongersnood is op dit moment niet echt een grote prioriteit in de wereld. In het grootste deel van de wereld, bedoel ik. Ja, in sommige delen wel, maar grotendeels niet, en niet voor lang.'

'Waar.'

'Dus we moeten onze paarden niet vernoemen naar een of andere afschuwelijke catastrofe of een zegevierende overwinnaar van duizend veldslagen. Maar ze vernoemen naar, ik weet niet, een natuurlijke doodsoorzaak lijkt een beetje...'

'Nou, en het weer dan?' vroeg Emma. 'Is er geen ruiter voor overstromingen en branden? Vallen die onder het domein van Pestilentie?'

'Nee, dat is waarschijnlijk ook de Dood,' zei Mark. 'O, en moord. Niet elke moord is een oorlogsdaad.'

'Maar dat zou kunnen,' zei ze. 'Als oorlog iets georganiseerds moet zijn met leiders aan het hoofd, kan het ingewikkeld worden.'

'Dus,' zei Mark, in een poging samen te vatten waar ze waren gekomen, 'wij zijn niet verantwoordelijk voor sterfgevallen door ziekte...'

'Jawel,' zei ze. 'De Dood in het algemeen.'

'Maar ziekte is pestilentie.'

'Veronique is door de Dood meegenomen in de oorlog,' zei ze. 'Dus eigenlijk-'

'Dit is allemaal erg ingewikkeld,' klaagde Mark. 'Het verbaast me dat er niet meer ruiters zijn. Of tenminste, meer Doden.'

'Ik veronderstel dat dat het probleem is. Hij heeft het allemaal zelf gedaan en het wordt hem een beetje te veel.'

Zoals ze was opgedragen, bereikten ze de waterkant en wachtten tot de veerman naderde.

'O, o, o! Ik weet hoe ik hem ga noemen,' kondigde Mark aan, zeer tevreden met zichzelf. 'Stormruiter. Hoe cool is dat?'

'Ik vind het leuk.' Emma knikte. 'Oké. Ken je de meeste paarden in de Grand National? Die hebben vaak geestige namen met een woordspeling. Dus, wat dacht je van Prinses Daja?'

Mark beet op zijn onderlip en keek naar Emma's paard. 'Je realiseert je wel,' zei hij zacht, 'dat jouw Prinses Daja een enorme snikkel heeft?'

'Het is de woordspeling. Prinses Da-ja. D. A. J. A. Zoals in, dag zeggen. Doodgaan.'

'Ik snap het. Het is alleen niet echt heel eerlijk. Je brengt die arme jongen in de war. Geeft hem nog een complex.'

'Hij vindt het leuk,' spinde Emma, terwijl ze haar gezicht in de manen van de hengst wreef en hem met kusjes overlaadde. 'Nietwaar, Prinses?'

De hengst hinnikte instemmend.

Charon roeide in zicht als een vage gedaante in het grijze veld in de lucht en tikte toen met de boot tegen de oever. De munten die in zijn gewaad genaaid zaten, rinkelden zachtjes door de klap.

'Bokkenballen,' mompelde hij.

'Goedemiddag,' zei Mark. 'We hebben nog steeds geen gouden munten, maar we vroegen ons af of u ons iets kon leren over, eh...' Hij wendde zich tot Emma.

'*Anatmanschap*,' zei ze, terwijl ze het zorgvuldig uitsprak. 'De studie van... anatten.'

'Ik denk dat we het daarboven gewoon anatomie noemen,' merkte Mark op. 'Zo'n beetje hetzelfde?'

'Nee, nee,' mompelde Charon. Hij duwde zijn riem tegen de oever en maakte zich los uit het zand. 'Deze verdomde, vervloekte rivier staat lager dan gisteren. Er zijn hier geen getijden op de rivier. 't Is een voorteken.'

'Is dat een deel van onze training?' vroeg Mark. 'Moeten we de rivier vullen?'

'Het lijkt hier beneden niet te regenen, tenzij op bevel van de Dood,' zei Emma. 'En het is niet zonnig of heet.'

'Juist,' bevestigde Charon. 'Dan is het een voorteken. Maar maakt u zich daar maar geen zorgen over. Dat zal werk zijn voor een andere keer, voor een groter wezen. Er is mij verteld dat jullie de nieuwe heren zullen zijn om de zielen van de levenden naar deze verdomde rivieroever te escorteren?'

'Ja, dat zijn wij,' antwoordde Mark. Hij probeerde zijn borst vooruit te steken om mannelijker te lijken, maar hij zat nog steeds op de rug van een shetlandpony.

Charon snoof. 'Magere Hein moet wel schimmel in zijn schedel hebben om daarmee in te stemmen.'

'Het is niet alsof we iets beters te doen hebben,' vertelde Emma hem. 'We zijn nog steeds niet *dood*, maar we kunnen vanaf hier niet verder.'

'Wat een geluk voor u.' Charon draaide zich naar hen om en monsterde hen. 'Wat was uw oorzaak van *bijna*-dood?'

'Eh, zelfmoord,' gaf Emma toe. Ze wierp Mark een felle blik toe. 'Door een val.'

'Ik probeerde haar tegen te houden. Maar dat lukte niet zo best.'

'Ah,' zei Charon. 'Een goede kledder en verbrijzeling. Botten, bloed en ingewanden allemaal in vele richtingen verspreid, en niet veel waar u mee hierheen zou komen. Dit is een snode waarheid die jullie mensen nog niet hebben geleerd. De manier waarop u uw laatste rustplaats krijgt, is de manier waarop u hier belandt. Vandaar dat, wanneer een begrafenisritueel voltooid is, gouden munten op de ogen, onder de tong, in de zakken of jas moeten worden bevestigd of zelfs stevig in de hand geklemd. In uw laatste herinnering is hoe u het leven verlaat, hoe u de Dood binnengaat.'

'Ik denk niet dat iemand dat nog doet,' zei Mark. 'Behalve misschien miljardairs? Die echt rare types die tempels en monumenten en zo bouwen?'

'O nee,' zei Emma. 'Wat als ze al die tijd gelijk hadden, en je het *wel* allemaal mee kunt nemen.'

'Ugh,' gromde Mark vol afgrijzen. 'Ik kan veel accepteren, maar dat is niet de wetenschap waarmee ik wil sterven.'

'Jazeker,' zei Charon, 'jullie menselijke onwetendheid is misselijkmakend. Het is een eervolle daad om de waarde van het leven mee de dood in te nemen, want waarde is wat zo veel mensen drijft om te leven, en sterven zonder waarde is sterven zonder dat doel te hebben vervuld. Een man die bij zijn heengaan nog geen enkele munt waard is om vast te houden, is geen man die het waard is om te leven.'

'Hoe zit het met contant geld?' vroeg Mark. 'Briefjes? Papiergeld?'

Charon maakte een streng gebaar met zijn hand. 'Nee. Munten. Goud. Een goudlegering is acceptabel, zolang er meer goud in zit dan niet. Het heeft meer waarde dan u zich in uw wakkere uren zelfs maar kunt voorstellen.'

'Waar geeft u het aan uit?' vroeg Emma. 'Is er een soort winkelcentrum aan de overkant van de rivier dat we niet kunnen zien? Een gigantisch casino? Vinden overleden franchises hier ook hun weg naartoe?'

'Zou je die willen dan?' vroeg Mark. 'Ze zijn niet voor niets failliet gegaan.'

'En die ene tent waar we aten tijdens onze studententijd?' vroeg ze. 'Dat kleine zaakje op de hoek dat allerlei soorten pasteien verkocht?'

'O ja, inderdaad,' zei hij. 'Met die cheeseburgerpastei.'

'Daar zou ik nu een moord voor doen,' zei Emma.

'Nee,' gromde Charon. 'Er is geen pasteienwinkel aan de overkant. En u hoeft niet te weten wat daar is totdat u de munt hebt om het te zien.'

'Als niemand meer met munten sterft, hoe komt er dan nog iemand aan de overkant?' vroeg Mark.

'Niet mijn probleem,' zei Charon. 'Maar als iemand de vooruitziende blik heeft om met waarde begraven te worden, wordt die waarde een deel van zijn ziel. Maar dat geldt ook voor littekens of schade. Zo zal de ziel ook de toestand van het lichaam en de geest weerspiegelen die ze hadden toen ze stierven. Als jullie beiden waren gestorven zoals het hoorde, zouden jullie dezelfde gebroken botten en gescheurde organen hebben als toen jullie de grond raakten, en zouden jullie niet voor me staan, maar slechts een ineengezakte hoop pijn en ellende zijn, verpakt in een zak van vel.'

Mark probeerde er berouwvol uit te zien, maar niet omdat hij haar had gered. Een sympathiek soort berouw, voor de toestand waarin ze zou hebben verkeerd als hij helemaal niet had ingegrepen.

Emma keek Mark aan met een zekere veroordelende minachting. Ze erkende dat hij het beste met haar voorhad toen hij probeerde in te grijpen. Althans, wat hij *dacht* dat het beste voor haar was. Maar hij had niet alleen ingegrepen, waardoor haar laatste momenten nog moeilijker werden dan ze al waren, maar hij had ook besloten haar te vertellen dat hij van haar hield. Dit had ze niet verwacht en ze had er geen antwoord op. Hoewel ze zijn uitspraak met elke vezel van haar wezen verwierp, had het haar aan het denken gezet. Slechts een kort moment, een knagend 'wat als' dat de zaken verder had gecompliceerd, terwijl wat ze echt nodig had, en waar ze zich op had voorbereid, absolute helderheid van doel was. Om het allemaal nog erger te maken, had hij haar niet tegengehouden. Hij had haar per ongeluk samen met zichzelf over de rand doen tuimelen.

'Ik zal niet,' zei Charon, terwijl hij met zijn roeispaan in zijn boot tikte, 'iemand die bloedt of lekt of anderszins gebroken is inladen, want het is niet mijn plicht om hen naar de oever aan de overkant te brengen. Het is jullie taak om de lichamen die gebroken bij u aankomen te herstellen. Als ziel kunnen ze niet meer gekwetst worden, en de pijn die ze voelen is slechts de herinnering aan de pijn die ze bij hun dood hebben opgelopen. Wanneer een ziel hier wordt gebracht, moet deze heel zijn. Jullie moeten hen weer opbouwen tot wat ze waren vóór de dood, zodat ze toonbaar genoeg voor mij zijn om hun overtocht te overwegen.'

'Hoe zit het met farao's?' vroeg Mark.

'Eh?'

'De Egyptische koningen die werden begraven met rijkdommen en omringd door weelde, maar van wie ook de organen werden verwijderd en in potten gedaan om... een of andere heilige reden.'

'Ah, ja,' zei Charon. 'Die waren altijd licht. Net iets lichter dan de rest. Een ontbrekend brein betekent ontbrekende taal. En hun tongen ontbraken ook. Erg stille ritjes waren dat. Dat waren de goede oude tijden.'

'Dus zolang ze er goed uitzien en het kunnen betalen,' vatte Emma samen, 'is het goed genoeg? Zelfs als ze gevuld zijn met zaagsel of in brand zijn gestoken?'

'Ja, ja,' zei Charon. 'De botten, voornamelijk. Zet die weer goed in elkaar voordat je ze hier brengt. Dat zal hen ook helpen hun dood te accepteren, wanneer ze minder gebroken zijn dan voorheen. Laat een man met al zijn verwondingen achter, en hij zal weerzinwekkend, slecht en destructief worden. En ik laat hem nog liever in de diepe afgrond vallen dan het geraas van een gek op mijn reis naar de overkant te moeten aanhoren.'

'Goed om te weten dat u normen en waarden heeft,' zei Mark sarcastisch.

Charon stoorde zich niet aan zijn vinnigheid en roeide weg.

Hij had hun niets anders te leren dan de eisen die hij aan de Dood stelde, en het liet Mark en Emma zich afvragen wie van de twee knorrige, oude avatars het ware einde van het leven was: degene die zielen doelloos liet ronddrijven als schimmen van hun vroegere zelf, of degene die hen liet stranden in ruil voor geld dat hij niet eens kon uitgeven?

De wereld van de dood was een lastig, zinloos iets. Maar het was een wereld die ze beiden bereid waren, en nu getraind waren, om te navigeren.

HOOFDSTUK ZESTIEN

Mark en Emma waren goed op weg om leerling-magen te worden. Ze leerden met hun zeis te zwaaien, zand te beheren, paard te rijden en botten en organen terug te plaatsen in lichamen na afgrijselijke, gewelddadige en gruwelijke sterfgevallen. Die taak bestond niet uit praktijkervaring, maar uit een spervuur van tekst en beeldmateriaal uit de verzameling encyclopedieën van de Dood. Dagenlang krompen ze ineen bij de gruwelen en de breekbaarheid van het menselijk lichaam en hoe ze dat weer moesten herstellen, terwijl Veronique de laatste hand legde aan hun magere hemelvaart: hun pijen.

'Weet je wat?' zei Mark, terwijl hij opkeek uit zijn boek over het uit de ingewanden halen van mensen, in de hoop dat het achterstevoren lezen ervan op de een of andere manier zou uitleggen hoe je een binnenstebuiten gekeerd mens weer normaal kreeg. 'Ik heb echt het diepste respect voor artsen. Hoe is het mogelijk om dit allemaal te onthouden?'

'Monsieur Mark!' riep Veronique. 'Zou u alstublieft hierheen willen komen? Ik moet uw maten opnemen.'

Mark legde met een zucht zijn boek neer. Toen wendde hij zich tot Emma. 'Ik heb nog nooit een pak laten aanmeten.'

'Gewoon je handen omhoog, strak vooruitkijken en aan Engeland denken.'

'Dan scherm ik mijn ogen wel af voor het geval ze vooroverbuigt en een enkel laat zien.'

Mark verliet de zitkamer en keerde enige tijd later terug in een wijdvallende, vloerlange donkere pij met een bijpassende kap die zijn gezicht als een rafelige schaduw bedekte. Het enige wat te zien was, was zijn grimasende mond, die heel licht was bijgewerkt met wat foundation om hem een bleke teint te geven – niet lijkwit, maar meer vaal en schimmiger rond zijn wangen, zoals een gothic die thuiskomt na een nacht doorhalen. Hij tikte met zijn zeis op de grond en probeerde zijn borst vooruit te steken, maar hoe hij zijn lichaam ook bewoog, het geheel viel slap en slobberig om hem heen, waardoor hij er een beetje pafferig uitzag.

'Ik ben de Dood geworden, vernietiger van werelden...' gromde hij. 'Nee, wacht... Ik ben Batman.'

'Je hebt een nachtjapon aan,' zei Emma.

Mark deed de kap af. En toen nog een kap. 'Meer een boerkini eigenlijk.'

De hele pij was gelaagd, twee pijen in één. De buitenste laag was veel wijder en opzettelijk gerafeld, zoals een voorgescheurde spijkerbroek. De laag eronder was massief en sloot aan op zijn lichaam, een volledige pij met een strak samengetrokken naad die van zijn linkerschouder naar zijn heup liep.

'Ik weet zeker dat het er in beweging beter uitziet, kijk maar.' Hij nam een paar snelle stappen door de kamer, in de hoop dat de stof achter hem aan zou wapperen. Dat deed het wel zo'n beetje. Hij snelde weer terug naar dezelfde plek en probeerde te zien of het er net zo goed uitzag als hij dacht.

'Wapper ik?' vroeg Mark terwijl hij naar Emma toe paradeerde. 'Ik wil dat het lijkt alsof ik op ze af glijd.'

'Je lijkt op de weduwe uit een Schots drama die dacht een enorme erfenis te krijgen, maar er toen achterkwam dat Hamish hun spaargeld had verbrast aan hoeren en lijntjes, vlak voor zijn voortijdige dood,' zei Emma, en voegde er met een hese, raspende stem aan toe: 'Nu zal ze haar wraak krijgen!'

'Daar neem ik genoegen mee,' hield Mark vol. 'Dat werkt, zolang ik er maar imposant uitzie als ik door de lucht vlieg. Hopelijk is er genoeg extra stof om de pony te bedekken, zodat niemand hem kan zien.'

'Madame!' riep Veronique. 'Nu bent u aan de beurt.'

Emma stond op en liep Mark voorbij de gang in.

'Hier kan ik dus echt niet op wachten,' zei Mark met een knikje.

Emma snoof en ging met Veronique mee.

Mark bleef in de deuropening hangen en oefende zijn tred. Hij overwoog even om te gluren, maar schudde die gedachte van zich af. Gezien hoeveel er nog onuitgesproken tussen hen was, zou het toevoegen van 'gluurder' aan zijn strafblad die toekomstige gesprekken er niet makkelijker op maken. Bovendien waren ze in het land van de doden. Er was niets wat de sfeer zo'n domper gaf als een zelfmoordpoging die uitliep op een dubbele zelfmoord die maar half was gelukt.

Mark ging al snel weer zijn boek lezen, niet voor zijn plezier, maar omdat hij praktisch wilde blijven. Terwijl hij de oude, afgedankte pij van de Dood droeg, weer in elkaar gezet door Veronique, wilde hij kalm en goed geïnformeerd blijven over zijn toekomstige plichten – om mager te zijn.

Hij sloeg een boek open over de seksualisering van rituele dood in verschillende culturen. De banden tussen seks en dood in religie. Da Vinci's onbeschaamde geilheid bij het ontwerpen van allerlei christelijke kunstwerken. De banden die de schoot van de man verbonden met de kruisen die hij door de eeuwen heen droeg. De vrouwelijke anatomie en hoe alles in elkaar zat...

Hij legde het boek neer en ging met zijn handen op zijn schoot heel rustig zitten, en probeerde nergens aan te denken. Hij was in gevaar. Zijn pij was net zo strak dat als hij opstond, het misschien zou verraden dat hij opgewondener was dan gepast. Hij dacht aan Engeland – aan schulden en pijnlijke cycli van geestdodend, zielvernietigend werk en de karige beloning van zoveel belasting en huur betalen dat hij niet kon sparen voor een aanbetaling om een huis te kopen.

Hij ging van super opgewonden naar precies de juiste hoeveelheid verdrietig. Toen Veronique hun een mogelijke uitweg had geboden, had hij die kans met beide handen aangegrepen. Hij was er zeker van dat als ze dit voor elkaar kregen en bij de Dood in een goed blaadje kwamen te staan, er een kans op een beloning was. Maar niets wat de Dood had gezegd, duidde erop dat die beloning de kans zou zijn om weer te leven. Veel waarschijnlijker was dat Emma's interpretatie zou kloppen: dat de Dood zijn invloed zou gebruiken om hun overtocht van de rivier met de veerman te bespoedigen. Hij streek met zijn handen over zijn gezicht om de groeiende smart op zijn voorhoofd te verzachten. Toen hoorde hij twee paar voeten de gang op komen, samen met een vreemd krakend geluid.

'Monsieur,' verklaarde Veronique, 'uw huisgenote is-'

'Maak hem alsjeblieft niet blij met een dode mus,' zei Emma.

Mark keek opzij. Emma droeg een leren catsuit die zo strak zat dat die haar bewegingen volgde zonder te kreukelen. Het sloot niet zomaar nauw rond haar figuur; het leek haar haast te verstikken, als een tweede huid die donker en onheilspellend was, maar tegelijkertijd volledig onthullend. Het enige deel van haar ensemble dat niet zwart en glanzend was, was haar gezicht, opgemaakt met levendige make-up die haar natuurlijke blos niet kon verbergen.

Hij vond het geweldig.

Mark klapte in zijn handen. 'Veronique, u bent een wonder met naald en draad.'

'Het is heel wat anders dan open wonden hechten,' zei ze, 'maar wel ontzettend leuk! Monsieur Death heeft niets wat hierop lijkt. Ik heb dit allemaal zelf meegenomen.'

'Zeg me alsjeblieft dat je mijn tepels hier niet doorheen kunt zien,' zei Emma.

Mark boog zich voorover om haar te inspecteren. 'O ja, daar zijn ze.'

Emma bedekte haar borst. Het rubber piepte tegen zichzelf.

'Dat was het pak,' zei ze snel. 'Dit... dit ben ik totaal niet, geloof ik. Misschien is het tweede beter? Sorry.'

'Het is niet erg,' zei Veronique. 'Ik doe het met alle plezier. Ik ben u dankbaar dat u me zo laat experimenteren.'

'O, ja, leef je uit,' zei Emma. Ze liep met snelle, piepende passen weg. 'Dat was de *broek*,' hield ze vol.

Mark keek naar zijn eigen pak en wenste even dat het iets cooler was geweest. Lange, wapperende flarden van haveloze, versleten – en verontrustende – gewaden waren niet echt zijn stijl.

Uiteindelijk kwam Emma terug. Haar nieuwe outfit leek er enigszins op. Het was niet langer iets van latex en rubber, maar een outfit die uit delen bestond, met een blouse met donkere ondertoon en een skinny jeans – zwart, natuurlijk. Ze droeg leren rijlaarzen, ook zwart. Ze droeg een bolhoed met een brede rand die net genoeg omlaag hing om haar ogen te verbergen en de bloedrode lippenstift te accentueren die afstak tegen de bleke make-up op haar gezicht. In plaats van een gewaad had ze een zeer lange jas – functioneel gezien een gewaad – maar met knopen om hem dicht te maken en een sierriem om het ensemble compleet te maken.

'Erg mooi,' zei Mark. 'Klaar voor een dagje paardenrennen.'

'Ja,' zei Emma. 'En aan het eind van elke race gaan alle paarden dood.'

HOOFDSTUK ZEVENTIEN

Vol trots werden zijn twee leerlingen aan de Dood gepresenteerd, in hun pijen en met hun zeisen in de hand, bij de stal achterom. En hij zuchtte.

'Dit was tijdverspilling,' mompelde hij.

'Daar kun je niet zeker van zijn,' zei Mark.

'O, jawel,' kaatste hij terug. 'Jullie hebben geen idee tot wat voor dwaasheden jullie in staat zijn, als jullie mij vertegenwoordigen in die belachelijke kostuums of op die meelijwekkende rijdieren.'

'Nou, ik geef toe dat de mijne een beetje een goedkoop verkleedpak is,' zei Mark, 'maar wat is er mis met de hare?'

De Dood wuifde de vraag met een zucht weg, onwillig om te antwoorden.

Ze stegen beiden op en volgden hem en zijn vale paard de weide in. Het trio reed samen tot ze genoeg snelheid hadden om op te stijgen. Mark kreeg het onder de knie, min of meer. Hij week een beetje uit, maar zijn pony wist dezelfde snelheid aan te houden als de hengst en de oude, grijze merrie van de Dood.

'Jullie moeten oefenen met het openen van scheuren tussen werelden,' zei de Dood, 'zodat jullie je moeiteloos van deze plek naar de andere kunnen verplaatsen. Ik ben jullie portier niet.'

'Hoe doen we dat?' vroeg Emma.

De Dood leunde achterover en hield zijn zeis over zijn schouder. Hij klemde hem stevig vast en zwaaide hem naar voren, alsof hij op het punt stond een speer te werpen, en stopte toen, met de punt vooruit in de lucht gericht. Een scheur van knetterende paarse bliksem opende zich. Hij dook eronderdoor en het gat sloot zich.

'U moet snijden in waar u bent,' legde hij uit. 'En uw wil richten op de ruimte die u hebt geopend.'

'En dit is mogelijk door magie?' vroeg Mark.

'Het is mogelijk omdat ik de Dood ben,' verbeterde hij. 'En als u dat ook bent, dan zou het voor u ook mogelijk moeten zijn.'

'Ik geloof in mezelf,' zei Mark zachtjes tegen zichzelf. 'De beste Magere Hein zijn die ik kan zijn.'

'Geloof harder dan dat,' zei de Dood. Hij galoppeerde vooruit door de lucht en gaf hun wat ruimte om te oefenen, terwijl hij als een gier met hoeven boven hen cirkelde. Emma probeerde het eerst. Ze zwaaide haar zeis naar beneden en hield hem voor zich uit. Een paar verdwaalde vonken flik-kerden in de lucht voor haar, en ze liep ertegenaan. Het was alsof je te dicht bij een sterretje kwam. Ze deinsde terug en trok haar hoed over haar gezicht.

Mark probeerde het ook. Hij hield zijn zeis voor zich uit en voelde dat die aan iets bleef haken wat er niet was. Hij dacht dat dat het juiste gevoel moest zijn en probeerde het opnieuw. De tweede keer lukte het hem en hij probeerde datgene wat hij had gevangen te dwingen te scheuren. Paarse vonken begonnen ver voor hem te ontstaan, tot ze een naad vormden. Het was niet breed of hoog genoeg om erin te gaan, maar hij had iets geopend, recht voor zijn hoofd.

Hij vroeg zich even af wat er zou gebeuren als een portaal niet groot genoeg was voor een heel lichaam en zich eromheen zou sluiten. Om te voorkomen dat hij daar achter kwam, dook hij opzij en maakte met Storm-rider net op tijd een barrel roll in de lucht.

'Mooi gevlogen,' zei Emma. 'Hoe deed je dat?'

'Oké,' begon Mark, 'dus je kent dat wel, als je een stuk papier hebt en je trekt er in twee tegenovergestelde richtingen aan, dan scheurt het niet? Alsof je alleen maar de sterkte van het papier in je handen test. Maar dan draai je een heel klein beetje om een klein scheurtje te maken, en je trekt opnieuw, en plotseling is het helemaal doorgescheurd?'

'Ik denk het wel,' zei Emma.

'Zoals je *Clubcard*-bonnen,' zei hij. 'Je weet wel, hoe je eraan trekt om ze van de brief te scheiden, en ze geen krimp geven? Maar je scheurt het een beetje aan de rand en dan springen ze zo van de rest van het vel af?'

'Dus moet ik snijden, trekken of rukken?'

'Alle drie,' zei hij. 'Het voelt eerst gespannen, maar je *wilt* het als het ware scheuren en dan doe je het ook. En dan moet je blijven scheuren en trekken, maar met één goede ruk begint het.'

'Oké.'

Emma probeerde het opnieuw. Ze zwaaide haar zeis en mikte. Ze voelde dezelfde spanning alsof de haak van haar lemmet aan iets onzichtbaars was blijven haken en ze wilde het uit elkaar trekken. In plaats van vooruit te rukken of naar beneden te duwen, duwde ze de punt van het lemmet zachtjes naar voren om een kleine scheur te prikken. De paarse bliksem knetterde dieper en bootste het gevoel na dat ze een klein stukje had gescheurd van wat het ook was. Toen trok ze heel lichtjes, alsof ze een auto zo zachtjes in zijn eerste versnelling zette dat je de transmissie hoorde overschakelen. Het gat dat ze had geopend groeide langzaam, te langzaam om groot genoeg te zijn toen ze het naderde.

Haar hengst sprong er in zijn geheel overheen, en achter haar spatte het uit elkaar toen het portaal instortte. Ze hapte naar adem van verbazing.

'Zijn wij magisch?' vroeg Mark. 'Of zijn de zeisen magisch?'

'Of de pakken?' voegde Emma eraan toe.

'Wat ik me echt afvraag is, als we dit allemaal hadden gedaan toen we nog leefden, had het dan ook gewerkt?'

'Nee,' bulderde de Dood. 'Niet kletsen. Oefenen.'

Zijn aanwezigheid doodde de vreugde die ze voelden door hun gevoel van macht, maar ze bleven lang genoeg bij de les om de finesses van de techniek onder de knie te krijgen. Uiteindelijk slaagden ze er beiden in een behoorlijk groot gat in de lucht te openen, en elke keer ontweken ze het uit angst dat het daadwerkelijk zou kunnen werken, in plaats van dat het te klein of bedekt met bliksem was.

Ze keerden terug naar de grond om de paarden een pauze te geven van al het rondgeren in de open lucht. Hun hoeven waren niet moe, maar hun longen wel. Mark liet zijn pony als een hond rondlopen, terwijl Emma de hare alleen liet ronddwalen. De Dood kwam naar beneden en steeg af met een onderdrukt hoestje en gekreun.

'Deze portalen zijn de enige manier,' legde hij uit, 'om jullie heen en weer te krijgen. En de zielen die jullie bij je dragen, moeten er ook doorheen. Zodra ze dat doen, leveren jullie hen af bij de rivier en rijden jullie weg om opnieuw te oogsten. Dit, duizend keer per dag of meer, is wat jullie moeten doen.'

'Is er wel genoeg tijd in een dag voor duizend?' vroeg Mark. 'Laten we zeggen dat een goede, snelle klus ons tien minuten kost om iemands ziel op te halen en terug te brengen. En we komen gewoon aan, scheppen ze op het uiteinde van onze zeis, slingeren ze het gat in en droppen ze bij de rivier. Zo gaat dat. Tien minuten. Zes per uur. Zes keer vierentwintig... Dat is honderdvierenveertig. Nog geen tweehonderd.'

De Dood kreunde. 'Uw obsessie met tijd en de menselijke perceptie daarvan wordt vervelend. Wanneer u de wereld van de levenden betreedt, staat de tijd normaal gesproken stil. U bevindt zich midden in de chaos van de dood, aan het einde van een leven waarin geen momenten meer kunnen verstrijken. Geen momenten meer betekent...?' Hij wachtte tot Mark het begreep, maar had slechts het geduld om ongeveer een seconde te wachten. 'Geen tijd! Hij verstrijkt niet meer op de manier die u denkt.'

'Dus als u zegt dat er voor ons maanden zijn verstreken,' zei Emma, 'vallen we dan op aarde in werkelijkheid nog steeds van het dak?'

'Nee,' zei de Dood. 'Uw omstandigheden waren uniek genoeg dat uw echte lichamen met u mee moesten komen.'

'Wat betekent dat onze echte lichamen terug zouden gaan,' zei Mark, 'maar niet meer verouderen, omdat de tijd niet verstrijkt. Zelfs na duizenden "jaren" dit te hebben gedaan?'

De Dood zuchtte, en zijn rafelige adem bleef haken in zijn niet-bestaande keel, wat een korte aanval van lichte kuchjes veroorzaakte. 'U zult dit niet voor dezelfde tijdsduur doen. U bent nog steeds sterfelijk. Uw zand zal vallen, *uiteindelijk*, en tegen die tijd heb ik genoeg gezien van uw pruts-werk. Tot die tijd kunt u zo werken dat u mij niet teleurstelt, maar ga er niet van uit dat u mij zult vervangen – dat zal *niet* gebeuren. Ik zal het u gemak-kelijk maken.'

Hij stak zijn vinger op. Een onweerswolk pakte zich direct boven zijn hoofd samen om een schild van duisternis te creëren, wat zijn gewaad nog donkerder maakte en het skeletwitte van zijn gezicht veel witter.

'Honderd. Uw proefperiode zal eindigen na honderd oogsten. Ik zal u de eerste paar toewijzen, en vanaf daar moet u uw zandmeesterschap gebruiken om te weten welke zielen aandacht vereisen, uw zeismeesterschap om de weg te openen die hen in de kortste tijd naar u leidt, uw rijkunde om hen te vinden in de complexiteit van de menselijke samenleving, en uw anatomievaardigheid zal worden getest wanneer ze hier worden teruggebracht en voorbereid voor de veerman.' Zijn vinger draaide zich om naar Mark en Emma te wijzen, en de wolk verspreidde zich boven hen. 'En als u faalt, zal ik *ervoor kiezen* u te laten zakken en u in de rivier zelf te werpen, waar u niet zult worden teruggehaald.'

Plotseling gegrepen door een verlammende angst, reikte Mark onbewust naar Emma's hand. In plaats van die aan te nemen, reikte ze naar hem toe voor een knuffel. Mark en Emma hielden elkaar vast. In de gelaatsuitdrukking van de Dood op zijn trekkenloze gezicht zagen ze de aanwezigheid van een angstaanjagende autoriteit die ze niet konden ontkennen. Na zo lange tijd gasten – en durfden ze het te zeggen, vrienden – in zijn huis te zijn geweest, keerden ze terug naar hun natuurlijke menselijke staat en vreesden ze de Dood opnieuw.

De oprechtheid van zijn belofte trof Emma het hardst. Ze was gewend aan dreigementen van het management die een onderpresterend personeelsbestand in supersterren moesten veranderen. Ze was er ook aan gewend degene in het team te zijn die haar werk deed, en het goed deed. Ze had geen wortel of stok nodig, ze was van nature ijverig en gewetensvol. Emma's probleem was altijd geweest dat ze niet werd opgemerkt en de eer niet opstreek. Minder bekwame collega's liftten vaak op haar succes mee, maar hadden de kunst geleerd om hun eigen loftrompet te steken, en het nettoresultaat was altijd hetzelfde: zij waren degenen die de promoties, de salarisverhogingen en de erkenning kregen.

Maar dit keer niet. Emma had de dood gewenst en was zelfs bereid geweest om gewillig in zijn laatste omhelzing te springen. Nu ze in het Limbus was, moest ze bewijzen een waardige Magere Hein te zijn om een eeuwigheid van kwelling te vermijden en, met de hulp van de Dood, naar de andere kant over te steken. Ze zwoer in stilte om niet alleen te leveren wat gevraagd werd, maar om de Dood zelf het vuur aan de schenen te leggen. Ze zou oogsten alsof haar hiernamaals ervan afhing. Omdat dat ook zo was.

De spontane knuffel die hij van Emma kreeg, deed Marks ziel meer goed dan hij zich had kunnen voorstellen. Er was geen woord gesproken en toch wist hij op dat moment dat hij er goed aan had gedaan haar te proberen redden. Hij had gelijk gehad door haar te vertellen wat hij voor haar voelde, ook al was de reactie niet geweest wat hij had gewild. Hij zag een kracht in Emma die de meesten negeerden, en welke huivering hij ook voelde voor de monumentale taak die voor hen lag, hij wist dat hij op dit moment niemand anders dan Emma aan zijn zijde zou willen hebben. Hoe onvoorbereid, ongetraind en overgekleed hij zich ook voelde, hij wilde echt voorkomen dat hij voorgoed in de rivier zou worden geworpen. En dus greep hij de lange steel van zijn zeis en salueerde naar de Dood.

'Laten we op zielenjacht gaan!' kondigde Mark vol vuur aan vanaf zijn kleine rijdier. Hij tikte zachtjes met zijn hielen en zijn pony stapte voort.

HOOFDSTUK ACHTTIEN

Charon merkte een felle flits in de lucht op, dichter bij de oever van de rivier dan normaal. Hij snoof er minachtend om terwijl hij voortroeide op zijn eenzame veerboot, als eeuwige veerman van niets dan zijn eigen teleurstelling en treurige eenzaamheid. De leerlingen van de Dood, die twee brutale beginnelingen, waren op weg terug naar de mensenwereld.

Zij hadden meer macht en vrijheid dan hij. Zijn enige gezelschap waren zijn munten, waar hij niet eens meer van kon genieten uit angst er nog meer aan het water te verliezen. Hij rolde er een tussen zijn vingers, maar door een rilling viel hij en kwam klem te zitten tussen twee planken van het dek van de veerboot.

'Verdomme, man,' foeterde Charon op zichzelf. Hij bukte en probeerde de munt met zijn vingers los te wrikken, maar hij glipte steeds uit zijn greep. Hij probeerde het met zijn mouw, maar tevergeefs. Toen bedacht hij dat het misschien een goed idee was om hem eruit te rollen, of druk uit te oefenen op slechts één punt om hem er als met een hefboom uit te wippen. Hij duwde hem omlaag tot hij losschoot en wegvloog. De munt tolde door de lucht, bijna overboord, maar Charon ving hem op voordat hij te ver weg dwarrelde. Hij zuchtte van verlichting en leunde weer achterover in zijn stoel.

Toen voelde hij water rond zijn voet. Toen hij hem van de planken tilde, ontdekte hij dat de munt precies genoeg teer had losgewrikt om van het ondiepe gat een klein lek te maken. Zelfs zijn munten verraadden hem nu. Hij klemde de munt in zijn vuist en dreigde hem weg te gooien, maar bedacht zich. Het goud was zijn enige gezelschap op de boot. Hij moest er zo veel mogelijk van bij zich houden...

De hemel boven Liverpool was ongebruikelijk zonnig – een korte periode van zomers weer om te doorbreken wat de eentonige sleur van een schijnbaar eindeloze lente was geworden. De straten waren slechts licht nat van de regen die uren eerder was gevallen. De dag leek overal kalm en vreugdevol. Het was nauwelijks een dag waarvan iemand zich voorstelde dat het zijn laatste zou zijn.

Toch waren Mark en Emma daar om ervoor te zorgen dat die dag de laatste zou zijn die iemand ooit te zien kreeg. Ze zweefden hoog boven de stad met de Dood boven hen, een dreigende schaduw van orde.

'Dit,' verklaarde hij, 'is de stad vanwaar u afkomstig bent. Daarom moet ik aannemen dat u goed bekend bent met de topografie en geografie ervan.'

'Ja,' stemde Mark in, 'vanaf straatniveau.'

'U zult vanaf hier beginnen,' zei de Dood. 'Beoordeel de zandloper. Houd hem vast en observeer de verschuiving van het zand erin. Het zal u wijzen naar waar de verdoemde ziel zich bevindt. Zelfs als hij schuin wordt gehouden, zal het zand alleen in die ene richting vallen en zich opstapelen. Volg het en vind uw eerste taak.'

'En ze dan heelhuids terugbrengen, zodat Charon hen arm en waardeloos kan noemen?' bevestigde Emma.

'Ja,' zei de Dood. 'Als ze niet sterven met een munt, zult u hen voor eeuwig in het vagevuur opsluiten, of totdat de veerman een andere bron van waarde in het menselijk leven vindt om te hamsteren. Maar reken daar maar niet op. Treuzel niet en draal niet. Praat niet met de doden als het niet nodig is, en beantwoord niet te veel van hun vragen.'

'Is er een kans dat we deze zeisen veel nodig zullen hebben om opstandige geesten af te weren?' vroeg Mark.

'Absoluut,' zei de Dood. 'En onthoud, als u een ziel doorsnijdt, moet u hem weer in elkaar zetten. Daartoe...' De Dood haalde een dikke juten zak uit zijn mouw en gooide hem naar beneden. Hij viel als een zeil over Marks hoofd. 'Als ze niet op uw zadel willen rijden, reizen ze mee als bagage.'

De Dood liet zijn paard steigeren en verliet de wereld door een andere scheur tussen de werelden. Hij liet zijn leerlingen achter bij hun taak, hoog boven Liverpool, met niets dan de angst en ellende van hun nieuwe roeping, die nu volledig tot hen doordrong.

'Weet je waar ik me zorgen over maak?' vroeg Mark.

'Ik maak me over een heleboel dingen zorgen,' antwoordde Emma. Ze keek naar de zandloper. Hij was voor Richard Baskerton, en de laatste korrels waren bijna op. Ze kon zien hoeveel zand er nog over was, en het viel met een regelmatige snelheid. 'Laten we ons daar na het werk zorgen over maken.'

Mark knikte en propte de zak tussen zijn benen, waar hij waarschijnlijk het veiligst was. Hij volgde Emma's hengst terwijl ze een steile duikvlucht naar Crosby begonnen. Het was een welgestelde buurt waar geen van beiden aan gewend was, noch ooit veel tijd had doorgebracht.

'Je kent die plekken,' merkte Mark op, 'waar je nooit zult kunnen wonen, zelfs niet als je de rest van je leven spaart?'

'Ja?'

'Nou, we zijn er, en we zijn dood. Dus het is waar.'

Ze knikte een beetje en volgde het zand. Toen ze op straatniveau kwamen, waren ze verbaasd dat niemand geschokt was hen te zien. Mensen leken voorbij te lopen zonder de twee pikzwarte, doodse figuren op vliegende paarden, gewapend met enorme, vlijmscherpe zeisen, op te merken.

'Zal hier wel normaal zijn,' zei Mark. 'Cultuur van de rijken. Ze willen niet stoppen om te wijzen, voor het geval het een nieuwe trend is waar ze nog niet van gehoord hebben, en ze per ongeluk gecanceld worden.'

'Het is hier binnen.' Emma wees naar het dichtstbijzijnde huis. 'Hoe moeten we...?'

Mark haalde zijn schouders op. Hij liep naar de deur en probeerde te kloppen. Zijn hand raakte het oppervlak, maar maakte geen geluid. Zijn hele aanwezigheid werd door de buitenwereld genegeerd, zelfs door de deur. Toen keek hij naar zijn zeis.

'Dek me,' zei hij. Hij liep van de stoep af en probeerde het lemmet van zijn wapen tussen de deur en het kozijn te wrikken. Emma keek om zich heen, nieuwsgierig naar wat ze precies moest doen. In de rij identieke woningen was er geen ruimte rondom het rijtjeshuis om een pad of steegje in te schieten. Er was alleen een voordeur en de naburige huizen die het insloten.

Mark, gefrustreerd dat hij de deur niet open kreeg met zijn zeisblad, porrede in plaats daarvan met de punt van de steel tegen het slot. Hij hoorde een stroef, metalen klikgeluid. Zijn zeis, die gaten tussen werelden kon openrijten, had ongetwijfeld ook enige macht over de simpele messing slotstiften die als grenzen tussen binnen en buiten fungeerden. Hij reikte voorzichtig naar de deur om hem te openen en viel er pardoes doorheen. *Nu* was hij ontastbaar.

'Prima,' kreunde Mark. Emma kwam binnen nadat hij was opgekrabbeld. 'Een hoop rare regeltjes om rekening mee te houden.'

Emma hield de zandloper vast. De bovenste bol trilde een beetje en gaf aan in welke richting ze moesten gaan. Er waren nog maar twee zandkorrels over. Eén viel. Toen, eindelijk, was de bovenste bol leeg. De wereld viel stil. Het licht doofde en alles werd grijs. De momenten van het leven dat ze kwamen ophalen, waren voorbij, en daarmee ook de tijd voor dat leven. Hun plicht bond hen strikt aan dat lot, dus moesten ze het delen totdat ze hun taak hadden volbracht.

'Laten we gaan,' zei Mark. 'Ik weet niet hoelang we hier kunnen blijven voordat we technisch gezien gefaald hebben.'

'Een hoop rare regeltjes,' stemde Emma in.

Ze renden beiden de trap op naar de hoofdslaapkamer, waar ze hun man dood in zijn bed vonden met een riem om zijn nek. Richard Baskerton was een zachtaardig lokaal raadslid wiens ambtstermijn ten koste was gegaan van een grote dosis corruptie. Emma en Mark kenden hem. Althans, ze wisten van hem af. Hij had steekpenningen aangenomen van allerlei belangengroepen, wat doorsijpelde in belastingvoordelen, manipulatie van bouwvergunningen en ouderwetse bruine enveloppen die de armen in zijn kiesdistrict direct troffen, allemaal in een poging hen te dwingen te vertrekken of de hongerdood te sterven in koude, onverwarmde huizen.

En, zo bleek, hij was ook een beetje een perverse viespeuk. Niets onsmakelijks waar anderen bij betrokken waren, maar de man had een voorliefde voor auto-erotische asfyxie. In zijn weerwoord op publieke veroordelingen van zijn gedrag verwees hij opvallend vaak naar de galg en ophanging. Nooit onthoofding, alleen ophanging. Het was duidelijk dat het hem vaak bezighield.

Zijn lichaam lag dood, ontzet, blauw en met schuim op de mond, terwijl zijn geest weemoedig naast zijn bed in zijn ondergoed treuzelde. 'Wie... wie zijn jullie?' vroeg hij.

'Eh...' begon Mark. De situatie was buitengewoon ongemakkelijk. Geen enkele introductie die hij kon bedenken leek te volstaan. Hij was zomaar binnengevallen bij een man die te hard van stapel had willen lopen en erdoor was gestorven. En nog een afschuwelijke man ook.

'Wij,' verklaarde Emma, 'zijn de ruiters van de Dood, de oogsters van zielen, de grimmige fantomen van het lot, gekomen om u naar uw bestemming te brengen.'

'Dat is heel goed.' Mark tikte met de steel van zijn zeis op de vloer als applaus. 'Duidelijk doel, beknopte oproep tot actie. Je was een uitstekende copywriter geworden.'

'Bedankt, partner.' Emma grijnsde, stralend van de lof.

'Wat?' zei Richard. 'Nee. Ik droom. Ik kan onmogelijk dood zijn. Ik heb dit al tientallen keren gedaan. Ik kan hier onmogelijk het loodje bij hebben gelegd!'

'Maar dat hebt u wel!' zei Mark, net zo bombastisch als Emma was begonnen. 'U, die het leven uit uw eigen kiezers en districtsbewoners hebt gewurgd, u, die de mensen die u zwoer te dienen de strop hebt omgedaan, bent nu gevallen door de knoop die u zelf hebt gelegd. De banden van uw eigen gestoorde genoegens hebben u tot het ultieme lijden gebracht!'

'U, meneer,' improviseerde Emma, genietend van hun spontane steekspel, 'hebt zichzelf de nek omgedraaid tijdens het handjiven.'

'Nee!' riep Richard, waarna hij op zijn spectrale knieën viel en in zijn handen weeklaagde.

'O, dit is leuk,' fluisterde Mark.

'Laten we er niet te veel van genieten,' zei Emma, terwijl ze een giechelig lachje verborg. 'Werk is werk.'

'Ja, maar dit soort werk kan voldoening geven. Heel veel voldoening zelfs,' voegde Mark eraan toe.

Ze keken met genoegen neer op de ineengedoken geest, genietend van de macht die nu in hun handen lag.

HOOFDSTUK NEGENTIEN

Mark en Emma keerden terug naar de andere wereld. Het was net als een ladder in een panty. Die lijkt mooi en sterk totdat er precies op de verkeerde plek een haakje in komt, en dan houdt het ladderen niet meer op. Het portaal opende zich en ze leverden hun prooi – de in ongenade gevallen en onverzorgde politicus – af bij de rivier de Styx om Charon te ontmoeten. Daar werd hij weggestuurd vanwege zijn mislukte offerande, waarna ze hem achterlieten in de ongemakkelijke leegte van rustende geesten. Zijn eigen schuld dat hij niet op een fatsoenlijke manier aan zijn eind was gekomen.

Met een zwaai keerden ze terug naar de aarde, maar niet samen. Emma verscheen boven Liverpool, de plek die ze hadden verlaten. Mark was ondertussen ergens anders.

'O, cool. Brighton!' riep hij uit.

De pier boven de zee was in zicht en was op even majestueuze wijze onderbezet als altijd. Er was bijna niemand op straat. Een paar dappere watersporters waren op het strand, hoewel de golven niet echt hoog waren, en alle winkels leken te wachten op klanten om met hun winkeltherapie te beginnen.

Hij haalde de zandloper uit zijn mouw, die verrassend ruim bleek te zijn, een geweldige plek om spullen te bewaren, en probeerde zich te oriënteren. De zandloper helde naar het oosten, dus hij draaide Stormrider om, op zoek naar de ziel.

Hij stuurde zijn paard omlaag en begon een rondvlucht boven de stad op zijn eigen persoonlijke snelweg. 'Kijk, dit is pas bijzonder. Het soort uitzicht waar mensen een paar duizend voor zouden neertellen. En het zich ook zouden kunnen veroorloven.' Er klonk een vleugje jaloezie door in zijn gedachten. Het Insta-perfecte leven dat hij zich voorstelde te kunnen leiden op een plek als Brighton was voor hem altijd net buiten bereik geweest. Zelfs een bezoekje voelde al duur. Nu zou het er nooit meer van komen.

Het zand veranderde. Het verschoof lichtjes naar links, westwaarts. Hij zat zijn eigen spoor op de hielen. En nu begreep hij mogelijk ook waarom. Ze hadden elk een zandloper genomen om het werk te kunnen verdubbelen. De zandloper, of het leven dat de zandloper vertegenwoordigde, bepaalde waar het portaal op aarde openging. Hij inspecteerde de zandloper nogmaals en kneep zijn ogen samen om de naam op het koperen plaatje te ontcijferen. Henrietta Bower. Haar tijd was bijna gekomen. Hij bleef het pad volgen dat het zand tekende, totdat hij bij een seniorencomplex met zorgwoningen uitkwam.

Het was onvermijdelijk dat hij vroeg of laat bij een gepensioneerde zou uitkomen. De meeste doden stierven een natuurlijke dood. Er was geen oorlog in het Verenigd Koninkrijk, afgezien van misschien een klassenstrijd, noch een uitgebreid netwerk van zware criminaliteit. Criminaliteit, ja, maar niet zo georganiseerd als de politici de mensen wilden doen geloven. Dus, vanzelfsprekend, zouden de meeste overledenen gewoon deel uitmaken van de natuurlijke gang van zaken.

Hij daalde af en landde precies op het moment dat alles grijs werd en een beetje indigoblauw. Alle kleuren in de wereld werden 'doods'. Alles wat levendig, helder en vrolijk was, veranderde in grijs, en al het andere werd somber en blauw. De schokkende verandering bracht hem door de verwarring een beetje aan het wankelen voordat hij eraan gewend raakte. Hij had werk te doen.

Hij tikte met het handvat van zijn zeis op het slot van de deur en liep erdoorheen. Dat deel had hij onder de knie. Hij was een inbraakexpert en hij was goed uitgerust. Het huis was een eenvoudig, klein appartement aan de oostkant van een seniorendorp, een terrein met lage, bakstenen gebouwen die verbonden waren met een kliniek gespecialiseerd in geriatrische zorg. De ergste gevallen, of degenen zonder een fatsoenlijk pensioen en een huis om te verkopen om het allemaal te betalen, hadden slechts kamers en appartementjes in het complex, terwijl de rijken en gerespecteerden hun eigen bungalows kregen om in te sterven. Blijkbaar was Henrietta een van die enkele gelukkigen. Maar niet gelukkig genoeg om te blijven leven.

Het eerste wat Mark opviel aan het interieur van bungalow nummer zeven was hoe kaal het leek. Zelfs door het grijze filter van de stilstaande tijd was het duidelijk dat elke kamer in dezelfde deprimerende tint magnoliewit was geschilderd. Hoewel er wel wat meubels stonden, leek niets bij elkaar te passen en niets leek op de juiste manier in de ruimte te passen. Het voelde en zag er allemaal erg tijdelijk uit. Alles was in de kamer gedumpt op een manier die suggereerde dat het niet voor comfort of gemak was neergezet, maar dat de verhuizers zichzelf een dienst hadden bewezen door het gemakkelijk te maken om het er weer uit te halen... wanneer de tijd onvermijdelijk zou komen.

Marks ogen werden getrokken naar een ingelijste foto aan de muur. Er was niets bijzonder opvallends aan de afbeelding van Henrietta, die ingeklemd zat tussen twee grijnzende mannen van middelbare leeftijd van wie hij aannam dat het haar zonen waren. Het was meer het feit dat dit de enige persoonlijke versiering in alle kamers was. Het zat Mark vooral dwars dat de schroef die gebruikt was om hem op te hangen niet in het midden zat. Iemand had de foto duidelijk opgehangen om 'de boel wat huiselijker te maken' en had geen zin gehad om de tijd te nemen een spijker in de muur te slaan. Waarom de moeite doen als er al een prima schroef nutteloos in de muur zit?

Mark gluurde naar de geest van de oude vrouw, die over haar lichaam stond, dat stil in een verstelbaar bed lag.

'O, jee,' zuchtte ze. 'Wat zal de beheerder wel niet denken?'

'Henrietta?' zei Mark. Ze draaide zich om, een oude vrouw met een stijf gezicht en een naar binnen getrokken lip die niets anders dan een frons toeliet. Ze zag de doodsgeest en zijn spectrale pens die onder de kunstzinnige flarden van zijn gewaad uitstak, terwijl hij met zijn zeis in de hand naderbij kwam. 'Ik ben gekomen om u hier weg te halen.'

'Ja,' zei ze. Ze liep naar een nabijgelegen fauteuil in een kleine zithoek – een luxe waar ze duidelijk al dagen, of misschien zelfs weken, niet van had genoten en die ze nog een laatste keer wilde ervaren. Mark nam de vrijheid om tegenover haar te gaan zitten. Toen hij ging zitten, zuchtte Henrietta, en ze leek op de een of andere manier jonger te worden. Veel van haar rimpels verdwenen, haar dunne haar veranderde in een weelderige bos krullen, haar ziekelijk bleke huid kreeg een gezondere, gebruinde kleur en haar ogen glinsterden weer – vrij van staar en vol doelgerichtheid. Ze bereikte een ideale staat: de laatste keer dat ze zich levend had gevoeld, was de staat waarin haar geest verkoos te sterven.

'Vertelt u me eens,' zei ze. 'Gaan we nu schaken?'

'Ik vrees van niet.'

'Hoe is het? Die volgende stap die ik op het punt sta te zetten?'

Mark ging wat beter in zijn stoel zitten en probeerde minder dreigend over te komen met zijn grote zeis, die boven hen uittorende als de boodschapper des doods die het was. Hij wilde hem niet op de grond leggen, voor het geval Henrietta alleen maar deed alsof ze een broos oud dametje was en hij haar kop er op ieder moment af zou moeten hakken. In plaats daarvan legde hij hem als een veiligheidsbeugel over de armleuningen en rolde hem heen en weer zodat hij in evenwicht bleef, wat betekende dat het blad zich precies naast zijn pols bevond als hij zijn arm liet rusten. Het was voor hem onmogelijk om zich gepast tegenover haar te gedragen, ondanks haar inspanningen om in de dood net zo'n dame te zijn als ze ongetwijfeld in het leven was geweest.

'Dat mag ik u niet vertellen,' zei hij. 'Of veel anders.'

'Waarom moet het een mysterie blijven?' vroeg ze. 'Aan wie kan ik het verklappen en zo de verrassing bederven? Ik ben overduidelijk niet meer in dit leven. Ik zou graag willen weten hoe ik me op het volgende kan voorbereiden.'

'Ja, dat zou ik ook wel willen weten,' gaf Mark toe.

'Bent u de Dood niet?' vroeg ze.

Hij bewoog zijn hoofd heen en weer, onzeker over zijn eigen antwoord. 'In feite wel, ja. De Dood breidt zijn dienstverlening nu uit met een breder scala aan... talenten die betrokken zijn bij het ondernemen van de... eh... onderneming. Als het ware.'

'Is dit een positie die zomaar iedereen kan bekleden?' vroeg ze.

'Nee,' zei hij. 'Maar dat staat op een lijst met dingen die ik u niet mag vertellen.'

'Hmph,' snoof ze. 'Ik ben in een adellijke familie getrouwd en heb mijn eerste echtgenoot lang genoeg overleefd om een aanzienlijk fortuin te erven. Daarna werd ik het hof gemaakt door een of andere profijtbeluste jongere man die mijn rijkdom zag als een middel om zijn eigen toekomst te verbeteren. Die man werd gearresteerd voor verduistering en het hebben van banden met buitenlandse overheden. Ik ben niet onbekend met de beter bewaarde geheimen onder de elite. Het is altijd veelzeggend voor een nieuw leiderschap als je een simpele vraag stelt en geen simpel antwoord krijgt. Eenvoud, zo leerde ik te laat in mijn leven, is een fijne verademing van het leven zelf. Het leven is ingewikkeld. Mensen zijn complex. Maar eenvoud is altijd zo vluchtig. Ik wou dat ik het eerder had gekoesterd – maar dat is de rare speling van het lot, nietwaar? Dat degenen die in weelde geboren zijn, eenvoud pas later waarderen; nadat alle pracht en praal zijn glans verliest. Maar degenen die te arm geboren zijn om zelfs maar te kunnen bewonderen wat anderen is gegeven, zullen hun eigen eenvoud nooit waarderen op de manier waarop die wordt begeerd.'

'Hmm.' Mark knikte. Hij vroeg zich af wat hij moest doen. Hij voelde zich op zijn gemak om met haar te praten en haar te laten praten. Er was zeker niemand anders in de buurt, en aangezien de tijd stilstond, wachtte hij niet echt op iemand, maar hij had het gevoel dat er iets niet klopte. Hij vroeg zich af wat er zou gebeuren als hij haar daar gewoon achterliet, gestrand in haar laatste moment. Als hij nu zou vertrekken, zou de tijd dan weer verdergaan? Zou ze dan achterblijven om als geest rond te dwalen en te zien wat er met haar lichaam, nalatenschap en rijkdom gebeurde in de dagen nadat haar overlijden werd gemeld?

Zou dat een wreder lot zijn dan haar naar het vagevuur te brengen en haar voor eeuwig langs de oever te laten dwalen?

'Dit zal ik u vertellen,' zei Mark, nadat hij had besloten wat hij kon delen. 'De plaats waar u naartoe gaat, is eenvoudig. Maar het is een mate van eenvoud die u misschien niet prettig zult vinden.'

Ze trok haar wenkbrauwen op. Voor haar was dat een teken van grote schok. Maar ze knikte en haalde een laatste, diepe adem van aanvaarding. Ze stak haar hand uit zodat hij die als een heer kon aannemen. Mark pakte zijn zeis en nam haar hand om haar overeind te helpen. De oude vrouw stierf met gratie, aanvaardde haar lot met waardigheid en doorstond de rit op de rug van de pony met stil respect.

Mark vergezelde haar in stilte, maar tijdens de reis beloofde hij zichzelf dat als hij ooit de kans kreeg om weer te leven, hij zijn oma vaker zou bezoeken. Elke dag, zelfs.

HOOFDSTUK TWINTIG

Mark keerde terug naar de leegte van de dood om Henrietta af te zetten. Hij keek omlaag langs de rivieroever die aan de vormeloze vlaktes van het oneindige grensde en zag een zwart vlekje dat afstak tegen de omgeving, als een enkele peperkorrel in een berg zout. Hij vloog naar beneden om zich erbij te voegen en trof Emma op de grond.

Mark hielp Henrietta van het paard. Ze gaf hem een beleefd tikje op zijn hand, alsof ze wilde zeggen: 'Goed werk,' en begaf zich naar haar oneindige wachtkamer. Mark keek haar een ogenblik na en liep toen naar Emma toe.

'Hoe was het? Waar is je ziel?'

Ze wees naar het water. Of beter gezegd, eronder. 'Hij stierf aan een overdosis. Werd nuchter zodra hij me ontmoette. Ik bracht hem hierheen en zei hem te wachten op de veerman. Hij vroeg wat er zou gebeuren als hij de oversteek zwemmend zou wagen. Ik zei hem dat hij zou zinken en nooit meer boven zou komen en hij... gewoon...' Ze liet haar arm zakken.

'Arme drommel,' zei Mark. 'Maar goed, geen problemen dus, toch? Geen gedoe?'

'Nee, geen enkel.'

'Je hoefde hem niet in stukken te hakken en weer in elkaar te zetten?'

'Nee. Hij klampte zich gewoon vast. Huilde een beetje. Ik denk dat de drugs een groot deel van zijn innerlijke pijn van jaren en jaren hadden onderdrukt. Zonder kon hij zichzelf niet aan.'

'Nou, dat is triest,' zei Mark. 'Die van mij was gewoon een aardige oude dame. Ik had niet het hart om haar te vertellen dat hier helemaal niets op haar wachtte. Niets dan een uitgestrekte, open, eindeloze vlakte van niets en-'

De twee hoorden vlakbij het gerinkel van metaal. Ze draaiden zich om en zagen Henrietta voorzichtig aan boord van Charons boot stappen. Mark rende ernaartoe om de scène te inspecteren.

'Wat is dit?' vroeg hij.

Charon grijnsde en opende zijn hand. Hij hield twee dikke, prachtige gouden oorbellen vast, massieve schijfjes met haaksluitingen, en een gouden trouwring – een afscheidscadeau dat Henrietta vrijwillig had afgestaan. Ze was met een deel van haar sieraden gestorven.

'Het is net genoeg voor de overtocht,' zei Charon. 'De ring zelf, die zovelen meebrengen, is nauwelijks genoeg waard, maar u, mijn waarde, bent een geëerde en gekoesterde ziel.'

'Ik dacht dat u alleen munten aannam,' zei Mark.

'Goud is goud,' antwoordde Charon. Hij klapte de riem in het water en spatte een beetje op Marks gewaad. 'Het wordt wel een munt als het lang genoeg in mijn zak heeft gezeten. Wees voorzichtig nu, mijn waarde. In de boot kunt u veilig zitten, maar ga niet staan, anders zult u merken dat dit meer geen bodem heeft.'

'Kunt u me vertellen wat er aan de overkant is?' vroeg Henrietta.

Charon grinnikte en sprak op gedempte toon, en ze raakten ver genoeg in de nevel over de rivier dat zijn norse stem de oever waar Mark vastzat niet meer bereikte.

'Huh,' pufte Mark. 'Tja.' Hij zette zijn handen in zijn zij, en Emma voegde zich bij hem met haar paard en het zijne op sleeptouw. 'Dus, vrouwen hebben meer kans om aan de overkant te komen dan mannen...'

'Hoe kom je daarbij?'

Hij pakte een oorlel tussen duim en wijsvinger en wiebelde ermee.

'Hints?' vroeg Emma.

'Het is geen Charades. Ik bedoel, mannen worden meestal niet begraven met gouden oorbellen.'

'Ah,' realiseerde ze zich.

'Of kettingen of enkelbandjes of een heleboel ringen.'

'Sommigen wel,' verbeterde Emma hem. 'Maffiabazen. Rappers. Instagram-influencers.'

'Inderdaad. En supporters van Manchester United.'

'Maar over het algemeen heb je gelijk, ja.'

'Als we terugkeren naar het leven,' zei Mark, 'moeten we ervoor zorgen dat we altijd goud bij ons dragen. Minstens een paar ons. Ik waag liever een kans aan wat daar ook is, dan hier voor eeuwig vast te zitten.'

'En de armen dan?' vroeg Emma. 'Die sterven met niets in hun handen, zonder bezittingen?'

'Laatst in het leven, laatst in het hiernamaals...' Mark knikte. 'Het is over de hele linie een slechte deal. Ik heb mijn hele leven Labour gestemd. Vertel me alsjeblieft niet dat die verdomde Tories al die tijd gelijk hadden en dat het allemaal om de poen draait.'

'Maak je geen zorgen.' Emma wreef over Marks schouder. 'Ze hebben nooit gelijk. Zelfs als ze gelijk hebben, hebben ze het niet.' Ze tuitte nieuwsgierig haar lippen, reikte naar haar zadeltas en haalde een zandloper tevoorschijn. 'Laten we ons allebei naar de volgende haasten. Onze gedachten van al deze vragen afleiden, zodat we niet gek worden.'

'Zijn we echt al op het punt beland,' zei Mark, 'dat ons leven zo ingewikkeld is geworden dat we onszelf moeten afleiden met werk? De laatste keer dat we onszelf dit aandeden, probeerde jij zelfmoord te plegen.'

Emma zuchtte. 'De laatste keer was het omdat ik in een economische wurggreep zat die me in mijn eigen land als een tweederangsburger behandelde, omdat ik meer opties durfde te willen om mijn toekomst te plannen. Dit is iets anders.'

'Het gaat nog steeds over de toekomst,' zei Mark. 'En ironisch genoeg hebben we nog steeds een aanzienlijke hoeveelheid persoonlijk vermogen nodig om vooruit te komen.'

Emma ging er niet verder tegenin. Ze steeg op en verwachtte dat Mark zou volgen. En zij had de zandloper, dus zij kon naar believen het portaal openen en sluiten. Mark zadelde op en steeg van de grond net toen Emma vertrok. Hij haalde haar net op tijd in toen ze haar sikkel naar voren zwaaide en het portaal opende naar...

Nergens. Niets. Geen steden in zicht. Niets dan glooiende groene heuvels en mist. Ondanks hun spookachtige lichamen voelden ze toch een kilte in de lucht en een zompige, mosachtige geur.

'Is dit Schotland?' vroeg Mark.

'Is het dat?' vroeg Emma. Ze keek rond door de wolken over de grond en zag in de verte een kasteel, oud maar eerbiedwaardig, met een eigen parkeerplaats die uitkeek over een ondiep meer. 'Ja, ik denk het wel.'

Mark dook naar beneden, de mist in. Emma volgde. Ze brachten enige tijd door boven de smalle landweggetjes en door de dalen en glooiende heuvels, genietend van het landschap. Praktisch hun eigen achtertuin, hooguit een paar honderd kilometer verderop, en toch was het een plek die zo onvoorwaardelijk ver weg en onbekend voor hen voelde.

Emma volgde het zandspoor via een omweg en vloog hoog over bossen, beekjes en perfect kleine heuvels. Ze namen alle beelden in zich op en geen van de geuren van de eeuwig natte wouden.

Toen werd alles grijs. Alle groentinten vervaagden in een flits. De lucht werd donker, de mist werd ijl en het water kreeg een opaalachtige, onheilspellende zwarte kleur. Emma hoefde niet te kijken om het bevestigd te zien; het laatste zand was erdoorheen gelopen. De pret was voorbij, niet dat het ooit de bedoeling was dat het leuk zou zijn. Ze moesten onmiddellijk hun voorbestemde bewoner van het nieuwe rijk vinden. Anders...

Minutenlang bleven ze het zand volgen dat tegen de rand van het glas duwde. Of minuten relatief aan hun zintuigen en hun snelheid, die zeer hoog was. Ze drongen steeds verder de wildernis in, passeerden geen steden of dorpen, maar kwamen alleen dieper waar meer verspreide kastelen uit de heuvels leken op te rijzen.

'Ik hoop dat ze niet lang hoeven te wachten,' zei Mark.

'Ze zullen blij zijn ons te zien,' zei Emma. 'Daar ben ik zeker van.'

Uiteindelijk verschoof het zand naar een plek: een klein poortgebouw aan de andere kant van een vervallen gracht met een verrotte ophaalbrug, naast een perfect functionele, met ijzer beslagen loopbrug. Het was een historisch kasteel dat verbonden was met een landweg, een soort toeristenval. En de enige kasteelheer was er voor het weekend en was aan de eettafel gestorven, zijn borstkas vastgrijpend, met een onaangeroerd haggisdiner op zijn bord.

De geest van de man was een norse, tandenknarsende, sterk uitziende oude Schot met dikke armen en een dikke baard. 'Wie zijn jullie?' eiste hij. 'Midden op de dag mijn huis binnenkomen, zonder ook maar een afspraak. Weten jullie wel hoeveel werk ik te doen heb voor de zon weer opkomt?'

'Meneer...' begon Mark.

'Moet je jullie zien!' schoot de man terug. 'Gekleed als verdomde spoken op een praalwagen in een kinderoptocht. En jij, meid, met je grote hoed...

nog nooit van een paraplu gehoord? Je hoort je dak niet op te zetten als er een plafond boven je is!'

'O, hij zal Charon geweldig vinden,' zei Mark.

'Wij zijn de Dood,' zei Emma. 'En u bent gestorven. We zijn gekomen om...'

'Denk je dat ik tijd heb om te gaan liggen en dood te zijn?' zei de man. Hij hurkte naast zijn stikkende gezicht en schreeuwde ertegen. 'WORD WAKKER!' Het oog trilde. 'WORD WAKKER, LUIE KLOOTZAK! JE WORDT NIET BETAALD OM OP DE VLOER TE SLAPEN!'

'Meneer, u bent dood,' zei Mark. 'U kunt niets meer doen.'

De man ging rechtop staan en haalde naar hem uit. Mark deinsde instinctief achteruit, onzeker of de klap zou aankomen, maar niet baldadig genoeg om het uit te testen.

'Zeg mij niet hoe ik tegen mijn eigen lichaam moet praten,' zei hij. 'Als ik dat ben, daar beneden, wie ben ik dan hierboven?'

'Uw ziel,' zei Emma, 'die we moeten meenemen...'

'Vergeet het maar!' zei hij. Hij hief zijn armen en stak zijn vuisten op. 'Jullie slepen mij niet mee naar jullie hellegat, duivelsgebroed! Ga in de bek van Satan schijten en zeg dat het een cadeautje van mij is!'

'We werken niet voor Satan,' zei Mark. 'We hebben hem zelfs nog nooit ontmoet.'

'O,' spotte de man, 'zo laag op de duivelse ladder dat jullie je baas nog nooit gesproken hebben? Pompbedienden van het hiernamaals, dat is wat jullie zijn. Vakkenvullers, die ervan dromen om ooit bij de visafdeling te mogen werken, hè? Zit ik ernaast?'

'Meneer,' zei Emma streng, 'het is ons toegestaan u zo nodig *in stukken* mee te nemen.' Ze hield de zak omhoog, de bruine jutezak die nauwelijks groot genoeg was om als zadeltas te dienen. De dreiging hing voelbaar in de kamer, maar de man lachte er desondanks om.

'Dan kun je dat maar verdomd beter doen!' zei hij. Hij stormde met opgeheven vuisten schreeuwend op hen af.

Emma en Mark hadden wekenlang getraind onder de deskundige leiding van de vastberaden krijgsmonnik. Die lessen hadden ze versterkt door de vele anatomische boekwerken in de uitgebreide bibliotheek van de Dood door te spitten, waarbij ze de naam en precieze locatie van elke belangrijke bot- en spiergroep uit hun hoofd leerden. Vrijwel op hetzelfde moment beseften ze dat er een enorm verschil is tussen *weten* hoe je een ziel moet oogsten met een tweehandig snijwapen en het *daadwerkelijk gebruiken* om naar het fantoom van een ander mens uit te halen met de enige bedoeling er stukken af te hakken. Deze plotselinge eis om theoretische kennis om te zetten in praktische toepassing zou velen verlammen.

Maar niet Emma en Mark. Nee, dit tweetal stond te trappelen om te snijden; klaar, bereid en in staat om hun lessen uit het klaslokaal zonder een moment van aarzeling in de praktijk toe te passen.

De man stapte naar voren, zwaaide met zijn lege schouderholte naar Emma en keek verward achterom. Mark had kunstig de arm van de man eraf geslagen. Hij plofte op de vloer en bleef uit zichzelf grijpen. De Schot lachte. 'Wedden dat je dat niet nog eens doet!'

Emma zwaaide en sneed zijn hoofd eraf. Zijn lichaam stond verward en doelloos, alsof hij in één klap blind en doof was geworden, terwijl zijn spookachtige hoofd over de vloer rolde.

'O, dat is verdomd mooi en prachtig,' ging hij spottend verder van tussen hun voeten. 'Denken jullie dat ik een lichaam nodig heb om jullie tot moes te slaan? Ik heb woorden die zo afschuwelijk zijn dat jullie duivel zijn oren zal dichthouden en in zijn broek zal plassen als hij ze hoort. Ik ken vloeken die Christus zelf niet zou bedenken om te verbieden in zijn heilige geschriften, te godslasterlijk voor de hel en te uniek voor de hemel. Ik...'

Mark pakte het hoofd bij de baard op en stopte het, samen met de arm, in de zak. Hij keek Emma aan, en beiden keken ze naar het lichaam, dat nog steeds door de kamer dwaalde en blindelings in het rond sloeg naar alles wat in de buurt was.

HOOFDSTUK EENENTWINTIG

Na slechts een paar zielen geoogst te hebben, waren Mark en Emma aan hun echte, ware leertijd begonnen en ze genoten ervan. Ze genoten er echt van. Emma's baan tijdens haar leven was saai en eentonig geweest, met weinig kans op promotie of beloning, en ze had gesnakt naar iets wat voldoening en waardering gaf – en als dat niet lukte, dan toch op z'n minst een beetje erkenning en waardering.

Hoewel Mark enige voldoening haalde uit zijn werk als grafisch ontwerper, speelde het altijd de tweede viool naast zijn ware passie: het schrijven van sitcoms. Hij was productief; zijn schrijfwerk was goed en hij had zelfs een paar wedstrijden gewonnen, maar hij kon voor geen goud een productiebedrijf vinden dat zijn projecten wilde oppakken. In plaats daarvan hield hij zijn hoofd boven water met grafisch ontwerp voor een reclamebureau, en besteedde hij zijn avonden en weekenden aan het creëren van nieuwe scenario's voor zijn personages.

De aard van bureauwerk was dat je je door opdrachten heen worstelde en snel doorging naar de volgende. Het draaide allemaal om het snel vinden van een oplossing, met weinig tijd om de klant of hun klanten te leren kennen, wat betekende dat het niet veel meer was dan lopendebandwerk dat zich voordeed als creatieve vrijheid.

Ze waren nog maar een paar zielen verder, maar tot nu toe ging alles goed. Ondanks dat de inzet hoog was – letterlijk leven en dood – was hun taak prachtig eenvoudig. Op de afgesproken tijd arriveren, oogsten en de ziel naar de rivieroever begeleiden. Duidelijk, afgebakend en binair, met weinig ruimte voor interpretatie. Net als het schoonspuiten van een terras, was er de onmiddellijke voldoening van goed verricht werk en, zo leek het, genoeg afwisseling om het interessant en fris te houden.

Hoewel zij gelukkig waren, was het duidelijk dat er niet zoiets bestond als een gelukkige dood. Het dichtste dat ze in de buurt kwamen, was iemand die wilde sterven, om er vervolgens achter te komen dat er niets op hem wachtte aan de andere kant – en dat soort einde was slechts het laatste lichtpuntje van een leven dat al ondergedompeld was in een duisternis waar je maar beter niet bij stil kon staan.

Het was emotioneel uitputtend, maar fysiek voelden ze zich nog niet zo moe. Hun armen hadden het het zwaarst te verduren, en de schouders van waaruit ze met hun zeisen zwaaiden. Marks rug was een beetje pijnlijk van het vooroverbuigen om zich aan zijn rijdende pony vast te klampen, maar hij begon eraan te wennen. De tol die het van hen eiste, bestond grotendeels uit onbeantwoorde angsten, vragen en gevoelens over wat ze deden en zagen – en of de Dood hun werk uiteindelijk wel zou goedkeuren.

Deze specifieke tocht had hen naar Londen gebracht, en ze liepen langs de Big Ben, de Theems en staken over naar Waterloo tot ze bij een ziekenhuis aankwamen. Het was natuurlijk een vanzelfsprekende plek om veel doden te vinden, een plek waar mensen naartoe gingen om hun laatste, vergeefse momenten door te brengen in de strijd tegen ziekte of verwondingen.

Hun doelwit, Thomas Berringer, was een jonge man met een wilde haardos en een knap uiterlijk. Een tragische jongeman die ten prooi was gevallen aan afschuwelijk geweld, wat vereiste dat er meerdere politie-agenten aan zijn bed stonden terwijl hij stierf, en om hem geboeid te houden aan het bed waarin hij sliep. Het was een hartverscheurend tafereel. Mark en Emma wisten niet goed of ze wel naar binnen moesten gaan en bleven in de vaalpaarse gang hangen terwijl de tijd wegtikte.

Ondanks dat haar ongelijk keer op keer spectaculair werd bewezen, geloofde Emma nog steeds dat mensen in wezen goed waren maar soms slechte dingen deden – in plaats van te accepteren dat de wereld bomvol klootzakken zat die extreem veel plezier haalden uit de ellende van anderen. Door zich wanhopig aan deze hypothese vast te klampen rechtvaardigde ze, althans voor zichzelf, waarom 'vriendinnen' op school haar busgeld hadden gestolen, waardoor ze elke dag naar huis moest lopen, en dat ze het nooit aan haar leraren of haar ouders had verteld. Zo overtuigde ze zichzelf ervan dat het haar schuld was dat anderen met de eer van haar harde werk op kantoor gingen strijken omdat ze haar mond niet opentrok, in plaats van die van hen omdat ze misbruik van haar maakten. Het belangrijkste was dat dit de reden was waarom ze leningen had afgesloten die ze zich nauwelijks kon veroorloven om de gokverslaving van haar oudere zus, Claire, te bekostigen, die – keer op keer – had beloofd dat ze het geld met rente zou terugbetalen, als Emma haar maar genoeg kon lenen voor haar volgende zekere gok... Pas toen Emma's verlies was opgelopen tot een duizelingwekkend bedrag van zestigduizend pond en ze simpelweg geen krediet meer kon krijgen, drong het besef door dat ze er nooit een cent van zou terugzien.

En toch, terwijl ze het tafereel voor zich beoordeelde en ondanks alle bewijs van het tegendeel, zag ze een mogelijk onrecht.

'Wat denk je dat er is gebeurd?' vroeg Emma op zachte toon, ook al waren ze onzichtbaar en ontastbaar en fysiek op geen enkele manier waarneembaar voor anderen.

'Ik bedoel,' begon Mark, 'hij heeft duidelijk... iets gedaan.'

'Waarom krijgen we geen kaarten of spiekbriefjes? Korte samenvattingen van wie deze mensen zijn?'

'Ik denk dat dat een beetje tegenstrijdig is met het feit dat we ze gewoon moeten vinden en van het leven moeten beroven.'

'De uitdrukking is "van het leven beroven",' corrigeerde ze hem.

Mark kneep zijn ogen samen. 'Is dat zo?'

'Ja, "beroven" als in afpakken.'

Mark kneep zijn ogen opnieuw samen. 'Wat is dat eigenlijk, "het leven beroven"?'

'Ik weet niet... Elke keer dat we aankwamen, zat er een verhaal achter, hè? Hoe klein ook, het enige wat wij te zien krijgen is hoe deze mensen sterven. Wat als hij iemand hielp?'

'Wie helpen?' vroeg Mark. 'Een kartel? Bankovervallers? Ik vermoed niet dat er politieagenten met handboeien om zijn pols aan zijn bed staan omdat *hem* onrecht is aangedaan.'

'Maar wat als dat wel zo was?' vroeg Emma. 'Een soort wraakverhaal, waarin hij alles opgaf, zijn vrijheid en zijn toekomst en nu zijn leven, om een ander te wreken?'

'Wat maakt het uit?' vroeg Mark. 'De hele reden... Kijk, als de Dood hier nu was, weet je dat hij ons precies hierover de les zou lezen.' Hij zette een diepe, demonische stem op, niet helemaal zoals de Dood klonk, maar wel in de geest van de onheilspellende manieren van de ruiter. 'Mensen kennen brengt je dichter bij hen en maakt het moeilijker om hun leven te nemen. Het is jullie plicht, denk er niet bij na.'

'O, dat weet ik allemaal wel,' zei ze, 'maar toch-'

'"Dat weet ik allemaal wel" is eigenlijk het einde van die uitspraak,' zei hij. 'Als je het allemaal weet, dan valt er niets meer te zeggen.'

'Maar er valt nog wel iets te zeggen,' zei ze, 'want wat als-'

'Ik denk niet dat ik dit wil horen,' zei hij.

'Wat als we de keuze hadden,' begon ze, en Mark sloot zijn oren en begon te neuriën, 'om hem wat langer te laten leven, zodat hij kan doen wat er gedaan moet worden?'

'Wat zou dat zijn?'

'Nou, misschien is hij onschuldig?'

Mark kneep zijn ogen tot spleetjes om haar opnieuw aan te kijken. 'Het is omdat hij eruitziet als een lid van een boyband, hè?'

'OF...' zei ze defensief. 'Of misschien is hij wél schuldig en is de dood geen uitweg voor hem. Geef hem genoeg zand om het proces door te komen, of langer. Of misschien kan hij zichzelf beter verklaren – ik weet het niet. Ik wil gewoon niet zitten wachten en me afvragen waarom hij wel en niet de tientallen anderen op deze verdieping die ziek zijn en gewoon wachten tot ze aan de beurt zijn.'

'Tja, als jij dat risico wilt nemen,' zei Mark. 'Maar je riskeert niet alleen het domein van de Dood binnen te dringen, maar ook een van zijn hulpmiddelen te stelen dat we niet zomaar hebben gekregen, om uit een opwelling en gewoon omdat het kan een heel belangrijk deel van de levenscyclus te verstoren. Kijk, ik vind het prima om wat kantoorspullen mee te nemen. Heb ik ook gedaan. Al die plakbriefjes en pakken printpapier die zomaar in het appartement verschenen? Die heb ik niet gekocht. Mijn stoel? Niemand gebruikte hem. Dat kan geen kwaad. Dat is oké. Dat kunnen we doen. Als we echt een hekel aan iemand hebben, kunnen we hem in stukken hakken en zeggen dat het de procedure is. Makkelijk, simpel. Maar bedenk nu dit: zelfs dan doen we nog steeds ons werk, zoals verwacht en zonder problemen. Het is gewoon ons die het werk doen. Als we het werk niet doen, wat dan?'

'... Juist,' zei ze. Ze dacht er een extra seconde over na en wachtte tot

Mark haar had ingehaald. 'Precies. Wat dan? We doen het op de manier van de Dood of... wat?'

'Nou, dan gooit hij ons in de rivier.'

'Maar dat is tegen de regels,' zei ze.

'Hij is de baas,' zei Mark. 'Hij mag de regels breken. Zo werkt macht.'

Emma snoof en liep verontwaardigd door de balie van de verpleegpost heen.

'Ik vind het ook niet leuk, maar zo *werkt* het nu een*maal*.'

Rond die tijd merkten ze dat hun tijd op was. De kleuren in het ziekenhuis vervaagden, wat er niet heel anders uitzag dan normaal. Het was om te beginnen al voornamelijk wit en grijs geweest, maar een paar borden veranderden en alle uniformen van de langsrennende verpleegkundigen en medewerkers werden grijstinten.

De man in de kamer trad uit zijn eigen lichaam en keek om zich heen. Hij betastte zichzelf en rolde zijn pols in zijn handpalm rond voordat hij de eerste maaier in de gang in het oog kreeg: Mark. Hij en Mark keken elkaar aan. De man was even angstig, maar werd toen milder en liep naar voren.

'Hé, man,' zei Thomas, heel charmant en vriendelijk. Emma verstopte zich onmiddellijk in de aangrenzende kamer om toe te kijken. Thomas stak zijn hand uit en trok hem toen weer in. 'Eh, tja, ik denk dat het daar een beetje te laat voor is, hè?'

'Een beetje,' zei Mark. Hij schudde toch zijn hand.

'Ah, nog steeds van vlees en bloed,' merkte Thomas op. 'Ik dacht dat ik een skelet zou aanraken.'

'Dit keer niet,' zei Mark. 'Thomas Berringer, ik ben gekomen om u naar de volgende wereld te brengen. Naar uw nieuwe eeuwigheid. Uw tijd is om en u...'

'Ja, maar eh,' begon hij, 'dat is eigenlijk een beetje een probleem voor me.'

'Ja,' zei Mark. 'De dood is voor de meeste mensen een probleem. Het laatste probleem. Het allerlaatste dat ze ooit zullen hebben.'

'Nou ja, het is niet per se een probleem voor *mij*,' gaf hij toe, 'gezien waar ik voor moest voorkomen. Een paar verzonnen aanklachten om een man bij zijn vrouw weg te houden. Dit complot gaat diep, man. Ik zeg het je – misschien weet je het zelfs al. De alziende, alwetende Dood die u bent. U moet weten wie hier echt de schuldige is.'

'Hmm,' neuriede Mark. Hij wist het niet. Zijn discussie met Emma was er juist over gegaan hoeveel ze niet wisten over degenen die ze kwamen halen, iets waar hij vrede mee had omdat het zijn werk stroomlijnde. Maar hij wilde zien hoezeer hij gelijk had.

'Ik kan u niet terug tot leven wekken,' zei Mark. 'Dat is onmogelijk. Maar als er iemand is die u wilt zien voordat u gaat, of iets wat u moet weten dat er gebeurt, dan misschien...'

Thomas boog zijn hoofd en sloeg zijn handen in elkaar. Voor hem was het goed genoeg. Hopelijk zou het ook voor Emma goed genoeg zijn...

HOOFDSTUK TWEEËNTWINTIG

Mark reed op zijn shetlander – een grimmig en intimiderend paard uit het hiernamaals, zoals hij zijn passagier verzekerde – over de vele stedelijke wegen en steegjes in de kille, grijze wereld van het laatste vervaagde levensmoment. Thomas Berringer had een afscheid gekregen als geen ander, waarbij de geest van zijn toekomstige kerst hem vergiffenis schonk en een bekentenis aflegde. Maar hij had zijn geschenk vele maanden te vroeg gekregen. Bijna een halfjaar te vroeg, om precies te zijn.

Emma had ondertussen Marks plan door en volgde hem van beneden, waar een paard hoort te zijn, gepast ver achter de pony, zodat ze wel kon zien, maar zelf niet gezien werd. Thomas was hoe dan ook te zeer in beslag genomen door het uitzicht op Londen van bovenaf om er echt aandacht aan te besteden.

'Dit is geweldig, maat,' zei Thomas. Hij klemde zich vast met zijn dijen, zodat hij zijn armen kon spreiden om de spookachtige bries in de stilstaande lucht te vangen. 'Wat een manier van reizen, hè?'

'Het werkt,' zei Mark. 'Daarover gesproken, waar gaan we naartoe?'

'Harlesden,' zei hij. Hij wees ruwweg naar een gebied ten noordwesten van waar ze waren. Mark liet de pony afwijken van hun pad dat van het ziekenhuis wegleidde. Hij besloot te kijken wat het einde van Thomas' verhaal had kunnen zijn, om te extrapoleren op basis van wat hij zelf kon

zien en vinden, en het Emma dan onder de neus te wrijven als het iets heel
ergs bleek te zijn. Anders zou het een goede manier zijn om tijd te verspillen
en te bewijzen dat ze hun inspanningen beter konden besteden aan het
simpelweg vervoeren van de geesten die ze vonden, met zo min mogelijk
interactie.

Marks grootste angst betrof het zand in hun eigen zandlopers, nog
steeds onzichtbaar maar altijd aanwezig, als een kapotte klok die één tik
verwijderd was van de middernacht van hun hele schepping. Hij stelde zich
voor dat als ze aan het treuzelen waren wanneer hun tijd verstreek, dit veel
van de gratie en welwillendheid die ze hadden verworven teniet zou doen.
De pony was geen levende pony; het was er een uit het hiernamaals. Als zij
tot geen van beide werelden behoorden, wat zou er dan van hem worden?

Die laatste zandkorrels, zolang ze vast bleven zitten, waren de enige
barrière die verhinderde dat Mark zelf een ziel werd. Zolang hij van vlees en
bloed bleef en zijn doodse plichten goed uitvoerde, was er een kans – zij het
een oneindig kleine – dat hij zou worden teruggestuurd naar de aarde.

Mark was zich er scherp van bewust dat hij zich nog in zijn eigen
lichaam bevond. Thomas niet. Hun fysieke interacties waren onderdeel van
een soort uniek aspect van hun situatie. Thomas was een pure geest die, als
hij daartoe geneigd was, waarschijnlijk kon leren te komen en gaan wanneer
hij wilde. Maar verdwaald in één enkel moment in de tijd, zou de schade die
hij kon aanrichten minimaal zijn. Eén probleemgeest zou een berisping
opleveren. Hun leerlingschap stond op het spel.

'Daar beneden.' Thomas wees. 'Dat gebouw, precies daar.'

'De flats?'

'De eerste op de hoek, naast het park.'

Mark vloog naar beneden en landde vlak buiten een flatgebouw. De
flats waren brutalistisch, voormalig gemeentelijk eigendom en nu elk bijna
een miljoen pond waard. 'Vervallen' was nog zacht uitgedrukt. Buiten
stonden een paar kinderen – jonge tieners die eruitzagen alsof ze net klaar
waren met een potje matten en nu op de stoeprand uitrustten voordat ze
verdergingen. Hele garderobes hingen aan waslijnen en balustrades op de
raambalkons, die waren afgesloten met ijzeren hekken.

Het leek een plek waar een man als Thomas, met zijn getatoeëerde
armen en dood door politietoezicht, vandaan zou komen. Maar hij was een
mens. Hij had zijn omstandigheden. Mark nam gewoon aan dat die
verschrikkelijk waren en wilde dat bewijzen. Emma had haar eigen aanname

gemaakt en twijfelde, maar hield vast aan het bevredigen van haar eigen opdringerige nieuwsgierigheid. Ze had de macht om te leren, dus waarom niet?

Thomas liep zo de open voordeur van het flatgebouw binnen. Hij ging naar de derde verdieping en liep naar een deur. Zijn hand ging door de deurklink. Hij leunde half verslagen tegen de deur tot Mark hem had ingehaald.

Mark tikte op de deur, waardoor die van het slot ging. Toen pakte hij Thomas bij zijn schouder. 'Met mij mee,' zei hij.

Hij was er niet zeker van of het zou werken. En zo niet, dan was hij van plan zijn gezicht te redden door met zijn zeis te zwaaien en Thomas uit de weg te ruimen, de stukken in de zak te gooien en rechtstreeks naar het voorgeborchte te sturen voor een kans om de waterkoker aan te zetten, de biscuitjes open te maken en neer te ploffen in een van de leunstoelen van de Dood.

Maar het werkte wel, en ze stonden beiden in de krappe flat waar een vrouw met een sigaret in haar mond over de rugleuning van een stoel hing en televisiekeek.

De flat had betere tijden gekend. De kieren waar de vloer de muur raakte, waren allemaal vies en het grootste deel van de plinten ontbrak. In blinde hoeken hingen spinnenwebben, de lampenkappen waren allemaal nicotinegeel, maar waren waarschijnlijk oorspronkelijk babyblauw geweest. Het tapijt was gescheurd en versleten en legde een hele rij vloerplanken bloot waar de verhuurder gewoon geen moeite had gedaan om het te vervangen, en er in plaats daarvan een decoratief looppad van had gemaakt. Het aanrecht stond vol met afwas, en onder het fornuis, waarvan nog maar één pit werkte omdat de rest kapot was, waren glasscherven geschoven.

'Ze heeft opgeruimd,' zei Thomas. 'Heh. We hebben hier een helse ruzie gehad.'

Mark bleef neutraal en stil, maar het tafereel ontvouwde zich langzaam. Hij zag Emma buiten voor het raam. Ze parkeerde haar paard in de lucht en klom als het ware langs de zijkant naar beneden om, zonder gezien te worden, een hoek te vinden om door het raam te kijken.

Thomas cirkelde als geest om de vrouw heen. 'Vetti,' fluisterde hij. 'Kun je me horen?'

'Dat kan ze niet,' onderbrak Mark. 'Uw aanwezigheid kan deze wereld niet langer beïnvloeden.'

Thomas deinsde achteruit en knikte. Toen keek hij Marks kant op. 'Maar die van jou wel.' Mark kneep zijn ogen tot spleetjes. 'Jij hebt dat slot opengemaakt, hè? Dat ding dat je hebt... dat moet vast handig zijn.' Hij liep naar Mark toe, met een veerkrachtig pasje. Alsof ze beste vrienden waren en hij hem even om een brutale gunst wilde vragen. 'Ik wed dat je daar van alles mee kunt openmaken.'

'Dat kan ik,' zei Mark, terwijl hij onbewust de zeis verder van zich af bewoog. 'Maar alleen ik.'

'O ja?' zei Thomas met een sarcastisch knikje. 'Dan ben jij even een geluksvogel, hè? Niemand anders mag eraan komen. Al die macht, helemaal voor jou alleen.'

'...Ja,' stemde Mark in. 'Ik heb u hierheen gebracht zodat u haar nog een laatste keer kon zien. Dat is de enige troost die ik u kan bieden tot een moment in de toekomst, waarop u haar misschien weer zult kunnen zien.'

Thomas knikte. Hij stak zijn handen in zijn zakken en zette een geforceerde, pijnlijke glimlach op. Hij veinsde berusting. Toen dook hij naar de zeis. Mark deinsde achteruit tegen het aanrecht. Thomas worstelde met hem en de gerafelde flarden van zijn pij gleden van hem af. Mark trok zich terug totdat zijn rug de muur naast het fornuis raakte. Thomas hield hem bij de keel en probeerde hem te slaan. De klappen deden geen pijn; hij leed niet en voelde er niets van, behalve een scherpe, koude bries die in zijn huid trok. Het was alsof een koelkast op hem hoestte.

Toen Thomas besefte dat zijn klappen zinloos waren, ging hij direct voor de zeis zelf. Hij greep hem met beide handen vast. Tot Marks verbazing was de greep van de geest stevig. Het was een spirituele entiteit, een spookachtig werktuig uit de andere wereld. Marks lichaam was immuun voor geesten, zoals het altijd was geweest, maar de zeis en zijn pij waren dat niet. En zijn pony waarschijnlijk ook niet! De geest wist de zeis uit Marks handen te draaien en rukte hem weg.

'Nee!' schreeuwde Mark. Hoe had hij zo stom kunnen zijn? Het was één ding om niet naar het advies van anderen te luisteren. Niet naar je eigen advies luisteren was onvergeeflijk. Om Emma zijn gelijk te bewijzen, om punten te scoren op een denkbeeldig scorebord, had hij alles op het spel gezet en was hij tekortgeschoten. Dit kon hij bij de Dood niet afdoen als een toevallige fout. Er was geen 'ik moet er nog inkomen, ik zal dezelfde fout niet nog eens maken'-ontsnappingsclausule... Wat Mark had gedaan, ging tegen vrijwel de hele lijst van absolute no-go's in tijdens één enkele oogst.

Thomas richtte het blad recht op hem.

'Kan hem niet gebruiken, hè?' zei hij. Een plotselinge waanzin maakte zich van hem meester – of beter gezegd, het vernislaagje van een aangename, brutale kwajongen werd eindelijk afgeworpen en onthulde de gek die hij altijd al was geweest. 'Net als die agent zei voordat ik zijn uitschuifbare wapenstok pakte en hem door z'n strot duwde! Net als mijn partner me vertelde – "Dat mes is niet voor jou, Tommy! Dat meisje is niet van jou, Tommy! Ze is van een ander!" Nou, hij is NU VAN MIJ! Hij is in MIJN handen! Dat betekent dat hij van mij is! Dat is hij, dat was hij, dat is zij en dat ZAL ze zijn!'

Thomas hield de zeis triomfantelijk omhoog, klaar om uit te halen.

Mark zette zich schrap tegen de muur, met gebalde vuisten en gespannen beenspieren. Mark was niet alleen boos op zichzelf, maar ook woedend dat dit vreselijke stuk vreten het lef had om misbruik te maken van zijn goede wil. In elk ander scenario zou hij verlamd zijn van angst, zich terdege bewust van de schade die de zeis hem zou toebrengen. Maar woede – de absolute razernij die Mark voelde – oversteeg elke neiging om ineen te duiken of te kronkelen. In plaats daarvan stormde Mark naar voren, klaar om de ledematen van zijn tegenstander met zijn blote handen af te rukken-

Thomas' hoofd plofte van zijn romp en viel achter hem neer. Zijn lichaam versteende van angst, terwijl hij vanaf de vloer opkeek naar de zorgvuldig geplaatste laars op zijn voorhoofd. Emma was via het balkonraam binnengekomen en had Mark de kans ontnomen om hem een middeleeuws lesje te leren.

Mark pakte zijn zeis en duwde het lichaam omver. Emma deed een stap achteruit en liet Thomas met zijn gezicht tegen de vloer vallen.

'Ik denk dat dit de reden is,' zei Emma, 'waarom we ons niet moeten bemoeien met de vorige levens van de overledenen.'

'Ik denk niet dat het allemaal moordenaars zullen zijn,' zei Mark. Zijn handen trilden nog van de adrenaline.

Emma knikte. 'Maar die aan bedden geboeid zijn misschien wel...'

'Als ze al beoordeeld zijn, zullen we dan afspreken dat we het gewoon bij dat oordeel laten? Als we het mis hebben-'

'Wij beoordelen niemand,' zei Emma. 'Voor zover wij weten, wordt dat aan de overkant van de rivier afgehandeld.'

'Juist,' zei Mark. 'Dat is precies wat het is – en we moeten er niet meer naar vragen.'

'Ik ben niet degene die hem hierheen heeft gebracht,' herinnerde Emma hem eraan.

'Inderdaad. Laten we het een mysterie laten,' zei Mark. Ze knikten allebei en zuchtten. Toen gaf Mark het lichaam een tik met zijn voet. 'We moeten om een grotere zak vragen.'

HOOFDSTUK DRIEËNTWINTIG

Vijf gehad, nog vijfennegentig te gaan.

Mark en Emma keerden terug naar de vlaktes van het vagevuur, zetten Thomas weer in elkaar en lieten hem achter met niets anders dan de contouren van de rivier in de verte om hem naar zijn lot bij Charon te leiden. Hij zweeg terwijl ze aan het werk waren. Blijkbaar was het verlies van zijn laatste wraak, en ongeveer 75% van zijn vorige lichaamsmassa, genoeg om hem koest te houden.

Ze waren het erover eens dat het makkelijker was om zich gedeisd te houden, hun mond te houden en aan het werk te gaan. Om in de dood te leven zoals ze in het leven hadden gedaan.

Maar die gedachte hield slechts stand vanaf hun vertrek totdat ze door het portaal terugkeerden. Hij verzuurde en rotte weg in een recordtijd. Het vooruitzicht van een eeuwigheid vol ongemakkelijke dienstbaarheid was gewoon niet aantrekkelijk. Dus kwamen ze een aantal concessies overeen terwijl ze op weg waren naar hun volgende prooi.

'Eén,' zei Emma. 'We moeten altijd de toeristische routes nemen. Kijken wat we kunnen zien van de delen van het VK waar we nog nooit zijn geweest, nu we de kans hebben.'

'Twee,' voegde Mark toe. 'We bemoeien ons niet met spokenperikelen, hoe meeslepend ook. Dood is dood. Het is tijd om verder te gaan.'

'Drie,' ging Emma verder. 'Oordeel niet. Er is geen goed of fout. De dood is het einde. Straffen ligt niet in onze macht.'

'Vier,' zei Mark, met een waarschuwend vingertje. 'Als ze echt straf verdienen, hakken we ze in stukken en stoppen we ze in de zak.'

'En dan krijgen ze een ruige rit naar huis,' knikte Emma.

'En een toeristische, als het even kan!'

'Laten we ze echt in hun eigen lichaamsdelen stoven om na te denken over wat ze hebben gedaan.'

Mark grinnikte. 'Oké, vijf. Uhm... Niet racen tegen de treinen.'

'Waarom niet?'

'Oké, goed punt.'

'Hebben we een vijfde toevoeging nodig?' vroeg ze. 'Ik denk dat we alle belangrijke punten al hebben gehad.'

'O!' riep Mark uit. Hij hield zijn hand op om haar aandacht te trekken. 'Vijf: als er een... compromitterende situatie is, die te maken heeft met de aan- of afwezigheid van kleding, dan pakt ieder van ons op wat... bij ons past. Akkoord?'

Emma knikte vastberaden. 'Goed idee. Want wat ik echt niet zou willen, is de slaapkamer binnenlopen van een man die een beroerte kreeg terwijl hij zich aan het aftrekken was, mogelijk ook een hartaanval had, en misschien een ruk.'

'En ik voel precies hetzelfde,' zei Mark. 'Precies hetzelfde. Over het binnenlopen bij naakte vrouwen. Maar ik denk dat het minder ongemakkelijk en minder confronterend is als we ons tot ons eigen geslacht beperken.'

'Ja, akkoord,' zei Emma. Ze tikte op de zijkant van de zandloper en bestudeerde de naam: Shahir bin al Marik. 'We hebben tot nu toe geluk gehad met mensen die Engels spreken, maar wat als dat niet zo is?'

'Spreken we niet een soort... rechtstreeks-in-hun-geest, universele taal, zoiets?'

'Ik weet het niet,' gaf ze toe. 'Ik weet het niet zeker. We hebben een systeem nodig. Sterker nog, misschien is het het beste als we helemaal niet praten? Iedereen heeft ons tot nu toe herkend als de Dood, in ieder geval genoeg om niet echt te twijfelen aan wat er gebeurt.'

'Gewoon even zwaaien en ze dan naar het paard wijzen,' stelde hij voor.

'Ja!'

'Wat voor jou heel goed zal werken, want jij nodigt ze niet uit op een pony.'

'Tja, inderdaad.'

'O!' riep Mark uit. 'Ik heb net nummer zes bedacht.'

'Zes? Serieus? Als we er nog meer willen, kunnen we net zo goed doorgaan tot dertien.'

'Waarom dertien? Hoe dan ook, deze is volgens mij goed. Maar hij is complex, dus luister goed.' Hij haalde adem en ordende zijn gedachten voordat ze allemaal in de verkeerde volgorde zijn mond verlieten. 'Dus, niemand is blij om dood te gaan, toch?'

'Nee, nooit.'

'Zelfs als het een eigen keuze is, kunnen we er niet van uitgaan dat ze er blij mee zullen zijn.'

Emma knikte langzaam.

'Dus ze willen misschien niet met ons meegaan,' zei hij.

'Dat zou een probleem zijn.'

'In die gevallen,' legde hij uit, 'moeten we opener worden. Dus de gang van zaken zou moeten zijn: we verschijnen, tikken met de zeis op de grond' - wat hij deed - 'laten zien dat we het menen, en wijzen ze naar het rijdier. Ik zal er wat meer op aandringen, duidelijk maken dat ik het net zo vervelend vind als zij, en dan gewoon op weg gaan. Als ze troost nodig hebben, bijvoorbeeld omdat ze niet geloven dat het echt is of instorten, dan kunnen we praten, maar we kunnen ze niet alles vertellen. We moeten ze alleen het minimale vertellen om ze op het paard te krijgen. We hakken mensen alleen in stukken als ze ons aanvallen of onze zeisen proberen te stelen of zoiets. Geloof me, als iemand huilt, met zijn armen zwaait, op je borstkas slaat, doet het geen pijn. En ze hebben waarschijnlijk gewoon een goede huilbui nodig vanwege... je weet wel, het sterven.'

'Juist.'

'En we kunnen met ze praten en naar ze luisteren als ze daardoor met ons meegaan.'

'Dus, voor noodgevallen,' zei Emma, 'empathisch zijn en ze als een mens behandelen?'

'Ja. Anders... kop eraf.'

'De dagelijkse sleur.'

'De dagelijkse sleur,' zuchtte hij.

De wereld werd grijs, wat hun te kennen gaf dat hun goed bestede tijd voorbij was en hun plicht onmiddellijk moest beginnen.

'Goed,' zei Mark. 'Daar gaan we dan.'

Mark en Emma vonden hun doelwit op straat. Zijn nek stond in een vreselijk verkeerde hoek onder aan een betonnen trap. Zijn geest bevond zich op enige afstand. Emma's zandloperkompas wees alleen naar het lichaam, wat een heel nieuw probleem aan het licht bracht als een ziel besloot om er even vandoor te gaan.

Mark ging als eerste, een duistere verschijning met een schattige pony en totaal geen emotie. Shahir, een Arabische man met een dikke baard en een pet op zijn hoofd, keek Mark met angst en minachting aan voordat hij tegen hem begon te schreeuwen. Helaas was dat in een taal die Mark niet kende, wat hem onmiddellijk deed twijfelen aan zijn theorie dat ze nu een soort etherisch Esperanto spraken. Shahir schreeuwde opnieuw en leek boos, maar er was nog steeds niets waar Mark zich aan kon vastklampen.

Toen draaide Shahir zich om en viel op zijn knieën. Hij liet zich op zijn handen vallen en boog in gebed. Mark bleef staan, onzeker hoe hij de situatie moest aanpakken. Hij draaide zich om naar Emma, die vlakbij achter een boom wachtte. Ze spoorde hem aan om verder te gaan. Hij knikte en stapte op de man af. Hij wachtte tot Shahir stil werd en het enige wat tussen hen overbleef zijn zware ademhaling tegen de stoeptegels was.

'U bent dood,' zei Mark. Shahir keek op, met tranen in zijn ogen, en Mark knikte.

'Nee,' zei Shahir. Zijn mond bewoog anders dan de woorden die Mark hoorde. En hij hoorde die in een monotone, soort geautomatiseerde telefoonstem. 'Dit kan niet. Dit is niet waarvoor ik heb geoefend. U bent niet de hand die mij komt halen.'

'Ik kan u niet helpen,' zei Mark. 'Ik kan u alleen begeleiden.'

Shahir liet verslagen zijn hoofd hangen. Hij stond op en ijsbeerde wat rond, wreef in zijn ogen en worstelde overduidelijk met wat hem te wachten stond. Hij keek Mark met extreme intensiteit in de ogen en schreeuwde duidelijk weer, hoewel Mark slechts een stabiele, robotachtige monotone stem hoorde. 'Mijn leven is niet tevergeefs geweest. Echt niet. Dat zweer ik.'

Mark legde zijn hand op Shahirs schouder. 'Geen enkel leven is tevergeefs.'

Shahirs lip trilde. Hij leunde naar voren en omhelsde Mark. Mark was altijd al wel te vinden voor een goede knuffel en beantwoordde die gewillig, terwijl hij hem op de rug klopte. Het voelde alsof hij op het oppervlak van een badkuip vol water sloeg, maar hij doorstond het. Hij ondersteunde Shahir de hele weg naar de pony, wat Shahir aan het lachen maakte. Toen zadelde hij op en gingen ze ervandoor, de lucht in. Emma kwam van bovenaf en regelde het portaal. Vanaf daar was de rest een kwestie van procedure. Shahir dwaalde de leegte in om degenen van zijn geloof te vinden, overtuigd dat zijn land niet aan de overkant van de rivier lag, maar ergens in de woestijn van het dode geloof.

'Oké,' zei Mark. 'Dus, als proef was dat best goed. Min of meer. We kunnen andere talen spreken, en als de geest niet in de buurt van het lichaam is...'

'Dat is een goede reden om bij ze te komen *voordat* de wereld op zwart gaat,' zei Emma. 'Waarschijnlijk een punt dat de Dood zou willen benadrukken.'

'Wat weer ingaat tegen punt één, over bezienswaardigheden bekijken.'

'Oef, ja.'

'We moeten hier echt sneller doorheen werken.'

'Dat was wel goed, trouwens.'

'Hmm?'

"Geen enkel leven is tevergeefs," herhaalde ze. "Ik kan u alleen begeleiden." Kijk jou nou, wijze beschermgeest van het hiernamaals. Zo wijs.' Ze trok speels aan zijn gewaad. Mark knikte een beetje bij het compliment. Zijn bleke make-up kreeg een heel klein beetje een roze gloed. 'Uit welke film heb je dat gehaald?'

Mark lachte. 'Niet! Nee! Dat zou ik niet doen!'

'Zeven: geen films citeren,' zei Emma.

'Wat als ze een grote fan zijn? Ze zijn gestorven in een T-shirt van een film en ik weet wie hun favoriete personage is en een hoop coole, citeerbare zinnen?'

'Alleen voor kinderen,' zei ze, 'als uitbreiding op punt zes.'

'Hoe zit het met mankinderen?'

'Die krijgen altijd de zak.'

'Dat is eerlijk.'

Zes achter de rug. Eindelijk kregen de leerlingen de slag te pakken. Het levensspel en de dood als baan hadden ze goed onder de knie.

HOOFDSTUK VIERENTWINTIG

De leerlingen van de Dood waren op pad om zijn plicht op het sterfelijke vlak te vervullen, wat hem wat tijd gaf om te overdenken, te verspillen en weg te kwijnen. Omdat hij dat gevoel van nutteloosheid niet prettig vond, besloot hij wat gezelschap te ontvangen, zoals hij eens in de zoveel tijd deed. Een potje poker, een van de oude spellen die in vervlogen tijden waren doorgegeven en die tot allerlei problemen leidden waarvan hij kon genieten met degenen die zulke vergelijkbare taken hadden.

Oorlog, Pest en Hongersnood voegden zich bij hem. Een spel met vier was gemakkelijker te overzien en te regelen dan een met vijf. Bovendien had Charon een hekel aan gokken – hij was er praktisch allergisch voor. Zelfs fiches zonder waarde, met enkel vertrouwen en gezelligheid als onderpand, waren voor Charon al te veel om van af te zien.

Bij de Dood thuis was poker altijd een aangename aangelegenheid. Deels kwam dat door de studentikoze humor en deels door de spanning en de mogelijkheid dat de winnaar er met de hele pot vandoor zou gaan. Maar het was vooral omdat Veronique het als excuus gebruikte om met haar culinaire vaardigheden te pronken – met name haar kennis van patisserie – wat resulteerde in een overvloed aan huisgemaakte lekkernijen.

Oorlog verscheen in een keurig broekpak, dat losjes om haar edel en stevig gebouwde gestalte hing. Ze had altijd dezelfde zelfvoldane overwin-ningsblik, ongeacht de kaarten die ze kreeg, en ze had geen duidelijke tells, maar ging nooit all-in. Pest kwam met een sjaal, die het af en toe schrapen van zijn keel dempte. Hij was een en al symptoom als hij geplaagd werd door een slechte hand, dus als hij stil was, betekende dat meestal dat hij iets goeds had. Hongersnood had altijd een gebrek aan hoge kaarten, maar verhoogde vaak flink als hij lage paren had. En de Dood trok niets anders dan dode handen.

Ze waren allemaal gemakshalve overgeleverd aan de genade van de river en de flop om het verloop van hun spel te bepalen. Ondanks een decennia-lange reeks van pure pech, was de Dood gepast gekleed. Hij droeg een donkere zonnebril over zijn lege oogkassen en verborg te allen tijde zijn skel-etachtige gezicht. Hij droeg zijn walkman-koptelefoon, waarvan de versleten oranje oorkussens afstaken tegen zijn gitzwarte kap. Zijn holle schedel fungeerde als een luidspreker, zodat ze allemaal konden genieten van zijn grijsgedraaide Wham!-cassettebandje. Het vergde veel interpretatie om zonder lippen te kunnen zien of hij glimlachte of niet. Al met al was het slechts een spel van plezier en geluk. Niemand vertrok als een verliezer, tenzij diegene zich zo voelde. En dat deed geen van hen.

Hongersnood coupeeerde de kaarten en begon het deck te schudden – de gebruikelijke symbolen waren vervangen door Schedels, Zwaarden, Vliegen en Bloed.

'Ik zeg je,' begon Pest, 'ik voel een nieuw tijdperk opkomen.'

'Hoezo?' vroeg Hongersnood.

'Ik hoor van die verhalen,' begon hij, terwijl hij naar een jeukende plek onder zijn sjaal reikte, 'over klinische studies die doorbreken met nieuwe ontdekkingen, en laboratoria wereldwijd die het genetisch onderzoek opvoeren. Ze proberen bacteriën uit wilde dieren te decoderen en te herpro-grammeren om de effecten bij mensen om te keren. Apothekerszaken schieten als paddenstoelen uit de grond. Het zou zomaar een nieuwe indu-striële revolutie kunnen worden als het zo doorgaat – een *farmalutie*. Ik weet niet of ik het kan bijbenen zonder stapelgek te worden.'

'Wat is daar erg aan?' vroeg Oorlog.

'Nou, het zou te veel worden,' zei hij feitelijk. 'Te veel doden, niet genoeg lijden. Doden zijn per slot van rekening niet mijn doel.'

'Inderdaad,' zei de Dood. 'Een moderne plaag zou voornamelijk leiden tot een uitdunning van de ouderen en het langzaam wegsijpelen van hun levens door de zeef van genetische aanleg. Maar richt je op de jongeren, en er blijft niemand over om een nieuwe ziekte in volle bloei op te lopen.'

Hongersnood deelde elke speler twee kaarten.

'Jij hebt tenminste iets te doen,' zei Hongersnood. 'De voedselproductie en -voorraden nemen altijd maar toe. Zozeer zelfs dat mensen nu voedsel weggooien. Godzijdank daarvoor; het is het enige goede nieuws dat ik dagelijks krijg. Kun je het je voorstellen! Gewoon tonnen en tonnen die wegrotten en verspild worden – maar alleen omdat mensen het niet snel genoeg kunnen opeten.'

Ze keken allemaal naar hun kaarten.

'Er is altijd wel iemand,' zei Oorlog, 'die niet genoeg krijgt.' Ze schoof een flinke stapel fiches naar de pot. 'Ik ga mee.'

'Niet voordat ik verhoog,' zei Hongersnood.

'Hmpf,' snoof de Dood, en hij ging mee.

Pest snoof en gromde. 'Wordt het hier trouwens kouder?'

'Het is niet koud of warm,' zei de Dood. 'Het is niets. Elke waarneming in het Limbo is er een die je hebt meegenomen.'

'Ja,' zei Pest, 'maar het voelt kouder.'

'Misschien stijgt de rivier,' zei Oorlog. 'Dat is nog... nooit gebeurd, maar het zou kunnen.'

'Te veel verdoemde zielen die een poging wagen,' zei Hongersnood. 'Ze ploeteren over de bodem en vormen een damwand om het water tegen te houden. Een verdomde dam.'

'Onwaarschijnlijk,' zei de Dood. 'Hoewel Charon een tekort aan passagiers heeft. Het zou me niet verbazen als het water stijgt om de hele oever op te slokken, en geen spoor achterlaat van de zielen die zijn achtergebleven om rond te dwalen.'

'Is het Limbo altijd zo geweest?' vroeg Oorlog.

'Ik ben hier langer dan jullie allemaal,' zei de Dood. 'Ontelbare ogenblikken langer. Voordat de mens samenzwoer om oorlog te voeren, ziekte leerde kennen of zichzelf uithongerde op jacht. Alleen de opkomst van de samenleving bracht ons samen, maar deze plek is altijd al het domein van de verdoemden geweest, en destijds was het water ondiep genoeg voor degenen met stalen zenuwen om op eigen kracht naar de overkant te dwalen.'

'Arme stakkers,' zei Oorlog. 'Nu alleen nog vergezeld door degenen die hun voeten nooit in ook maar een modderplas vuil hebben hoeven maken.'

'Heb geen medelijden met de doden die al zijn overgestoken,' zei de Dood. 'Zij zijn aan dat lot ontsnapt.'

Alle ogen richtten zich op Pest, die nog steeds een jeuk had waar hij niet vanaf kwam. 'O, eh, ik pas.'

'Ha!' snoof Oorlog. 'Wat zonde.' Ze legde haar kaarten neer. Ze had een paar vrouwen om de vrouw-hoog van Hongersnood te verslaan.

De ogen richtten zich op de Dood. Hij gromde en legde zijn kaarten neer.

'Nou, die kun je houden,' zei Pest.

'O,' hapte Oorlog naar adem, toen ze de hand van Dood zag.

'Daar heb ik geen medelijden mee,' merkte Honger op.

'Een flush,' sprak Dood. 'Allemaal schedels.'

'Het dek is je voor een keer goedgezind,' zei Oorlog. 'Dat is de eerste winnende hand die ik je in eonen heb zien trekken.'

'Dit spel is nog geen eonen oud,' zei Dood nuchter terwijl hij de pot pakte. 'Al is het wel fijn om af en toe een goede hand te hebben.' Hij schudde de kaarten en maakte zich klaar om de volgende hand te delen.

Pestilence hoestte. 'Sorry. Neem me niet kwalijk, ga door.'

'Ben je een nieuw virus in jezelf aan het kweken?' vroeg Oorlog.

'Eh, misschien,' zei hij. 'Eigenlijk heb ik mezelf in de verleiding gebracht met wat nieuwe projecten. Ik ben nog wat weifelend over een paar ervan... ik probeer ze namelijk in de lucht te krijgen.'

'Ben je eindelijk van plan ervoor te gaan?' vroeg Honger. 'De hele wereld platleggen?'

'Nee,' zuchtte Pestilence. 'De levenden hebben al die plannen verpest toen ze in mijn eigen bewustzijn een glimp opvingen van een profetische droom over hondsdolheid die door de lucht wordt overgedragen en al die gruwelijke, vreselijke zombiefilms maakten. Nu heeft iedereen zombie-over-levingsparanoia en zijn ze allemaal voorbereid om ermee om te gaan. Alles wat met een kogel kan worden genezen, werkt niet.'

'Amerika houdt stand,' zei Oorlog trots en klopte met een gebalde vuist op haar borst. Ze leunde achterover en kromp onmiddellijk ineen, wrijvend over de pijnlijke plek in haar schouder.

'Te standvastig?' vroeg Honger. Hij reikte naar nog een zelfgemaakt gebakje op het dienblad tussen hem en Dood; een van de vele die hij had gegeten, meer dan wie dan ook die avond.

'Oorlog is te statisch geworden,' zei ze. 'Allemaal voertuigen en drones, cyberoorlogsvoering en dergelijke. Niemand staat meer op om rond te rennen met zwaarden, speren en bogen zoals in de goede oude tijd. Nu verrek ik mijn rug terwijl ik softwarecode leer om bij te benen hoe mensen hebben geleerd elkaar te kwetsen. Vroeger moest je een stevige hamer op een enkel slaan om een man kreupel te maken... nu hoef je alleen zijn internettoegang maar te blokkeren.'

'Zulke oorlogen zonder sterven,' zei Dood, 'hebben geen glorie. Geen betekenis.'

'Maar er valt genoeg rijkdom te vergaren,' zei Oorlog. 'De idealen uit het verleden zijn ingeruild voor aandelen. De overtuigingen die mensen hadden - en sommigen nog steeds hebben - zijn in grote getale hun leven niet meer waard. Er is zeker waarde, maar ik vind de vastberadenheid de laatste tijd zo ver te zoeken. De oerbehoeften zijn allemaal bevredigd.' Ze wendde zich tot Honger. 'Wat mij niet zozeer van streek maakt als jou misschien.'

'Mwah.' Honger wiegde zijn hoofd heen en weer. 'Er komt een crash. Wanneer de mensen naar zichzelf kijken en dan terug naar de planeet en zich afvragen waar en hoe ze het voedsel moeten verbouwen dat ze nodig hebben om zo velen te voeden, zal het uithongeren beginnen. En ook de planeet zal met hen verhongeren.' Hij propte zijn mond vol met gebak en alle banketbakkersroom spoot eruit en vulde zijn wang. 'De woestijnen zijn mijn vrienden in dit tijdperk. Je zult zien. Verzet is zinloos. Water wordt het nieuwe goud.'

'Maar ze zullen proberen zich te verzetten,' zei Dood. Hij deelde de kaarten, twee voor ieder van hen, en legde toen voorzichtig de flop, de turn en de river in het midden van de tafel. 'En vaker wel dan niet zullen ze slagen.'

'Dat is jammer,' zei Oorlog.

De eerste kaart was een vijf van Schedels. De tweede was een vier van Bloed. De inzetten werden rond de tafel geplaatst: Oorlog verhoogde. Honger ging mee. Dood verhoogde. Pestilence ging mee en bleef in het spel. Dood draaide de river om: de zes van Zwaarden. Nog een ronde van meegaan en verhogen. Iedereen was er nog bij en iedereen voelde zich zelfverzekerd. Alle handen werden onthuld.

Dood won met koning-hoog. Niemand had ook maar een paar; ieder van hen hoopte op de straight. Het was voor iedereen een slechte hand, een dode ronde. Dood pakte de aanzienlijke pot en als een liploze schedel kon glimlachen, dan deed hij dat nu. Hij gaf de geschudde stapel kaarten aan Pestilence om te couperen.

'Markeer je kaarten niet nog eens,' waarschuwde Dood.

'Hé! Wat? Nee,' protesteerde Pestilence. 'Dat was onopzettelijk.'

'Waarom zou je hier anders vlooien mee naartoe nemen?' vroeg Oorlog. 'En ze dan handig op de kaart achterlaten?'

'Voor mij heeft het één keer gewerkt,' zei Honger. 'De kaarten met bloed markeren.'

'Ja, daardoor werden de vlooien onrustig,' zei Pestilence, met zijn handen omhoog als teken van onschuld. 'Jij bent ermee begonnen, ik ben alleen degene die betrapt werd.'

HOOFDSTUK VIJFENTWINTIG

De echo van geweerschoten. Er heerste grote paniek in de straten. Burgers renden alle kanten op.

Feestgangers stroomden uit pubs en restaurants om te zien of er iets was dat de moeite waard was om met hun telefoon te filmen en sloegen al snel ook op de vlucht, niet zeker waarvoor en in welke richting ze het best konden gaan. Mark en Emma kwamen net op tijd aan om boven het schouwspel te blijven hangen en het pandemonium beneden te bekijken. Binnen enkele seconden veranderde de straat van een drukke vrijdagavond in een verlaten plek.

Ze hoorden het geloei van sirenes.

'Serieus?' zei Mark. 'Zijn we plotseling in de States beland?'

'Nee, kijk. Dat is de Arndale,' zei Emma, wijzend naar het uitgestrekte dak van het winkelcentrum. 'Helaas zijn we precies waar we moeten zijn... Manchester.'

'Geweldig,' zei Mark. 'Wapengeweld.'

'Ja, ja,' zei Emma. 'We zijn geen officieren van justitie, we zijn zielenpikkers. We hoeven alleen maar te vinden wie er is neergeschoten en diegenen naar de overkant te brengen.'

De twee daalden af naar de grond om de situatie te analyseren. Sirenes kondigden aan dat de politie onderweg was. Een man met een zwarte gebreide muts en een jas stond met een pistool in zijn hand boven twee lichamen, die ineengedoken zaten om een klein meisje tegen een muur te beschermen. De schutter hield een handtas dicht tegen zijn borst geklemd. Niet per se vreemd, dacht Mark, aangezien hij zelf nogal gecharmeerd was van de praktische bruikbaarheid van een 'man-bag', maar de fonkelende strass-sluiting was hét overduidelijke bewijs dat hij gestolen was, en de vermoedelijke, rechtmatige eigenaresse lag dood aan zijn voeten. De ogen van de man schoten heen en weer. Hij nam een positie in onder het stenen afdak van een nabijgelegen portiek en een allang vergeten, ijzeren lantaarndecoratie.

Alles stopte precies op het moment dat de politieauto's gillend de hoek om kwamen. De ziel die Mark en Emma kwamen halen, bleken twee zielen te zijn: de levens van de ouders die hun dochter hadden beschermd. Gelukkig – of niet, afhankelijk van hoe je het bekeek – waren zij de enigen. Het meisje was ongedeerd.

'O nee,' zei de vader van het meisje. 'Nee. Olivia!'

'Olivia!' riep de moeder. Ze keken elkaar aan in hun geestvormen. Ze stonden boven hun eigen lichamen, slap en dood, maar nog steeds ineengedoken, beschermend over het meisje dat ineengedoken op de stoep zat.

Emma en Mark waren stilzwijgend geschokt toen het overleden stel begon te huilen. Ze hadden een zeer moeilijke taak voor de boeg. Mark trok Emma naar zich toe en fluisterde haar iets in. 'Deze vind ik niet leuk.'

'We moeten ons verhaal klaar hebben,' zei ze, 'want ze zullen de hele terugreis ontroostbaar zijn als we ze er niet van kunnen overtuigen dat dit beter is.'

'Dat ze dood zijn is beter?'

'Nee, kijk,' drong ze aan. 'Ga niet mee in hun emoties. Oké? Geen sympathie. Alleen werk.'

'Ja, oké,' stemde hij in, 'maar toch, dit is echt een puinhoop.' Mark keek op naar de overvaller. Hij zat ineengedoken, beschermd door de stenen deuropening, met zijn pistool in de aanslag, klaar om te blijven vechten en doden. 'En we moeten hen overtuigen om verder te gaan, pal naast de schoft die hen heeft omgelegd. Gaat dat goed aflopen, denk je?'

'O, ja,' zei Emma. 'Eh... jij zou hem misschien aan hun zicht moeten onttrekken.'

'Gewoon hier als een muur gaan staan?' vroeg hij. 'Gewoon mijn armen uitsteken zodat ze niet langs me heen kunnen kijken?'

'Ja, zoiets,' zei ze, en hij keek haar veelbetekenend aan. 'Nee, het zal werken. Ze zullen niet op je letten. Ze zullen te zeer overmand zijn door verdriet en angst voor hun dochter en weet ik veel wat om jouw aanwezigheid in twijfel te trekken.'

'Juist,' zei hij. 'Het feit dat hun dochter het heeft overleefd tegen ze gebruiken. Goed gevonden.'

'Laat dit maar aan mij over.' Emma gaf Mark een klopje op zijn schouder.

Ze hadden hun plan en hielden zich eraan. Emma wendde zich tot de nog steeds rouwende ouders, terwijl Mark boven de crimineel, die nog niet was aangehouden, ging staan en de man een venijnige blik toewierp.

De moeder en vader hielden elkaar vast in hun astrale vormen. Toen ze de zwevende gestalte van Emma met haar zeis in de aanslag opmerkten, plaatste de vader zich onmiddellijk voor zijn vrouw. 'Alstublieft,' begon hij, 'als u iemand moet meenemen, neem dan mij. Maar als het ook maar enigszins mogelijk is, laat dan mijn vrouw leven.'

'Peter, nee,' huilde ze.

'En onze dochter,' zei hij. 'Onze dochter... Zij, zij moet leven, wat er ook gebeurt.'

Emma keek naar beneden. De dochter was veilig. Geen enkele kogel had haar kunnen raken, en ze had nauwelijks een spetter bloed van haar ouders op haar bloes. Ze zat daar, met haar hoofd tussen haar knieën, haar handen over haar oren, in peinzende angst, wachtend tot de nare tijden voorbij zouden zijn. Emma keek weer op in Peters ogen. Hij was vastberaden en onverzettelijk. Hij had het in zich om zich op te offeren, wat er ook gebeurde, wat het meenemen van hem des te gemakkelijker maakte. Maar het lot had over hen beiden beslist.

'Jullie moeten beiden verdergaan,' zei ze.

Peter snoof diep adem, alsof hij op het punt stond aan te vallen, maar zijn vrouw hield hem van achteren vast.

'Peter,' begon ze, 'het spijt me.'

'Wat?' zei hij, ontmoedigd en verslagen. 'Jen, nee. Je hebt niets verkeerd gedaan.'

'We zijn dood door mijn schuld,' zei ze. 'Als ik... als ik hem die verdomde tas maar eerder had gegeven-'

'Nee, doe niet zo stom,' drong hij aan. 'Het was mijn schuld. Ik heb hem opgejut. Ik deelde de eerste klap uit, weet je nog? Daardoor werd hij wanhopig. Ik wist niet dat hij een pistool had! Ik dacht dat ik het op dat moment had opgelost.'

'Maar we zijn hier alleen maar door mij,' zei ze. 'Ik dacht dat het leuk zou zijn om als gezin een wandeling te maken. Echt stom. Het is allemaal mijn schuld!'

'Nee, dat kan niet,' zei hij.

Jen begon tegen zijn borst te huilen en hij wiegde haar daar, terwijl hij bedroefd in de verte staarde. Emma tikte met haar zeis op de grond. Het galmde met een luide klank, alsof een koperen klok zijn laatste slag had gegeven.

'We kunnen niet blijven,' drong Emma aan. Ze wees naar haar paard, dat ruim genoeg was voor hen beiden. 'Er is geen tijd.'

Peter sputterde. Hij draaide zich onmiddellijk naar Olivia. 'Kan ze ons horen?'

'Nee...' Maar Emma kon het niet over haar hart verkrijgen om hun overduidelijke hoop de grond in te boren. Ze haalde diep adem en rolde haar hoofd naar achteren. 'Slechts heel even,' loog ze. 'Zorg dat het telt.'

Het stel knielde bij hun dochter neer, voorbij hun eigen lichamen, en fluisterden haar ieder iets in een oor. Emma keek om naar Mark voor wat morele steun. Ze was verrast toen hij haar een ietwat veroordelende blik toewierp, slechts een lichte. Hij had gelijk, natuurlijk. Haar eigen verdomde regels. En die had ze gebroken. Het was zoveel makkelijker om je voor te stellen hoe je op een theoretische situatie zou reageren. Nu, geconfronteerd met een dood stel, die duidelijk de slachtoffers van de omstandigheden waren terwijl de dader slechts meters verderop stond, was het niet zo zwartwit.

De Dood had hen gewaarschuwd zich er niet mee te bemoeien. Ze had de woorden wel gehoord, maar er niet echt naar geluisterd. Diep vanbinnen dacht ze dat ze eerder voor Mark bedoeld waren dan voor haarzelf. Ze had een taak te volbrengen en was vastbesloten om uitmuntend werk te leveren. De beloning voor succes? Hulp om de rivier over te steken en doorgang naar het hiernamaals waar ze zo naar had verlangd. Gewoon je werk doen. Geen drama, geen complicaties. Erin, eruit, op naar de volgende. Ze had het stel moeten aansporen en hen naar de oevers van de rivier moeten begeleiden. Er was geen tijd voor nutteloos, doelloos gebabbel.

Emma was net zo verrast geweest als Mark toen ze een stap achteruit deed om hen hun dochter moed in te laten spreken.

'Papa zal altijd van je houden,' jammerde Peter. 'Voor altijd. Jij bent de reden dat ik leefde, en zolang jij leeft, zal papa gelukkig zijn.'

'Mama spijt het zo, lieverd,' fluisterde Jen. 'Sorry dat ze er niet bij kan zijn om je te zien opgroeien. Maar ze zal altijd over je waken. Dus *alsjeblieft*, doe je best.'

'Doe je best, schat,' voegde Peter eraan toe. Ze probeerden haar te omhelzen. Hun spookachtige tranen liepen over de wangen van de kleine Olivia. Emma voelde zich ongemakkelijker dan ze zich ooit had gevoeld en wendde zich af van het tafereel, terwijl haar eigen ogen volliepen.

'Wat is er?' vroeg Mark.

'Heb je dat weleens, dat je je zo ongemakkelijk voelt dat je maag ervan omdraait en je er misselijk van wordt?'

'O, alsjeblieft niet,' zei hij.

'Ik kan er niets aan doen,' zei ze. 'Dat had ik ook op de begrafenis van mijn oma. Mensen dachten dat ik snikte. Ik was mijn *kots* aan het inhouden.'

'Ik kan nu niet van taak ruilen,' zei hij. 'Ik krijg ze niet allebei op de pony.'

Emma zuchtte en haar adem stokte in haar keel. Ze zuchtte het uit en stapte resoluut naar voren, achter het rouwende stel. 'Nu,' zei ze, laag en plotseling. De ouders stonden op en liepen zonder een woord te wisselen voor haar uit, op het paard af.

Terwijl zij opsteeg, keek Mark omhoog naar de decoratieve lantaarn boven hem en vervolgens naar de misdadiger die zich direct onder de puntige onderkant bevond. Hij keek naar het meisje dat nog steeds in zijn gezichtsveld was, omringd door de lichamen van haar voor altijd zwijgende bewakers.

Mark deed een stap achteruit, pakte zijn zeis en rukte het lemmet door de ketting van de lantaarn. Een korte knettering van energie omringde het. Toen verschoof er iets in het bevroren moment en kwam de ketting los.

Toen Mark achter Emma aan ging, liep de tijd weer normaal. Het gewicht van de lantaarn deed wat er van de ketting over was knappen en verbrijzelde de schedel van de schutter voordat de politie hun voertuigen had verlaten. Mark landde weer op zijn pony.

Een moment later kwam de dief bij en keek omhoog in een grijsgetinte mist. Een grimmige man in donkere gewaden stond over hem heen met een zeis in de ene hand en een zak in de andere.

'Wie moet u voorstellen?' vroeg de overvaller.

'Je kunt op het paard rijden,' zei Mark, 'of je kunt hierin rijden.' Hij duwde de zak naar voren.

'Daar pas ik niet in,' zei de overvaller.

Mark tikte met de steel van zijn zeis op de grond. 'Dat hoeft ook niet,' zei hij.

En zo bracht hij de derde, ietwat onverwachte, dode ziel in de zak met zich mee en nam zorgvuldig de tijd om hem weer in elkaar te zetten aan de oever van de rivier, ver van de recentelijk overledenen die op Emma's ros waren afgeleverd.

HOOFDSTUK ZESENTWINTIG

In het land der doden gingen de dingen traag. Zonder oordeel en gevolgen was het rijk tussen de werelden slechts zo bedrijvig als de ruiters het konden laten lijken met hun onderbroken bezoeken aan en van de levende wereld. Terwijl de Dood oogstte, gebruikte Oorlog listen en duivelse stemmen om het bewustzijn van verder vriendelijke mannen te infecteren, zodat ze de wapens opnamen tegen hun broeders. Pest hield zich voornamelijk afzijdig, testte nieuwe culturen in een levende omgeving en hield nauwgezette aantekeningen bij over hun effectiviteit. En dan was er Honger, die meestal thuisbleef, maar toch af en toe de hulp inriep van de enige andere bewoner van het voorgeborchte.

Veronique kwam aangereden op de rug van een van de vele paarden uit de stallen van de Dood, te popelen om een andere kant van haar zeldzame gast te zien. Het huis van Honger was een appartement op de eerste verdieping boven een uniek restaurant met een onbeperkt buffet. Hij woonde waar het eten was, en daar was altijd eten. Hij at wat mensen niet konden eten en gaf zich over aan de zeldzaamste dingen die op aarde feitelijk niet meer gegeten konden worden.

Honger deed de deur open. Hij was altijd fit en weldoorvoed, een belediging van zijn eigenlijke aard om te laten zien dat al het voedsel dat in zijn kielzog ontbrak ergens naartoe ging en naar iemand, waardoor de achterblijvers boven op de ellende van hun honger de woede van jaloezie moesten ondergaan en ware wanhoop kenden. Toch leek hij dunner in Veroniques ogen. Mogelijk doordat hij de deur opendeed in een oud hemd en een versleten boxershort.

'Ah, hallo,' zei hij. 'Blij dat je bent gekomen.'

'Het is mij een genoegen,' zei ze. 'Monsieur Dood is de hele dag in zijn werkkamer geweest en heeft me verboden die schoon te maken, maar hij maakt hem zelf ook niet schoon. Hij is aan het peinzen, geloof ik, over de vorderingen van Mark en Emma.'

'Wie en wie?' vroeg Honger. 'O! Die twee, ja. Gaat het goed met ze?'

'Blijkbaar wel,' zei ze. 'Ze zijn gekomen en gegaan zonder ook maar even uit te rusten of een kopje thee te drinken om hun plicht te vervullen.'

'Dat is goed,' zei Honger. 'Eh, nou, kom alsjeblieft binnen. Ik zou graag je hulp willen, als je me kunt helpen.'

'Ik zal mijn best doen,' antwoordde ze. Ze liep naar binnen en keek rond. Het buffet was in treurige staat. Een hele kop van een Holsteinse koe fungeerde als middelpunt met een tros Taliaferro-appels in zijn bek. Eromheen waren de exotische, uitgestorven groenten en zeldzame fruitsecties allemaal zompig en verlept. Fijne Perzische druiven die tot de laatste druif waren geplukt tijdens de opkomst van het wijnmaken, waren op de verkeerde manier verzuurd. Vreemde blauwachtige bloemkool omringde miniatuur-Cornish-kippetjes die droog waren met een gerimpelde huid. Mammoetvlees had bruinachtige vlekken gekregen doordat het onbereid was blijven liggen. Dodopoten lagen scheef in de schaal.

'O, negeer dat allemaal maar, lieve schat,' zei Honger. 'Gewoon wat oude verzamelingen waar ik nog niet aan toegekomen ben. Waar ik hulp bij nodig heb, is achterin, als je wilt.'

'Zeker,' zei ze. Ze liep langs de achterste toonbank de keuken in. Het was er een puinhoop. Het prikkelde al haar huisvrouwelijke instincten tegelijk. Ze reikte naar de dichtstbijzijnde handdoek, maar merkte dat die al vies was.

'Negeer de rommel, alsjeblieft,' zei hij.

'Weet je het zeker?' vroeg ze.

'O, dat is niks wat ik later niet kan opruimen. Het is gewoon... ehm...' Zijn maag knorde. Hij pauzeerde. Zijn hele lichaam en geest leken een moment te verslappen terwijl hij een hongeraanval bevocht. 'Juist, ja. Eh, heb je wel eens van de ortolaan gehoord?'

Veronique hield stil. De toestand van de keuken overbelastte haar zintuigen. 'Jawel.'

'Het is Frans, geloof ik,' zei hij. 'Het gerecht tenminste. En jij bent Frans.'

'Ja,' zei ze, 'maar het is een aristocratisch gerecht, min of meer. Een koninklijk gerecht gemaakt voor hen die... Het spijt me, monsieur, maar ik moet iets zeggen over de staat van uw keuken.'

Honger knikte. 'Ik heb het een beetje verwaarloosd, dat is waar. Maar alles in een poging om zowel nieuwe als oude manieren te vinden om me aan de eetcultuur te wijden. Stukje bij beetje en hap voor hap gaan deze culturen verloren, en wanneer voedsel niet meer wordt gegeten, moet het dus zijn weg naar mij vinden. Elke franchise die uitsterft, hun recepten en ingrediënten komen naar mij, en ik kan me overgeven aan datgene wat de mensheid niet kan. Het is een fatsoenlijke ruil, zou ik zeggen, een oneindige voorraad hebben van alles wat op aarde niet gemaakt of gevonden kan worden. En nu deze praktijken uitsterven, is het mijn taak om ze te bewaren.'

'Dus, de ortolaan is *fini*?'

'Nog niet,' zei hij. 'Ik denk dat het slechts een kwestie van tijd is, en ik wil voorbereid zijn. Ik wil weten hoe ik het correct moet bereiden, zodat wanneer de soort en de gewoonten uitsterven, ik ze kan bewaren. Nu heb ik dit...' Hij reikte in een roestvrijstalen horecakast en haalde er een hele, nog levende vogel uit. Het was een eenvoudige, kleine vogel die vetgemest was en nauwelijks kon vliegen. 'Eh, dit is een soort duif, helemaal niet hetzelfde, maar vergelijkbaar genoeg zodat we ermee konden oefenen, dacht ik.'

'Een duif?' zei ze, met een misselijke trek om haar lip. 'Zijn dat geen zieke vogels?'

'Alleen die in de steden,' zei hij. 'En alleen degenen die op zaterdagavond de restjes döner kebab van de stoep in het stadscentrum opeten. Deze—'

Alsof hij ze zijn levende broeders hoorde beledigen, klapperde de vogel met zijn vleugels en ging door het lint, van het ene aanrecht naar het andere springend. Overal vlogen veren. De meeste bleven plakken aan elke vlek die ze op elk oppervlak raakten. Honger dook weg toen de vogel op hem afschoot. Door zijn gewicht kon hij alleen maar in bogen opvliegen.

Veronique pakte een dikke pot en zwaaide die over de vogel heen, waardoor hij eronder vastzat tegen het aanrecht. Hij ritselde even onder de pot en daarna werd alles rustig.

'Goed gedaan,' zei Famine. 'Mooi gevangen. Energieke beestjes.'

'Monsieur,' begon ze, 'ik zou deze plek graag willen schoonmaken voordat we met koken beginnen.'

'Maar waarom?'

Veronique zuchtte. 'Koken kan niet beginnen op een plek waar goede manieren of etiquette vergeten zijn. Koken is een culminatie van het zelf en je omgeving. We bereiden ons eten niet zomaar in wat voor krot of kuil we ook uit kruipen, of in de buurt van welke puinhoop dan ook die we hebben gemaakt. Er is een menselijk gezegde: eet niet waar je *merde*, anders meng je de twee door elkaar. En dat gaat verder dan een hygiënische reden. Het is het gevoel van reinheid zelf dat eten lekker maakt. Je kookt waar het schoon is, en het eten zal schoon aanvoelen en schoon smaken. Als je kookt omringd door viezigheid, dan bereid je armzalig voedsel.'

Famine knikte. 'Ik eet en kook meestal gewoon waar het me uitkomt. Misschien is dat de reden dat ik de laatste tijd constant honger heb. Ik eet niet goed omdat de omgeving niet goed is geweest.'

'Dit gerecht,' vervolgde Veronique, 'hoewel we het verkeerd doen, is een gevoel. Er zijn betere manieren om een vogel te eten dan wat we nu gaan doen. Maar het is de correctheid die het die *je ne sais quoi* van passie geeft.'

Famine knikte met een glimlach. Ze gingen samen aan de slag en maakten de keuken schoon. Famine was niet zo passief of dwangmatig druk als Dood. In feite had hij duidelijk te weinig werk. Veronique was dolblij dat ze een partner had om mee schoon te maken. Hij tilde haar op als een ballerina om de kleverige, met een laagje bedekte plekken bij het plafond af te stoffen en te schrobben. Zij mengde een wolk krachtig zeepsop om door het opgehoopte vuil en vet te snijden dat tot stalagmietkristallen was gestold boven de gaspitten.

Ze raasden door de keuken, van hoek tot hoek, totdat die hen weer-kaatste met de trotse glans van vooruitgang. Ze schrobden samen de potten en pannen en wisselden zeepbellen uit. Het krachtige schoonmaakmiddel brandde in Veroniques ogen en keel, maar door de speelsheid giechelden ze door het zeepachtige gevecht heen. Toen was het eindelijk tijd om te koken.

Stap één was al gedaan; de vogel was gedwangvoederd en vet. Stap twee was de voorbereiding. Famine bemachtigde een fles druivendistillaat van oude Georgische wijnstokken, een wijn die enkele graden fijner en scherper was dan de Armagnac die het recept voorschreef. Daarna verdronk Veronique de vogel levend in de vloeistof tot hij niet meer bewoog. Stap drie was roosteren. Garnering was niet nodig. De veren vielen er zo af terwijl de goed bedekte huid glinsterde met een kleverige glazuurlaag.

Toen hij gaar was, werd de hele vogel opgediend. Famine pakte een groot slagersmes – pas schoongemaakt en geslepen – en sneed de vogel in de lengte doormidden om hem te delen.

'Het is niet zoals het hoort,' zei hij, 'maar ik denk dat deze vogel een beetje groot is voor de eetlust van één persoon.'

'Merci,' zei ze. De allerlaatste stap was om een servet onder hun kin te doen en de vogel te eten, beschut voor de toeziende ogen van God, want de daad was zo zondig dat het in Zijn ogen een heilige man in een monster kon veranderen.

'O ja,' zei Veronique, terwijl ze een stukje uitspuugde. 'De vogel zou veel jonger moeten zijn.'

'Juist,' zei Famine met een scherp gekraak van botten tussen zijn tanden. 'Daar is oefening voor – oefening baart kunst. Het lukt niet altijd bij de eerste poging.'

Hij at onverstoord door, met botten en al, terwijl Veronique voorzichtig het eetbare vlees lossneed en eromheen werkte. Al met al was het toch een zeer smakelijk gerecht, Famines eettafel meer dan waardig.

HOOFDSTUK ZEVENENTWINTIG

Mark vloog naar de rivieroever met een man op sleeptouw. Een schichtige, onzekere man die met grote, zoekende ogen alles om zich heen bekeek. Hij was houterig en mager, bijna bouwvallig. Hij was in de gevangenis overleden in voorlopige hechtenis, in afwachting van zijn proces. Absoluut geen goed mens, maar nu was hij dood en behoefde hij het oordeel van een ruiter niet.

'De veerman komt zo,' zei Mark. De man knikte en Mark snelde ervandoor naar zijn volgende klus. Na een korte wachtpauze en een mistbank die tegen de oever rolde, liet veerman Charon zijn boot aan de waterkant dobberen.

'Welnu,' zei hij, 'wat heb je me te bieden in ruil voor een overtocht over deze rivier der verdoemden?'

De man opende zijn mond en haalde een gouden snuisterij onder zijn tong vandaan. Het was een uurwerk van massief goud. Het binnenwerk was gestopt, aangezien tijd er in het hiernamaals niet meer toe deed, maar het bestond grotendeels uit gesmeed en gevormd goud. En al het goud was goud voor Charon. Hij nam het horloge aan, wreef het met zijn mouw schoon en grinnikte om de buit terwijl de man langzaam in de boot klom.

'Dan gaan we!' juichte Charon. 'Houd je goed vast, anders val je in het water en ben ik je kwijt aan de golven!' Hij roeide de rivier over, eindelijk met gezelschap en eindelijk betaald. 'Je bent de eerste sinds veel te lang die me betaalt voor mijn diensten. Het is al te lang zo, en het zal ook wel te lang zo blijven, dat de handen van de levenden zich na de dood te stevig vastklampen aan hun aalmoezen. Het hoort een edelere daad te zijn, om rijkdom te schenken aan hij die je in de dood ontmoet. Maar dat gebruik is allang verloren gegaan. Vertel me waarom je dit hebt gedaan. Welk groots gebruik eer je om dit goud naar mij te brengen?'

De man haalde zijn schouders op. 'Ik heb het verstopt,' zei hij. 'Ik had het gestolen, dus ik heb het verstopt.'

'Wist je dan niet welke gunst je hier op deze rivier zou worden verleend als je de veerman een penning voor de overtocht zou aanbieden?'

Hij haalde opnieuw zijn schouders op. 'Geen idee,' antwoordde hij somber.

Charon glimlachte. 'Je wist dat je het moest doen. Je had het overal kunnen verstoppen, maar onder de tong is een geprezen traditie. Je verkoopt je tong aan de stilte in de dood, om nooit meer te spreken totdat de veerman de tol uit je mond neemt. Dat is eerbied.'

'Oké.' De man knikte.

Charon werd grimmig en zette de rest van de reis een kwade blik op. De mist trok op en onthulde een nieuwe oever, bedekt met riet en wuivende planten.

'Loop maar door,' zei Charon, 'tot je de tweesprong vindt en neem het pad dat je moet nemen.'

De man stapte uit de boot en liep vooruit, woordeloos, doelloos, door de mistflarden. Zijn voetstappen waren zo licht dat het riet nauwelijks voor hem boog. Hij was al aan het overgaan in een ijle vorm, zonder het gewicht van schuld of geweten. Charon kreunde en liet zich met de stroming meedrijven om zijn weg verder langs de rivierbank te vinden, waar zijn woning lag. Hij keek opnieuw naar het horloge en wrikte het glazen plaatje eraf. Hij gebruikte zijn lange vingernagels om alles wat niet van goud of waardevol was eruit te peuteren en tikte het achteloos het water in, alsof hij pluisjes van zijn mantel verwijderde. Wat overbleef, stak hij in zijn zak. Al met al was het een eerlijke beloning voor de geleverde diensten.

Zijn boot stootte tegen een krakkemikkige houten aanlegsteiger en hij schuifelde eruit, een ketting strak om zijn enkel, het platgetreden pad op naar zijn huis. Het was gemaakt van goud; elk oppervlak was bedekt met munten, staven en snuisterijen, glinsterende stukken die als lukrake bakstenen aan elkaar waren gevoegd. Elk stukje goud dat hij sinds eonen en door de millennia heen had verzameld, of het nu goudstaven waren van dankbare dode edelen en heersers, of toevallige offers van het gewone volk, alles kwam op deze ene plek terecht: een grote schat, als een heuvel die volledig uit los goud bestond.

Hij liep langs een paar wankele zuilen naar een zitkamer waar de troon van een Vikingkoning stond. Het lijk van die koning was erin aangekomen, deels verschroeid door zijn zeemansgraf. Vele andere kostbaarheden uit lang vergane beschavingen, voornamelijk uit het Oude Egypte, maakten zijn leefruimte compleet. Hij kromde zijn rug en ging op de troon zitten, zijn benen tegen elkaar bungelend.

De ketting trok strak. Hij had bijna de uiterste grens van zijn geografische bereik bereikt – metaforisch en fysiek verbonden aan zijn veerboot – maar net niet. Hij gaf een rukje aan de ketting. De ijzeren schakels rinkelden toen ze losschoten van een zware paal van diverse gouden staven, omwikkeld met gouden koorden van een onbekend goddelijk graf. De kracht van de trekkende metalen ketting deed een deel van de muur een beetje wankelen. Charon kreunde en waggelde ernaartoe om het te repareren.

'Niet genoeg voor een reparatie,' zei hij, terwijl hij het horloge in zijn hand woog. 'Maar nog steeds ergens goed voor.' Hij liep rond tot hij een andere plek vond die versteviging nodig had, meer losse staven en heften en ander gereedschap dat samengebonden was tot een zuil die een plafond kon dragen. Hij stak het horloge in een gat tussen twee sierlijke gouden hoofd-tooi en, zoals een metselaar het voegwerk van een bouwvallige garagemuur zou herstellen. Het paste niet helemaal perfect, maar het voldeed.

'Zo,' zei hij. Hij klopte met zijn hand op de zuil, trots op de stevigheid ervan. Zodra hij dat deed, raakte de nabijgelegen muur verzwakt. Hij begon te wiebelen. Charon keek toe, niet in staat het te stoppen. De gouden muur tuimelde op hem af, de rest van het gebouw in, en stortte naar buiten als een prachtige landverschuiving, die de heuvel af naar de rivier stroomde. Charon slaakte een lange zucht van verlichting toen hij zag dat zijn kostbare goud net voordat het het water raakte tot stilstand kwam.

Hij haalde zijn schouders op en ging op de zojuist losgemaakte hoop zitten. Die verschoof lichtjes onder hem. Het was steviger dan het leek, alsof hij op een rots lag die langzaam afbrokkelde maar nooit ophield stijf en hard te zijn. Onverzettelijk, onveranderlijk, voor altijd statisch, een permanent bezit. Goud was de antithese van de dood. Daarom brachten de doden het mee, om te bewijzen dat de waarde van hun leven iets was dat hun einde kon overleven. Het bewees en weerlegde de dood tegelijkertijd, omdat goud niet kon vergaan. Het kon alleen verloren raken.

Charon bewoog zijn armen op en neer, als een kind dat een sneeuwengel maakt, en hulde zich in de rijkdom als in een deken. Het was allemaal van hem. Geen enkele andere verdoemde ziel had het nodig. De ruiters waren nooit overtuigd van zijn rijkdom wanneer hij erover opschepte en protesteerden altijd tegen zijn obsessie. Wat voor nut had het om zoveel rijkdom te bezitten die hij niet kon uitgeven of in iets anders kon omzetten? Ze begrepen het niet.

'Ze zullen het nooit begrijpen,' mompelde hij. Hij pakte een munt en liet die boven zijn gezicht in de lucht tollen. Hij liet hem over en onder zijn knokkels rollen, heen en weer. Van vinger naar vinger. 'Hoe zouden ze dat ook kunnen?'

Charon rolde de munt afwezig rond tot hij zijn vingers voelde verkrampen. De munt viel en raakte zijn neus. Hij gaf geen krimp, maar kreunde alleen dat hij precies díé munt uit het oog was verloren en zocht een andere om op te pakken. Hij liet zijn hand door de stapel munten glijden en voelde ze van zijn hand wegvloeien als hard water. Toen vond hij er een en pakte hem op, een eeuwenoude Ottomaanse munt van een dynastie die talloze tijdperken oud was. Hij bekeek hem van beide kanten, kop en munt, en liet hem steeds sneller tussen zijn vingers draaien.

Totdat hij hem kwijtraakte. Hij drukte te hard en de munt schoot uit zijn greep, langs de muur en op de schalieachtige rotsen langs de rivieroever. Charon sprong op en ging erachteraan. De munten achter hem verschoven allemaal en zongen met een metalige val terwijl Charon de ene munt achtervolgde die tegen de rotsen stuiterde. Hij haalde hem bijna in en bukte zich om hem te grijpen en uit de lucht te plukken.

Maar toen werd hij teruggetrokken. De ketting aan zijn enkel rukte hem weg. Die zat vast aan een andere gouden zuil die hij zelf had gemaakt. Hij kon alleen maar toekijken hoe de munt net buiten zijn bereik rolde en stuiterde. Hij lag op een haar na bij het water, maar te ver om te pakken, terwijl de golven van de rivier ertegenaan klotsten.

Charon draaide zich om en schopte verwoed met zijn been om zijn ketting los te rukken van wat hem ook vasthield. Hij had maar een paar centimeter speling nodig om erbij te kunnen. Hij spande zijn hele lichaam om eroverheen te reiken. Zijn vinger raakte de munt aan – een kortstondige opgetogenheid – maar toen hij hem tegen de rots probeerde te klemmen en naar zich toe te trekken, kantelde hij en schoot uit zijn natte hand met een plons het water in, toen de rivier haar prijs in de diepte verwelkomde.

'Verdorie,' kreunde hij. Hij trok opnieuw aan zijn been en vond net iets te laat die centimeter speling waar hij naar op zoek was. Hij keek minachtend naar zijn kettingen voordat hij merkte dat ze losser zaten. Sommige schakels waren uitgerekt. Niet genoeg om ze te breken, maar meer dan ooit tevoren...

HOOFDSTUK ACHTENTWINTIG

Weer aan de bak. Mark en Emma waren op weg naar een ziekenhuis en zetten zich schrap voor wat hen ook te wachten stond.

Ze waren al eerder in ziekenhuizen geweest, meestal om bejaarden of ongelukkige slachtoffers van het toeval op te halen, en dat was allemaal soepel verlopen. De doden omarmden hun lot en waren meestal vrij blij om van het lijden van hun situatie verlost te zijn. En het waren allemaal volwassenen. Dit keer was het anders. De zandloper wees hen voorbij de deuren van de kinderafdeling, en Mark en Emma wisselden een bezorgde blik uit terwijl ze zich klaarmaakten om naar binnen te gaan, terwijl de wereld nog wat helderheid bezat.

'Laten we hopen,' zei Mark, 'dat het een erg volwassen jongere is die veel heeft gehoord over hoe dapper hij was en hoe ongelukkig zijn situatie was, en dat hij niet al te veel fantaseert over zijn kansen.'

Ze liepen met z'n tweeën door de afdeling en zagen tal van kinderen die dicht bij de dood waren, maar er hard tegen vochten. Hun kansen zagen er goed uit. Ze hadden snel geleerd niet alleen hoe ze zandlopers moesten lezen, maar ook hoe ze de resterende levensduur van iemand op een redelijke afstand konden inschatten. De meeste kinderen daar hadden een degelijke toekomst voor zich. Sommigen balanceerden op het randje. Zij zochten er een die helemaal geen tijd meer overhad.

En die vonden ze op de chirurgische herstelafdeling voor kinderen.

'Het zou kunnen,' zei Mark zachtjes, 'dat er een dokter of verpleegkundige is overleden. Misschien.'

Emma hield de zandloper omhoog. De onderste bol, de volste en bijna compleet op een paar korrels na die nog moesten vallen, was erg ondiep. Hooguit een jaar of vier. Ze schudde langzaam haar hoofd terwijl de laatste korrels op het punt stonden te vallen. Ze haastten zich naar binnen, langs de verpleegkundigen en de artsen in de gang – ze konden niet fysiek tegen hen op botsen, maar waren desondanks hoffelijk – totdat het zand binnenin verschoof en de zandloper hen rechtstreeks naar een kamer wees waar een groep verpleegkundigen rond een bed verzameld was.

Ze hoorden een lange, aanhoudende toon, en toen werd de wereld grijs.

'Dat geluid gaan we nog zo vaak horen,' zei Mark. Op het moment dat de tijd stopte en het laatste moment van een leven eindigde, verstomden ook de geluiden, behalve hun stemmen en het gehuil van een jengelend kind. De blikken van Mark en Emma kruisten elkaar. Geen van beiden wilde het doen. Emma stak een vuist op en stootte die twee keer naar voren. Mark schudde zijn hoofd en lipte 'Nee', maar Emma knikte.

Mark had zijn nieuwe rol met verve omarmd, en genoot zelfs van vele aspecten ervan, maar het overbrengen van kinderen deed hem altijd even slikken. Hij had niet veel met kinderen en had er weinig ervaring mee, op een driemaandelijks bezoek aan zijn zesjarige neefje Jack na.

Voor Mark ging het om eerlijkheid – of het gebrek daaraan. Een volwassene heeft een kans op een leven gehad. Een kans om een verschil te maken. Het was misschien een moeilijk of een makkelijk leven geweest, maar ze hadden geleefd en liefgehad, fouten gemaakt en hopelijk onderweg ook wat plezier gehad. Kinderen niet.

Ondanks zijn bedenkingen wist hij dat Emma het niet makkelijker vond, dus moesten ze beslissen wie dit keer aan het kortste eind trok.

Ze hadden geen rietjes, dus speelden ze steen, papier, schaar om te zien wie naar binnen zou gaan. Zijn papier tegen Emma's steen – ze verloor. Mark was niet blij met zijn overwinning. Niemand was hier echt een winnaar. Emma controleerde haar kostuum, paste het aan zodat het minder gewaagd was en leunde haar zeis tegen de muur buiten. Ze liep naar binnen en zocht naar de bron van het gehuil.

Een klein jongetje, Robert, dwaalde door de kamer met zijn handen ineengeslagen terwijl hij razendsnel prevelde en snotterde. Emma kon zien dat hij dood op het bed lag, met de artsen en verpleegkundigen geschokt om hem heen. Ze waren woedend op hun wrede lot, niet in staat om de arme jongen te redden na al hun inspanningen. De enige hulp die hij nu nog had, lag in de wachtende handen van de Dood.

'Robert?' vroeg Emma. Het jongetje draaide zich naar haar om. Ze ging door haar knieën en probeerde naar hem te glimlachen. 'Hallo daar.'

'NEE!' schreeuwde Robert. Hij rende achter een van de artsen en verstopte zich.

'R-Robert?'

'Nee,' zei Robert opnieuw. Hij probeerde zich aan de broekspijp van de arts vast te klampen, maar zijn kleine handjes gleden er steeds doorheen. 'Nee. Ga weg!'

'Robert, lieverd?' zei Emma. 'Ehm...' Ze stond op, draaide zich om en lipte 'Wat moet ik in hemelsnaam zeggen?' tegen zichzelf.

'Niet meer,' kreunde Robert. 'Mijn buikje doet geen pijn. Ik wil niet gaan. Ga weg!'

'Is je pijn weg?' vroeg Emma. Ze ging door haar knieën en probeerde hem te zien. Hij dook om de broekspijp heen en knikte. 'Dat is goed! Dat betekent dat het tijd is... om ergens anders heen te gaan.'

'Nee,' zei hij. 'Mama komt zo.'

Emma kon haar glimlach niet vasthouden. Ze stond weer op en draaide zich om voor een stille schreeuw naar het raam. Ze vond het overbrengen van kinderzielen geen spat makkelijker dan Mark.

'Mama zei dat als mijn buikje geen pijn meer doet, we naar huis mogen,' ging Robert verder. 'En dan zou ze me een ijsje geven.'

'I-ik kan een ijsje voor je halen, Robert,' zei Emma.

Hij schudde koppig zijn hoofd. 'Nee! Mama haalt een ijsje voor me. In mijn eigen bed!'

'Robert?' zei Emma. 'Kun je hier even blijven, alsjeblieft? Ik moet even je mama gaan zoeken. Oké?'

Langzaam kwam Robert tevoorschijn en knikte. Emma glimlachte en liep achteruit de gang op, waar Mark stond te wachten.

'O, god, ik kan dit niet,' fluisterde ze wanhopig. 'Dit niet.'

'Ik weet dat het moeilijk is,' zei hij, 'maar...'

'O, is dat zo?' zei ze vol ongeloof. 'En jij zou weten hoe moeilijk dit is? Hoeveel kinderen heb jij al moeten helpen de dood te accepteren en moeten uitleggen dat ze hun moeder nooit meer zullen zien?'

'Zes, vergeleken met jouw twee,' antwoordde hij onmiddellijk. 'Niet dat ik de tel bijhoud of zo...'

'Ik wil gewoon huilen en ze een knuffel geven.' Emma balde en ontspande haar vuisten terwijl ze ijsbeerde.

'Doe dat dan,' stelde Mark voor. 'Ga op ooghoogte met ze zitten. Geef ze een knuffel als het moet, houd ze stevig vast en vertel ze dat het goedkomt.'

'Maar het komt niet goed, hè? Ze zijn dood.'

'En wat voor pijn, lijden of vreselijk ongeluk er ook net heeft plaatsgevonden, het is voorbij. Voorgoed.'

Hij deed voor hoe hij zou bukken en het kind zou oppakken, alsof het een hond was. Emma's mond viel open en haar ogen werden langzaam groter.

'Ik bedoel, zo komt hij wel waar hij wezen moet,' zei hij.

'Dat is het laatste wat we doen,' zei ze. 'Niet hiervoor. Als jij hem in de zak wilt stoppen, moet je dat zelf weten.'

'Oké, goed,' zei Mark. 'Dan doe ik het wel.' Hij liep kordaat de kamer in. Emma wachtte om de hoek, zonder haast om hem tegen te houden.

Robert stond op zijn tenen en probeerde zijn lichaam op het bed te zien.

'Zal ik je een handje helpen?' vroeg Mark. Robert keek onzeker naar hem op.

'Wie ben jij?' vroeg hij.

Mark zakte door zijn knieën om op Roberts ooghoogte te komen. 'Nou, ik ben de Dood,' antwoordde hij.

Mark had honderden keren in een vergelijkbare situatie gezeten met zijn neefje Jack. Kinderen waren dol op rollenspellen en de kunst was om snel de regels vast te stellen en het spel te beginnen. Gekke accenten hielpen ook. Hij was verschillende tekenfilmfiguren geweest, de leraar van Jack, een oude man die ze in de supermarkt volgden, en meer recentelijk – nu Jack ouder werd – beroemde voetballers.

Deze keer deed Mark echter niet alsof. Hij was de Dood en hij moest op een manier die een vierjarige kon begrijpen uitleggen wie hij was en wat zijn doel was.

Emma beet op haar lip. Mark bleef Robert zijn allervriendelijkste glimlach geven, hoewel het jochie het woord 'Dood', hoe simpel het ook was, niet leek te begrijpen.

'Is dat je naam?' vroeg Robert.

'Ja,' zei Mark. 'En mijn werk. Ik kom mensen die zijn overleden naar de volgende wereld brengen.'

Robert keek weer op naar het bed. Mark boog voorover en schepte Robert op, zodat hij hoog genoeg was om zichzelf te kunnen zien.

'Wie is dat?' vroeg Robert.

'Dat ben jij,' zei Mark. 'Ik ben bang dat je de operatie niet hebt overleefd. Je bent doodgegaan.'

Robert keek weer naar zijn eigen rustende gezicht en naar de artsen en verpleegkundigen, bevroren in de tijd om hem heen. Langzaam begon het tot hem door te dringen.

'Waarom kijken ze allemaal zo boos?' vroeg hij.

'Omdat ze je probeerden te redden,' zei Mark. 'Ze hebben hun uiterste best gedaan, maar het is ze niet gelukt.'

'Waarom niet?' vroeg Robert.

Mark zette Robert op het voeteneinde van het bed om zijn eigen schouders te ontlasten en bukte weer om hem recht in de ogen te kijken. Er stond al een dun laagje tranen in zijn ogen. 'Dat lag niet aan hen,' antwoordde hij. 'Als dat zo was, zou je nog leven, want je had de allerbeste verpleegkundigen en artsen die voor je zorgden. Maar niemand kan deze dingen voorspellen. Het gebeurt gewoon wanneer het gebeurt. Het spijt me, jongeman. Maar...' Mark veegde een traan weg. Robert strekte zijn hand uit en legde die op Marks wang – om hem te troosten. Mark keek op en zag dezelfde tranen bij de jongen opwellen.

Mark spreidde zijn armen en Robert liet zich erin vallen. De jongen huilde, zachter dan voorheen, terwijl Mark hem naar zijn pony in de ontvangstruimte van de spoedeisende hulp droeg. Emma leidde hen beiden terug, helemaal door het portaal naar de rivier, waar Mark Robert weer neerzette.

'Misschien ben je hier een tijdje,' zei Mark, 'maar je bent een dappere jongen, hè?'

'Komt mijn mama hier ook?' vroeg hij.

'Ooit,' zei Mark. 'Maar tot die tijd moet je vriendjes maken en gelukkig zijn, oké?'

Robert snoof en knikte. Mark wuifde hem uit en liet het kleine ventje het rivierpad aflopen, uit het zicht en de leegte in. Mark draaide zich om en slaakte een lange, trillende zucht. Hij keek naar Emma, die nog steeds een beetje van streek was, en probeerde de spanning te breken. 'Ik doe ook eerste communies en bar mitswa's, mocht je geïnteresseerd zijn in een boeking.'

Emma schoot tegelijkertijd in de lach en in een lelijke huilbui. Mark deed met haar mee en de tranen stroomden ongehinderd over zijn wangen. Ze namen een pauze tot hun harten weer tot rust gekomen waren. Emma gooide haar haar naar achteren en veegde haar uitgelopen make-up weg. 'Ik weet niet hoe je dat zo lang hebt kunnen inhouden,' zei ze.

'Koken met uien,' antwoordde Mark. 'Je leert het gewoon... in te houden.'

Emma moest om hem grinniken en leunde tegen haar paard. 'Je zou een goeie vader zijn.'

Mark glimlachte en knikte. 'Dank je.'

'Ik denk niet dat ik ooit een kind had gewild. Ik zou het waarschijnlijk per ongeluk in de trein hebben laten liggen of vergeten zijn het te voeden. Ik kon amper voor mezelf zorgen.'

'Maar misschien was je dan niet gesprongen, met een kleintje om voor te zorgen,' zei Mark.

Emma snoof. 'Als het zoveel had gehuild, was ik misschien wel eerder gesprongen.'

Ze lachten allebei, voordat het gewicht van wat ze hadden meegemaakt hen met vertraging raakte. Ze werden stil en gingen weer aan het werk, accepterend dat het na verloop van tijd te grimmig zou worden om er grapjes over te maken. Gewoon een ongelukkige onvermijdelijkheid van het werk...

HOOFDSTUK NEGENENTWINTIG

De cottage van de Dood was net een wegrestaurant geworden, met een aangrenzend motel waar Mark en Emma hun vermoeide hoofd te ruste konden leggen. Na ontelbare reisjes van en naar het rijk der levenden kwamen ze terug voor een korte pauze, een kopje thee met wat koekjes, of een dutje in de logeerkamer, voordat ze hun marathon van het verzorgen van de eindeloze stroom doden voortzetten, terwijl de Dood veel productiever en efficiënter de doden in de rest van de wereld afhandelde. Het betekende dat er altijd wel iemand in de buurt was of in de cottage langskwam terwijl Veronique aan het werk was.

Het was er levendig – een ongebruikelijke toestand, gezien de eeuwen van stagnerende ondood die eraan vooraf waren gegaan, maar ze was er best blij mee. Het schoonmaken deerde haar niet. De eenzaamheid vond ze veel erger. Dus was ze dankbaar voor elke gelegenheid om af te stoffen of binnengelopen vuil uit de wereld van de levenden op te vegen.

Ze kon zich ook geen moment herinneren dat ze meer telefoontjes van de andere ruiters had gekregen. Het leek wel alsof iedereen hulp nodig had en nu pas bereid was erom te vragen. Het was alsof de Dood een precedent had geschapen door Mark en Emma in te zetten, en de andere ruiters plotseling het gevoel hadden dat ze toestemming hadden om zelf ook om hulp te vragen. Ze galoppeerde over de vlaktes van het vagevuur naar de bescheiden, gelijkvloerse woning die de woonplaats van Pestilentie was. Zijn gazon was doorgaans ofwel dood, ofwel in bloei met een soort opgezwollen leven, gespikkeld met de afschuwelijke kleuren van diverse stralende ziektes; allemaal experimenten of kwalen die allang uit de wereld waren uitgeroeid en die vrijelijk kwamen woekeren in het verder onveranderlijke landschap.

Ze klopte op de deur en voelde onmiddellijk een klam laagje op het oppervlak. Zelfs de deur was ziek en slijmerig. Ze veegde haar hand af aan de zoom van haar schort en hoorde aan de andere kant een ellendige hoestbui toen Pestilentie de deur opendeed. Hij was nooit zo 'gezond' als Hongersnood of Oorlog, maar desondanks werd hij nooit graag ziek. Hij had een gelaatskleur die elke vreselijke ziekte er in vergelijking mild uit liet zien. Alleen leek hij er nu acuter onder te lijden.

'Ah, hallo,' zei hij terwijl hij door de kier van de deur gluurde. 'Veronique, eh, dit is een beetje gênant. Bedankt dat u bent gekomen. Ik hoopte u om een gunst te kunnen vragen?'

'Ja, natuurlijk,' zei ze. 'Maar als u verwacht dat ik ga schoonmaken... dan ben ik bang dat ik niet zou weten waar ik moet beginnen of eindigen.'

'O, nee,' zei hij, en hij wuifde haar bezwaar weg. 'Dat niet... Deze plek is een georganiseerde chaos. Alles ligt precies waar het moet zijn. Inclusief de ziektekiemen. Ik ben eigenlijk midden in een project en kan nu niet zelf weg, maar ik heb een proefpersoon nodig.'

Veronique trok haar wenkbrauwen naar hem op.

'Niet u, waarde,' zei hij. 'Een schaap. Het is een schapenziekte bedoeld om bepaalde stammen van...' Hij deinsde achteruit en nieste de andere kant op voordat hij verderging. '...schapen en geiten te verdringen die de voorkeur krijgen boven...' Weer een nies. '...vee. Wijdverspreider, via de wol. Zou u zo lief willen zijn een lam voor me mee te brengen, als het kan? Het maakt niet uit waarvandaan, maar ergens industrieel – een netto-exporteur. Maar ook biologisch. De fabrieksschapen zijn allemaal steriel door de hoeveelheid antibiotica die ze erin pompen.'

'Een schaap?' vroeg ze. 'Met dikke wol.'

'Ja, alstublieft,' zei hij. 'Elk schaap is goed, denk ik. Ik wil me niet te veel opdringen, ik...'

'Nee, maakt u zich geen zorgen. Ik begrijp het. U zit midden in iets, u kunt niet weg. Ik doe het wel.'

'Dank u.' Hij zuchtte. 'Mijn paard voelt zich niet zo lekker en ik wil hem niet te veel belasten...' Hij zweeg even, terwijl hij leek te stikken in iets wat zich in zijn keel had opgehoopt en overstroomde, en het toen doorslikte. 'U begrijpt het wel.'

'Ik ben *tout de suite* terug,' zei ze.

'Dank u.' Hij deed de deur dicht en kreeg nog een hoestbui. Ze dacht er verder niets van. Hij werkte de hele dag, elke dag, met ziektes. Zonder betrouwbare proefpersonen experimenteerde hij waarschijnlijk met de werkzaamheid van zulke dingen op zijn eigen lichaam. Maar ze had hem nog nooit zo ziek horen klinken of er zo ziek uit zien zien.

Veronique steeg met haar paard hoog op in de lucht en haalde een heel klein, gebogen stoffenschaartje tevoorschijn, dat ze openzwaaide om haar eigen portaal te openen. Zij was de eerste persoon die de Dood had geleerd hoe ze de sluier tussen de werelden kon doorbreken met wat ze bij zich had: een medische velduitrusting. Ze had het schaartje uit die oorspronkelijke doos bewaard en aangepast met een fijnere en langere snijkant voor het omzomen en bijknippen van gordijnen en stof, zodat ze voor de gewaden van de Dood kon zorgen en de gewaden die allang onbruikbaar waren, kon omtoveren tot chique verduisterende raambekleding.

Ze verscheen ergens boven een uitgestrekte, groene vlakte. Honderden hectaren, gewijd aan het fokken van allerlei soorten vee, strekten zich in alle richtingen uit. Ze reed rond tot ze iets vlekkerigs en wits op de grond zag en bevond zich al snel midden in een veld met schapen. De schapen stonden allemaal dicht op elkaar, wat het lastig maakte om er eentje uit de kudde te plukken. Als er plotseling eentje de lucht in zou zweven, zouden de andere dat makkelijk opmerken en in paniek raken. Haar aanwezigheid in de levende wereld moest miniem, onbeduidend en makkelijk te verklaren zijn door de alledaagse menselijke vergeetachtigheid.

'Veronique?'

Ze draaide zich om in de richting van de stem en zag, tot wederzijdse verbazing, Mark tegen een paal leunen buiten het omheinde gebied. Ze zwaaide, net toen er twee paarden in een nek-aan-nekrace tussen hen door schoten. Emma reed op het verliezende paard, en een spookachtige ruiter spoorde het nog levende paard aan in een snelle ronde rond de omheining. Veronique haastte zich erheen en rolde over het hek. Mark hielp haar het laatste stukje en maakte haar jurk los waar die aan de houten latten was blijven haken.

'Wat doet u hier?' vroeg Veronique.

Mark wees naar het tafereel. 'We zijn aan het werk.'

'U bent paarden aan het racen?'

Hij zuchtte. 'De man – Harris Furnell – is de eigenaar van deze boerderij. Hij kreeg een trap van zijn paard, maar zijn koppige geest weigert te vertrekken totdat hij Emma in een paardenrace heeft verslagen. En dat heeft ons in deze lastige situatie gebracht, want hij stopt niet tenzij Emma een ronde voor kan blijven. En het is niet alsof we niet geprobeerd hebben om hem' – hij maakte een rukgebaar met zijn handen – 'te grijpen terwijl hij langskomt, maar hij is sluw. Dit is onze moeilijkste tot nu toe, en we zitten allebei vast tot het klaar is.'

'O, ik zie het,' zei ze. 'Dat is lastig.'

'Dat weet ik,' zei Mark. Hij wreef net boven zijn ogen. 'Maar goed, waarom bent u hier?'

'Monsieur Pestilence heeft een schaap nodig om zijn nieuwe plaag op te testen,' legde ze uit.

'Ugh,' kreunde Mark. 'Ik weet dat het allemaal bij het werk hoort, maar ik had liever dat hij het niet deed. Wat als het hem lukt?'

De paarden denderden nogmaals voorbij, nek aan nek.

'Dan levert het zeker werk op voor degenen die nog leven, nietwaar?' antwoordde ze met een glimlach. 'Ik had dezelfde gedachten als u: waarom zou Oorlog doorgaan na de Grote Oorlog? Het was het laatste conflict, de oorlog die aan alles een eind zou maken, en toen toch niet. De Tweede Wereldoorlog, Korea en Vietnam, het Midden-Oosten, verscheidene Afrikaanse naties, burgeroorlogen en eindeloze boosaardigheid, onverdraagzaamheid en onverzadigbare bloeddorst, en Oorlog was er elke keer bij om het te laten slagen. En haar werk was succesvol, grotendeels. Hetzelfde geldt voor de Dood. Mensen gaan altijd dood. Het is niet zo'n treurige aangelegenheid als het overal is en iedereen overkomt. Die dingen worden een deel van het leven.'

'Wat een wereld,' zei Mark. 'Ik vraag me af hoe het zou zijn als ze allemaal tegelijk op vakantie gingen en ons gewoon onszelf lieten vernietigen.'

'Het antwoord zou u weleens niet kunnen bevallen,' zei ze. 'Ik heb ooit dezelfde vraag gesteld. Monsieur de Dood legde me uit dat een wereld zonder dood een wereld zonder leven wordt. Als mensen de grens van hun leven kennen, zullen ze het niet naar behoren leven. Niet leven om elke dag te laten tellen, maar alleen de laatste paar dagen, of de laatste paar weken of maanden, zodat ze alleen herinnerd zullen worden om hun laatste tijd op aarde. Herinneringen opbouwen met elke dag is wat het menselijk leven de moeite waard maakt, zowel de goede als de slechte. Het overwinnen van moeilijkheden en het vinden van kracht in zwakke tijden maken van het leven iets waar mensen van houden.'

'Oké, maar is dit de manier om het te bewijzen?' vroeg Mark, en Veronique glimlachte om zijn naïviteit.

De wereld stopte plotseling en werd grijs. Het paard aan het uiteinde van de ren steigerde en de geest viel achterover van zijn rug. Hij had op de een of andere manier zijn nederlaag toegegeven en maakte een einde aan het verlengde laatste moment van zijn ondergang toen de uitdaging eindigde.

'Godzijdank,' zei Mark.

Veronique sprong over het hek en liep naar de schapen. Ze koos er een uit dat jong was maar volop dikke wol leek te hebben om mee te nemen. Ze tilde het op als een zak meel en gooide het over haar hoofd om op haar schouders te rusten.

'Heeft u hulp nodig?' vroeg Mark.

'Nee, nee,' stond ze erop. 'Laat dit maar aan mij over. We hebben onze eigen taken, non? Concentreer u op die van u.' Toen ze bij haar paard kwam, zette ze het schaap neer en pakte een touw om het aan de zijkant van haar zadel vast te binden. 'U levert prima werk, denk ik, als de Dood, samen.'

Mark tikte met zijn zeis naar haar en draafde met zijn pony weg om te helpen de losgeslagen ziel te vangen, die over het hek was gesprongen en op de vlucht was geslagen. Veronique keek hoe ze als een team te werk gingen, een natuurlijke synchronisatie in hun rijden, culminerend in Mark en Emma die tegelijkertijd hun zeisen door de nek van de man zwaaiden zodat ze hun achtervolging konden staken en verder konden gaan.

Ze glimlachte. Het was fijn om zulke levendige Doden te verzorgen, en ze keek uit naar hun volgende pauze in het landhuis...

HOOFDSTUK DERTIG

De zee. Een open uitnodiging tot verkenning, avontuur en ontelbare gevaren. De witte kliffen van Dover, een natuurlijke schoonheid en een baken dat zo goed zichtbaar was dat de zeelieden van weleer van mijlenver op zee hun weg naar de veiligheid in het oude Dover konden vinden. Een plaats van grote handel, waar de massale schepen van de moderne tijd onzichtbare vaarroutes overstaken om allerlei soorten vracht van en naar het continent te vervoeren.

Niet bepaald een ideale plek om te zwemmen. Zeker niet zo ver uit de kust.

Hun huidige taak was het vinden van de ziel van iemand die was vergaan onder het Kanaal. Gelukkig konden hun paarden drijven. Helaas gold dat niet voor het lichaam.

'Is dat niet vreemd?' vroeg Mark terwijl hij boven op de bevroren golven van de zee stond.

'Wat?'

'Horen lijken niet te drijven? Na een tijdje?'

'Op stilstaand water,' zei Emma.

Mark keek naar beneden. 'Juist, en het was niet stil...'

'Jij kunt niet zwemmen, toch?' vroeg Emma.

Mark haalde ongemakkelijk zijn schouders op. 'Ik kan het wel. Ik ben er alleen niet zo goed in, dat is het.'

'O, juist,' zei ze. 'Ayia Napa. Jij bleef de hele tijd op het strand terwijl de meiden en ik probeerden te leren surfen. Je weet dat daardoor de wildste geruchten over je de ronde deden, toch?'

'O ja, dat weet ik,' zei Mark. 'Mijn vrienden hebben me erover ingelicht. Ik was gewoon een beetje...' Hij zuchtte. 'Ach, het is niet belangrijk. Maar waar het om gaat: hoe komen we in hemelsnaam daar beneden om hem te pakken te krijgen?'

'Zwemmen?' stelde Emma voor. 'De hoeven van Princess zitten hier behoorlijk vast aan het oppervlak.'

Mark testte het water en probeerde langzaam en voorzichtig van zijn pony af te stijgen. Hij slaagde erin op het wateroppervlak te gaan staan. Hij herwon zijn evenwicht en aaide het kleine paard weer kalm.

Emma steeg ook af en worstelde even om haar balans te vinden. 'O, het is glad.'

'Inderdaad, hè? Het is nat,' zei hij.

Er viel een stilte tussen hen – een pijnlijk duidelijke.

'We moeten toch naar beneden kunnen,' zei ze. Ze bukte en probeerde haar hand door het water te duwen. Het lukte, en haar arm gleed er langzaam in, tot aan haar elleboog. 'Ugh. Het is alsof je door gelei duwt.'

Mark deed hetzelfde en probeerde zijn voet naar beneden te duwen. 'O, je hebt gelijk. Het is stroperig. Vreemd spul.'

'Hoe kan door massieve muren lopen makkelijker zijn dan dit?' vroeg Emma. Ze trok haar arm terug en greep naar haar zeis.

'Wat ben je aan het doen?'

'Ik dacht zo,' zei ze, 'als dit ding een gat tussen werelden in de lucht kan scheuren, kan het misschien ook een gat door de oceaan scheuren?'

'Zoals de staf van Mozes?' vroeg Mark.

'We hebben het nooit gevraagd,' zei Emma, 'maar de ruiters komen uit de Bijbel. Ze maken deel uit van dezelfde mythologie als Jezus en God zelf. Dus dat zou ook echt kunnen zijn.'

'Ja, maar Charon is Grieks,' zei Mark. 'Volgens mij. Er werden geen rivieren genoemd in de Hel. Dat is alleen maar vuur, zwavel en geschreeuw, en zelfs dat is slechts apocrief. De ware aard van de Hel is de afwezigheid van God, zoals die wordt beschreven. Wat ze als de Hel omschrijven wordt toegeschreven aan een plek waar het heet was en waar ze in die tijd hun afval verbrandden.'

Emma besloot Marks ongevraagde tirade te negeren en gebruikte haar

zeis als een spade om door het water te graven. Ze wist een flink stuk water
weg te scheppen en werkte zich in het zweet. 'Dit werkt niet,' zei ze uiteindelijk. 'Niet zo goed als ik zou willen.'

'O-o,' zei Mark. Hij begon in de gelei te zakken en stopte precies bij zijn
heupen. 'Oké, ik denk dat ik het doorheb, maar ik weet niet hoe ik het
ongedaan maak.'

'Wat bedoel je?'

'Ik dacht... aan zinken,' zei hij. 'Zoals jij denkt aan door muren gaan,
toch? Maar met mijn voeten eerst. En nu, als ik stop met denken aan boven
water blijven, voel ik mezelf gewoon dieper zakken.'

'Denk dan gewoon aan vliegen.'

'Dat probeer ik, maar het werkt niet echt.' Hij zonk weer een paar centimeter dieper in het water. 'O nee!'

'Snel, niet ademen.'

'Wat!?' riep hij. 'Waarom niet?'

'Misschien hoef je niet te ademen als je niet gelooft dat je moet
ademen,' zei ze, met een lichte grijns om haar eigen opmerking.

'O, natuurlijk, lach maar om de verdrinkende man,' zei Mark.

'Dat doe ik ook,' zei ze. Ze haalde de zandloper tevoorschijn. 'Volgens
dit ding is hij precies onder ons. Dus laat jezelf gewoon zinken, houd je
adem in en dan zou je...' Ze draaide zich om om nog een laatste keer naar
Marks meelijwekkende gezichtsuitdrukking te kijken, maar hij was al kopje-
onder en het water sloot zich langzaam boven hem om hem te verzwelgen.
Zijn hand bleef boven, en hij stak zijn vinger op, als een 'bekijk het maar'-
gebaar. Ze zuchtte en richtte haar blik op Dover, met een idee in haar
achterhoofd.

Mark zonk ondertussen gewoon. Hij hield zijn adem zo lang in als hij
kon en had toen het gevoel dat hij zou flauwvallen. Hij probeerde omhoog
te zwemmen en dacht drijvende gedachten, maar het mocht niet baten. Het
was een zeer langzame afdaling. Niets kon het versnellen of omkeren. Hij
probeerde te zwemmen, maar zijn armen en benen werden grotendeels
beperkt door de aard van het water. Dus probeerde hij eraan te denken
erdoorheen te faseren. En het werkte.

En toen viel hij sneller, zonder iets onder zich dat hem kon opvangen.
Hij schreeuwde zonder zijn mond te openen en stortte met een steile duik
naar beneden door het water alsof het gewoon lucht was. Toen bereikte hij
eindelijk de bodem en landde op zijn buik. Geen pijn, maar wel even schrik-

ken. Hij lag op de zeebodem van het Kanaal. Het was niet helemaal wat hij had verwacht.

'Wauw!' Hij sloeg geschrokken zijn handen voor zijn mond. Na ademloze gedachten te hebben gedacht, merkte hij dat hij totaal geen behoefte had om te ademen. Hij kon fysiek niet inademen. Hij probeerde het en het was alsof hij aan een plastic zak zoog. Maar het hoefde niet. Zijn stem was slechts een gefluister zonder adem, maar het leek de ruimte om hem heen te vullen, niet ongelijk aan het spookachtige gefluister van een gruwelijk spook in het holst van de nacht – een echte Magere Hein-stem.

Nu hij tevreden was dat hij zijn rol hier beneden misschien kon vervullen, keek hij om zich heen. Het was erg grijs, niet heel anders dan de wereld boven toen de tijd stilstond, en redelijk vlak met wat golvende zandheuvels. En de zeebodem was bezaaid met wrakstukken. Sommige waren recent en nauwelijks met zand bedekt: stukken boot, verloren netten en ander afval dat door de varende schepen hierboven overboord was gegooid. Andere dingen die hij vond waren eeuwenoud.

'Dit is een vliegtuig,' zei hij terwijl hij over het wrak van een lang begraven vliegtuig liep. Hij probeerde wat zand weg te vegen. Het schraapte eraf als een strakke kartonnen hoes. 'Luftwaffe, hè? Dan is dit een goede plek voor je.' Hij keek om zich heen naar de majesteit van de vervuilde zee en ontdekte in de wazige verte de gebroken mast van een schip.

Het was een oud zeilschip, volledig verrot, op het dikste hout en de harde, gepolijste vloeren na. De schat aan boord was ook bewaard gebleven. Er waren zware loden vazen en kisten, waarvan sommige nog steeds gesloten waren. 'Een handelsschip? Of een smokkelaar? Of een militair vaartuig? Zo dicht bij de kust gezonken, het zou eigenlijk alles kunnen zijn...' Hij liep een tijdje rond op het dek van het dode schip en verloor bijna zijn plicht uit het oog.

'Elke piraat die hier beneden zo lang heeft overleefd, is geen gewone sterveling die ik kan ophalen, als dit recht onder de plek is waar ik ben gevallen. Waar was dat?' Mark probeerde terug te lopen naar waar hij vandaan kwam, maar raakte al snel een beetje verdwaald. Hij volgde zijn voetstappen terug naar de romp van de Messerschmitt en naar de lichaamsvormige afdruk van zijn landingsplek, en patrouilleerde toen in een cirkel. Hij maakte die een of twee keer groter voordat hij zijn armen in overgave in de lucht gooide.

'Waar ben je?' fluisterde hij zo hard als hij kon. 'Hallo? Sis terug als je me kunt horen!' Hij begon te sissen, als een slang die zijn keel schraapt, in alle richtingen. Hij zette zijn handen als een toeter om zijn mond en draaide rond als een sirene.

Toen kreeg hij Emma in het oog, die door de zeebodem naar hem toe zwom. En toen kwam de man in haar greep, die er ontzet uitzag en aan zijn kraag werd meegesleurd. Ze leken van onder de zeebodem – uit de Kanaal-tunnel – omhoog te zwemmen en gingen al snel weer richting de oppervlakte.

'Wacht!' siste Mark hun na. 'Ik kan nog steeds niet zwemmen!'

Hij probeerde aan vliegen te denken. Uiteindelijk besloot hij aan een onderzeeër te denken en stuwde hij zichzelf in een spiraal omhoog naar de oppervlakte.

HOOFDSTUK EENENDERTIG

Mark en Emma daalden neer in een vrij aardige, kleine wijk van Liverpool, net buiten het stadscentrum, in een straat met huizen die nog achtertuinen hadden. Kleine tuintjes, net groot genoeg voor een tafel en een paar stoelen, maar fatsoenlijke plekken om te wonen. Een plek voor gezinnen. Deel van een gemeenschap. Het was ver verwijderd van hun eigen flatgebouw vol krappe, nieuwbouwappartementen – allemaal glas en gevelbekleding, afwezige verhuurders en buy-to-let-hypotheken.

'Ah, daar zijn we,' zei Emma. 'Dennis Perth Offdenson. Uw uur is geslagen.'

Het huis was een klassiek victoriaans rijtjeshuis met minimale renovaties aan de buitenkant. Er waren tekenen van dakwerkzaamheden aanwezig, maar het leek zich voornamelijk aan pure conserveringsnormen te houden, net als de rest van de huizen in de straat. Mark ging naar binnen en Emma bleef buiten als reserve, net buiten, voor het geval er problemen zouden ontstaan, maar dat leek onwaarschijnlijk. Meneer Offdenson was behoorlijk oud, te oordelen naar de tijd in zijn zandloper. Hij had een vol leven geleid en zijn sterven verliep heel snel na hun aankomst, een teken dat hij zich al in de overgangsfase bevond, wachtend op de hand van de maaier.

Mark hield zijn bezoek aan het huis kort. Het zag er echter prachtig uit. Gezellig, dacht hij. Een mooie verbetering ten opzichte van hun vorige woonsituatie. Toen dacht hij erover na. Hun flat was grotendeels een open ruimte, zonder smalle gangen of scherpe hoeken die naar andere kamers leidden. Hij probeerde het totale vloeroppervlak, zonder de muren, in te schatten en vroeg zich af of ze er niet beter aan toe waren geweest dan hij besefte.

Hij vond meneer Offdenson in een soort bibliotheek, een studeerkamer, waar elke muur bedekt was met rijen boeken die duidelijk vele decennia oud waren, misschien zelfs te veel om in één leven te lezen. De verzameling was duidelijk de planken ontgroeid en stapels boeken, voornamelijk in leer gebonden hardcovers, lagen in wanordelijke stapels, waarvan sommige zuilen vormden die tot aan het plafond reikten. Eén enkele bureaulamp met een laag wattage verlichtte de grijsblauwe kamer. Een langharige kat, bevroren in slaap, lag op een klein kussentje naast de koperen omlijsting van de open haard.

Meneer Offdenson, een man met een grijze baard en een volle bos wit haar, zat in een bruine leren stoel tegenover zijn rustende lijk met een pijp in zijn hand. Spectrale rook zweefde door het plafond omhoog. Hij bekeek Mark vanuit zijn ooghoek over zijn bril met eikenhouten montuur en zette hem recht terwijl hij zich omdraaide om zijn gast te begroeten.

'Ah, hallo daar,' zei de man met een deftig scouse-accent. 'U moet mijn psychopompos zijn, gepland voor ongeveer kwart over twaalf.' Hij tilde zijn arm op en keek op zijn horloge. 'U bent precies op tijd.'

'Ja,' zei Mark. 'Komt u maar.'

'Hmmm,' neuriede de man nieuwsgierig. 'Stel dat ik weiger?'

'Dat is geen optie,' zei Mark.

'O, werkelijk?' zei meneer Offdenson. Hij leek vreemd genoeg geamuseerd door Marks laatste aanmaning. Hij leunde verder achterover in zijn stoel en vouwde zijn vingertoppen tegen elkaar. 'Welnu, dan vrees ik dat ik een beroep moet doen op het Tinkerbell-theorema en u de autoriteit van uw bestaan moet ontzeggen, mijn jongen. Jammer, hoor.' Hij draaide zich om en keek uit het raam.

'Wat?' zei Mark. 'We moeten door, meneer. Ik moet—'

'O, wat een gedoe,' zei meneer Offdenson terwijl hij opstond en naar het raam achter zijn bureau liep. 'Een heel gedoe, inderdaad. Ik ben een bijzonder hoogopgeleide man, ziet u. Een atheïst, door een morele beslissing. Ik vond het al vrij vroeg veel oprechter om te leven zonder de waanideeën van een groots plan. In plaats van te bezwijken voor de angst of wanhoop van een mislukt leven, observeerde ik de wereld op een natuurlijke, organische – waarheidsgetrouwe! – manier. En hoewel ik het bestaan van een ziel wel overwoog, redeneerde ik dat geen enkele entiteit de macht kon bezitten om alle zielen gezamenlijk te beheersen zoals een God dat zou doen. Dat niveau van gecentraliseerde macht is slechts een droom van de mensheid – van heersers en despoten in de geschiedenis – weerspiegeld in de leer van hen die de beschaving als eersten hebben opgebouwd.'

'Makker, ik ben klaar met school,' zei Mark. 'U zult me moeten betalen als u wilt dat ik hiernaar luister.'

'Niemand,' riep meneer Offdenson triomfantelijk, 'ontsnapt aan het leren! Noch aan de logica. Dat is de dwaasheid van de theologische rijken van de mens. Ze vluchten voor de logica en geven de goden de schuld van hun rampen, maar prijzen andere goden, die onder de controle van de keizer staan, voor hun grote successen! Ze hadden een hand achter het gordijn dat hen verblindde, en ze konden door de eerste waan heen kijken, dat er geen God is. Maar omdat ze het geloof misten om zichzelf te besturen, vervingen ze hun veronderstelling door vele goden, zodat ze zich nog steeds beheerst konden voelen.'

Mark wreef in zijn ogen. 'Meneer Offdenson—'

'Mijn jongen,' zei hij, 'ik ben niet voor niets *eenenvijftig jaar* leraar geweest. Als u me aanspreekt, zou ik u willen vragen dat als "professor" te doen.'

'Natuurlijk doet u dat,' zei Mark, die hun gesprek al snel beu was. 'Ik heb nog vele andere zielen te oogsten, dus als u alstublieft, u weet wel... chop-chop.'

'Ik had zo velen zo veel kunnen leren,' klaagde professor Offdenson. 'Mijn verstand werd verspild in de academische wereld. Het is niet langer de wereld van de denkers, maar de wereld van de doeners, die elke generatie de opdracht krijgen minder en minder na te denken. Ik zag die afstomping van de geest, die tergende vervlakking van het intellect van mijn studenten. Ze weigerden zich door mij te laten onderwijzen over de grote werken van de mens en de betekenis erachter, over de ontcijfering van de God-theorema's door de grote denkers die de kerk zelf infiltreerden om de koers van de mensheid te veranderen naar zelfreflectieve verlichting. Nee, ze wilden alleen maar toetsen en resultaten. Ze wilden ja's en nee's. Ze wilden geloof in het systeem. Geloof zonder eer! En ze hielden mijn handen gegijzeld om mijn geest gevangen te houden in hun sfeer van waanideeën. Nu bevinden we ons in een tijdperk waarin velen beweren God te zijn, door de mens gemaakt, *ex machina*, en toch is niemand bereid zichzelf te verlagen tot een animistische sekte met vele goden! Nee, ze willen allemaal de Ene zijn, omdat zij alle macht hebben. Onderwijs, gezondheidszorg, transport... bureaucratie is de Godswaan van onze tijd, jongen! Dat is wat ons terugbrengt naar de donkere middeleeuwen!'

Mark keek de kamer rond naar een paar lijsten die aan de muur hingen: diploma's voor het basisonderwijs en verschillende filosofische onderscheidingen, waaronder een ingelijst certificaat voor de eerste plaats in een regionale debatclub. De man had een foto van zichzelf met een groep kinderen in hun uniform, met 'Fijne verjaardag Mr Perth' in grote letters geschilderd.

Mark onderdrukte een lach en draaide zich om.

Professor Offdenson keek uit het raam. Hij zuchtte en begon aan wat aanvoelde als weer een lange dissertatie. 'Zegt u me eens, meneer de Dood, wie dient u?'

'De Dood,' zei Mark.

'Bent u niet de Dood?' vroeg hij.

Mark aarzelde. ''t Is een beetje ingewikkeld.'

Hij grijnsde. 'Is het een hiërarchie? Om de niet-geoogste zielen over te laten aan een mindere entiteit die een mate van werk levert die hem anders recht zou geven op een veel hogere positie in de maatschappij, maar in plaats daarvan wordt overgeleverd aan de grillen van een verpletterende elite?'

'Nee, dat was mijn andere baan,' zei Mark.

'Maar een baan is het,' zei Offdenson. 'Een ontkenning van goddelijkheid! Een ontkenning van het eigenbelang! De Dood is een concept dat boven alle controle staat, buiten elke systematische structuur en zelfs gevreesd wordt door de dogma's van religie. Mijn jongen, u *kunt* niet echt zijn, want geen enkele soort Dood zou beleefd komen. Als het echt was, en als u oprecht was, dan zou ik deze kans om te spreken niet hebben. Dit is een roeping van een hogere soort, die zelfs u te boven gaat, die mij laat ademhalen en deze vrije gedachten laat denken! Het is het bewijs dat u niets meer bent dan een hallucinatie om me gezelschap te houden terwijl mijn ware geest vertraagt tot zijn laatste synapsen en uitdooft in de oneindige duisternis. En totdat die duisternis komt, zal ik hier blijven' – hij ging zitten – 'waar mijn geest de meeste troost vindt te midden van de grote denkers van de aarde, aan wie wij ons hele bestaan te danken hebben.'

Professor Offdenson keek vanuit zijn ooghoek en – zoals hij had verwacht – was Mark weg. De schimmige gestalte was niet meer te zien. Zijn persoonlijke psychopompus, gestuurd om hem in zijn laatste momenten aan de Dood te herinneren, kon de hypocrisie van zijn eigen bestaan niet aan. Professor Offdenson zuchtte en keek naar zijn bureau, naar een onvoltooid manuscript dat bestond uit lange, ononderbroken paragrafen, geschreven met een typemachine. Hij knarsetandde van spijt.

Toen verscheen Emma door de vloer, zeis in de hand.

'Wat... Alweer? Nog een? Heb ik jullie niet voorgoed weerlegd?' De beledigde ziel sprong op en begon haar kant op te marcheren. 'Ik zeg u, genoeg! Ik zeg u...'

Toen kwam de oneindige duisternis in de vorm van een zak over zijn hoofd. Mark en Emma namen hem mee terug en dumpten hem met zijn hoofd eerst – en nog belangrijker, mond eerst – in de leemachtige rivier, waar hij kon genieten van zijn kalme démasqué en de rest van het Limbo met rust kon laten.

'Er zwerven er al te veel van rond,' zei Mark.

Emma knikte. 'En ze zijn allemaal nog steeds pissig dat ze ongelijk hadden.'

HOOFDSTUK TWEEËNDERTIG

Het land tussen leven en dood aan de zuidelijke oever van de rivier de Styx was overwegend kalm. De Dood keerde terug van een lange oogstronde en merkte heel wat nieuwe zielen op langs de oever. Hoewel hij ze slechts met tegenzin als zodanig accepteerde, deden zijn leerlingen hun plicht en deden ze die goed. Niemand was verdwaald of vergeten. En zijn eigen professionele hand kon de rest van de stervenden in de wereld afhandelen zonder zich zorgen te hoeven maken over het niet zo Verenigd Koninkrijk.

Het was maar goed ook. Hij voelde zich moe. De eonen en eeuwen begonnen hem parten te spelen en stapelden zich op tegen zijn benige rug. Sterker nog, de Dood overwoog heel even dat Emma en Mark hun verantwoordelijkheden zouden kunnen uitbreiden over continentaal Europa, waardoor zijn tijd verder zou vrijkomen. Hij betrapte zichzelf erop dat hij voorovergebogen stond en gebruikte zijn zeis om zich op te richten. Zijn rug kraakte hard. Hij voelde waar de botten in zijn wervelkolom waren verschoven en reikte naar achteren om ze weer op hun plaats te zetten. Het was een kreunwaardige pijn die hem mank naar de cottage deed strompelen.

Afgaande op het aantal zandlopers dat nog voorhanden was, had hij een momentje voor zichzelf, dus deed hij zijn zware mantel uit en trok hij zijn tuinkleding weer aan. Hij droeg een tuinbroek van spijkerstof, een geruit hemd, een strooien hoed en dikke handschoenen – er ontbrak alleen nog een korenaar die uit zijn kaakbeen bungelde om het plaatje compleet te maken. Zijn zeis behield zijn natuurlijke vorm, want de zeis was oorspronkelijk een stuk gereedschap om gras te maaien en bleef even functioneel om het overwoekerde riet en graan van het hiernamaals te verzorgen.

De Dood neuriede een oud, opgewekt liedje terwijl hij zijn werk deed, een liedje dat beter paste bij het verwoede spel op een viool van een man die wanhopig probeerde de spottende listen van een doods fantoom af te weren. Het was een van zijn favoriete soorten muziek, na alleen de klaagzang en Mozarts Requiem. Allemaal liedjes over hem, op gepaste wijze angstaanjagend gemaakt door mensenhanden.

Hij maaide een strook gras rondom de cottage en deed een stap achteruit om zijn werk te bewonderen. De grond was vlak gemaakt, zonder scherpe klitten of onkruidstengels. Het voelde goed aan om op te lopen, als een fijn tapijt. Hij draaide zich om om verder te gaan met het werk toen hij Oorlog op haar paard zag aan komen rijden, dat een landbouwtractor achter zich aan sleepte. Ze kreunde toen ze afsteeg en moest haar zij vasthouden terwijl ze liep.

'Alles goed?' vroeg hij.

'O, gewoon een verrekking,' zei ze. 'Ik heb mezelf iets te hard afgebeuld om de vermoeidheid van het rusten te bestrijden en, nou ja, het is wat mij betreft te lang geleden dat er fatsoenlijk gevochten is. Ik zou veel liever zien dat de mensheid terugkeert naar man-tegen-man-gevechten, zodat ik in de rustigere tijden wat actievers te doen heb.'

'Inderdaad,' zei hij. 'En die tractor?'

'O, die is voor jou,' zei ze. 'Ik vond hem in mijn verzameling en heb hem omgebouwd tot veldruimer. Hij werd gebruikt in de Grote Oorlog – die waar jouw meisje aan meedeed – toen ze van elk voertuig een dienstvoertuig moesten maken. In zijn oorspronkelijke vorm was hij uitgerust met een roterende pin bedekt met kettingzwepen die op de grond sloeg om mijnen te ruimen. Maar elk zwaard bewijst natuurlijk zijn nut, dus de Franse gardisten gebruikten hem...' Ze lachte. 'Ze gebruikten hem om Duitse troepen onder de voet te lopen en hun schedels in te slaan als ze te ver achter de vijandelijke linies afdwaalden.'

'Het was een afgrijselijke tijd,' zei de Dood nostalgisch. 'De vindingrijkheid van de mens om manieren te vinden om mij te ontmoeten is altijd spannend geweest om te voorspellen en onbevredigend om bij te houden.'

'Hoe dan auch,' zei ze, 'je kunt hem net zo goed hebben. Het is nu gewoon landbouwwerktuig. Perfect voor je hobby hier.'

'Het toeval wil dat ik graag met de hand maai,' zei hij.

'Maar vindt je rug dat ook?' vroeg ze.

De Dood snoof en keek naar beneden. Hij zag verband onder de mouw van haar broekpak vandaan glippen dat helemaal tot boven aan haar arm leek te zijn gewikkeld.

Ze betrapte hem erop dat hij keek en trok haar mouw naar beneden. 'Gewoon wat zweren, meer niet,' zei ze. 'Je hebt geluk dat je geen vlees hebt om voor te zorgen. Het wordt een heel regime als je mijn leeftijd bereikt.'

'Waar,' zei hij.

Met een geforceerd zwaaitje ging ze haar weegs en reed weg, de afgekoppelde tractor achterlatend die het uitzicht van de Dood op de rivier blokkeerde. Hij liep ernaartoe om hem te bekijken. De maaimessen waren allemaal mooi geslepen – hergebruikte metalen snijkanten van talloze zwaarden die gebroken en achtergelaten waren in ontelbare oorlogen. Schatten voor de ruiter die een vriendelijker, nieuw doel hadden gekregen. Zwaarden tot ploegscharen.

De Dood klom op de tractor, rommelde wat met de bedieningselementen en bracht hem tot leven. Hij reed er een rondje mee over het buitenveld en bekeek zijn handwerk. In slechts een paar minuten had hij het maaiwerk van een hele week voltooid, dat alweer aangegroeid zou zijn tegen de tijd dat hij met zijn eigen gereedschap het einde van zijn ronde had bereikt. Hij klemde zijn tanden op elkaar om zijn versie van een grijns te forceren en ging verder, vastbesloten het hele landgoed plat te maaien voordat hij er voor die dag de brui aan gaf.

Enige tijd later kwam Pestilentie langs. De Dood stopte de tractor naast hem en leunde voorover op zijn metalen krukje. 'Hallo.'

'Ik zie dat je een upgrade hebt,' zei Pestilentie, en pauzeerde om een piepende ademteug naar binnen te halen. 'Hier zul je vast veel meer zielen mee oogsten, wed ik zo.'

'Ze zouden wegrennen,' zei hij. 'Hij is niet snel genoeg naar mijn smaak. Of wendbaar genoeg. Maar wel fijn voor wat gazononderhoud.'

'Daar zeg je wat,' zei Pestilentie. 'Ik had dit veld voor je kunnen doen, als je het gevraagd had.'

'Ik heb liever dat het teruggroeit,' zei de Dood. 'Ongemuteerd.'

Pestilentie grinnikte en verviel toen in een hoestbui, waardoor de Dood achteruitdeinsde op zijn zitting. 'Ah, ja. Dat zou een probleem zijn. Waar is je dame?'

'Mijn wat?'

'Het Franse meisje?'

'Veronique is in het huis,' zei de Dood, 'en in de stal. Ik geloof dat ze nu de paarden laat bewegen.'

'Juist, nou,' begon Pestilentie, 'ik wilde haar alleen een cadeautje geven omdat ze me geholpen heeft.'

'Geholpen?'

'Ja.'

Hij haalde een paar handschoenen tevoorschijn die gemaakt waren van verse wol, fijngebreid en in elkaar gezet, precies de juiste maat voor Veronique. De wol was zwart en gestreept, maar niet geverfd. De vezels van de vacht waren donker geworden door de plaag die de schapen had getroffen en ze niet alleen kleurloos maakte, maar volledig zonder pigment, en te glad om wat voor kleurstof of verf dan ook aan te nemen. Een plaag die alle schapen in zwarte schapen zou veranderen, zou zich al snel verspreiden onder witte kuddes en de linnenmarkt doen instorten; een plaag voor de dieren en voor de portemonnee.

'Had deze niet zonder haar kunnen maken,' zei Pestilentie. 'En ze schijnt van zwart te houden.'

'Ze beweert dat het haar Visigotische afkomst is,' zei de Dood. 'Of een of andere onzin.'

'Waarom laat je haar geen werk voor je doen?' vroeg Pestilentie met een kuchje. 'Weet je wel, daarbuiten? Het schijnt goed te gaan met die andere twee die je hebt binnengehaald.'

De Dood snoof. 'Ik ben nog steeds niet overtuigd. Het werk van de Dood is niet iets waar sterfelijke handen zich mee moeten bemoeien.'

'Denk je dat een mens het leuk zou vinden om jou een veld te zien maaien?' vroeg Pestilentie. 'Of mij... in een ziekenhuis? Onze tijd is al een poosje voorbij. Er gaan meer mensen dood aan dingen waar wij geen controle over hebben dan ooit. Die cyberdingen richten een ravage aan. Een hele reeks virussen en wormen en ik heb die krengen nog nooit aangeraakt. We zijn verouderd. En bijblijven is—'

De Dood voelde een ruk aan zijn zij. Hij greep in zijn zak en haalde er een zandloper uit die tot ware grootte uitzette. De laatste korrels waren bijna gevallen. Hij schudde ermee en zag ze van de zijkant van het glas loskomen; er moesten er nog maar een paar vallen, en er was geen tijd te verliezen. Hij keek om zich heen, maar zijn paard was nergens te bekennen.

De tractor bevond zich echter nog steeds onder zijn heupen. Hij draaide de contactsleutel om, toverde zijn zeis uit het niets tevoorschijn en gaf de zijkant een klap als bij een paard. De tractor spetterde vooruit en steeg langzaam en gestaag op in de lucht. De Dood maakte een machtige zwaai en opende een extra groot portaal waar zijn tractor doorheen paste.

Pestilentie bleef vol ontzag achter. 'Kon ik dat maar... Ik heb niet eens een auto.'

HOOFDSTUK DRIEËNDERTIG

In de rivier klotsten zachtjes de golven tegen de oever. Drie gestalten stonden in de mist en werden langzaam zichtbaar toen Charons boot dicht bij de oever sloop. Twee hielden zeisen vast, met zilverglanzende, sikkelvormige bladen. De derde stond in een pij, met de handen ineengeslagen voor zijn middel, de ogen gesloten en een rood aangelopen gezicht.

Het gerinkel van goud werd meegevoerd door de wervelende wind. Charon naderde de oever en duwde de mist opzij om de geest die voor hem was gebracht op waarde te schatten – en deze bezat inderdaad enige waarde die het bekijken waard was. Het was een oudere, gelovige man, gekleed in fraaie lijkwaden en getooid met juwelen snuisterijen, rondom afgezet en omzoomd met goud. Ringen, halskettingen, armbanden en zelfs tanden – die, voor zover Charon kon zien, ook van goud waren.

'Goed gedaan,' zei Charon. 'Het is te lang geleden dat u mij een ziel hebt gebracht die het waard is om het water over te steken. Keer op keer hebt u mij wat dit betreft teleurgesteld en ik heb er meer moeten wegsturen dan ik kon tellen. Maar nu zie ik dat we eindelijk op één lijn zitten. Deze zal...'

De priesterlijke man hief uitdagend zijn hand op. 'Spreek niet, demon,' begon hij, met een Noord-Iers accent. 'Laat mij mijzelf voor de Heer werpen en eindelijk zijn oordeel ontvangen na een lang leven in zijn dienst. Ik zal mij niet inlaten met de duistere, betoverende klanken van het verdorven gevolg van de duivel en zijn soortgenoten, die mijn zuivere ziel trachten te bezoedelen voordat ze onaangeraakt, zonder dwaling en ongebonden in Gods ogen kan worden gezien.'

'Veel plezier,' zei Mark, die er duidelijk helemaal klaar mee was, en hij liep weg.

'Doei,' zei Emma, die overduidelijk ook erg blij was dat ze van de man af was.

Charon voelde een vreselijke omslag in de stemming toen hij met de priester alleen werd gelaten – alsof hij nog maar net het begin hoorde van de lange monologen die die twee hadden moeten doorstaan om een man van God naar een goddeloos hiernamaals te brengen.

'Betaal de tol,' eiste Charon, 'en ik zal u naar het land zenden waar God wacht.'

De priester haalde zijn neus voor Charon op en wierp zijn blik naar de door nevel bedekte hemel. 'O Heer, want u bent de machtigste en de heiligste, u bent mijn redder, mijn schepper en mijn eeuwige licht.' Hij viel op zijn knieën en hief zijn handen boven zijn hoofd. 'Ik wacht hier op u, bij deze rivier van wanhoop en kwelling, opdat u zult neerdalen en mij zult aanvaarden door de poorten van de hemel en mij zult opnemen in uw eeuwige omhelzing, van nu tot het einde der tijden.'

'De tol,' drong Charon aan.

'Ik zal niet luisteren,' schreeuwde de priester, niet naar Charon maar met een stem die voor hem bedoeld was, 'naar deze door de duivel gezonden duivels die mij testen en verleiden. Ik weet dat zij Uw werk zijn, een liefdevolle streek om mijn laatste geloof te beproeven. Maar ik ben hier, en ik wacht op u – God! O Heer! Ik zie en geloof u! Ik hoor en gehoorzaam alleen u! Geef mij vleugels naar uw koninkrijk, toon dat ik het waardig ben!'

'Met vleugels komt u de rivier niet over,' zei Charon. 'Alleen ik kan...'

'OOOO, HEER!' brulde de priester. 'Uw heiligdom en toevlucht roepen mij! Zelfs hier in deze stomme afgrond voel ik uw aantrekkingskracht. Ik kan het lied van uw schepping horen!'

'Betaal me!' zei Charon. Hij sloeg gefrustreerd met zijn roeispaan in het water. 'Ik breng u erheen, betaal... betaal gewoon...'

De priester deed een van zijn ringen af. 'Deze materiële dingen,' zei hij, 'zijn niet mijn boeien. Zij zijn niet mijn waarde!' Hij draaide zich om en gooide het goud voorbij Charon in het water.

Charon keek het na met een geschrokken, en vervolgens ronduit doodsbang gezicht.

'Ik ben als mens niet aan deze rijkdom gebonden. Alleen u, Heer, schittert als goud aan dit einde van alles.' Hij bleef zijn goud afdoen en wegwerpen. Hij wauwelde door dat het voor een kameel gemakkelijker was om door het oog van een naald te gaan dan voor een rijke man om het koninkrijk der hemelen binnen te gaan. Charon begon zijn hand uit te steken om het op te vangen. Toen hij dat deed, keek de priester hem aan en gooide het met een snelle worp een andere kant op. Hij ging door tot hij geen goud meer had en begon toen zijn pij uit te trekken. Tegen die tijd kon het Charon niet meer schelen. Hij had het goud misgelopen voordat het van hem kon zijn en het was weg.

De priester laadde zijn wasgoed in Charons boot. Hij stond daar met enkelsokken met jarretels en een onderbroek als enige kleding, afgezien van het stoffen keppeltje op zijn hoofd. 'Zie mij, Heer! Onbelemmerd! Zoals u mij gemaakt hebt, onbezoedeld door de zonden der verleiding. Zie mij zoals u alles ziet, alles weet, en laat mij opstijgen naar uw paradijs!' Daarna trok hij zijn onderbroek uit, ging weer op zijn knieën zitten en begon wiegend lofzangen te zingen. Charon verafschuwde de opgetogenheid van de dwaze man en gooide de kleren in de rivier voordat hij wegroeiend vertrok. De man had geen geld, geen goud, geen tol – zelfs zijn strakke onderbroek niet – en dus geen manier om over te steken.

Charon keerde terug naar zijn gouden landhuis. Hij repareerde de beschadigde muur die eerder was ingestort en herschikte de verschillende tronen om wat afwisseling aan te brengen. Hij hees zijn boot op een droogdok en gebruikte wat gouden gereedschap om de onderkant te repareren. Hij schraapte een paar grijpende, onvolledige handen weg die als zeepokken aan het hout kleefden, samen met vingernagels en tanden van de wanhopige zielen die zonder betaling de boot hadden proberen vast te grijpen en eronder belandden voordat hij de andere oever kon bereiken.

'Vervloekt kerksysteem,' zei Charon. 'Het zorgt ervoor dat gekken niet meer in de waarde van goud geloven. Waarom begraaf je hem er dan helemaal in als het toch maar in dat verdomde, modderige, gore water belandt!?' Charon verhief zijn stem tot een schreeuw en smeet zijn gouden schraper bijna in de rivier. In plaats daarvan stak hij hem in de aanlegsteiger en liet zijn hoofd in zijn handen rusten. Toen hij was bijgekomen, werkte hij zijn boot af en ging hij een ogenblik ontspannen te midden van zijn grote schatkamer. Hij had hele goudstaven gebruikt als de voornaamste steunmuren en munten in achthoekige segmenten opgestapeld die tot halverwege in een spiraal omhoogliepen en daarna in rechte formaties doorgingen tot een gewelfd plafond, waar hij al zijn diverse schatten als een legpuzzel in elkaar had gepast.

Overal waar hij keek waren er voorwerpen met een historische en duidelijk zichtbare waarde, maar toch voelde het allemaal hol aan. Niets ervan kon hem geven wat hij wilde. Wat hij echt wilde. Zijn blik viel op een gouden paardenicoon, een oud Fenicisch tempelstuk dat eonen geleden door een nobele priesteres was meegenomen in het graf. Zijn ogen vernauwden zich en hij klemde zijn tanden op elkaar door er alleen al naar te kijken. Charon sprak vaak tegen het icoon – slecht gezelschap, maar met de garantie dat hij nooit zou worden tegengesproken.

'Paarden,' mijmerde hij. 'Kunnen niet eens zwemmen. Kunnen geen al te diepe rivier doorwaden. Vinden zichzelf te goed voor boten, hè? Wie heeft bepaald dat paarden kunnen vliegen, maar een boot niet? Zo willekeurig. Ik zit hier vast en krijg alleen inzicht in de buitenwereld via degenen die erbarmelijk of vroom genoeg zijn om te sterven terwijl ze zich aan goud vastklampen. En ze praten zo weinig over de wereld en zo veel over zichzelf. Mijn lot is onveranderlijk geweest, enkel verschoven door het zand van de rivier en opgebouwd door deze hoop... onrechtvaardigheid.'

Charon pakte een munt en gooide die tegen de verste muur. Hij stuiterde terug en rolde weer naar hem toe. Hij liet hem verder stuiteren tot hij plat op de grond viel, en daarna pakte hij een andere munt uit zijn ingezakte zetel en liet die ook stuiteren.

'Het enige waar ze nu over klagen is geld. Status. Rijkdom. Wat ze hebben achtergelaten. Spijt die altijd terug te voeren is op wat ze niet konden verdienen of wat ze tevergeefs hadden verdiend. Geld. Niet ziekte of oorlog of hongersnood. Ze klagen niet eens over de dood. Ze klagen over banken en leningen en schulden. De Ruiters zien niet hoe vergeten ze zijn geraakt. Ze denken dat ze weten wat de wereld regeert, maar is dat wel zo?'

Charon gooide extra hard en miste de muur volledig. De munt vloog langs zijn gouden hut en kletterde tegen de rotsen, waarna hij verder stuiterde op een bepaald pad richting het water.

'Ach,' snoof hij. 'Het maakt niet uit.'

Ting!

'Al dit goud is hier beneden niet meer waard dan stof.'

Ting!
'Ik kan het net zo goed allemaal in het water dumpen...'
Ting!
'... en er dan zelf achteraan gaan.'
PLONS!
'Er is geen reden voor een-'
Klak!

Charon zocht naar de bron van het vreemde geluid en merkte dat een schakel in zijn lange, onbreekbare keten was opengebarsten. De schakels zaten nog wel aan elkaar, maar hij had er een paar centimeter bewegingsruimte bij gekregen. Hij keek voorbij zijn goud naar de waterkant, nog steeds bedekt met mist, waaronder een onbekende voorraad gouden munten lag die waren weggegooid, verstrooid of anderszins verloren waren gegaan in de afgrond. Daar waar de natuur ze niet bedoeld had.

Want als het tolgeld van de rivier niet in Charons greep kwam, wat was het goud dat die hele weg had afgelegd dan nog waard?

HOOFDSTUK VIERENDERTIG

Mark en Emma vonden hun weg naar het rioolstelsel van Londen, een uitgestrekte verzameling catacombe-achtige, victoriaanse tunnels. Ze waren nog in prima staat, althans dat beweerden talloze stadsbestuurders, voerden het afvalwater af en zorgden ervoor dat de Theems niet de beerput was die het ooit was geweest. Op de meeste plekken waren ze ook wat te smal voor de paarden, dus moesten de twee te voet verder door het smerige, enkelhoge stilstaande water, de afvalresten en de vetbergen.

'Zijn deze hier altijd al geweest?', vroeg Mark. Ondanks de smalle, gemetselde tunnels echode zijn stem niet, wat hem van zijn stuk bracht.

'Blijkbaar', zei Emma.

'Het is eigenlijk niet veel kleiner dan wat we gehuurd hadden', zei hij.

'Ook beter geïsoleerd', zei ze. 'Maar meer wateroverlast.'

'Valt mee.'

Ze navigeerden op de vaagheid van hun zandkompas tot ze bij een complexe splitsing van uiteenlopende tunnels kwamen. De naald wees recht vooruit, tegen de muur aan die de tunnel in tweeën spleet.

'Denk je dat ze verderop weer samenkomen?', vroeg Mark.

'Dit is de infrastructuur van Londen', zei Emma. 'Ze kunnen nu alle kanten op: omhoog, omlaag of eromheen.'

'Voor je het weet lopen we terug naar het huis van de Dood', zei Mark.

'Eerder naar dat van Charon.'

Ze lachten beiden even en werden toen stil. Ze hoorden een zacht, ver zoemend geluid, alsof iemand ver in de tunnel een liedje neuriede. Het leek van beide kanten tegelijk te komen. Mark en Emma besloten zich op te splitsen en renden door de tunnels. De gangen kronkelden, bogen af en splitsten zich weer, maar kwamen uiteindelijk weer uit bij dezelfde waterkelder die was aangesloten op een meer standaard, hoekig platform van relatief moderne makelij.

Hun doelwit, Phillip Coaver, neuriede mee met een oud nummer van *The Who* terwijl hij met een troffel tegen een muur werkte om de mortel steviger in het metselwerk te drukken, hoewel hij al overleden was. Mark merkte dat hij er als eerste was, want Emma kwam een paar tellen later een hoek verderop om. Hij begon met de formaliteiten.

'Meneer Coaver?', begon hij. 'Pardon, kunt u dat heel even neerleggen?'

'Geen sprake van, jongen', zei meneer Coaver. Hij klopte de muur glad met de achterkant van zijn troffel en schraapte met een snelle veeg wat overtollige mortel weg. Zijn stoffelijk overschot lag tegen de muur, met een hand stevig op zijn borst geklemd en zijn ogen gesloten. Hartkwaal. De man was begin zestig, maar zag er iets jonger uit. Hij was een en al rimpel, had geen grijs haar dat onder zijn helm uitstak en had dikke, gespierde armen van het harde werk.

'Meneer Coaver, merkt u toevallig iets vreemds aan uzelf?'

'Niet echt, nee', antwoordde hij.

'Zoals uw polsslag?', zei Mark. 'En hoe die er misschien... niet is?'

'Geen tijd om te kijken', zei hij.

'Meneer, u bent dood', stelde Mark kortaf. 'U bent overleden. Het is indrukwekkend dat u de materiële wereld zo kunt beïnvloeden – dat zou niet moeten kunnen – maar het is nu eenmaal zo, en dit is de dood. Leg de troffel alstublieft neer en kom met me mee.'

'Nee, meneer', zei Coaver.

'Het spijt me, maar ik moet aandringen', drong Mark aan.

Meneer Coaver draaide zich om en monsterde Mark van top tot teen. Hij draaide zich weer om, duidelijk niet onder de indruk van wat hij zag. 'Is dit je werk?', vroeg hij.

'Toevallig wel', zei Mark.

'Klets je altijd zo veel voordat je aan de slag gaat?'

Meneer Coaver stond op, de troffel in zijn hand geklemd, om de intimiderende uitstraling te evenaren die Mark met zijn zeis hoorde uit te stralen.

Emma liet zich zien om versterking te bieden. Twee zeisen waren beter dan één. Phillip draaide zich om en grijnsde naar hen. 'Moet je kijken. Zijn jullie een stelletje?'

'Huisgenoten', verduidelijkte Emma.

Phillip rolde met zijn ogen. 'Geluksvogels. Een geluksvogel kan goed samenwerken met een goede maat. Dat lukt niet altijd. Wees blij dat het bij jullie wel zo is.'

'We moeten er nu echt vandoor', zei Mark.

Phillip stapte zelfverzekerd naar voren en tikte met zijn troffel tegen Marks sikkel. Hij was sterk. Veel sterker dan Mark. 'Wat een verdomd groot stuk gereedschap heb je daar. Weet je wel hoe je het moet gebruiken, denk je?'

'Hé!', riep Emma. Ze haalde uit. Mark en Phillip doken beiden weg. Phillip week terug en herstelde zich, terwijl Mark uitgleed en in het stinkende water viel.

Phillip lachte. 'Niet iedereen is in de wieg gelegd om met zijn handen te werken, jochie. Trek het je niet aan. Bewaar die tere vingertjes maar voor de loonadministratie.' Hij lachte toen Mark weer opstond.

'Wat doen we?', fluisterde Mark naar Emma.

'Besluipen', zei ze. 'Zijn armen eraf, en dan zijn benen.'

'Hem als de Zwarte Ridder achterlaten?', zei Mark. Emma keek hem nieuwsgierig aan, toen begreep ze het en rolde ze met haar ogen. Ze draaiden zich beiden om, om hun doelwit te confronteren, maar Phillip was de ladder al opgeklommen en uit het mangat verdwenen. Ze renden erachteraan. Emma floot luid zodra ze boven was en trok Mark omhoog.

'Achtervolg hem', zei ze. 'Blijf hem op de hielen zitten, dan vind ik je wel met de paarden.'

'Oké.' Mark rende achter Phillip aan.

De oude man zette het op een lopen. Hij rende alsof hij aan de laatste sprint van een marathon bezig was, met de troffel nog in zijn hand als een estafettestokje. Mark kon hem niet bijhouden en had moeite om de oude man in het vizier te houden. Mark dacht diep na – zoals over zijn tijd in de zee – en zette een extra sprint in zonder adem te hoeven halen. Nu werd hij alleen nog tegengehouden door zijn eigen fysieke hardloopvermogen.

Dat was niet geweldig, dus hij bleef achterliggen.

Phillip draaide zich om met zijn troffel in de hand, die hij als een werpmes vasthield, en gooide hem Marks kant op. Mark hief zijn zeis om de worp te blokkeren. De troffel raakte de steel en kletterde toen op de grond. Mark controleerde het oppervlak van zijn ongeschonden zeis en keek net op tijd op om Phillip een hoek om te zien rennen.

Emma kwam uit de lucht aangevlogen en zette de achtervolging in op de man te paard. Hij draaide zich om, zag haar aankomen en dook een smal steegje tussen een paar huizen in. Ze bleef boven hem zweven en wachtte tot hij aan de andere kant tevoorschijn zou komen, maar dat gebeurde niet. 'Verdomme,' spuugde ze. Ze daalde af tot straatniveau en zag dat hij ook niet meer in het steegje was, hoewel hij de straat niet had bereikt. Toen zag ze binnen een schaduw bewegen, op de bovenverdieping van een van de dicht op elkaar staande huizen, toen Phillip van het ene balkon af stapte en naar het volgende sprong.

'Kom daar vanaf!' riep Emma. 'U breekt nog uw nek!'

'Niet voordat jij de jouwe breekt, meid!' riep hij terug.

Emma sprong van haar paard en drong de woning binnen, waar ze een vliegende fotolijst in haar gezicht kreeg, een cadeautje van de sluwe oude man. Hij snelde langs haar heen de deur uit, net voordat Mark de hoek om kwam.

Nu was Phillip jong en zongebruind, teruggeworpen in de fleur van zijn leven als een gespierde jongeman met armen die opgepompt waren van jarenlang zwaar tillen. Zijn haar was voller, zijn gezicht slanker en zijn ogen fonkelden levendig met een vreselijke passie. Mark had geen gouden jeugd om naar terug te verlangen, dus bleef hij gewoon staan toen hij oog in oog kwam te staan met deze betere versie van de voormalige bejaarde.

'Bent u er ooit niet in geslaagd een ziel te oogsten?' vroeg de man.

'Nog niet,' zei Mark.

Phillip schudde teleurgesteld zijn hoofd. 'Dan ben je nog niet eens begonnen met werken. Weet je hoe vaak ik heb gefaald in mijn werk?'

'Niet vaak genoeg om ontslagen te worden, maar te vaak voor een fatsoenlijk pensioen?' gokte Mark.

'Genoeg om te leren dat het werk nooit af is,' zei hij. 'Dat een enkele mislukking een man niet voorgoed klein krijgt. Dat één slechte klus een leven vol dienstbaarheid en inspanning niet tenietdoet. Als je nog nooit gefaald hebt, zoon, dan werk je niet hard genoeg.'

'Ik ben bang dat wij het ons niet kunnen veroorloven om te falen,' zei Mark. 'En dat is voor *uw* eigen bestwil.'

Phillip spreidde zijn armen in een uitdagend gebaar. 'Ik zal die denkwijze van je wel even rechtzetten; die gedachte dat je altijd perfect moet zijn of gestraft wordt. Vraag je baas maar eens of hij ooit zijn gereedschap heeft laten vallen en verf heeft afgeschraapt die niet afgeschraapt hoefde te worden. En als hij dreigt je te ontslaan, dan weet je dat het vaker is gebeurd dan hij kon tellen. De goede werkers zijn degenen die het vaakst falen, maar het hardst werken om de boel weer recht te trekken.'

'Meneer,' zei Emma. Ze wierp haar zeis en sneed Phillip van schouder tot rib in een ongelijk stuk, waar hij niet van kon herstellen. 'We waarderen uw inbreng. Maar we moeten er echt vandoor.'

Phillip snoof. Zijn rimpels keerden terug en zijn spieren verschrompelden tot hun door ouderdom geteisterde vorm. 'Ik heb altijd gezworen dat ik mijn hele leven zou werken. En ik voel me nog steeds niet dood. Wat moet ik nu bouwen?'

'Geduld,' zei Mark.

'Daar heb ik al genoeg van,' zei Phillip terwijl hij zich oprichtte. Mark legde zijn lichaamsdelen op een nette stapel, net toen Stormrider van bovenaf kwam aandraven. 'Ik veronderstel dat eerlijk werk dan in de ziel leeft.'

'Inderdaad, meneer,' zei Mark terwijl hij de halve ziel opschepte.

Phillip klopte hem op de schouder; twee grote dreunen van zijn handen, zo zwaar als mokers. Hij steeg op, reed achter Mark en wierp een laatste verlangende blik op Londen terwijl ze naar het hiernamaals reden.

'Ik heb een deel daarvan gebouwd,' zei hij. 'Iemand anders zal het moeten voortzetten.'

'Jep,' zei Mark. Ze gleden door het portaal en lieten de fysieke wereld achter, samen met een gedeukte troffel die midden op de weg lag en een klus die was voltooid volgens een veeleisende norm die maar weinigen zouden zien nadat de enige werker ervan was heengegaan.

HOOFDSTUK VIJFENDERTIG

Ze namen elk een zandloper, vertrokken op hetzelfde moment en kwamen op verschillende tijdstippen op verschillende soorten plaatsen aan. Toen Mark verscheen, was de wereld om hem heen nog in glorieuze technicolor en tikte de tijd van zijn doelwit nog door, terwijl de tijd van Emma's doelwit om was en de wereld al stil grijs was op het moment dat ze in de lucht verscheen.

'Nou, prachtig,' zei ze met een gefrustreerde zucht. 'Geef me op z'n minst een kans, zeg.'

Haar zandloper wees naar het lichaam van haar doelwit; ze kon alleen maar hopen dat de geest niet al aan de wandel was gegaan. De locatie was Sandyford in Newcastle, in een eenvoudig studentencomplex. En het tafereel was nogal ongemakkelijk om te zien.

Emma kwam aan bij een mislukte zelfmoord. Niet dat er in dit soort omstandigheden veel goeds te vinden was, maar het was duidelijk dat het allemaal anders was gepland. De geest van het meisje huilde in de hoek, haar lichaam lag uitgespreid, gehavend en gebroken, met botten die onder haar huid uitstaken na een val op wat leek op een afschuwelijk stuk moderne kunst, met hoeken die perfect waren uitgelijnd om een lichaam bij de inslag te breken.

'Polly?' vroeg Emma. 'Polly Harrowsoth?'

'Kijk er nou naar!' jammerde het meisje, terwijl ze met een kromme vinger naar de wanorde wees. 'Het is allemaal verkeerd gegaan!'

'Ja, zo gaat dat,' zei Emma sympathiek. 'Van het een komt het ander, en dan heb je geen andere-'

'Nee, nee.' Polly schudde haar hoofd. 'De setting! Het tafereel! Ik had het allemaal opgetuigd, en toen begaf dat verdomde touw het te snel! Nu ben ik zo lelijk en ontwricht gestorven, en het was eerst zo mooi en perfect! Moet wel...'

'O,' zei Emma. 'Dus, dit was...'

'Het is *kunst*,' hield Polly vol. Ze kroop tegen de muur met haar knieën opgetrokken tot aan haar kin. 'Het hoort een groots, prachtig statement te zijn. Nu zullen ze alleen maar zeggen, "Kijk hoe gehavend haar lichaam werd toen ze van haar stokje viel." Of erger nog, "Kijk hoe *dik* ze was toen ze zichzelf verhing..."! Dat ben ik verdomme niet! Duidelijk!'

'O, duidelijk,' zei Emma. 'Het is de schuld van de haak dat hij je niet kon houden.'

'Precies, toch? Ik ben geen ingenieur. Maar misschien had ik dat wel moeten zijn... voor wat het me nu nog oplevert.'

'Polly, ik ben geen kunstkenner. Kun je me even uitleggen wat... je hebt gedaan?'

Polly stond op en begon een korte wandeling rond het zeer puntige bouwwerk. 'De titel is, zoals mijn briefje beschrijft, "De Top van de Apocriefen der Vrouw". De verschillende pieken in de vorming van deze brutalistische, fundamentalistische structuur, gemaakt van stucwerk met een aluminium frame, vertegenwoordigen de aanval van de man op de kunsten ten gunste van onbetwist practicalisme. En om dat statement van pure functionaliteit tegenover elke vorm van expressie, van koude logica en emotieloze hoekige orde, te overstijgen, is het stralende, humoristische hart van een vrouw nodig.'

'Mmm-hmm.' Emma knikte.

'Maar er alleen maar iets aan toevoegen is niet genoeg,' ging Polly verder. 'Je moet alles opofferen om boven het ultieme statement te staan. Dus is martelaarschap noodzakelijk, terwijl vrouwen boven de door mannen hard uit steen gehouwen wereld uitstijgen om van bovenaf kleur naar beneden te laten bloeden, terwijl hun beeltenissen worden verheven en daardoor geheiligd.'

'...Dus je hebt jezelf verhangen,' vatte Emma het wat letterlijker samen, 'zodat jouw aanwezigheid, als het ware, over de bouwwerken van de mens zou sijpelen.' Ze draaide zich om naar Polly voor een bevestiging, maar kreeg een snobistische, smalende zucht.

'Als je je zo druk gaat maken om de onbelangrijke details, dan kan ik je niet veel meer bieden,' zei Polly afwijzend. 'Dus hoe dan ook, jij bent, wat... de dom-chique Dood?'

'Ik ben gewoon de Dood,' zei Emma. 'Ik ben nauwelijks "chique" wat dan ook. En al helemaal niet dominant.'

'Ja, duidelijk,' zei Polly. Ze zuchtte verslagen en liep naar een bankje dat was opgesteld tussen twee ruitvormige dozen die op hun randen balanceerden en een splijtende deuk in de vloer leken te maken. 'Ik wilde gewoon dat mijn leven iets betekende. Want hoe langer ik leef, hoe minder dat zo zal zijn.'

'Wat brengt je in hemelsnaam op dat idee?' vroeg Emma. 'Je had een heel mooi leven voor je vol met... ideeën en gedachten. En redenen.'

De ironie van de situatie ontging Emma niet. Redetwisten met een suïcidaal persoon over de talloze redenen om in leven te blijven. Natuurlijk was het nooit zo zwart-wit. Had Mark haar niet met vrijwel dezelfde redenering proberen over te halen? En had zij niet elk onderdeel daarvan weerlegd met een soortgelijke reactie? – Je begrijpt me niet; niemand begrijpt me.

Op de een of andere manier, omdat de rollen nu waren omgedraaid, was het voor Emma overduidelijk dat Polly's beslissing extreem, overhaast en onnodig was geweest. Ze was een jong, intelligent meisje, boos op de wereld, maar met een potentieel rooskleurige toekomst voor zich. Emma voelde een brok in haar keel opkomen.

'Je had dit niet hoeven doen,' concludeerde Emma.

'Jawel, dat moest ik wel,' hield Polly vol. 'Dat is nu juist het hele punt. De tragedie van een vrouw die vecht voor haar plek in de wereld is het punt – dat ze *moet* vechten voor dezelfde plek die mannen zonder enige strijd bereiken. Het is alsof, voor het lijden van elke vrouw, honderd mannen succes boeken. En toch zouden ze helemaal niet bestaan zonder de opofferingen van hun moeders en vrouwen en al die talloze kleinere mensen die ze moeten vertrappen om hun eigen *stempel* op de wereld te drukken.' Ze gebaarde naar de brutalistische deconstructie waar haar lichaam slap overheen hing.

Emma had de grootste moeite om zich te beheersen. Op dat moment begreep ze, voor het eerst, hoe Mark zich gevoeld moest hebben, toen hij wanhopig probeerde zijn evenwicht te bewaren op de koepel van het Liver Building. Hij had gevochten tegen zijn hoogtevrees en ondertussen geprobeerd om Emma op andere gedachten te brengen, haar smekend om haar besluit te heroverwegen. Ze was er zo heilig van overtuigd geweest dat er geen andere oplossing was. Ze had zichzelf overtuigd, maar was er niet in geslaagd hem te overtuigen, en ze herinnerde zich hoe ze steeds kwader werd terwijl hij maar door bleef leuteren over Tupperware in plaats van aan de kant te gaan. Ze was hem waarschijnlijk een verontschuldiging verschuldigd.

Vanuit Polly's oogpunt had ze enkel gedaan wat nodig was om een boodschap over te brengen die meer voor haar betekende dan haar eigen leven. Het was een nobel streven, maar zwaar en venijnig overdreven. Wat Emma het meest raakte, was hoe jong het meisje was. Het herinnerde haar aan de nare situaties waar ze begin twintig in was beland, de wereld van onrechtvaardigheid ingestuurd, hopeloos slecht uitgerust en onvoorbereid – altijd het verlegen muurbloempje, vergeten en genegeerd.

Deze gevoelens waren na verloop van tijd geëscaleerd. Er was geen specifieke aanleiding. Geen duidelijk overschreden grens of aanwijsbaar trauma. Eerder de geleidelijke en cumulatieve last van honderden druppels die zowel de emmer deden overlopen als Emma's wil om te leven braken, die stuk voor stuk op zichzelf te voorkomen en te vermijden waren, maar in totaal overweldigend. Kleine momenten die haar een gevoel van hopeloosheid en wanhoop gaven, die uiteindelijk het idee in haar hoofd versterkten dat het beter was om er gewoon een eind aan te maken.

'Polly,' zei Emma met een zucht, 'het spijt me, maar... dit is klote.'

'Juist,' zei Polly. 'Iedereen is een kunstcriticus. En nu ga je me zeker de les lezen over mijn gevoel voor mode? Ga je gang, snuffel maar in mijn kledingkast. Kies maar iets uit, dan maak ik je ermee af.'

'Nee, niet het beeldhouwwerk,' zei Emma. 'Hoewel het niets voor mij is. Ik hou van landschappen. Maar de situatie waarin je je bevond... die was klote. Ik ben het ermee eens dat het leven soms zinloos voelt en de moeite niet waard is. Ik heb dat zelf allemaal meegemaakt en zelfs toen iemand me vertelde het niet te doen en te proberen erdoorheen te komen, hield dat me niet tegen. Ik dacht nog steeds... ik dacht nog steeds dat er meer rust te vinden was op de bodem van een gebouw van dertien verdiepingen, zonder de trap te nemen, dan door te gaan met leven. Omdat er onoplosbare problemen in de wereld zijn die op ons neerkomen.'

'Dus, wat moeten we dan doen?' vroeg Polly.

Emma haalde haar schouders op. 'Leven,' zei ze. 'Sterven lost niets op.'

Polly stond beledigd op. 'Nou, als we dan toch allemaal doodgaan, dan kunnen we net zo goed zelf kiezen hoe we gaan. Hoe we herinnerd worden!'

'Je kunt het proberen,' zei Emma. Ze draaide zich weer naar het tafereel. 'Maar meestal zal het je niet lukken. De levenden zoeken geen diepere betekenis in de dood. Niemand zal naar je begrafenis komen en huilen dat je laatste kunstwerk verkeerd begrepen werd. Ze zullen huilen omdat je er niet meer bent. Zelfs je felste critici zullen je missen. Omdat ze weten dat ook hun leven op een dag zal eindigen. En dat de betekenis en het belang dat zij aan de wereld gaven, daarmee zou kunnen eindigen.'

'Dat is klote,' zei Polly.

Emma knikte. 'Mensen vormen hun eigen mening om zich beter over zichzelf te voelen. Zo werkt kunst. Honderd mensen kunnen zien wat je hebt gedaan en er honderd verschillende redenen voor bedenken, voor hun eigen bestwil. Niet voor dat van jou.'

'Er had een betere manier moeten zijn om mijn boodschap over te brengen,' zei Polly. 'Om het glashelder te maken waarom ik op deze manier moest sterven... of, op een betere manier.'

'De enige betere manier om te sterven,' zei Emma, 'is wanneer je heel oud bent en in je slaap. De reden waarom je sterft, wordt altijd overschaduwd door het leven dat je hebt geleid.'

Polly schudde haar hoofd. 'Zit er dan echt geen kunstzinnigheid in de dood?'

'Ik geloof het niet,' zei Emma. 'Het staat niet zo open voor interpretatie.'

'Dan... dan kan ik dingen veranderen?' smeekte Polly. 'Kan ik teruggaan en het opnieuw doen? Het beter doen? Een ander statement maken, met het leven in plaats van met de dood?'

Emma legde een hand op de schouder van het meisje. Een koude, feitelijke hand. 'Weinig mensen vinden de manier waarop ze sterven prettig. Maar ze sterven evengoed.'

Polly las het brutalisme in Emma's ogen, haar koude en hoekige uitdrukking. Geconfronteerd met het overweldigende statement dat dat vertegenwoordigde, haalde ze simpelweg haar schouders op en gaf het op. Emma leidde haar naar buiten en bracht haar terug naar de rivier, waar ze haar liet gaan om rond te dwalen. Daar trof ze Mark, die al terug was met een menselijke rugzak over zijn schouders geslagen. Emma's langverwachte gesprek met Mark moest nog even wachten.

'Wat is dat?' vroeg Emma.

'Waar lijkt het op?' kreunde Mark. 'Hij is een behoorlijk vrome boeddhist. Negeerde me een hele tijd volledig, dus ik moest hem wel terugdragen.'

'Denk je eraan hem naar de monniken te brengen?' vroeg Emma.

'Ja. Maar ik weet niet zeker of ik het red.'

Emma liep om en pakte de benen van de man. Hij bleef in een perfecte lotushouding terwijl ze hem met z'n tweeën verder de woestijn van het onwerkelijke in droegen om zich bij zijn gelijkgestemde broeders in hun eeuwige vagevuur te voegen.

'Heeft hij zich echt totaal niet bewogen?'

'Geen millimeter,' pufte Mark.

'Hij moet wel heel tevreden zijn met de manier waarop hij gestorven is,' zei ze. 'Geluksvogel.'

'Hij moet wel heel tevreden zijn geweest met *dik* sterven,' kreunde Mark. Ze sjouwden met z'n tweeën hun ronde, levende bagage de leegte in en keerden daarna terug naar hun taken – na een korte pauze waarin Mark korte metten maakte met het smörgåsbord van gedroogd vlees dat Veronique voor hen had klaargezet.

HOOFDSTUK ZESENDERTIG

Het ging goed in het land tussen het leven en het hiernamaals, op een paar onopgeloste klachten na die in de cottage van de Dood bleven opduiken. De lucht was muf door een alomtegenwoordige stoflaag. Veroniques plumeau leek eerder meer stof op de muren aan te brengen dan het eraf te vegen. Ze moest dus haar toevlucht nemen tot de drastischere maatregel om met een stofzuiger langs de muren op en neer te gaan. Het was luidruchtig, maar effectief.

Ze had de ramen opengezet om alles te luchten, maar merkte dat haar pogingen strandden tegen de constante aanvoer van stof die uit het niets leek te komen. Het verscheen gewoon. Ze wendde haar ogen af en het perfecte, spiegelei-gele behang werd een tint bleker en beiger. Met de tocht kon ze tenminste de stofsporen in de gaten houden die zich een weg naar de rest van de tuin baanden.

Het was eenzaam werk, de boel netjes houden. Nooit echt druk en niet altijd de moeite waard. Ze had maar één bewoner om voor te zorgen, de Dood, en zijn activiteiten hielden hem meestal dagen achtereen buiten de deur. Haar tijd in het land van de dood had haar besef van tijd en het verstrijken ervan afgestompt. Ze was al lang genoeg dood om te weten dat tijd er niet langer toe deed.

Maar de rommel was nog steeds moeilijk te negeren. Haar ogen schoten naar elk mogelijk vuiltje dat aan haar eerdere inspanningen was ontsnapt, en ze besloop ze als een soldaat in de loopgraven. Gebukt liep ze naar de platencollectie bij het raam, zwaaide met een plumeau om de stoflaag van de hoezen te slaan en werd getroffen door een terugslag. De scherpe rand van een grasspriet schampte haar gezicht tussen haar kaak en kin voordat hij op de vloer viel.

'Wat?', zei ze. Ze raapte de spriet op en hield hem omhoog naar de open buitenlucht. In de verte zag ze een nevel van materie, als een stille explosie die al het graan en onkruid van de grond had losgerukt. Ze keek toe en zag haar beschermheer het veld maaien met de tractor die hij van Oorlog had gekregen, die met elke passage brede banen van kort, beloopbaar gras uitkerfde.

Ze zag hem zelden in de tuin werken. Dat was doorgaans haar taak. Ze had er zelfs haar eigen schaar voor en alles. Het was bijna louterend om onkruid met de hand te wieden, pol voor pol, als het scheren van de vacht van een ongelooflijk groot en vezelig schaap. Maar het was uiteindelijk zijn tuin, en het onderhouden ervan was zijn favoriete hobby. Hij had er eindelijk tijd voor nu zijn leerlingen de zaken op de Britse Eilanden regelden. Zelf had ze ook wel een ritje op de nieuwe tractor willen maken.

Voor nu besloot ze een kan limonade voor hem te maken en slenterde de voordeur uit, die ze openliet zodat het stof kon ontsnappen. Er was nu bijna meer stof binnen dan buiten. Ze arriveerde net toen de Dood klaar was met het vrijmaken van een pad langs de zijkant van de tuin, dat helemaal tot aan de lemige oever van de rivier liep. Hij zette de motor af en had moeite met afstappen uit de bestuurdersstoel. Eenmaal op de grond struikelde hij voorover.

'Monsieur!', riep ze.

De Dood ving zichzelf op met zijn zeis. De steel kromp onmiddellijk en hij klemde de stompe kant van het lemmet onder zijn oksel om er een kruk van te maken.

'Ah, hallo', antwoordde hij. 'Bent u klaar met uw klusjes?'

'Gaat het wel? Ik kan dat voor u doen', bood ze aan, bezorgd over hoe broos hij eruitzag.

'Het gaat prima met me', zei hij.

Ze kende hem al ongeveer een eeuw, en vele levens daarvoor in de tijdloze passage van de wereld buiten de menselijke tijd, dus ze kende de tekens die hem verraadden heel goed. Zijn ademhaling was oppervlakkig en vermoeid. Zijn houding was zo ingezakt dat ze zijn ruggenwervels onder zijn tweedvest kon tellen. Het feit dat hij op zijn zeis leunde alsof hij die nodig had, vertelde haar veel meer dan hij haar wilde laten weten.

'Weet u het zeker?', vroeg ze.

Hij kreunde. 'Ja, ja. Ik weet dat ik er wat bleek uitzie, maar geloof me, dat is de teint die het beste bij me past. Het is een verfijnde bleekheid. Een zeer waardige en gracieuze soort... verkalkte blootstelling.'

Veronique bekeek zijn werk. Hij had de hele tuin gemaaid, van voor tot achter, terwijl zij binnen met het stof aan het rommelen was. Dat verklaarde wel waarom een wolk van opgewaaid vuil nu het huis vulde.

'Wat is dat?', vroeg hij, terwijl hij naar het glas wees dat ze vasthield.

'Voor u', zei ze.

Hij nam het aan en dronk het in één teug leeg. De vloeistof verdween in zijn kaak, die hol was en geen keel had, en verdween dus gewoon uit het zicht. 'Dank u', zei hij, voordat hij het lege glas teruggaf en enkele condens-druppels van zijn vingers schudde.

'Laat me u terug naar binnen begeleiden', zei ze.

Hij snoof. 'Het is maar een klein eindje de heuvel op. Waar zijn die twee trouwens?'

'Emma en Mark?', zei Veronique. 'Ik geloof dat ze bijna klaar zijn met het verzamelen van hun honderd zielen.'

'Is dat zo?'

'Oui.'

'Hmmm', neuriede hij. 'Het heeft ze ongeveer net zo lang gekost als ik vermoedde.'

'Dus ze liggen op koers om indruk op u te maken?'

'Bah', zei hij. 'Indruk op mij maken? Absoluut niet. Het is alleen indrukwekkend in de zin dat ze het überhaupt hebben gedaan en niet van hun paarden zijn gevallen om tegen de afschuwelijke realiteit van verhard asfalt te pletter te slaan.' Hij greep in zijn zak en hield Emma's zandloper omhoog. Het aan de zijkant vastgeplakte zand was nu gekristalliseerd. 'Zolang ze nuttig voor me blijven, zal ik hun inspanningen erkennen.'

'En als ze hun eerste honderd leveringen hebben gedaan?'

'Dan kunnen ze er nog honderd doen', zei de Dood. 'Enzovoort, enzo-voort, tot in de eeuwigheid, totdat ze het opgeven.'

'En de rest doet u dan zelf?', vroeg ze sceptisch.

Hij negeerde haar sarcastische toon en strompelde het pad op naar het huis. 'Natuurlijk doe ik dat! Sterker nog, ik wilde net even rusten voordat ik op een uitstapje door Polynesië ga om langs de zeebodem te jagen op drenkelingen. Een meeslepende, verkwikkende excursie om me te verlossen van al dit stuifmeel en huidschilfers in de lucht.'

'Die u zelf hebt veroorzaakt', voegde Veronique eraan toe.

'Is het niet uw taak om het op te ruimen?' zei hij. Hij ging als eerste naar binnen en keek rond. Veronique volgde hem. Tot haar verbazing zag het huis er nu veel schoner uit dan hoe ze het had achtergelaten. Er was nergens ook maar een spoortje stof te bekennen. Zelfs niet in de hoeken van de plafonds waarvoor ze een ladder nodig had om bij te kunnen.

'We hebben allemaal plichten te vervullen,' zei hij. 'Zolang we die nakomen, komt alles goed.'

'Ja,' stemde ze in. De Dood strompelde terug naar zijn hol en rustte uit in zijn stoel. Ze liet hem met rust, maar bleef bezorgd om zijn gezondheid. Hij was niet in zijn sas, dat was overduidelijk. De gebruikelijke drang om conclusies te trekken en levens te oogsten leek in de tuin te zijn opgebruikt – en wat er overbleef, was een nogal knorrige oude man met een kort lontje en een lang geheugen.

Na een paar minuten kwam hij weer naar buiten, waarbij hij zijn zeis als wandelstok gebruikte in plaats van als kruk, terwijl hij met een zelfverzekerdere – hoewel nog steeds scheve – tred de deur uit liep.

Hij draaide zich om naar Veronique.

'Als die twee terugkomen terwijl ik weg ben,' zei hij, 'en hun plicht jegens mij hebben vervuld, geef hun dan de opdracht om in het hol te wachten. Te *wachten*, want ik zal een woordje met ze spreken alvorens ik beslis over de volgende stappen.'

'Dat zal ik doen,' zei ze met een buiging. Terwijl ze haar hoofd gebogen hield, zag ze een spoor van vers, bijna glinsterend stof dat de Dood volgde en vanonder zijn pij leek te komen. Veronique begon het op te vegen en de deur uit te blazen. Het stofspoor liep helemaal terug naar zijn hol, waar de grootste opeenhoping ervan op zijn grote leunstoel lag.

Het was vreemd. Stof hoopte zich normaal gesproken heel natuurlijk op. Ze begon te vermoeden dat het helemaal geen stof was. Ze pakte wat op met haar vingertoppen en wreef het tussen haar vingers. De manier waarop het verpulverde en naar beneden dwarrelde, was niet zoals gewoon huisstof. Het leek meer op een compact poeder. Ze veegde alles bijeen tot een hoopje op de veranda en liet het door haar hand glippen.

De deeltjes werden gegrepen door een bries die zij niet kon voelen, die in de richting van de rivier wees. Alle korrels en gruis – het stof en de restanten die nog op het steenwerk lagen – stegen op en vlogen bij haar vandaan. Ze zette de achtervolging in om te zien waar al dat stof naartoe werd gebracht.

Een troebele film spreidde zich uit over de rivier de Styx toen het stof erop neerkwam en zich verspreidde als een droge olievlek. Het weerkaatste een zilverachtige tint van het altijddurende licht van de eeuwigheid. Veronique zuchtte terwijl ze het nakeek. Het was niet langer haar taak om het op te ruimen, maar het was nog steeds een onvoorziene viezigheid die ze niet wilde tolereren.

Het was nu in het rijk van Charon, en ze wist wel beter dan zich daarmee te bemoeien. De dienst van de Dood was een veel beter lot dan een sloepenmeid zijn.

HOOFDSTUK ZEVENENDERTIG

De twee mensen keerden terug met nog een ziel die, in plaats van de uitgestrekte verte van de lege, zielloze vlakte in te dwalen, besloot landinwaarts te trekken naar het huisje van de Dood om het terrein te inspecteren. Er bestonden geen regels tegen het naderen van het huis van de Dood, of tegen bezoek, met uitzondering van het feit dat de heer des huizes gewoon geen bezoekers wenste.

De zwerver trof Magere Hein aan in een eenvoudig gewaad met een overal en opgerolde mouwen die zijn benige armen blootlegden, gehurkt in het midden van een omgeploegde tuin, terwijl hij de noten van Mozarts 'Dies Irae' neuriede.

'O,' zei de Dood. 'Hallo.'

'Hoi,' zei de man zeer timide. 'Eh... Sorry. Ik geloof dat ik een beetje de weg kwijt ben.'

'Inderdaad,' stemde de Dood in. 'Verdwaald zonder overtocht naar de andere kant en overgelaten om rond te dwalen en u af te vragen wat de eeuwigheid nog voor u in petto heeft?'

De man knikte. 'J-ja.'

'Ach,' zei de Dood, 'dat zijn mijn zaken niet.'

Hij ging verder met tuinieren, alsof hij niet was gestoord, en liet de vreemdeling wat sprakeloos achter. De man keek toe hoe de Dood de tuin verzorgde en met zijn benige vingers zaadjes in de grond plantte.

'Wat, eh...' begon hij, en liet weer van zich horen. 'Wat moet ik doen?'

'U doet maar wat u wilt,' zei de Dood. 'Ik ben niet gesteld op gasten, en er is geen werk om door te geven aan degenen die al in mijn dienst zijn.'

'Waarom ben ik hier dan?' vroeg de man.

De Dood wees in de richting van de kale horizon. 'Om de leegte in te dwalen. Totdat een of andere grote afrekening deze plek verscheurt en alle verloren zielen naar de ene of de andere plaats verbant, in dienst van machten die groter zijn dan ik.'

'Zoals een opname?'

'Zoiets,' zei de Dood.

'W-was ik dan geen goede christen?'

'Hmpf,' snoof de Dood. 'Niemand is ooit ergens goed genoeg in. Dit is alles wat er is, tenzij u goud meebrengt om de rivier over te steken. Nergens anders kan mee geruild worden.'

'Dus... *iedereen* had het bij het verkeerde eind?' vroeg hij.

'Verkeerd?' zei de Dood. Hij stond op en duwde in zijn zij om zijn rug recht te kraken. 'Hoezo verkeerd? Werd u door de leer die u aanhing geïnspireerd om een leven te leiden waarin u anderen en uzelf verbeterde?'

'Eh... min of meer?' zei de man onzeker.

'Zou dat dan zo verkeerd zijn?' vroeg de Dood. 'Leefde u uw leven met mededogen, zorg en begrip voor zowel uw naasten als vreemden?'

'Ja, dat denk ik wel,' gaf de man toe. 'Ik heb nooit iemand kwaad gedaan. Ik heb wel een paar maanden een Netflixwachtwoord gedeeld en dat nooit aan iemand verteld. Maar er staan geen zonden in de Bijbel over het niet betalen voor abonnementen, toch?'

'Diefstal,' zei de Dood. 'Al zouden de bijbelgeleerden uit het verleden, als je hun de moderne welvaartssystemen zou uitleggen, volslagen verbijsterd zijn over hoe ze zoiets moreel moesten reguleren, wat hun bevattingsvermogen zeker te boven zou gaan.'

'Ja,' stemde de man in. 'Maar... dus, waarvoor ben ik hier? Wat moet ik doen?'

'U bent hier omdat u gestorven bent,' legde de Dood uit. 'En er valt niets meer *te* doen.'

'O, nou, dat is balen,' zei de man.

'Inderdaad,' beaamde de Dood. Er viel een aarzelende stilte. Toen keerde de Dood terug naar zijn tuin en zijn zaaiwerk. Toen de Dood hem de koude schouder toekeerde, achtte de man het gepast om terug te dwalen richting de vergetelheid. De Dood ging in zijn eentje neuriënd verder en zaaide een rij rode spinnenlelies af. Hij keek op naar de rivier, waar de vertrouwde gestalte van een veerman door de mist naar de waterkant dreef.

De Dood hees zich overeind en liep naar de oever waar Charon op hem wachtte.

'Vreemd om te zien dat je je polsen vuilmaakt,' zei Charon. 'Pik je nu ook mijn water in?'

'Jouw water?' zei de Dood. 'Afgezien daarvan, groeit er niets in de rivier. Ik haal mijn water uit de wereld van de levenden.'

'O, la-di-da,' zong Charon spottend. 'Het bloembed van de Dood krijgt alleen de puurste bergbronsappen.'

De Dood grinnikte. 'Inderdaad. Het is weer een reden om de banden met de levende wereld frequent en goed bereisd te houden.'

'Niet dat jij daar nog veel rondloopt,' zei Charon. 'Zijn er zo weinig mensen die sterven dat je nu tijd hebt om zelf leven te kweken?'

'Hmm,' zei de Dood bedachtzaam. 'Het zijn die twee.'

'Die afgewezenen?'

'Ja,' antwoordde de Dood. 'Ze hebben hun proefperiode bijna voltooid. Ik gaf het met tegenzin toe, alles in aanmerking genomen, maar ze hebben zich nuttiger bewezen dan ik had verwacht. Ze hebben zich goed aan deze taak van de Dood gewijd. En misschien zit er wel iets van waarde in, ook na deze proefperiode. Ik zal deze relatie in de toekomst misschien moeten uitbreiden.'

'O ja?' zei Charon. Hij haalde een munt tevoorschijn en speelde ermee tussen zijn vingers. Zijn arm strekte zich uit, waardoor de munt van zijn midden en buiten het bereik van de boot onder hem, richting het water bewoog. 'Er was een tijd dat je enthousiast was om ze te zien falen en hun lichamen in het water te gooien.'

'En dat ben ik misschien nog wel,' zei de Dood. 'Maar het zou mijn eigen rechtvaardigheid verraden om hen voor succes te straffen. Tot nu toe hebben ze geen enkele ziel uit hun greep laten glippen.'

'Dus ze doen het beter dan jij, hè?' zei Charon.

De Dood peinsde een moment somber en overwoog de woorden.

Charon hield zijn munt stevig tussen twee knokkels geklemd. Toen glipte hij weg en viel in het water. 'Oeps.' Theatraal sloeg Charon een hand voor zijn mond. 'O nee.'

De Dood greep plotseling naar zijn zij. Hij hield zijn hand over zijn ribben en liet een gekwelde, sissende ademstoot ontsnappen door zijn opeengeklemde tanden. Charon leunde achterover en observeerde hoe de Dood dubbelklapte van de fantoompijn, die schijnbaar uit het niets was ontstaan.

'Iets gebroken?' vroeg Charon.

'Nee,' zei de Dood. Hij kreunde een paar keer diep en probeerde zich op te richten. De pijn nam af, maar de naschok verspreidde zich door de rest van zijn botten. Zijn schouder was plotseling pijnlijk en zijn been voelde een beetje alsof het uit de kom was. Hij draaide met zijn arm en nek om alles weer op zijn plek te krijgen. 'Ik heb iets te lang op mijn knieën gezeten. Mijn lichaam is te gewend aan werken. Het denkt dat ontspanning een doodsstrijd is die verafschuwd moet worden.'

'Je zou meer ontspannen zijn met meer leerlingen,' zei Charon. 'Misschien ga je zelfs dood als je er zoveel om je heen hebt. Misschien moet je je idee om er meer aan te nemen heroverwegen.'

'Dat zou kunnen,' stemde de Dood in. 'Nou, ik ga ervandoor. Jij hebt vast ook je eigen taken te vervullen.'

'O, zeker,' zei Charon. 'Het is zo zwaar om langs de oever te patrouilleren op zoek naar de wenende, dwalende zielen, verstoken van elke vergulding of goede waarde, die smeken en pleiten om over een rivier te mogen die ze niet verdienen over te steken. Misschien moet ik mijn eigen leerlingen aannemen en een vloot boten bouwen om de hele lengte van de rivier door de leegte te bevaren.'

'Daar zie ik de noodzaak niet van in,' zei de Dood. 'Er is maar één veerman op de rivier. En die heeft al nauwelijks genoeg werk.'

Charons wrange glimlach veranderde in een gerimpelde, ingevallen frons, die aan het zicht werd onttrokken door de mist die hem omhulde toen de Dood zich terugtrok de heuvel op. Charon gebruikte zijn roeispaan om in het ondiepe water te reiken en te zien of hij zijn gouden munt kon opvissen, maar die was verloren. Alles wat het water raakte, zonk totdat het niet meer kon worden opgehaald.

Maar het was een waardig verlies. Hoewel het hem pijn deed om afstand te doen van de munt, bezorgde het afscheid de Dood veel meer pijn. De theorie die hij hier was komen testen leek te kloppen, maar hij moest die verder toetsen. Charon duwde zich van de oever af en keerde stroomopwaarts, met zijn rug naar de leegte en de talloze wachtende zielen die gevangen zaten aan de genadeloze kant van het na-bestaan.

De Dood had ondertussen zelfs moeite om zijn pij over zijn hoofd te trekken. Elke keer dat hij over zijn schouder reikte, voelde hij een plotselinge pijnscheut die hij niet kon negeren, alsof een strakgespannen koord dat zijn arm met zijn borst verbond te strak werd opgewonden en op een bloederige manier dreigde te knappen.

Veronique hoorde hem steunen en kreunen en klopte op de deur van zijn hol.

'Monsieur!' riep ze. 'Heeft u hulp nodig?'

'Niet nodig,' zei de Dood. Hij slaagde er eindelijk in zijn arm in de mouw van zijn pij te wurmen. 'Ik ga aan het werk. Om deze lamlendige pijn van me af te schudden.'

'Weet u zeker dat u daartoe in staat bent?' vroeg ze. 'Mark en Emma zijn bijna klaar met hun taken. Ze zijn zojuist vertrokken om hun negenennegentigste ziel te halen.'

'Negenennegentig al?' herhaalde de Dood. Zijn kaak vertrok in wat Veronique vermoedde een korte glimlach te zijn. Hij verwierp die en trok zijn pij recht. Hij voelde langer dan voorheen en zijn benen voelden eronder verloren. Hij liep langzaam door de kamer, bang dat zijn benige benen verstrikt zouden raken en aan de binnenste draden van zijn duistere mantel zouden trekken.

'Zal ik een feestmaal voor hen voorbereiden?' vroeg Veronique.

'Het hoeft niet zo chic,' hield de Dood vol. 'Ik heb misschien uiteindelijk nog steeds reden om hen te ontslaan.'

'O, oké,' zei Veronique. 'Maar dan moet ik alle speciale paddenstoelen die ik voor de helft van de prijs heb kunnen krijgen weggooien.'

'...Speciale?' vroeg hij.

'Ja. De soort waar u zo van houdt. Het zou zonde zijn om ze te verspillen-'

'Matsutake-paddenstoelen bederven niet,' snauwde hij.

Veronique giechelde, omdat ze hem had betrapt op het tonen van betrokkenheid, terwijl hij zich wilde verzetten tegen haar eigen wens om succes te erkennen.

'Wees gewoon... niet verkwistend. Je kunt voorbereiden wat je wilt. Het is gewoon een doordeweeks diner.'

'Met gasten!' zei Veronique opgewekt. 'En taart.'

De Dood volgde haar de kamer uit. Zijn favoriete maal delen met degenen die zijn werk voor hem deden...

Het idee stond hem niet tegen.

HOOFDSTUK ACHTENDERTIG

Emma en Mark bevonden zich weer boven Londen. Ze waren aan het zicht gewend geraakt, nadat zo veel van hun proefoogsten tripjes van en naar de hoofdstad waren geweest. Soms het zuiden, soms het noorden, om de een of andere reden meestal in het westen, en slechts af en toe naar het nu trendy oosten. Het was voor hen nog steeds een soort spookachtige zwerftocht door 'the big smoke', en tegelijkertijd een 'wat als'-moment voor het geval Mark had besloten de carrière als scenarioschrijver na te streven die hij had beloofd te volgen, in plaats van over te stappen op design.

'Zodra we officiële Doden zijn,' zei Emma, 'denk je dan dat we naar exotischere locaties worden gestuurd?'

'Wat, zoals Llanfairpwllgwyngyllgogerychwyrndrobwllllantysiliogogog-och?' vroeg Mark, zelfvoldaan grijnzend terwijl hij de uitspraak perfect raakte met een redelijk Welsh accent.

'Heel goed, wijsneus. Spel het nu maar.' Emma grijnsde en tikte ongeduldig met haar voet.

'Waar zou jij heen willen?' vroeg Mark in plaats daarvan, de vraag ontwijkend.

'Ik heb altijd al Zuid-Amerika willen zien,' zei Emma. 'Gewoon steeds verder weg van de beschaving, totdat je midden in een ondoordringbaar gebergte of oerwoud bent, omringd door de natuur, op een exclusieve tocht door de verste uithoeken.'

'Hoe dan ook, je zou uiteindelijk naar plaatsen gaan om lijken te vinden. En alle arme zielen die van hun lichaam wegdwalen, toch?'

'Ja,' stemde ze in. 'Misschien sterft er af en toe iemand op een mooie plek, maar dat maakt het eigenlijk alleen maar erger, vind je niet? Dan ga je naar een schilderachtige bezienswaardigheid of een prachtig stukje natuur dat je al sinds je jeugd in je hoofd hebt, en dan is alles grijs...'

'Waar.'

'En dan ben je er alleen maar voor je werk. Een soort vakantie waarin je je eigen beroep uitoefent. Dat zou het moment verpesten.'

'Ik denk dat het leuk zou zijn om andere landen te zien,' zei Mark. 'Kijken hoe andere mensen leven.'

'Zoals de rijken en beroemden?' zei ze. 'Die gaan waarschijnlijk binnenkort helemaal niet meer dood als ze het geld hebben om het te voorkomen.'

'Nou, als ze nog sterven, kunnen ze maar beter wat harde valuta vasthouden voordat ze het loodje leggen,' zei Mark. 'Anders komen ze de rivier niet over.'

'Dan zijn ze dus niet zo rijk,' zei ze spottend.

'Maar andere mensen, in het algemeen,' zei Mark. 'Ik kan het me niet voorstellen... Wij hadden, alles bij elkaar genomen, een prima leven.'

Emma rolde met haar ogen.

'Ik bedoel,' ging Mark verder, 'vergeleken met de mensen die in stenen hutten en schuilkelders wonen. Maar zij leven, ondanks alles, en vinden een manier om in leven te blijven. En ja, chique landhuizen zien is leuk en zo, maar zien hoe iedereen leeft en met hen praten over hoe ze er allemaal gelukkig mee waren. Ik denk dat dat een nederig stemmende ervaring is.'

'Dus de Dood komt naar ze toe en zegt: "Weet je, mijn flat was een stuk groter dan dit, destijds in Liverpool. Ik had het goed voor elkaar, nietwaar?"'

'Precies, alsof ik het zo zou zeggen,' kaatste hij terug.

De wereld werd grijs. Ze hadden net een moment te lang gekibbeld. Gelukkig was hun prooi duidelijk in zicht, recht boven de Theems, bij Lambeth Bridge. Iemand was over de reling gevallen en was op slag dood. Maar haar ziel was losgeraakt van haar lichaam, en de geest was in een uittredingsshock op de brug achtergelaten om zichzelf dood te zien vallen.

'O, het is een fietser,' zei Mark met een vleugje afkeer, terwijl hij naar de reflecterende strips om de enkels van de ziel keek. 'Ik handel dit snel af als je het niet erg vindt.'

'Haat haar niet omdat ze haar steentje bijdraagt aan het milieu,' zei Emma, en kneep haar ogen samen toen ze dichterbij kwamen. 'Wacht even.'

'Wat is er?'

'Blijf jij maar even achter,' instrueerde ze. Ze vloog naar beneden en galoppeerde langs het stilstaande verkeer tot achter de verdwaalde ziel in haar fietskleding. De vrouw draaide zich geschrokken om en keek toen met samengeknepen ogen op naar de donkere ruiter op haar kastanjebruine paard.

'Emma?'

'Louise?'

Emma steeg af en huppelde, een beetje uitgelaten, naar de volslagen radeloze vrouw die ze wilde begroeten.

'Wauw,' zei Emma. 'Rotmanier om elkaar weer te zien, zo hè?'

'Wa- Je *bent* het echt, Emma!' riep Louise uit terwijl ze haar helm losklikte en op de grond gooide, waardoor haar lange, krullende blonde haar over haar schouders viel. Louise was nauwelijks ouder geworden sinds ze elkaar voor het laatst hadden gezien. Nog steeds lang en slank, haar wangen rood van de inspanning om Londense bussen en boze taxichauffeurs te ontwijken. Ze stak haar armen uit en omhelsde Emma onmiddellijk om haar met leer beklede schouders. 'Dat is jaren geleden, hè?'

'Sinds we afstudeerden,' zei Emma, terwijl ze haar terug omhelsde. 'Wat goed om je weer te zien!' Ze deed een stap achteruit en liet haar glimlach onmiddellijk vallen. 'O... Slecht nieuws, echter.'

'Wat?'

'Je bent dood.'

'Nee!'

'Ja, sorry.'

Louise draaide zich om naar de licht verbogen reling waar haar fiets aan de spaken hing. 'Ik was er zeker van dat ik op tijd was afgesprongen.'

'Ik denk dat je ziel je lichaam al had verlaten voordat je viel,' zei Emma. 'Nog nooit eerder gezien. Maar... ja.'

Louise keek verward, en toen verdrietig. 'Dus dat was het dan?'

Emma knikte. Louise zuchtte en ging naast haar fiets zitten, met haar rug naar de Theems. Emma zette haar zeis tegen de brugpijler en ging naast haar zitten - een tafereel van kalmte te midden van de bevroren uitdrukkingen van afschuw op de gezichten van de ongelukkige omstanders die naar de rivier en het lichaam beneden keken.

'Jammer dat we elkaar zo moeten treffen,' zei Emma. Ze keek op en gebaarde naar Mark dat hij naar beneden moest komen. Zijn pony draafde naar hen toe en hij steeg af. Louise deinsde achteruit bij het zien van hem, totdat hij zijn kap afdeed.

'Mark?' zei ze, verbijsterd.

'O - Louise?' Hij haalde de zandloper uit zijn mouw. 'Louise May Grosse! Ik wist wel dat ik die naam herkende! Ik bedoel, ik dacht het, maar ik kende je tweede naam niet. Hoe is het met je?'

'Prima, tot nu,' zei ze. Ze draaide zich vol ongeloof naar Emma. 'Wacht. Vertel me niet dat jullie twee *eindelijk* iets hebben gekregen?'

'Wat? Nee. We zijn geen stel,' zei Emma. 'Ik... We zijn maatjes.'

'Beste vrienden,' corrigeerde Mark haar.

'Huisgenoten,' verduidelijkte Emma. 'Hij probeerde me er zelfs van te weerhouden om mezelf van kant te maken, en toen...'

'Er is nogal wat misgegaan,' zei Mark. 'We klussen voor de Dood totdat we onze vleugels verdienen. Bij wijze van spreken dan.'

Louise keek van de een naar de ander, stond toen op en hield haar handen afwerend voor zich uit alsof ze terugdeinsde voor een overstromende wasbak. 'O, mijn God. Ik kan het niet geloven.'

'Wat?' vroeg Emma. 'Als je denkt hoe onwaarschijnlijk het is dat we elkaar zo tegenkomen omdat we allemaal dood zijn, dan, ja, dat is bizar.'

'Nee, dat niet,' zei Louise met een zucht. 'Ik kan niet geloven dat jullie het nog steeds niet met elkaar hebben gedaan!'

'Tja,' zei Emma. 'We zien elkaar gewoon niet op die manier.'

'Eigenlijk...' Mark stak een vinger op om zijn punt kracht bij te zetten, maar hield op toen Emma haar hoofd schudde.

'*Wauw*!' riep Louise uit. 'We hadden elk jaar een weddenschap lopen. We dachten: "Ze gaan het een keer met elkaar doen. Het is slechts een kwestie van tijd voordat ze zien wat de rest ook ziet."'

'En wat ziet de rest dan?' vroeg Emma, die al spijt had van de woorden op het moment dat ze over haar lippen kwamen.

'Dat jullie voor elkaar gemaakt zijn. Maar deze sufferd hier was te schijterig om je ooit mee uit te vragen.'

'Het is niet dat ik het niet geprobeerd heb,' zei Mark, ietwat te defensief.

Emma stond op, met haar handen in haar zij. 'We zijn maatjes. Altijd geweest, zullen we altijd zijn.'

'Blijf dat jezelf vooral wijsmaken.' Louise schudde haar hoofd en begon te lachen. 'O, Mark. Petje af voor jou. Je moet onderhand wel ballen als watermeloenen hebben.' Haar vrolijkheid verdween snel en Louises lach werd geforceerd, vals. Het was een wanhopige, angstige soort lach. 'Ik ben doodgegaan,' zei ze kort daarna. 'Alleen. En jullie zijn samen doodgegaan? Hoe is dat eerlijk?'

'O,' zei Emma. Ze keek naar Mark, alsof ze vreesde voor de emotionele storm die op komst was.

'Ik was op stap,' begon Louise. 'Op weg naar huis van een date met een totale eikel die aan tafel zat en me vergeleek met andere profielen waarmee hij een match had. En weet je wat? Dat was de beste date die ik deze maand had. *Zucht!*' Ze zuchtte met meer dan alleen ergernis. Er zat een levenslust onttrekkende, verslagen moedeloosheid in haar stem. Emma tikte met haar vingers tegen elkaar, wachtend op een moment om ertussen te komen.

'Het was niet alleen maar geluk,' zei Mark. 'Ik bedoel, het was niet de bedoeling om dood te gaan. Die van mij in ieder geval niet.'

'En toch staan we hier.' Emma wilde het gesprek beëindigen. Ze had genoeg van het ophalen van herinneringen en wilde eigenlijk gewoon door naar de volgende zandloper. Ze glimlachte.

Louise kreunde alleen maar. 'Er zijn maar beter vrijgezellen in het hiernamaals...'

'Die zijn er,' zei Emma, 'maar... tja, je zult het wel zien.'

'Ook christenen?' vroeg Louise. Mark grinnikte instinctief.

'Er is niet echt een datingmarkt in het Voorgeborchte,' zei Emma. 'En ik weet zeker dat iemand het al eens geprobeerd heeft op te zetten.'

Ze stegen met z'n drieën op. Louise zat achter op Emma's paard. Ze verlieten de brug en stegen de lucht in. Emma zwaaide haar zeis voor zich uit. Een paars geknetter van bliksem scheurde door de open ruimte. En bleef vervolgens knetteren en sissen.

Het portaal opende zich niet.

De bliksem bleef gewoon vrijelijk knetteren in de open lucht.

'Dat is vreemd,' zei Emma.

Mark voelde dat er iets vreselijk misging. Hij probeerde zelf een scheur te openen, horizontaal in plaats van verticaal. Zijn portaal opende, maar nauwelijks. Het was te smal om erdoorheen te gaan. Hij dook eronderdoor. Alle energie stortte ineen toen hij erlangs ging, in een gedempte explosie zonder echo. Wat overbleef was een bal van bliksem die in de lucht hing, grijs net als de rest van het landschap, en overliep in de tijdelijke realiteit van de levende wereld.

'Emma?' riep Mark. 'Probeer harder te zwaaien!'

'Kom dan hier en zwaai met me mee!' zei ze tegen hem. Hij kwam naast haar rijden. Ze zwaaiden tegelijkertijd met hun zeisen. Dit keer was de scheur groot genoeg, hoewel Mark achter moest blijven en in een enkele rij moest volgen om erdoor te glippen. Toen ze eenmaal veilig aan de andere kant waren, keken ze terug om het portaal vanaf de uitgang te controleren.

De bliksem stortte met een donderende knal ineen, anders dan alle andere keren, waarbij hij met een zacht gesis in zichzelf was gespiraliseerd terwijl hij dichtging.

'Jeetje!' riep Louise. 'Dat was luid! Doen jullie dit nu de hele tijd?'

'Meestal gaat het wat soepeler dan dat,' zei Emma. Ze keek naar haar zeis. Een paar extra vonken kleefden aan het lemmet toen ze het door een trog van neonvonkjes schepte.

'Dus, waar zijn die dode kerels die ik kan ontmoeten?' vroeg Louise.

Emma negeerde de afwijking met het portaal. Van alle vreemde verschijnselen die met haar plichten als ruiter des doods te maken hadden, leek één mislukt portaal op de negenennegentig een redelijk normale onregelmatigheid. Het was het niet waard om erbij stil te staan of voor te stoppen. Zeker niet nu ze nog maar één zandloper verwijderd waren van het vervullen van hun plicht aan de Dood.

Nog maar één verloren ziel verwijderd van hun vrijheid of oordeel.

HOOFDSTUK NEGENENDERTIG

Het was een kalme en vredige dag aan de rivieroever. Net als elke andere dag in de afgelopen eeuwigheid was het er een met nauwelijks klandizie. Voor Charon was dat het enige wat telde. Zijn deelgenoten in de natuurkrachten van vernietiging en wanhoop voor de levende wereld werden allemaal verzadigd door iets anders dan de keiharde uitwisseling van munten en waarde. Zij hadden kunstzinnigheid om zich om te bekommeren, ijver, plicht: dingen die niet in ons goud konden worden gemeten.

Zijn hele bestaan draaide om de onveranderlijke waarde van goud waaraan de mensheid zich vastklampte. Hun materiële bezitsdrang zette zich voort tot in de eeuwig stromende rivier des doods, wat hem ertoe aanzette een verzamelaar en hamsteraar te worden van de waarde die ook na het definitieve einde bleef bestaan. Het was alles wat hij had. En hij kon het niet eens uitgeven.

Maar het had nog steeds waarde, zo ontdekte hij. Hij roeide stroomopwaarts naar het domein van Oorlog, het verst de rivier op, naar haar buitensporige complex met aan de voorkant een prachtig Vikinglanghuis. Zij was de enige die hem enig comfort bood aan de waterkant, een dok om zijn schip te laten rusten en een paal om zijn ketting aan vast te binden, zodat hij net ver genoeg landinwaarts kon dwalen om haar voordeur te bereiken.

De lengte van zijn ketting was echter veranderd. Tegen de tijd dat hij de deur bereikte, had hij nog volop speling. Bijna genoeg om naar binnen te gaan en de eerste gang in te slaan, maar niet verder. Hij nam scherp nota van de recente verandering.

Hij klopte op de deur. Na wat geslof en gedraal deed Oorlog open.

'Charon? Hoe gaat het met je?'

'Prima,' antwoordde hij. 'Wat beter dan met jou, zo te zien.'

Oorlog klemde haar hand tegen haar zij, waar ze een witte prop verband op een langzaam, licht bloedende wond drukte. Ze mankte ook met haar rechterbeen en haar make-up was vervaagd rond de plek waar ze ooit vakkundig een litteken boven haar wenkbrauw had verborgen.

'Ik heb gewoon mijn dag niet,' zei ze onverschillig. 'Oude wonden die me aan het verleden herinneren.'

'Aan betere tijden?' vroeg Charon. 'Nu heeft de mensheid er geen baat meer bij om krijgersbloed te vergieten, als er zoveel meer terrein wordt gewonnen door verloren onschuldigen en com-pu-ters die hun gruweldaden uitvoeren zonder het vermogen tot zonde.'

'Er kleeft nog steeds bloed aan sommige handen,' zei ze. 'Maar het bloed dat hen niet bereikt, is op mij terechtgekomen.' Ze glimlachte, nog altijd charmant en geraffineerd, zelfs met bloedvlekken op haar handpalm. Ze liep met Charon mee naar de waterkant en keek uit over het dok.

'Wat moeten we hiermee?' vroeg hij, terwijl hij met zijn roeiriem tegen de losse planken prikte. Sommige kraakten door gebrek aan gebruik en onderhoud. 'Het klinkt als een parabel dat ik planken van mijn eigen boot zou moeten slopen om hem een rustplaats te geven, vind je ook niet?'

'Dat klinkt inderdaad... parabelachtig,' zei Oorlog. Voorzichtig boog ze zich voorover en inspecteerde het hout en de rot die het had aangetast.

Charon deinsde terug en stapte van boven het water op zijn boot. Hij greep naar een munt die in zijn mouw verborgen zat en maakte zich klaar om die in het water te gooien.

'Het is verouderd,' zei Oorlog. 'Dat is nu eenmaal het probleem met het gebruiken van wat de mens op het gebied van oorlogsvoering heeft achtergelaten. Maar ik kan dit in een mum van tijd ombouwen tot een betonnen dok, proberen het die uitstraling van een onderzeebootbasis te geven.'

'En dat is veiliger?' vroeg hij. 'Ik wil niet dat mijn boot door de stroming van me wordt weggerukt als ik eens op bezoek kom.'

'Het zal absoluut veiliger zijn,' hield ze vol. Zuchtend kwam ze overeind en klopte op haar zij. Die leek weer in orde.

Toen wierp Charon een munt in het water. Vanaf zijn boot zag hij hoe

Oorlog dubbelklapte van een stekende pijn die door haar lichaam schoot. Hij hief een aarzelende hand op uit medeleven.

'Alles goed met je, meid?' vroeg hij.

'O, het gaat geweldig,' kreunde ze. 'Niks wat even zitten niet kan verhelpen.' Haar ademhaling was pijnlijk en geschokt. De wond was weer opengegaan en sijpelde nu vers bloed. Charon zag hoe het helderrode vocht door het verband drong en dwars door de stof heen een vlek op haar hand achterliet.

'Ik zal kijken of het jonge ding van Dood je een beleefdheidsbezoekje wil brengen,' zei hij. 'Misschien heeft zij een voorraad vers verband.'

'Dat zou ik waarderen,' zei ze.

Charon duwde zich af van het krakende dok en hield Oorlog in de gaten terwijl hij de rivier afdreef. Ze worstelde zich terug omhoog over het pad naar haar huis en viel zelfs een keer voordat de mist hem volledig aan het zicht onttrok. Het was een vreselijk toeval, maar nog steeds slechts een theorie. Hij had herhaald succes nodig om te bewijzen dat hij een werkende methode in handen had. En hij had nog twee munten te verliezen.

<hr>

Stroomafwaarts was Pestilentie, die buiten op zijn veld neonkleurige planten water gaf en versnipperd voedsel in een stilstaande poel gooide met een veelkleurige film van bacteriekolonies op het oppervlak. Hij zwaaide met oprechte warmte naar Charon toen die naderde en wenkte hem dichterbij.

'Hoe gaat het?' vroeg Charon. 'Heb je eindelijk de duistere graal gevonden om alle wateren die eruit voortvloeien te verzieken als de noodlottige drank van de mens?'

'Nog niet, nee. Bedankt voor de vraag,' zei Pest. 'Maar ik kom wel dichterbij. Stukje bij beetje vind ik nieuwe combinaties van levensbedreigende ziektes. Ik heb me alleen nog niet helemaal aangepast aan hoe ik ze moet verspreiden.'

Charon knikte mee, terwijl hij interesse veinsde, en liet toen een munt in het water glippen.

'Overdrachtsvectoren blijven het knelpun- *UNGH!*' Onmiddellijk onderbrak een gewelddadige hoestbui de stroom van hun gesprek. Charon duwde zich van de oever af terwijl Pest op zijn knieën viel. Hij hoestte zo hard dat hij stikte in de lucht die hij inslikte en achterbleef als een hijgende, ellendige puinhoop.

'Goeie genade,' zei Charon. 'Je zou je eigen blootstelling moeten verminderen. Je wilt toch niet door je eigen werk ten onder gaan.'

'Dat zou-,' begon hij, voordat hij weer hoestte. '...mij prima uitkomen.'

'Ik stuur de jonge dame van de Dood wel jouw kant op,' zei Charon. 'Zij heeft misschien een remedie voor je kwalen die de kleine krengen die je wilt oogsten geen kwaad doet.'

'Dank je,' zei Pest. Hij bleef voorovergebogen in een pijnlijke kramp. Zijn theorie was opnieuw correct gebleken. Als Charon een gokker was, zou hij een flinke som hebben ingezet op het bewijs van zijn hypothese. Maar dat was hij niet, dus hij moest nog één laatste controletest doorstaan.

Hongersnoods vervallen all-you-can-eat-buffetrestaurant en thuisbasis lag iets verder stroomafwaarts. Ook hij was buiten, zag er magerder en bleker uit dan normaal, en was onoplettend. Hij was een heel wild zwijn van een of ander uitgestorven genoom aan het roken aan de waterkant. De rook van zijn kuil vermengde zich met de mist en veranderde in een zware, luchtige, modderachtige wolk boven hem. Charon trok zijn aandacht met een zwaai toen hij uit zijn boot stapte, en Hongersnood zwaaide terug.

'Begin je trek te krijgen?' riep Charon.

'Niks wat een kleine snack niet kan verhelpen,' zei Hongersnood joviaal. Hij klopte op zijn buik – plat van wat een lange vastenperiode leek – en probeerde ermee te schudden, maar kon alleen losse huid vastpakken.

Charon gooide een munt in het water en zag hoe Hongersnood plotseling verstijfde. Een ingevallen blik overviel de ruiter – een verlies van alle verzadiging en het begin van een misselijkmakende soort honger. Hij was zo in beslag genomen door de pijn en de razende honger dat hij niet merkte dat de veerman weer in zijn boot stapte en zich van de oever afduwde. Charon hoorde het echoënde gerommel van Hongersnoods maag terwijl zijn boot wegdreef.

Oorlog bloedde, Pest werd ziek, Hongersnood verhongerde en zelfs de Dood vervaagde. Alles door de handeling van een munt die uit Charons greep werd losgelaten. In zijn geest was er geen twijfel mogelijk.

Hij streek met een schaterlach over zijn gouden gewaad. ''t Is dan natuurlijk,' zei hij tegen zichzelf. 'Iemands aard mag niet worden afgewezen. Anders zal die afwijzing de rivier in stromen en de landen aan de overkant van de oever voeden. Ja...' Hij schaterde opnieuw terwijl hij zijn tempo opvoerde en terugroeide naar de schat in zijn kasteel.

Boven hem zag hij het scherpe geknetter van paarse bliksem in de lucht. De twee leerlingen, de slijmballen van de Dood, keerden terug van weer een nutteloze boodschap voor de oude bottengolem. Charon trok een grimas bij hun aanwezigheid. Nog twee jaknikkers die de gierige zielen van de ene wereld overbrachten om een andere lastig te vallen en te bevolken. Ook zij stonden buiten de aard die Charon het best kende en begreep.

Ook zij waren het bewijs van een kerend getij.

'Zes,' mompelde hij. 'Nu zes. Drie vale ruiters schrijlings op hun paarden, die zielen dragen die uit de sterfelijke wereld zijn weggerukt in het kielzog van de woede van de andere drie. Er horen geen zes ruiters te zijn. En als die er wel zijn, dicteert anciënniteit dat er eerst één uit het water zou moeten komen...'

Charon bromde terwijl hij de rivier afroeide naar zijn schat. Naar zijn doel...

HOOFDSTUK VEERTIG

Het waren een paar slopende dagen geweest – of zoiets. Mark en Emma zweefden in de lucht boven Belfast met hun laatste ziel aan boord, in stukken gehakt en in Marks tas gepropt omdat ze een van hun gedoogregels had overtreden. Ze staarden naar de wijzerplaat van de Albert Memorial Clock. Vanuit hun perspectief waren het sinds hun dood vele lange werkdagen geweest, met slechts een paar zeldzame pauzes om de tijd te overbruggen en weer op te laden.

'Hoe laat kwam je die dag aan bij het Liver Building?' vroeg Emma.

'Rond halfdrie,' zei hij. 'Ongeveer, dus misschien vijf over halfdrie of twintig voor drie?'

Volgens de klok was het diezelfde middag 14:51. Volgens de meest gulle schatting was er nog geen halfuur verstreken op aarde sinds Mark en Emma door de Dood waren meegenomen en de taak op zich hadden genomen om in zijn plaats de natuurlijke orde te handhaven. In die korte tijd waren er op de Britse Eilanden honderd zielen overleden, en zij hadden elke ziel naar een andere wereld van eeuwig wachten in een inhoudsloze leegte gebracht.

'Ik heb nog nooit een baan gehad waarbij het voelde alsof er uren en uren voorbijgingen terwijl er in werkelijkheid nog geen uur verstreken was,' zei Mark. 'En ik ben het even kwijt, hoort dat iets goeds te zijn?'

'Wat?' zei Emma.

'Als de tijd vertraagt... Betekent dat het?'

'Nee,' corrigeerde ze hem. 'De tijd vliegt als je het naar je zin hebt.'

'O ja,' zei Mark. 'Nou... ik kan niet zeggen dat dit niet leuk is.'

'Als ik je dubbele ontkenning moet ontcijferen en afga op de invloed van dit werk op het tijdsbesef, dan moet dit wel de saaiste, godvergeten sleur van een ondankbare fout zijn die we ooit hebben gemaakt.'

Hij haalde zijn schouders op. 'Het kan erger.'

'Hoe dan precies?' vroeg ze.

'Ik bedoel, we weten precies hoeveel erger het kan,' zei hij, en hij schudde met zijn tas. 'Ongeveer zóveel erger.'

'Dat is waar,' zei ze. 'We zouden voor eeuwig vast kunnen zitten op de oever van de Limbo omdat we geen goud onder onze tong hadden gelegd.'

'Dan zaten we tenminste samen vast,' zei Mark.

'We zítten samen vast. Alleen met dezelfde baan.'

'Ja, maar daardoor gaat de tijd sneller.'

Ze wees naar de klokkentoren.

'Oké, een béétje sneller,' verbeterde hij zichzelf. 'En ik zat te denken... Nou ja, ik breng het wel ter sprake bij de Dood als we terug zijn.'

'O?'

'Ja,' zei hij. Hij hees zijn zeis omhoog en hield hem stevig vast. Hij was een beetje bezorgd nadat de laatste poging niet zo goed was gegaan. Dit keer zwaaide hij en er opende zich met gemak een portaal. Beiden slaakten een zucht van verlichting en reisden erdoorheen, terug naar de vertrouwde leegte.

De lucht, voor zover je ervan kon spreken, had een iets grijzere tint, alsof er een storm op komst was. Maar aangezien het een vormeloze leegte was, leek het meer alsof het contrast op het televisietoestel dat als hun panorama diende, lager was gezet. Een mist die er voorheen niet was geweest bedekte een groot deel van de leegte, doemde op en verspreidde zich vanuit de rivier en kroop zelfs halverwege de tuin buiten het huisje van de Dood omhoog.

'Het zal wel avond zijn,' zei Emma.

'En ook zomer,' voegde Mark eraan toe.

Ze vlogen naar beneden en sprongen van hun paarden, klaar om hun weerspannige geest weer in elkaar te zetten zodat die aan zijn eeuwige wachtperiode kon beginnen.

'Monsieur! Madame!' riep Veronique. Het dienstmeisje dribbelde met veerkrachtige pasjes naar hen toe. 'Kom, kom! Alstublieft!'

'Waarvoor?' vroeg Emma.

'De viering!' zei ze. 'Honderd zielen afgeleverd, zoals u had beloofd. Monsieur Dood heeft ingestemd met een diner om u te bedanken!'

'O, dat is nogal grootmoedig van hem,' zei Mark.

'Of stemde hij er alleen maar mee in omdat jij al het werk al had gedaan?' vroeg Emma.

'Kom nou maar!' drong Veronique aan, waarmee ze Emma's gelijk bewees.

'Eh, wat doen we hiermee?' vroeg Mark, terwijl hij de zak omhoog hield.

'Laat maar liggen,' zei Veronique. 'Het eten is helemaal klaar. Laat het niet koud worden! Het is mijn specialiteit!'

'Ik ga een all-out buffet van Veronique niet missen,' zei Emma.

'Nou, ik ook niet!' riep Mark uit. 'Als Veronique zelf haar kookkunsten ophemelt, dan is het vast niet te versmaden!'

Emma liep zonder hem het grindpad op. Toen hij de tas liet vallen, klonk er een zacht gekreun van binnenuit.

'Luister, maat,' zei Mark tegen de ziel binnenin, 'je had niet naar me moeten uithalen. En nu zijn we hier en... Zit maar even rustig. Je mist niks.' Terwijl de mist langzaam achter hem opkroop, liet hij de mompelende en trillende tas achter op het korte, pas gemaaide gras.

Toen ze het huisje binnenkwamen, werd het tweetal overvallen door een bombardement van heerlijke geuren, allemaal afkomstig van een schitterend gedekte tafel in de grote eetkamer. Er stond een keur aan prachtig uitziend eten uitgestald, van een opgemaakte, geroosterde kip en een diepe pan Franse uiensoep met een kaaslaag tot een mand met vers afgesneden stokbrood en een draaiplateau met diverse zoete, romige kazen. En er was wijn voor iedereen, een fles per persoon, en hoge glazen om die in te schenken.

De Dood zat aan het hoofd van de tafel, gekleed in zijn vrijetijdskleding met een leesbril over zijn holle oogkassen. Op de een of andere manier zag hij er ouder uit. De tint van zijn botten deed ze bijna broos lijken. Zijn gebrek aan energie was duidelijk te zien aan de manier waarop hij in zijn stoel hing. Veronique compenseerde het tekort aan zijn energie echter met gemak toen ze een champagnekurk liet knallen die omhoog schoot en een spandoek raakte dat zich ontvouwde met een boodschap:

Joyeux 100 trépas!

'Gefeliciteerd!' juichte Veronique. De Dood hief zijn handen op en tikte met zijn handpalmen tegen elkaar.

'Ah, dank je wel,' zei Mark. 'Dit is allemaal erg...'

'Lief,' zei Emma. 'Echt attent.'

'Dank je,' stemde Mark in. 'Ik ben blij dat we indruk hebben gemaakt.'

'Ja,' zei de Dood. Zijn stem, die ooit daverde, klonk nu zwak en ijl. 'Je plicht vieren is meer een gewoonte van stervelingen. Om de blijvende gehoorzaamheid aan te moedigen aan de maatschappelijke systemen die in ruil voor arbeid jullie veiligheid en een lang leven garanderen. Het was nooit nodig om diezelfde ijver aan te moedigen. Maar voor jullie, veronderstel ik, kunnen er uitzonderingen worden gemaakt. Jullie zijn zelf al uitzonderingen.'

Daarop pakte de Dood de fles champagne van Veronique aan en vulde vier glazen. Hij pakte een flûte en knikte dat ze zijn voorbeeld moesten volgen.

'Skål,' zei de Dood terwijl hij zijn glas hief.

'Santé,' antwoordde Veronique.

Emma en Mark grijnsden, verheugd dat ze wat goedkeuring van de Dood hadden gekregen.

'Proost,' zeiden ze in koor, en klonken met hun gastheren.

'Dus ons zand is nog steeds niet gevallen?' vroeg Emma nadat ze een slokje van haar champagne had genomen.

De Dood schudde zijn hoofd.

'Nou... die tijd was tenminste niet verspild.'

'We hebben honderd zielen naar hun laatste rustplaats gebracht,' zei Mark. 'Dit... feestmaal voelt al als een hele beloning.'

'Inderdaad,' zei de Dood. 'En honderd zielen, zonder ook maar één mislukking... Dat is een beloning waard.' Terwijl de twee tegenover hem gingen zitten, rechtte hij zich op in zijn stoel. 'Zelfs ik breng niet altijd alle zielen terug die ik ga halen.'

'Echt waar?' vroeg Mark.

De Dood zuchtte. 'Het zijn er zo veel. En ze zijn zo ongeduldig. Sommigen rennen weg, sommigen vechten. Sommigen verzetten zich. En dan zijn ze weg. En het is mijn plicht om dan op zoek te gaan naar een ander. De wereld kan niet stilstaan voor slechts één dood. Ze moet blijven bestaan en immer voortgaan.'

'Dat is waar,' zei Mark. 'We hadden een paar... weglopers.'

'Maar we hebben ze bijeengedreven en onderworpen,' zei Emma.

'Het is niet altijd leuk,' gaf Mark toe. 'De geest van een kind meenemen, dat niet begrijpt wat er gebeurt, is niet iets waar ik op sta te springen om het nog eens te doen. Excuus voor de woordspeling. Dit oogstwerk kan behoorlijk grimmig zijn. Maar... het is heel goed, denk ik. Uiteindelijk, alles welbeschouwd, is wat we doen behoorlijk-'

De Dood kreunde plotseling, niet uit ergernis maar met grote zwakte. Hij viel voorover en zijn schedel landde op zijn bord. Veronique hapte naar adem en snelde onmiddellijk naar hem toe.

'Mon Dieu!'

'Wat is er mis?' zei Emma. Ze sprong op en liep om de tafel heen. Mark kwam er kort daarna bij om te zien wat er aan de hand was. De Dood hield zijn hand op om hun groeiende bezorgdheid te sussen en duwde zijn stoel naar achteren.

Zijn benen... waren aan het verdwijnen. Vanaf zijn enkels waren ze deels weg. Het enige wat overbleef was een dun, mistig spoor als van een klassieke, vrij zwevende geest.

'Het is niets om u zorgen over te maken,' zei de Dood.

'Jezus Christus, meent u dat?' flapte Mark eruit, niet wetend wat hij moest doen. 'U lost op!'

'Kunt u me horen?' Emma boog zich naar waar de oren van de Dood zouden zijn, als hij die had. Ze vertraagde haar woorden en concentreerde zich op haar uitspraak. 'Het komt goed. Er is hulp onderweg. Ik ben Emma. Alles komt in orde.'

'Ik heb geen beroerte, je hoeft niet tegen me te praten als een klein kind,' antwoordde de Dood kalm terwijl hij de damp taxeerde waar zijn vingerkootjes hadden moeten zitten. 'Het is... raadselachtig.'

Emma boog zich naar Veronique om te fluisteren: 'Gebeurt dit als hij aan de drank gaat? Hij is net Marty McFly in *Back to the Future*!'

'Non,' protesteerde Veronique. 'Dit is nog nooit gebeurd. Monsieur, wat moet ik doen?'

De Dood strekte zijn hand uit en aaide Veronique over haar hoofd. Toen liet hij zijn hand op haar rusten, een kalm, geruststellend gebaar, zoals hij had gedaan om haar te troosten na haar overlijden vele jaren geleden. Hij probeerde op te staan, maar zijn voeten raakten de grond niet. Het was alsof hij op blokken spekglad ijs stond. Zijn benen trilden terwijl hij probeerde te blijven staan.

Toen, terwijl hij met zijn hand op de tafel steunde, verloor ook die een deel van zijn harde, fysieke vorm. Zijn vingertoppen werden flarden. Het bot ging over in een snel vervliegende rook, die een stoffig residu achterliet op het gelakte hout.

'Ik moet gewoon rusten,' zei de Dood. 'Jullie twee... hebben het tot nu toe uitzonderlijk goed gedaan. Ik hoop dat ik in de toekomst op jullie kan blijven rekenen.'

'Monsieur, alstublieft,' smeekte Veronique. 'Staat u mij toe.' Ze sloeg zijn arm over haar schouder en hielp hem terug naar zijn werkkamer te schuifelen. Mark en Emma bleven achter met een tafel vol eten, en hun gastheer, hun beschermheer en hun werkgever die letterlijk aan het vervagen was in de kamer ernaast.

'Ik denk,' zei Mark, terwijl hij zijn champagne achteroversloeg, 'dat het onbeleefd zou zijn om al deze moeite te verspillen. We moeten aanvallen.'

'Nee, dit is niet goed,' zei Emma ernstig.

'Juist,' stemde Mark in. 'Juist. Het is niet goed.'

Ze haastten zich naar Veronique om haar te helpen de Dood te verzorgen. Er waren nog geheimen over dit rijk tussen de werelden die ze moesten leren. Geheimen die de Dood nooit van plan was geweest prijs te geven...

HOOFDSTUK EENENVEERTIG

Veronique hielp de Dood in zijn favoriete relaxfauteuil en haastte zich onmiddellijk naar buiten om iets te halen om hem te helpen. Aan haar zenuwachtige, afgewende blik was te zien dat ze niet precies wist wat. Mark en Emma stonden aan de zijkant en gluurden door de kier van de deur naar binnen.

'Hij lost op', fluisterde Emma.

'Hij is niet doof', zei Mark. Hij trok haar opzij naar de andere kant van de gang. 'Kan de Dood... sterven?'

'Is dat een raadsel?', vroeg ze. 'Nee, wacht, het is een regel. Uit een liedje, toch?'

'Nee, dat is... ik bedoel, wij zijn niet dood.'

'Nee?'

'Technisch gezien niet', zei Mark. 'Nog steeds. Min of meer. Maar ik herinner me dat het gesprek wel eens ter sprake kwam dat we naar de andere kant zouden worden overgebracht alsof we dood waren zodra onze tijd erop zat – of als we gewoon hopeloos zouden falen in onze taak, wat we gelukkig niet hebben gedaan.'

'Ja, we hebben het best goed gedaan.'

'Inderdaad.'

Ze pauzeerden om elkaar ter viering een high five te geven.

'Maar mijn punt is', vervolgde Mark, 'de geesten hier, of buiten in de leegte, of types als Veronique en de andere ruiters... wat gebeurt er met hen als ze, ik weet niet, van de trap vallen?'

Emma begreep zijn gedachtegang, zij het maar net. Ondanks alle mythische symboliek en grootsheid van hun spirituele betekenis, hadden de ruiters en de dolende zielen van de leegte allemaal een paar kleine, sterfelijke gewoonten gemeen. Haar neus ving een vleugje op van het eten dat in de andere kamer onaangeroerd bleef.

'Wat dat betreft', zei ze, 'waarom eet hij?'

'Precies, hè?', zei Mark. 'Het is niet voor de lol. Daar heeft hij een hekel aan.'

'Dus kan de Dood verhongeren?', vroeg Emma zich af.

'En kan Hongersnood... struikelen en zijn nek breken? Dat is niet echt iets strijdlustigs of ziekelijks om te doen, en het is gewoon een ongeluk. Willekeurige, accidentele en wrede maar bedoelde sterfgevallen lijken het voornaamste werkterrein van de Dood te zijn.'

'Dat en ouderdom', zei ze.

'Ik bedoel, wat gebeurt er met ons als de Dood sterft?'

De twee wisselden een ongemakkelijke blik uit. Ze voelden de tijd voortslepen in de tussenwereld, ook al verstreek de tijd niet, tenzij zij aanwezig waren om het voorbijgaan ervan waar te nemen in de laatste momenten van een voorbestemde ruiming. Ze verouderden niet synchroon met de rest van de wereld. En zo was de Dood sinds het begin van de menselijke geschiedenis in een nog verder versneld tempo verouderd.

'Zou het onbeleefd zijn om te vragen of wij inderdaad de eerste en enige vervangers zijn die hij heeft ingehuurd?', vroeg Emma.

'Denk je dat hij misschien niet de oorspronkelijke Dood is?'

'Ik denk dat als we lang genoeg blijven, er van ons ook niets anders overblijft dan *onze* botten.'

Op dat moment kwam Veronique de gang in met een voetenbad en een elektrische deken.

'En zij dan?', vroeg Mark.

'Zij is Française', zei Emma. 'Ze heeft goede genen.'

'Franse vrouwen vergaan ook', zei Mark.

Emma schudde afwijzend haar hoofd.

'Pardon', riep Veronique, 'zou ik u kunnen vragen alstublieft de deur open te doen?'

Mark merkte dat ze haar spullen maar nauwelijks kon vasthouden. Emma nam het voetenbad van haar over terwijl Mark de deur openhield om hen binnen te laten. De Dood kwijnde weg in zijn La-Z-Boy – zijn voeten waren volledig verdwenen tot aan zijn enkels, en zijn handen leken diezelfde kant op te gaan, aangezien de toppen van zijn benige vingers zo goed als verdampten.

Ze zetten zijn therapeutische maatregelen klaar en probeerden hem over te halen eraan mee te werken. Hij had geen kracht om zich tegen hun zorg te verzetten, zelfs niet om te kreunen. Hij slaakte enkel luchtige, ijle zuchten. Een dun spoor van wit stof lekte uit zijn mond en bleef in de lucht hangen voordat het neerdwarrelde als langzaam vallende sneeuw.

'Gaat het, meneer?', vroeg Mark.

'Oh... nee', zei de Dood achteloos. 'Het lijkt erop dat ik een geestverschijning word.'

Mark keek Emma bezorgd aan. 'Is dat... zoiets als sterven?'

'Enigszins', antwoordde hij. 'Wanneer een ziel te lang onbeheerd wordt achtergelaten, verliest ze haar vorm. Ze verliest doel en identiteit. Ze verliest de starheid van haar vorm en lost op tot niets meer dan een stipje, een bol of een zwervende schedel, totdat ze alle doel in de ene wereld verliest en vervaagt in de volgende.'

'Al deze zielen', zei Mark, 'hier in het voorgeborchte...'

'Inderdaad.' De Dood zuchtte. 'Ook dat is hun lot. Zich bij de mist op de rivier voegen. Onder het water zinken of erboven scheren, altijd op zoek naar overtocht van de veerman.'

'De mist?', zei Emma. 'Dat zijn allemaal zielen?'

'De talloze onverzorgden', verkondigde de Dood. 'Doelloos, gestorven zonder geloof, verdwaald in alle richtingen uit de annalen van de geschiedenis. Lang genoeg dood om te weten dat hun oordeel niet komt, dat hun God hen niet zal roepen. Het enige doel dat hen daarna nog overeind houdt, is de wil om naar de andere kant te reizen. Degenen die het water ingaan, komen niet meer boven, ze zinken simpelweg in de afgrond. Degenen die nog langer wachten, verliezen hun vorm en reizen over het water als een mist die niet meer hervormd kan worden. Dat is wat het betekent om een geestverschijning te zijn. Doel verliezen, en daarmee vorm...'

'O nee', zei Mark. 'Dit is onze schuld.'

'Nee', protesteerde Veronique. 'Geef uzelf niet de schuld.'

'We hebben zo goed geoogst', zei Mark, 'dat u daardoor uw doel als de enige ware Dood bent verloren.'

'Bah!' riep de Dood uit. Zijn lichaam kon deze plotselinge uitbarsting niet aan. Hij hoestte zwakjes tot zijn ademhaling weer rustig werd. 'Jullie zijn op zijn best adequaat. Hoewel ik wel had verwacht dat jullie tijdens je werk een of twee zielen zouden verliezen. Maar jullie hebben de chaos van het destructieve tijdperk van de mens niet meegemaakt om te zien hoe de ware dood eruitziet. Die zwervende zielen op het land – geesten en spoken, zoals die weinige ongelukkigen met de gave om ze te zien ze hebben genoemd – zijn de zielen die ik niet kon vinden in oorlogen en genocides. In grote rampen uit het verleden. Degenen die het geduld hebben verloren om op de komst van hun God te wachten.'

'En degenen die nog steeds een menselijke vorm hebben,' zei Emma, 'blijven die zo door een plichtsbesef dat groter is dan het verlangen om het hiernamaals te zien?'

Mark knikte. Hij vroeg zich af of hij zulke mistige gedaanten had zien rondwaren terwijl de tijd stilstond en hij zijn oogst binnenhaalde. Toen bekroop hem een nieuwe, unieke ongerustheid die zijn keel dreigde dicht te knijpen.

'Is het *de bedoeling* dat de wereld helemaal grijs en troebel wordt als er iemand sterft?' vroeg hij.

'Wat?' zei Emma.

'Alsof er aan alles mist kleefde?'

Emma knipperde alleen maar met haar ogen. Ze zocht een antwoord bij de vervagende gedaante van de Dood. Hij sputterde en schudde zijn hoofd.

'Dat is normaal,' verduidelijkte hij, en Mark slaakte een zucht van verlichting. 'Zelfs als u die ongelukkige, verloren zielen zou vinden, kunt u niets voor ze doen. Dat is de prijs van falen. Het is een eeuwig teken van een plicht die is verzaakt en in de tijd verloren is gegaan... Kijk naar de zandlopers.' Hij wees naar de kilometerslange planken die zichtbaar waren door de open deur naar de Zaal der Tijd aan de andere kant van de kamer. De oogst van vandaag, degenen die nog maar weinig tijd te gaan hadden, waren allemaal ouderen of ongelukkige jongeren die op het punt stonden een gevaarlijk einde te vinden bij een of ander ongeluk.

En ze waren allemaal vlekkerig.

Mark pakte er een en draaide hem om. De bovenste bol van de zandloper was aan de binnenkant op verschillende plekken ontsierd door wat leek op glazige korstjes.

'Het zand van uw zandlopers blijft aan de zijkanten plakken,' legde de Dood uit. 'Net als zij. Het is een probleem dat rijst niet kon oplossen. De Dood zelf, komt niet meer voor ze.'

'Hoe is dat logisch?' vroeg Emma. 'Er gaan continu mensen dood. We hebben zelf al honderd zielen meegenomen in iets meer dan twintig minuten!'

De Dood lachte, hoestte en bleef lachen. 'Weet u hoeveel *duizenden* er per uur sterven? Wat een schijntje... Wat een armzalige, onbeduidende verzameling heeft u bijeengebracht in een tijdsspanne waarin u de hele wereld had kunnen rondreizen zonder ook maar een minuut te zien verstrijken? En hoeveel *niet*?'

'Monsieur, adem,' smeekte Veronique. 'Spaar uw krachten.'

'En?' zei Mark. 'Het is een rustige dag op kantoor. Dat gebeurt. Iedereen heeft weleens een goede dag. Misschien dat al die goede dagen... samenvielen?' Tegen het einde verloor zelfs hij zijn geloof in wat hij zei.

'Zoiets bestaat niet,' zei de Dood. 'Niet zo. Die van u was de eerste. Ik vreesde al dat het niet de laatste zou zijn. Maar totdat die paar korrels vallen, zullen de gebeurtenissen die levens beëindigen niet meer plaatsvinden. En als er niemand overgaat...'

'Stopt de tijd dan niet gewoon?' vroeg Emma. 'Als de tijd, vanuit dit perspectief, slechts een verzameling levende momenten is en die stoppen...'

'De Eindtijd,' mompelde de Dood. 'Wat wij ruiters vrezen uit te voeren.' Hij draaide zich naar zijn raam, dat uitkeek op de rivier die buiten bedekt was met het vocht van de mist. 'Wanneer de tijd zelf eindigt.'

Mark realiseerde zich dat hij de stof van zijn pij met gebalde vuisten vastgreep. Hij had geprobeerd uit te blinken als de Dood, zodat hij een nieuwe kans op het leven kon krijgen. Hij was nog niet klaar om naar de andere kant te gaan, maar nu vreesde hij dat er niet eens meer een levende wereld zou zijn om naar terug te keren.

Emma reikte naar zijn hand om die vast te houden. Ze klemde haar vingers stevig om de zijne. Ook zij was bezorgd. Niet voor zichzelf, maar om de omvang van wat de Eindtijd zou kunnen betekenen. Ze had de beslissing genomen om haar leven te beëindigen; ze had haar redenen gehad en een weloverwogen keuze gemaakt. Maar hoe zat het met al die andere levens, vertegenwoordigd door de miljoenen zandlopers die ze konden zien en horen in de Zaal der Tijd? Alle levens die geleefd waren, de levens die nu geleefd werden en degenen die hun reis naar de dood nog moesten beginnen.

De sfeer in het vertrek was zwaar, alsof de mist er al hing en de lucht die ze met moeite inademden, verzwaarde.

HOOFDSTUK TWEEËNVEERTIG

Ze speurden de planken van het archief van de Dood in de zitkamer af, op zoek naar boeken over zijn werk, over de apocriefen van menselijke uitvindingen en alles wat hen kon helpen met het vreemde scenario waarmee ze te maken hadden – een tijd waarin de Dood zelf zou kunnen sterven en waarin alle andere aspecten van de wrede natuur op hun kop werden gezet door een plotselinge zure wending van het lot. Ze richtten zich op zijn persoonlijke geschriften en mijmeringen, overgeleverd uit de eeuwen in allerlei onleesbare, oude handschriften.

'Ik heb er een in het Duits gevonden,' zei Mark.

'Ik ook,' voegde Emma eraan toe. 'Een heleboel, zelfs.'

'Dat de Dood een Duitse fase had, is logischer dan ik dacht,' zei Mark. Hij kneep zijn ogen samen naar de tekst en probeerde die hardop te lezen. 'O, laat maar, het is eigenlijk Pools.'

'Nog toepasselijker,' zei ze. 'O, wacht, dit ziet er veelbelovend uit.' Ze trok een zwart, in leer gebonden notitieboek tevoorschijn met op de voorkant een inscriptie van een schedel. De tekst binnenin was geschreven in eenvoudig, handgeschreven Engels, met een ietwat victoriaans taalgebruik.

"Het Einde der Tijden,' las Emma, 'is nog niet aangebroken, al vrees ik dat het weleens aanstaande zou kunnen zijn. Deze onomkeerbare verandering van de natuur, die de mens heeft bewerkstelligd met ijzer en stoom, is slechts de eerste smartelijke slag tegen zijn eigen grimmige lot."

'Verdorie,' zei Mark. 'Heeft de industriële revolutie ons weer de das omgedaan.'

"Op mijn teken en op martelaarsbloed,' ging Emma verder, 'verspil niet... de onsterfelijke getijden...' Het is heel poëtisch, dat moet ik hem nageven.'

'Maar wat betekent het?'

'Blijkbaar,' zei Emma, 'is dit 'Einde der Tijden' waar de ruiters voor vrezen, en wij ook vanuit onze eigen bijbelse context, *letterlijk* een einde van de tijd. Het einde van vooruitgang en de hele menselijke geschiedenis, nu de facetten van de natuur die de loop van de hele werkelijkheid dicteren en bepalen, krakend tot stilstand komen. Wanneer er geen oorlogen meer zijn die de 'chaos van productie' veroorzaken, geen ziekte meer om 'de zielen van de zwakken te zeven en toekomstige krachten te versterken', wanneer er geen hongersnood meer is 'en dus geen strijd om alle clans en stammen te verenigen', zal er eveneens 'een ophouden van de Dood zijn en zullen al zulke momenten daardoor eeuwig blijven'.'

Ze las nog een belangrijke passage hardop voor. "Het is de luwte en de vrede die zij het meest moeten vrezen, want die luiden het onmiskenbare begin van hun ondergang in. Want de eerste trompet zal klinken in de stilte van hun eigen ademhaling, en het stilvallen van hun zon zal de hemel grijs kleuren en geen zuchtje wind zal de wolken aan de hemel beroeren. Waar het nacht is, zal het voor altijd nacht zijn; waar het dag is, zal het ook nacht zijn. En dat laatste moment zal worden geoogst als de laatste levensdraad wordt doorgesneden en voor de gehele toekomst ongeboren blijft."

'Dus dat is het dan?' zei Mark. 'Als de ruiters hun doel verliezen en in schimmen veranderen, verliest de mensheid? We *hebben* Oorlog en Pest en Honger en Dood nodig om gewoon door te kunnen leven?'

'... Ja?' zei Emma met een onzekere schouderophaling. 'Het is een beetje een rotlot, een symbiose, maar ik snap het wel. Gezien hoe we ons gedragen, hebben we het een beetje verdiend.'

'Dat verdien ik niet,' zei Mark. 'Zij niet.' Hij wuifde in de richting van de eindeloze planken met stromende zandlopers.

'Nou ja, we zouden uiteindelijk toch wel doodgaan,' zei ze. 'Of zo leek het.'

De overpeinzingen van de Dood, door de eeuwen heen neergepend, hadden geen remedie opgeleverd. Zij, en de hele beschaving, zaten in de penarie. Het gezoem van de constante stroom zand vulde de kamer – miljoenen momenten die nog steeds plaatsvonden voor miljoenen mensen die zich van geen kwaad bewust hun leven leidden.

De realiteit van de existentiële gebeurtenis waar Mark en Emma getuige van waren, was bijna te diepgaand om te bevatten. Emma woelde met haar handen door haar haar en keek naar de rijen en rijen zandlopers die netjes op de planken stonden. Kon dit alles binnenkort gewoon stoppen? Geen zand meer? Geen Dood meer? Geen leven meer?

'Er is nog maar één ding dat we nu kunnen doen,' zei Emma.

'Wat?' vroeg Mark.

'Als de Dood op dit moment het enige is wat de mensheid vooruithelpt, dan moeten we het zelf maar gaande houden. Alles seconde voor seconde voortbewegen. Dan gaat er tenminste íéts goed.'

'Maar we kunnen geen zielen oogsten die er nog niet klaar voor zijn,' zei hij.

Emma stond op, pakte Marks hand en leidde hem door de deur de enorme Hal des Tijds in. Ze liep vastberaden naar de dichtstbijzijnde plank en liet haar vrije hand over het gladde hout van de zandlopers daar glijden. Met honderd geoogste zielen en vele duizenden levens, gewogen in zandkorrels die ze letterlijk in de palm van hun hand hadden gehouden, wisten ze instinctief hoe ze een leven moesten meten. Emma pakte een zandloper van de plank en keek naar het naamplaatje – Marcus Gordale.

'Hooguit vijf maanden,' taxeerde ze.

'Emma, dat *kunnen* we niet,' zei Mark tegen haar.

Hij vermeed zo lang als hij kon oogcontact, maar ze kwam steeds dichterbij, totdat er niets anders meer was om naar te kijken dan haar gezicht, dat hem erg boos leek aan te kijken.

'Maar als we het zouden doen...' begon ze.

'Het zou niet eerlijk zijn,' zei Mark. 'Neem dat niet van ons af. Eerlijk zijn is het enige wat we met deze titel kunnen behouden. Als we in het wilde weg beginnen te doden, is er straks niemand in het land meer over om absurde taxatiewaarden uit de lucht te plukken.'

Emma knikte, erkende zijn punt en was best tevreden met de wetenschap dat als ze aan een moordpartij van vroegtijdige sterfgevallen waren begonnen, ze allebei makelaars als nevenschade zouden hebben beschouwd. Ze hadden echt veel meer gemeen dan Emma wilde toegeven.

Ze onderbraken hun discussie toen Emma Veronique in het hol zag met een laken over haar rug – een laken waaruit stoom lekte als een overkokende ketel. Ze renden terug het hol in en zagen Veronique door de gang richting de voordeur marcheren.

'Waar ga je naartoe?' vroeg Emma.

'Naar de rivier,' zei ze.

'Met wat?'

Veronique slaakte een timide, vreselijke zucht. 'Hebben jullie al gegeten?' vroeg ze hun. 'Doe dat alsjeblieft. Het is een maaltijd die ik voor jullie heb gemaakt.'

'Veronique, waar is de Dood?' vroeg Mark.

Het laken bewoog en een ijle, doorschijnende hand gleed van Veroniques schouder. Hij reikte weer omhoog om opnieuw grip te krijgen op haar arm. De Dood lag tegen haar aan, bedekt door een wit, rouwig laken. Zelfs voor een skelet zag hij er ongezond uit. Enkele van zijn tanden ontbraken. Een diepe barst liep van zijn rechteroogkas naar zijn wang.

'Markus... Emelia,' kreunde hij.

Ze kwamen dichterbij en durfden hem geen moment te verbeteren.

'U... kunt nu terugkeren naar uw wereld, zonder vrees voor de dood. Want de Dood heeft geen plaats meer in de zaken van stervelingen.'

Noch Mark, noch Emma wilde op dit moment terugkeren naar hun wereld. Niet onder deze omstandigheden. Niet als de Eindtijd op handen was. Ze waren vastberaden. Ze bleven waar ze waren en zouden alles doen om te helpen voorkomen dat de Dood stierf.

'Geef niet op, meneer,' zei Emma. 'Er is nog steeds een plek voor de dood in de wereld. Wij doen het wel! Het zal langzaam gaan, maar we kunnen...'

Hij hief een hand op om haar te stoppen. 'Uw kracht is slechts bij volmacht geleend. Zonder mij zult u het vermogen verliezen om heen en weer te reizen. U kunt beter nu gaan. Wees bij uw eigen soort. Want wanneer ik de rivier oversteek en mij vermeng met haar nevel, zal het waarlijk het einde aller tijden zijn...'

'Doe het dan niet,' zei Mark. 'Er moet toch iets zijn wat we kunnen doen, of de andere ruiters misschien. Of zelfs...'

Hij draaide zich met een schok van besef naar Emma om.

'Maar zou hij helpen?' vroeg ze.

'Hij heeft net zoveel te verliezen,' zei Mark. 'Geen dood betekent geen goud, toch? Als hij iets weet, zou hij het ons moeten willen vertellen.'

'U spreekt over de veerman,' zei de Dood. 'Doe geen moeite. Ook hij zal het niet uithouden. Net zoals ik mijn vorm heb verloren, heeft hij vast zijn boot verloren...'

De vier bewoners van het huisje van de Dood werden onderbroken door het geluid van ruisend water, het geronk van een machtige motor en 'La Cucaracha' dat over misthoorns schalde. Mark en Emma renden als eersten naar buiten, de dikke mistbank in. Nu ze wisten wat het was, probeerden ze uit alle macht niet te veel van het residu van onsterfelijke geesten in te ademen. Met hun mouwen als maskers ploeterden ze door de dikke lucht tot ze de oever bereikten, waar de lucht helderder was.

Een belachelijk groot, protserig jacht dobberde op en neer in het water. Het was gemaakt van massief goud, met een reeks van zes buitenboordmotoren en een kribbige oude kapitein die meer sieraden droeg dan kleding – hoewel ze een keurig gestreken boothort en een Hawaïhemd konden onderscheiden.

'Nou, kijk eens aan!' riep Charon. Hij liep naar de rand van het dek en leunde over de reling. Hij was dezelfde gammele, voorovergebogen oude man met een minachtende uitstraling. Alleen zijn uiterlijk en uitrusting waren veranderd.

'Mooie boot,' zei Mark.

'Zeker weten!' riep Charon uit. 'Een verandering van het tij was op zijn plaats. Ik heb hem opgevist nadat ik een kostbaar zieltje in het water had gedeponeerd, en daar kwam hij tevoorschijn, een eerbetoon uit de afgrond van de menselijke creatie!'

'Charon!' riep Emma. 'De Eindtijd is aangebroken!'

'O, is dat zo?' zei hij met een sluwe grijns. 'Hebben jullie net alles over je baantje geleerd om het vervolgens tot een bitter einde te zien komen, hè? Rotmoment om een nieuwe baan te vinden als het bedrijf failliet is!' Hij lachte een boosaardige, rauwe schaterlach.

Emma en Mark draaiden zich om bij het geluid van galopperende hoeven. De zwarte hengst van Oorlog, de kastanjebruine merrie van Pestilentie, het rossige werkpaard van Hongersnood en zelfs het vale ros van de Dood kwamen allemaal naar voren en zakten aan de oever door hun knieën om hun ruiters af te zetten.

Oorlog was een puinhoop van bloed en snijwonden. Haar huid was helderrood door het uitvloeisel van strijdwonden. Hongersnood was een schim, een uitgehongerde zak botten gewikkeld in dunne huid. Pestilentie leek nog maar één rafelige ademteug van zijn laatste verwijderd, waarbij het blauw en groen van zijn aderen de bleekheid van zijn eigen huid kleurden.

En de Dood was nu slechts een schedel die zweefde in een verdikte damp, gewikkeld in een laken, als de impressie van een spook door een basisschoolleerling.

'Har har har!' schaterde Charon. 'Kijk eens hoe laag jullie zijn gezonken. Geen oorlogen om naar te kijken? Geen honger om te zaaien? Geen ziekte om te verspreiden? O, en jij,' zei hij, terwijl hij met een gouden wandelstok naar de Dood wees. 'De meest meelijwekkende van allemaal. Zo zwak dat je twee *kinderen* je baan liet overnemen, zodat jij kon lanterfanten en ineenzakken tot stof!'

'Hou je mond!' schreeuwde Mark. Hij stapte naar voren en schopte tegen de zijkant van Charons jacht, waarbij hij zijn voet bezeerde aan de massief gouden romp.

'Geen krassen op mijn boot maken!' schreeuwde Charon terug. 'Was de hele ochtend bezig met poetsen en ik zal hem nodig hebben. Dit geweldige vaartuig zal *ALLE* paarden en hun ruiters vervangen! Een nieuwe natuurlijke orde zal de sterfelijke wereld binnenstromen. En jullie, *allemaal*, zullen hulpeloos toekijken vanaf deze kant van *MIJN* rivier, terwijl de zielen er als een vloedgolf doorheen stromen!'

Charon graaide in een gouden kelk en gooide een regen van munten in het water alsof hij vissen voerde. Elke keer als een van de munten het water raakte, kreunden de ruiters en werden ze tot nog meelijwekkendere verschijningen gereduceerd. Hun lichamen krompen ineen van de pijn alsof ze doorzeefd werden met kogels. Mark en Emma telden de gebeurtenissen onmiddellijk bij elkaar op. Ze keken de kribbige zeeman woedend na terwijl hij aan het roer van het jacht draaide en gas gaf, een donut maakte die hen bespatte met de vloeibare essentie van talloze verdronken zielen. Toen racete hij weg.

'Hij heeft dit gedaan!' zei Emma. 'Hij moet het zijn!'

'Inderdaad,' zei Mark, en schudde zijn mantel uit om hem af te drogen. 'Ik heb altijd al de boot van een rijke zakkenwasser willen slopen. Nu heb ik er een goede reden voor. Stormrijder!'

'Prinses!' riep Emma.

Hun paarden kwamen uit de mist naar hen toe, vervallen, moe en jaren ouder dan toen ze hen slechts enkele minuten geleden hadden achtergelaten. Maar ze kwamen en brachten datgene mee wat ze beiden nodig hadden: hun zeisen. Ze stegen op en lieten de noodlijdende ruiters achter in de zorg van Veronique.

De rivier over en stroomafwaarts, op naar het huis van Charon...

HOOFDSTUK DRIEËNVEERTIG

Mark en Emma, de hulpruiters van de apocalyps, reden langs de rivier, door de grote mistbank, en volgden het glinsterende schouwspel van Charons gouden jacht. Ze reden zo goed als ze konden, terwijl hun paarden hun allerlaatste, pruttelende adem uitbliezen.

'Kom op, Stormrider!' moedigde Mark hem aan. 'Je was nooit de grootste, maar je bent verdomd zeker de sterkste! De dodelijkste pony die er bestaat!'

'Doorgaan, Princess Die!' schreeuwde Emma. 'Ik sta niet toe dat je ergens tegenaan botst, behalve tegen de schedel van die onguurlijke klootzak.'

Terwijl ze doorreden, passeerden ze een eindeloze processie zielen uit het Limbo. De grote, vormeloze leegte waarin ze zich bevonden, veranderde ver in de verte. Het was niet langer vormeloos, maar gerimpeld met duinen, als een woestijn van krijt.

'Alles verandert,' zei Emma. 'En niet ten goede.'

'We moeten van die veerman af zien te komen,' antwoordde Mark. 'Al was het maar uit kleinzielige wraak.'

'Hij moet weten wat er aan de hand is,' zei Emma. 'Goed genoeg om het naar believen erger te kunnen maken.'

Terwijl ze reden, hoorden ze voor zich het gedonder van de buiten-boordmotoren van het jacht en achter zich een gerommel van hoefgetrappel. Mark draaide zich om en zag Veronique hen inhalen op haar eigen ros, gewapend met een plumeau ter grootte van een hellebaard. Haar paard was in veel betere conditie, maar met elke galopperende stap leek zijn vacht een tint donkerder en droger te worden.

'Monsieur! Madame!' riep ze.

'Waar is het huis van Charon?' vroeg Mark. 'We hebben nooit echt een rondleiding gehad, en het dringt nu pas tot me door dat ons eerste bezoek zal zijn om hem de nek om te draaien.'

'Charon zit hierachter, nietwaar?' vroeg Emma.

'Oui,' bevestigde Veronique. 'De cavaliers zeiden het al. Door het goud dat hij zo dierbaar acht te verwerpen, heeft hij de natuurlijke orde dusdanig vervormd dat het de Dood doodt en Oorlog verwondt.'

'En het einde der tijden oproept,' voegde Emma eraan toe.

De drie ruiters spoorden hun rijdieren aan en negeerden hun gepruttel en gehijg.

'En de boot?' vroeg Emma. 'Waar heeft hij die verborgen gehouden?'

'Ze weten niet waar zijn grandioze boot vandaan komt,' antwoordde Veronique. 'Hij is te onnatuurlijk.'

Mark draaide zich naar haar toe. 'Zitten we in ieder geval op het juiste spoor met de gedachte dat dit allemaal ongedaan gemaakt kan worden als we hem doden?'

'Ja,' bevestigde ze. 'Maar hem doden zal een ander probleem creëren. U moet...'

Ze onderbrak haar zin en wees naar de rivier. Een grote golf afschuwelijk, zieluitzuigend water kwam op hen af vanuit het kielzog van Charons boot. Ze stegen allemaal met hun paarden de lucht in om het te ontwijken. Stormrider bleef achter en kwam maar net boven de vloedgolf uit toen die tegen zijn onderkant klotste.

'Hogerop, jongen!' schreeuwde Mark, terwijl hij aan de teugels trok om hoger te klimmen. 'Nog veel hogerop!'

'Ga!' riep Veronique. 'De rivier over!'

Emma en Mark keerden zich om en begonnen van bovenaf de brede rivier de Styx over te steken, terwijl ze Veronique achterlieten. De mist verstrikte hen onderweg, waardoor ze gedwongen werden erbovenuit te stijgen. Vanaf daar konden ze het verboden landschap van de andere kant zien.

Ver in de verte, voorbij de schimmige vallei, waren twee gespleten horizonten. De ene was gevuld met onweerswolken en angstaanjagende bliksemflitsen, alsof je Manchester naderde over de M62. De andere kant was vredig en kalm, met een sluier van zacht licht dat door een bewolkte nevel filterde. Maar ook dat was veranderd door de perversies van de natuur om hen heen. De donder reikte tot in de kalme wolken, en de duisternis kwam abrupt tot een einde waar de stormachtige wolken stilstonden en naar beneden hingen als omgekeerde ijsjes die op het land eronder druppelden.

'O,' zei Mark. 'Dus er is een hemel en een hel?'

'Of die was er,' zei Emma.

'Het is raar dat ze buren zijn,' zei hij. 'En dicht genoeg bij elkaar dat... dit een probleem is dat vermeden moet worden.'

'Ze hebben hier overduidelijk geen welstandscommissie,' zei Emma. 'Iedereen kan bouwen waar hij maar wil. Geen respect voor de infrastructuur of de omringende esthetiek.'

'Daarover gesproken,' zei Mark. Hij wees naar het schitterende baken van goud beneden hen. Charons landhuis was uitgegroeid tot een compleet landgoed. Zijn goudschat vormde een dok, een kanaal en een kasteelwal ineen, en alles was van goud. Zijn jacht was een ondergrondse garage-annex-dok ingevaren, die zijn ophaalbrugdeur liet zakken. Toen flitste er een glinstering goud van de kasteelwal en kwam een draad van licht snel dichterbij.

'Bukken!' schreeuwde Mark.

Emma hoorde hem te laat. Een gouden pijl doorboorde de borst van Princess Die. Emma werd van de rug van haar paard gestoten toen het zijn laatste bok maakte en slap in de lucht hing. Mark snelde naar beneden om haar op te vangen terwijl ze viel. Stormrider droeg hun gewicht zo goed als hij kon, maar daalde snel naar de grond. Er vlogen meer gouden pijlen op hen af, maar door hun ongeplande afdaling konden ze de aanvallen van bovenaf veilig ontwijken en de grond bereiken.

'Hoe durft hij?!' schreeuwde Emma, terwijl ze het handvat van haar zeis stevig vastklemde.

'Ballistiek. Een klassieke kasteelverdediging,' zei Mark. 'We vallen tenslotte zijn eigendom binnen. Om hem te doden.'

'Verdedig hem niet!' schreeuwde ze. 'Hij heeft mijn paard gedood!'

'Dat doe ik niet. Ik leg alleen maar uit wat er gebeurd is!'

Ze stegen af van Stormrider, terwijl Mark het oude paardje op zijn neus klopte. Emma zette haar hoed recht en ze begonnen gebukt door de mist naar hun vijand te rennen.

Felle zoeklichten sprongen aan en hadden hen onmiddellijk in het vizier. Mark verstijfde ter plekke, midden in zijn ren, en stond zo stil als een standbeeld in de hoop dat ze onopgemerkt zouden blijven. Maar hij besefte al snel dat hij er een beetje belachelijk uitzag. Een luidsprekersysteem begon te kraken en vulde de lucht met een jankend geluid.

'Waar haalt hij dit allemaal vandaan?' vroeg Mark zich af.

'Hé, ho, gij armzalige zandkruipers!' berispte Charon hen. 'Er is geen plaats voor zwartvaarders op deze rivier der verdoemden. Als jullie je kans willen wagen om het paradijs binnen te gaan, moeten jullie overgeven wat eens in het leven van waarde was om het hiernamaals te betreden.'

'Hebt u nog niet genoeg goud, oude vrek?' vroeg Mark.

'Har, har!' schaterde Charon. 'Als jullie geen goud te bieden hebben, dan doe ik jullie een voorstel!' Bij zijn woorden ging er vlakbij een deur open die naar beneden leek te leiden. 'Een voorstel waardoor elke verdwaalde en bezitloze ziel deze rivier kan oversteken naar de beloofde eeuwigheid aan de overkant. Een nieuwe deal voor een nieuwe natuur! Kom binnen en dwaal door dit nederige labyrint van kwelling. Als jullie de pijnen van jullie ergste angsten kunnen doorstaan, zal het vermaak dat ik aan jullie lijden ontleen, betaling genoeg zijn!'

'Wat een ongelooflijke eikel,' zei Mark. Hij hield zijn zeis omhoog en zwaaide ermee om een portaal in de lucht te creëren. De bliksem knetterde, vouwde zich ineen en implodeerde met een statische ontlading die hem en Emma achteroverwierp. 'Oké... blijkbaar kunnen we dat niet meer doen.'

Charon schaterde opnieuw. 'Ik beschouw dat als een aanbetaling op jullie toekomstige kwelling. En nu! Betaal de veerman zijn tol, en laat de gruwel jullie ziel teisteren!'

De weg door de deur werd verlicht door zwakke, blauwe lampen. Emma duwde Mark vooruit, met haar hand op zijn schouder. Ze was zelfverzekerd. Ze moesten hier gewoon doorheen en dan later met hem afrekenen, dacht ze. Mark leek haar gedachten te lezen en knikte. Ze liepen naar binnen en de trap af, zeisen over hun schouders en in de aanslag. Stormrider volgde, zwak maar nog altijd trouw.

Binnen was het niet zozeer een doolhof als wel een directe lijn naar een verzonken spookhuis. De muren waren bekleed met stucwerk en geschilderd in een misselijkmakend diepe tint blauw, alsof ze door een onderbelichte aquariumtunnel liepen.

'Ik voel me nog niet echt vervuld van angst,' fluisterde Mark.

'Ik ook niet,' zei Emma. 'Maar als die monniken een klooster van zand kunnen maken, is alles moge- IEKS!'

Emma sloeg haar arm strak om Marks nek toen ze de eerste verandering in de structuur van de gang naderden. Terwijl de muren tot nu toe eenvoudig metselwerk waren geweest met een reeks onbedekte gloeilampen langs het plafond, hing er nu recht voor hen het hoofd van een kale pop met grote ogen.

Toen bestonden de muren zelf uit in elkaar grijpende poppen die hun hoofden draaiden en hun misvormde ogen lieten uitpuilen. De vloer begon te bewegen en voerde hen mee. Het werd een geautomatiseerde rondleiding door een kerkhof van Barbie-imitaties, van begin tot eind, terwijl de hal aan hen voorbijtrok. Emma bleef dicht bij Mark en deinsde weg voor de grijpende plastic handen van het poppenleger.

'Oké,' zei Mark. Hij legde zijn vrije arm om haar heen en hield haar vast. 'Laat hem je niet te pakken krijgen, Ems.'

'Godverdomme,' fluisterde ze. 'Hoe weet hij dit van mij?'

'Het verbaast me niet dat hij alles over ons weet,' zei Mark. 'Hij gedraagt zich als de rechter van de verdoemden, omdat hij er een is.'

'Ik doe mijn ogen niet dicht,' zei ze, met haar hoofd tegen Marks schouder gedrukt, 'maar zeg je het als we hier voorbij zijn, oké?'

'Eh...' Mark rekte het woord uit terwijl ze verder gingen, en zei toen eindelijk: 'We zijn er voorbij.'

'Echt?'

Emma keek op en zag dat de omgeving was veranderd. Ze waren in een basisschool, aan alle kanten geflankeerd door schoolbanken. De vloer bleef vooruit bewegen op een geautomatiseerde rail, die hen verder naar binnen voerde.

Toen was de kamer plotseling gevuld met kleurrijke, vrolijk lachende clowns.

'GeEeEeEef Je AnTwOorDenVeEeEl DoOoOoOr NaAaAr VoOoOo-rEn, Marky!!!'

'Wat?' Emma keek om zich heen naar de lange rij witgeschminkte, roodgelipte figuren, verbijsterd dat dit op enigerlei wijze een angstaanjagende afdaling in iemands diepste angsten kon zijn.

'Ja...' zuchtte Mark. Hij deinsde instinctief een beetje terug toen de clowns naar hem grepen of papieren hun kant op gooiden. Hij was meer geïrriteerd dan doodsbang. 'Clowns en herexamens zijn veelvoorkomende angsten, denk ik.'

'Redelijk veelvoorkomend,' zei ze.

'Maar als je ze combineert,' ging hij verder, 'verzwakt dat de angst, snap je?' Hij keek omhoog alsof hij tegen een verborgen camera praatte waar Charon toekeek. 'Je kunt angsten niet gewoon op elkaar stapelen en ze zo laten kruisen. Ze moeten elkaar aanvullen, niet beconcurreren. Clowns die toetsen afnemen maken me niet bang, want ik maak de toets niet, en de clowns staan daar maar gewoon. U hebt gefaald! U bent een klant kwijt. Sterker nog, ik wil mijn geld terug! U zou *mij* moeten betalen om hier doorheen te lopen-'

Mark viel. Emma niet. Ze zag vanaf haar stevige stuk rail toe hoe Mark tot aan zijn middel in een halfzachte kuil van bleke smurrie zonk, die om hem heen kolkte.

'De angsten van jullie nachtmerries,' verklaarde Charon via zijn luidsprekers, 'zijn slechts één onderdeel van het leed waar ik jullie doorheen wil slepen. Het lichaam heeft zijn eigen angsten, zijn eigen vergiften, die de hele mensheid deelt. De isolerende vrees voor allergieën is jullie volgende beproeving. Zak nu weg in je eigen ergste nachtmerrie!'

'Emma!' schreeuwde Mark. 'Het is brie! Ik kan niet tegen kaas!'

'Krijg je er alleen niet een beetje winderigheid van als je het eet?'

'Ja, maar ik weet niet wat mijn reet doet als ik erin *ondergedompeld* word! Help!'

'O-oké.' Ze positioneerde haar zeis om hem uit zijn zinkgat van kaas te trekken, terwijl de onzichtbare Charon om hun benarde situatie lachte.

Toch wachtten hen nog meer beproevingen, allemaal veel erger dan wat eraan voorafging.

Charon liet een munt tussen zijn vingers draaien en klemde hem toen stevig vast. Toen hij zijn hand opende, was de munt verfrommeld en platgedrukt.

HOOFDSTUK VIERENVEERTIG

Snerpende windvlagen gierden langs de geul waar Mark en Emma zich schuilhielden. Even verder op hun tocht had het tij zich onverwacht tegen hen gekeerd. Charons industriële koelgang stuurde een golf van rijp over de met goud beklede muren en vloer, en creëerde zo een onbewoonbaar bevroren landschap. Het leek wel Sunderland in februari.

'Jezus mina,' kreunde Mark. 'Dit is overdreven.'

'Ik haat de kou,' zei Emma, 'maar ik ben er niet allergisch voor.'

'Ja, wat is hier nu eerlijk aan?' schreeuwde Mark. Hij moest zich van de wind afkeren, anders riskeerde hij een keel vol bijtende koude lucht. Hij keek naar Stormrider, zijn trouwe pony, die altijd al worstelde met de beproevingen van zijn hoge leeftijd en de kaasvijver waar hij van had geslobberd. Hij stond op zijn laatste, wankele benen.

'Als we hier nog langer zitten,' zei Mark, 'overleven we het misschien niet.'

'Waarom zijn deze pijen niet geschikt voor vier seizoenen?' jengelde Emma. 'De Dood moet net zo vaak naar de koudste plekken op aarde als naar de meest gematigde. De pij zou daar rekening mee moeten houden.'

'Als we in geval van nood warmte nodig hebben,' zei Mark, 'dan moeten we misschien...' Hij knikte met een grimmige blik naar zijn rijdier. 'Nou, vanbinnen zal hij een stuk erger stinken.'

'Wat?'

'Ik bedoel...' Hij keek weemoedig naar de met rijp bedekte pony. Stormrider keek niet eens waar hij heen liep. Hij volgde zijn meester plichtsgetrouw, een paard dat zijn wagen volgt. 'Ik kan jou dragen, maar... ik kan niet...'

'Mark, je gaat je pony niet doden.'

'Dat wil ik ook niet!' riep hij uit. 'Maar we zitten hier al lang genoeg in. Ik denk dat we hier niet levend uitkomen. Hij heeft geen reden om ons door te laten! Hij weet dat we achter hem aan zitten!'

Emma pakte Marks hoofd vast en dwong hem haar aan te kijken. 'Dat is precies wat hij wil! Hij wil dat we wanhopig genoeg worden om op te geven.'

'Eerlijk gezegd... zit ik daar niet ver vandaan.'

Ook Emma zag in dat ze in zwaar weer verkeerden. Niet alleen door de kou, maar door de hele zware beproeving van hun onderneming. Ze zag een nis uit de windtunnel en trok Mark erin mee. Ze waren veilig voor de wind, maar werden toen onderworpen aan een andere, gruwelijkere kwelling. Mark zag hoe zijn geliefde pony zijn laatste stappen zette, door zijn voorste knieën zakte en zich schrap zette tegen de harde, ijzige vlaag. Zijn ogen gingen langzaam dicht. Hij aanvaardde de dood en viel op zijn zij, stijf.

Mark zuchtte. 'Ik had ooit een hond.'

'O, Mark,' kirde Emma, terwijl ze zich tegen zijn schouder nestelde.

'Hij werd aangereden door een vuilniswagen,' ging hij verder.

'O, god.'

'Ja. Nee, vreemd genoeg mankeerde hij niets. Maar hij maakte twee salto's achterover en toen hij landde, was hij stijf als een plank. Ik moest hem optillen en terugdragen.'

'Was dat Bosco?' vroeg Emma.

'Ja, Bosco,' bevestigde Mark. 'Nadat we hem een tijdje in de voorkamer hadden laten ontdooien, was hij weer in orde, maar hij schijt sindsdien altijd op het tapijt als de vuilnismannen langskomen.'

'Waarom begin je daar nu over?'

'... Stormrider ziet eruit zoals Bosco er toen uitzag,' zei Mark. 'Gewoon... met al zijn poten verstijfd. Maar hij was aan het rillen.'

'O...' Emma omhelsde hem. Ze doorstonden de kou met elkaars warmte en maakten van de gelegenheid gebruik om de situatie wat uitgebreider te beoordelen.

'Dus we zijn de lul,' zei Mark. 'Dit pad gaat eeuwig door, of we stuiten op een gang vol radiatoren en haardrogers om ons de genadeklap te geven.'

'En hoogtezonnen,' zei ze. 'Het licht alleen al zou genoeg zijn om ons in deze dingen te verstikken.'

'Hij wil dat we ze uitdoen. De pijen kwijtraken. En daarna onze zeisen.'

'Geen sprake van,' zei Emma, terwijl ze de hare stevig vastklemde. Mark greep zijn zeis vast en keek nog eens naar de zeer stille en zeer dode pony. Er was nog geen minuut verstreken sinds hij voor het laatst naar Stormrider had gekeken en zijn pony was al bedekt met rijp en bevroren, uitgedroogd als een mummie door de arctische kou.

'Nou, daarbinnen is het nu zeker niet warmer,' zei hij.

'Ontwijd het lichaam van je paard niet,' wees Emma hem terecht. 'Kijk. Hier moet een soort logica achter zitten.'

Mark keek haar aan alsof ze een veel gruwelijkere uitspraak had gedaan. 'Logica heeft de laatste tijd niet echt voor ons gewerkt,' zei hij. 'Als logica onze handelwijze had kunnen bepalen... dan waren we onze paarden niet kwijtgeraakt aan gouden ballista's, want die hadden dan niet kunnen vliegen. En dan hadden we aan de verkeerde kant van de rivier gestaan, kijkend naar een gouden kasteel door een nevel van zielensmog.'

'Zelfs als dingen onlogisch lijken,' zei Emma, 'zit er een logica achter. Een gestoorde logica misschien, maar er zit een zekere lijn en orde in wat er gaande is. Charon is ook een van die... primordiale, ordelijke wezens. Hij heeft zijn eigen doelen, naast alleen maar ons zien lijden.'

'Het is een enorme eikel,' zei Mark. 'Dat betekent niet dat hij slim hoeft te zijn.'

'Nou, geef me dan iets!' eiste Emma. 'Geef me iets van hoop om me aan vast te klampen of een manier om te slagen! Geef me enige reden om hoop te blijven koesteren tegen dit alles in of... of we kunnen net zo goed opgeven en... en ik weet niet eens wat er daarna gebeurt! Wat dan? Wat gebeurt er met de werkelijkheid als de tijd niet meer werkt en de dood er niet meer toe doet? Wat *is* de dood eigenlijk?'

'Emma, stil maar,' zei Mark. 'Je wordt gek.'

'Word? Mark, ik stond op het punt om van het dak te springen!'

'Dat was toen...'

'Dat is nog steeds nu! Het is niet zo lang geleden!'

'Het was lang genoeg. Ik wou dat je het achter je kon laten. We hebben het overleefd. Dat is wat...'

'We!?' herhaalde Emma. 'Het was mijn beslissing! Mijn keuze!'

'Maar het was de verkeerde!'

'O, wat vervelend voor je! Weet je wel hoe makkelijk je weer een nieuwe zou vinden met een dode huisgenoot op je geweten?'

'Nee! Wie zou er nou bij mij willen intrekken met zo'n reputatie? Zelfs als ze niet dachten dat ik de oorzaak was, zouden ze zich nog steeds afvragen "wat als?". Het einde zou zoek zijn... en ik zou nooit een huisgenoot vinden die ik leuk genoeg vind om jou te vervangen.'

Emma snoof, maar drukte haar hoofd tegen zijn borst. 'Ik dacht echt dat we hier iets van zouden maken. We deden het goed...'

'We deden het geweldig.'

'We vonden ons doel. We gingen eindelijk vooruit...' Ze schudde haar hoofd in zijn mantel. 'Waarom moesten we sterven om iemand te vinden die ons waardeerde?'

'Ze zeggen dat de droom van de middenklasse dood is,' zei Mark. 'Geen wonder dat we hem hier vonden.'

Ze liet een spottend lachje horen en leunde een beetje bij hem vandaan. 'Ik schaam me gewoon kapot dat ik in *alles* wat het leven op mijn pad bracht heb gefaald, en nu de dood me voor uitdagingen stelt, kan ik er ook nu weer niet aan ontkomen.'

'Beter dan het op te geven en... eh,' stotterde Mark, 'het niet proberen. We kunnen niet echt sterven. Of nou ja, wel, maar dat is weer een heel andere fase van-'

'Jij,' zei Emma, en ze drukte haar vinger pál tegen zijn kin om hem te doen stoppen met praten, 'had je droom moeten volgen en gewoon je verdomde scenario's moeten schrijven. In plaats van te doen alsof je tevreden was met je werk in de reclame.'

Hij haalde zijn schouders op. 'Ik *was* tevreden. Ik wilde gewoon-'

'Je wilde het juiste doen. Wilde je ouders niet tegen je in het harnas jagen,' zei ze. 'Het is bewonderenswaardig, maar je had bij je standpunt moeten blijven, naar Londen moeten gaan en je sitcoms moeten blijven schrijven.'

'Het zou niet gelukt zijn. Het was een luchtkasteel.'

'Je hebt het niet eens geprobeerd,' wierp ze tegen.

'Nou, het soort materiaal dat ik schreef is niet eens meer in. De televisie-industrie is verdergegaan. En ik zag je lijden onder die baan, doodmoe en er *werkelijk* suïcidaal van...'

'Ik was niet suïcidaal door mijn werk. Ik was suïcidaal omdat ik eenzaam was. Werk moest mijn ontsnapping zijn en ik had er genoeg van dat mijn beste inspanningen keer op keer niets opleverden.'

'Pfff. Ik heb nooit overwogen van het dak te springen na afwijzingsbrieven van productiemaatschappijen,' zei Mark.

Ze knikte. 'Daarom had ik het nodig dat jij bleef proberen. Jij liet jezelf nooit falen. Jij was altijd maar één stap van succes verwijderd.'

'Eerder een reuzensprong.'

'Maar ik geloofde in je,' zei ze. 'En jij geloofde het ook. Anders was je er al lang over opgehouden.'

Mark zuchtte. 'Ik wou dat je niet had geprobeerd te springen.'

Ze glimlachte. 'Maar ik ben blij dat je me probeerde tegen te houden.'

'Echt? Je doet er behoorlijk pissig over sinds we hier zijn.'

'Ik weet het. En het spijt me.'

'Wacht? Dus je hebt er spijt van?' waagde Mark het. 'Zou je het nog steeds doen, met wat je nu weet?'

Voordat Emma kon antwoorden, zag ze iets boven hen in de snerpende wind. 'Kijk!'

Een kristallen vlinder zweefde boven hun hoofden. Het was een van de weinige tekenen van leven en beweging die de leegte kende, de ontluikende, fladderende vleugels van een kortstondig spiritueel wezen dat de zielen van de doden naar hun eeuwige vrede leidde. Een van de onlogische draden die een bekende, zij het vluchtige, aanblik was geworden.

'Misschien,' zei Emma, 'wil hij helpen.'

Toen griste een samenraapsel van afgrijselijke babypoppenonderdelen hem uit de lucht en vermaalde hem tot stukjes. Emma gilde en Mark greep naar zijn zeis.

'Nee!' schreeuwde hij wanhopig.

De vele ogen van het poppenmonster kletterden en richtten zich op hen. Het zette zich schrap om aan te vallen en verdween toen plotseling. Een geweldige windvlaag baande een open plek door de sneeuw boven hen en sneed door de met ijs bedekte muren die hen omringden.

Ze werden omcirkeld door de stampende hoeven van vier angstaanjagende paarden. Eén was rood als vuur, en op zijn rug zat het bebloede gezicht van een krijger die een zwaard hanteerde dat rood was uitgeslagen door eonen van roest. Eén was bruin als de meest stinkende aarde. Zijn berijder had een groene huid en in zijn handen hield hij een boog, bespannen met lang, goudblond haar, en met een pijl van een botsplinter op de pees. Eén paard was zwart en uitgemergeld, bijna alleen nog maar botten, en zijn berijder was een bleke en ingevallen man met een vale huid, die een koperen weegschaal vasthield die nooit uit balans raakte.

Het laatste paard was een vaal paard, zijn ruiter nog veel valer en gewikkeld in een wit doodskleed, een vluchtig skelet dat een oogstend zeisblad omhoog hield. De vale ruiter strekte zijn hand naar hen uit en bood aan hen uit de hel te tillen waarin ze zich bevonden.

'Ik ben in de war,' zei Mark. 'Zijn jullie niet allemaal al dood?'

'Nee,' zei de Dood. 'Het is... ingewikkeld.'

HOOFDSTUK VIJFENVEERTIG

Charon ontspande zich op het dek van zijn glimmende jacht. Hij had allerlei consoles vol met wijzerplaten, hendels en meters, diverse stuurwielen; alle gadgets en toebehoren die hij zich maar kon wensen om het bevaren van de eenrichtingswaterweg van de eeuwigheid tot een spel te maken in plaats van een geestdodend, eentonig karwei. Hij had zelfs een kamer met alle accoutrementen van het zeeleven en een zacht bed van gouden draden, gemonteerd op gouden pilaren en gouden bakstenen. En daarboven was een schouw waar hij zijn roeispaan bewaarde, een artefact uit zijn vorige leven en van de ontberingen die hij had doorstaan voordat hij zijn eigen succes kon smeden.

Hij zuchtte, maar voelde zich niet leeg. Integendeel, hij voelde zich energieker en enthousiaster dan ooit. Ronduit zegevierend. De ruiters die hij benijdde, waren afgezet en in een verachtelijke toestand achtergelaten. De natuur en orde die zij handhaafden, waren in wanorde en er was een nieuw tijdperk aangebroken. Een nieuwe natuur had zich over de wereld van de levenden verspreid en die kon hij beheersen.

Hij keek neer op zijn been. Het was niet langer geketend, maar nog steeds gebonden; de dikke ijzeren klomp die hem ooit aan zijn plicht had geklonken, was gereduceerd tot een scherpe piercing door zijn enkelbot en een dunne, bijna draadachtige ketting die doorliep tot het motorplatform aan de achtersteven van zijn boot. Het bond hem nog steeds aan de rivier, waardoor hij zijn jacht slechts ver genoeg kon verlaten om te genieten van een deel van het grootse landhuis dat hij had gesticht, maar niet van alles.

Hij zuchtte. 'Nog steeds niet genoeg. Hoeveel meer...? Wat moet ik nog meer opzijzetten en *betalen* om van deze vloek bevrijd te worden?'

Hij pakte een gouden kelk vol gouden munten en liep naar de rand van het dek. Hij goot ze in het water. Ze stortten in het bleke, stroperige water beneden en in de verte klonk een gerommel toen de ruimte in de leegte beefde en veranderde. Elke munt veroorzaakte een beving, elke plons een verschuiving, elk verlies van waarde in de afgrond zou voorbij de mist een berg of een zinkgat vormen. Maar het kon hem nog steeds niets schelen. Zijn ketting bleef strak en aan zijn eigen lichaam geklemd, een nog indringender herinnering aan zijn eeuwige gevangenschap.

Hij zuchtte opnieuw. 'Verdomme. Verspild.'

Hij gooide ook de kelk overboord, wat een ver gedonder opriep. De wolken die boven de verre doorgang voorbij de vallei zwermden, bleven in elkaar wervelen, waarbij het donker en het licht zich vermengden met bliksemschichten ertussen.

'Het lijkt erop dat er noodweer op komst is. Geen tijd om op het water te zijn.'

Hij liep van zijn boot en strompelde een roltrap op die hem naar de top van zijn kasteelwal bracht. De ketting was net lang genoeg om bij de rand te komen, waar zijn nieuw ontworpen troon stond. Hij draaide zich om, viel achterover in de zachte zitting en liet zijn been hangen terwijl de ketting strak trok en zijn voet in de lucht bleef zweven.

Hij had nu niets meer te doen. Niet totdat de ruiters voorgoed dood en begraven waren.

Toen zag hij in de verte een glinstering; vier zwakke lichten die de hemel verduisterden en er het leven uit zogen. Een processie van vier sombere voortekenen, en op hun ruggen zaten hun berijders, en twee extra passagiers die zich achterop vasthielden.

'Indringers!', gromde Charon. Hij sprong op en sprintte mank naar zijn ballista's. Ze werkten op munten, werden met munten geladen en waren magnetisch geladen om zijn goud als munitie af te vuren. Hij voerde een paar munten in, spande de ontsteker en richtte om te doden. 'Slappe ponyparade!'

Hij vuurde. De munten zoeiden als glimmende stralen met de snelheid van kogels door de lucht.

Hoewel de ruiters vervallen waren, waren ze niet zwak. Hun behendigheid en deskundige manoeuvres compenseerden hun eigen gebrek aan vitaliteit. Dood leidde de aanval en zwaaide zijn zeis om de munten in de lucht doormidden te snijden terwijl ze naderden. Hongersnood ving er een paar op in zijn weegschaal, die vervolgens vergingen; het goud zelf was van alle waarde ontdaan, gelijkgesteld aan de nietigheid die Hongersnood met zich meedroeg, want men kon zijn eigen rijkdom niet eten terwijl de wereld verhongerde. Toen kwam Oorlog, met een afschrikwekkende hoorn in de ene hand, die een jammerende echo de hemel in blies, terwijl haar zwaard laag in de andere hing.

'Val in de afgrond!', schreeuwde Charon. 'Jammer in de eeuwige duisternis!' Hij vuurde een snel salvo munten af, de een na de ander. Zijn goud spatte als granaatscherven uit de loop. De paarden verspreidden zich. Pest werd geraakt. Hij gooide zijn boog naar Oorlog en Mark ving hem op. Toen werd Hongersnood getroffen. Hij gooide zijn weegschaal. Mark ving die ook op.

'Hou vol!', drong Mark aan. 'Ik kan niet bij mijn zakken!'

'Neem dit', zei Oorlog, haar stem afstandelijk en moe, een vermoeide roep van talloze stemmen in een rebels gezang. Ze hield haar zwaard naar hem uitgestrekt. 'Ga.'

'Ik heb maar twee armen', klaagde Mark. Zij waren de volgenden die uit de lucht werden geschoten. Mark reikte naar het zwaard, pakte het aan en sprong van de rug van de bloedrode merrie om achter Emma op de stijve, benige huid van het vale paard te landen.

'We moeten springen', zei Emma. 'Gewoon zoals normaal.'

'Normaal, waarbij we te pletter vallen?', vroeg Mark. 'Of het nieuwe normaal?'

'Het nieuwe.'

'Oké!'

Dood was de laatste die nog in de lucht was. De anderen vielen en hun lichamen dreven, door onverbiddelijke krachten naar het water getrokken. De ruiters zonken in de rivier en hun paarden volgden. Dood wist dat hij de volgende zou zijn, maar zijn leerlingen konden de ontmoeting overleven.

'Charon is gek geworden', verkondigde Dood. 'De orde is door zijn rebellie verstoord.'

'Dus we moeten hem doden', zei Emma.

'Ja', zei Dood. 'En dan-'

BOEM.

Granaatscherven schoten hen uit de lucht. Mark en Emma bevonden zich plotseling in de lucht. Dood werd aan flarden gereten. Botten vlogen alle kanten op. Ze zagen hem van hen wegvallen, witte scherven tegen een sombere, grijze horizon, die helemaal naar beneden vielen in de troebele duisternis. Emma draaide zich omlaag en probeerde op haar voeten te landen op Charons kasteelwal, naast zijn troon. Toen het haar lukte, sprong hij van zijn gemonteerde kanon en keek haar aan.

Mark kwam vlakbij op zijn buik neer, overladen met het gereedschap van de andere ruiters. Hij was grotendeels ongedeerd, maar totaal niet klaar om te vechten.

'Jullie twee,' gromde Charon. 'Komen jullie twee, korte ukken, mij uit mijn eigen kasteel verjagen, hè? Dit is wat anders dan je andere klusjes, meid. Dit is een ziel die niet zomaar rustig meekomt.'

'U bent geen klus,' zei Emma. 'U bent een existentiële bedreiging voor het weefsel van het bestaan zelf.'

'Bah!' hoonde hij. 'De stagnatie van deze ellendige orde is erger dan de dood zoals jullie die kennen. Welk leed wordt er tegenwoordig nog op grote schaal veroorzaakt door hongersnood? Jullie medicijnen hebben alle pestilentiën teruggedrongen. En oorlog? Is er ooit echt een oorlog gevoerd om de idealen en deugden van tegenover elkaar staande mannen? Of was er een andere drijfveer?' Daarbij wreef hij zijn vingers tegen elkaar en toverde er een munt uit tevoorschijn. 'Millennia lang heeft er een hogere orde op de loer gelegen, net achter de dunne sluier van jullie perceptie. De plagen van de mens zijn nu door de mens zelf veroorzaakt, maar er rijdt geen ruiter uit om ze te oogsten. De Dood is de enige constante, maar er is nog één zekerder ding in het leven dan de dood. Weet u wat dat is, meid?'

'Belastingen?' vroeg Mark.

Charon grijnsde donker en kwaadaardig. 'Jazeker.'

Emma probeerde hem met rede te bereiken. 'U vernietigt de wereld.'

'Met de wereld is niks mis!' zei hij. 'Die gaat wel door zonder Oorlog, Hongersnood, Pestilentie — zelfs de Dood kan worden uitgesteld ten gunste van dit, een ander einde gesmeed door de mens zelf.' Hij hield de munt nogmaals eerbiedig omhoog. 'De natuurlijke orde is allang veranderd. U heeft het zelf meegemaakt; u weet welk gewicht dit heeft. Het is meer dan leven. Meer dan voedsel of bloed of ziekte. Dit — *waarde* — is waar mensen voor leven en sterven.'

'Dat is niet iets goeds,' zei Emma. 'Alleen omdat het veelvoorkomend is, hoeft het nog geen deel van de natuur te worden.'

'O, maar dat moet het wel,' zei Charon terwijl hij de munt opgooide. 'Waarom de oude gebruiken die nog resteren behouden als ze de alsmaar voortdenderende race naar de vergetelheid niet kunnen bijbenen? Mensen *betalen* om zichzelf uit te hongeren in een wereld die overloopt van voedsel. Ze betalen om zichzelf in te enten met een ziekte zodat hun eigen lichaam die kan weerstaan. Ze betalen en verdienen om te vechten, een standpunt waar alle conflictpartijen het over eens zijn, en die paar die profiteren van oorlog hebben een luidere stem dan de miljoenen die het uitschreeuwen in een roemloze dood. En mensen zullen betalen om te leven. Schuld wordt de nieuwe dood.'

Emma klemde haar zeis stevig vast. 'Wat zei u daar?'

'Aanschouw!' verklaarde Charon, met zijn armen wijd en golven die achter hem braken. 'De Vijfde Ruiter — SCHULD! Hij reed op een gouden strijdwagen om door de hemel te razen en de beloningen van een welbesteed leven te oogsten!' Hij stak zijn hand naar haar uit. 'En over de tol valt niet te onderhandelen.'

Emma haalde uit. Charon sprong achteruit, veel kwieker dan hij eruitzag. Hij reikte naar beneden en riep zijn houten roeiriem op in zijn hand. Die was nu scherp en nieuw, met een snijrand als een tandeloze zaag met een lange steel.

'Als schuld onderdeel moet worden van de wetten van het leven en de natuur,' zei Emma, 'dan kan het me niet schelen. Dan vermoord ik u uit principe!'

Charon draaide de roeiriem kunstig om zijn lichaam en zwaaide ermee, als tegenreactie op Emma's houding. 'De hoofdsom aan rente om met mij te vechten is voor u te hoog om te betalen!'

En zo begon hun laatste gevecht op de gouden piek aan de rand van de vergetelheid, het grafschrift van de apocriefen, waar geld alles overwon.

HOOFDSTUK ZESENVEERTIG

Bladen kletterden op de top van Charons gouden imperium. De rivier de Styx verzwolg zijn gouden dok, gebouw voor gebouw, en liet de rijkdom die hij gedurende een eeuwigheid had vergaard in de afgrond zinken terwijl hij met alles wat hij in zich had vocht voor zijn nieuwe natuurlijke orde.

Emma stond haar mannetje tegen zijn waanzinnige uithalen. Zijn roeiriem, met zijn scherpe blad, was als een wendbare hellebaard, met een blad dat twee keer zo lang was als dat van haar zeis. En hij was sterk, veel sterker dan hij eruitzag. De jaren van roeien hadden hem een kracht gegeven die zijn aftandse leeftijd tartte. Zijn knokige vingers, die amper meer dan bot waren, waren geoefend in het dragen van het gewicht van zijn roeiriem. millennia lang had hij het blad door de weerstand van de rivier gehaald. Nu, vechtend om op te stijgen als de Alfa en de Omega, danste en schitterde de riem met het scherpe blad terwijl hij stak, pareerde en rondtolde. Hij kwam op Emma af, zwaaide naar links en rechts en roeide door de lucht met het zingen van metaal dat op haar af schoot. Het enige wat ze kon doen was blokkeren en terugdeinzen. Hij liet geen openingen.

Mark was ondertussen vastbesloten om te helpen. Zijn beste vriendin en mede-Magere Hein – zijn enige, ware liefde – vocht voor haar leven tegen het einde van al het leven zoals zij het kenden en de vestiging van een nieuwe natuurlijke orde, opgebouwd uit goud en munten, in plaats van leven of dood. Hij kende alle gevolgen van een mislukking en kon die niet accepteren. Zou die niet accepteren. Hij rende eropaf, met zijn zeis in de aanslag, maar werd vanaf de zijkant weggeslagen.

'Heeft iemand u ooit verteld dat het *onbeleefd* is om tussen een man en een dame te komen?' zei Charon.

'Zij is mijn dame,' antwoordde Mark.

De veerman annex oligarch grijnsde en barstte toen in lachen uit. 'Onbeantwoord, dunkt me.'

Charon stootte hem met het stompe uiteinde van de roeiriem, en Mark werd tegen de borstweringsmuur gesmeten. Ondanks dat goud als een zacht metaal wordt geclassificeerd, klapte zijn lichaam tegen de gladde goudstaven en werd de lucht uit zijn longen geslagen. Emma haalde uit naar de veerman, maar Charon onderschepte haar zeis. Toen zwaaide hij zijn hele lichaam naar achteren, dook weg in een achterwaartse rol en gooide haar tegen de tegenoverliggende muur. Hij sprong overeind en zwaaide met zijn riemblad terwijl Emma langzaam opstond.

'Kom op!' hoonde Charon. 'Hebt u nog steeds last van uw zeebenen? Ik dacht dat jullie jonge scheuten urenlang konden knokken!'

'Onze generatie,' zei Emma, 'kan niet eens urenlang Netflix kijken zonder moe te worden.'

'Wat een verspilling,' zei Charon. Hij stormde naar voren en zette zijn aanval voort; Emma werd gedwongen terug te keren naar een wanhopige verdediging. Mark was even wanhopig om te helpen. Zijn zeis deugde niet – de vorm en lengte waren helemaal verkeerd in de krappe ruimte van de borstwering. Dus pakte hij Oorlogs zwaard op. Of hij probeerde het. Het was zwaarder dan het leek en hij had er nog nooit serieus een gehanteerd. Het handvat was te kort voor beide handen, maar het lemmet was te zwaar voor slechts één.

'Klootzak,' vloekte hij terwijl hij het op zijn schouder hees. Hij rende naar voren, klaar om het als een moker neer te laten komen wanneer Charon het het minst verwachtte. 'Vanuit het hart van de hel, sla ik naar u!' Hij boog zijn lichaam voorover. Het blad verliet zijn schouder en zwaaide zo hard naar beneden dat het de gouden tegelvloer eronder doorboorde.

Charon dook behendig weg en gebruikte de roeiriem als spil. Zodra hij weer stevig op zijn voeten stond, sloeg hij Mark met de platte kant tegen de borst en stuurde hem tuimelend terug naar de stapel afgedankte wapens van de ruiters.

Emma ging in de aanval. Nu was Charon degene die moest blokkeren, wat hij met weinig moeite deed. 'We hebben geen keus!' schreeuwde ze naar hem. 'We kunnen het ons niet veroorloven iets anders te doen!' Hun wapens kletterden tegen elkaar en ze drong dichterbij, tussen de twee verstrengelde bladen. 'Geld kan niet alles kopen!'

'Maar wat als het dat wel kon?' zei Charon. Hij duwde haar weg en zwaaide zijn blad achter zich. 'Als je er *tijd* mee kon kopen. Zou dat niet prachtig zijn?'

'Dezelfde problemen zouden alleen maar erger worden,' zei Emma. 'Uiteindelijk zou er maar een handjevol mensen overleven. De rest-'

'Ja!' zei Charon, terwijl hij naar de gebroken horizon wees. 'Net als nu! Maar dan omgekeerd! Zoals het hier is, met de eeuwigdoden en de onlevenden, die wegrotten en opgaan in de mist die aan het oppervlak van de rivier des doods kleeft, kan hetzelfde lot de levenden ten deel vallen! De weinigen zullen overgaan, en de velen zullen moeten lijden om een waarde te vinden die gelijk is aan die van degenen die hen achterlieten. Geen oorlog of hongersnood of ziekte, zelfs de dood niet zal hen ervan weerhouden doel en waarde te vinden!'

Terwijl Charon stond te oreren over zijn krankzinnige wereldbeeld, spande Mark de boog die van Pestilentie was met de twee knokige, benen pijlen die hij over had. Hij besloot ze allebei tegelijk op de pees te leggen en trok hem naar achteren. 'Lach eens, lijkenpikker- *hurk!*' Hij had ook nog nooit van zijn leven een boog afgeschoten en liet de pijlen vóór de pees los, die naar voren schoot en tegen hem aan zwiepte terwijl de benen projectielen op de grond kletterden. Hij bukte om er een op te pakken en het opnieuw te proberen, maar er opende zich een gat in de vloer en de pijlen glipten door de spleet.

De toren stortte om hen heen in. Al het goud van Charons schat was bestemd voor het water en de twee oevers. Zelfs zijn boot was begonnen te zinken. Het laatste stukje richel waar ze op konden staan, trilde en was onzeker.

'Hoe meer goud u verliest,' schreeuwde Emma boven de chaos uit, 'hoe erger dit allemaal wordt.'

'Mooi!' zei Charon. 'Wat voor goeds heeft dat goud me ooit gebracht? *Dit* is de ruil waarvoor het bedoeld was! Elk stukje waarde uit de wereld van de levenden was bedoeld om de status van de wereld te veranderen! Ze gaven hun geld gewillig aan mij, niet ter ere van hun dood, maar om die af te wijzen! Om de eindeloze cyclus te beëindigen!'

'De gerechtigheid wordt blind aangevallen!' schreeuwde Mark. Hij rende naar voren en probeerde Hongersnoods weegschaal als een hamer te zwaaien. Charon deed gewoon een stap opzij en liet hem op de grond vallen.

'Jij complete stuntel!' zei Emma.

'Hij is eigenlijk best zwaar,' zei Mark, met de weegschaal nog in zijn hand.

De toren brokkelde verder af en het water uit de afgrond spatte als een nevelwolk tegen hen op.

'Alleen de veerman kan boven het water blijven,' zei Charon. Hij keek naar de ketting om zijn enkel. De draad was dunner en dunner geworden, nu bijna zo fijn als flosdraad. 'Ziet u! Mijn banden verzwakken! Mijn vrijheid is nabij! Al het goud en de orde van het leven zullen het waard zijn! En ik zal VRIJ zijn!'

'Vrij van uw lichaam!' zei Emma. Ze haalde uit. Charon blokkeerde de klap en zwaaide zijn roeispaan rond. Hij greep de zeis bij de kromming en wrong hem uit haar hand. Ze was volledig ongewapend. Mark sprong onmiddellijk naar zijn zeis en wierp die naar haar toe. Ze reikte ernaar, maar Charon was haar voor.

'Wat is dit nu weer?' zei hij. 'Dit is bedoeld om krabbenmanden binnen te halen, niet om kelen door te snijden.' Hij gooide het ding over zijn schouder van de vestingmuur af. De leerling-maaiers stonden nu zonder het enige gereedschap van hun vak tegenover de dolle veerman met zijn vlijmscherpe roeispaan, omringd door kapotgeslagen en waardeloos geworden gouden meubilair.

'Accepteer verandering,' hield Charon hun voor. 'Omarm het, zoals ik heb gedaan. Als er eerder verandering in uw leven was gekomen, zou u dan niet gelukkig zijn?'

Emma keek naar Mark. Ze deelden hetzelfde gevoel van wanhoop. Ze staarden de belichaming van de schuld recht in het gezicht en die schonk hun een rotte grijns met scheve tanden, een 'sterf nu, betaal later'-grijns, terwijl hij met glazige ogen vol narcistisch belang de overwinning reeds voor zich zag.

Toen zag Mark iets anders. Een sprankje hoop.

Vlak naast de scheve toren, schuin uit de muur achter Emma, stak een stuk gebogen en knoestig hout, als een gladgeschuurde tak.

Hij krabbelde overeind en stormde eropaf. Charon deed een stap opzij en liet hem zo de afgrond in rennen.

'Mark!' schreeuwde Emma. Ze snelde naar de rand en keek naar beneden, naar waar hij was gevallen.

'Har har!' schaterde Charon. 'Hij is hals over kop de vergetelheid in gerend. Kopje-onder in de schuld! Weggeworpen in de vergeten getijden van het onverdiende! Het lot van alle arme zielen – arm in elke zin van het woord – die te lang leven en geen waarde in zichzelf vinden! Dit is de wrede waarheid van deze nieuwe natuur. Zij die geen waarde in het leven kunnen vinden, zouden gedoemd moeten zijn om voor hun eigen ondergang te betalen!'

Hij bleef lachen terwijl Emma zich over de rand boog.

'U zou er alles van moeten weten,' zei hij tegen haar. 'Was u het niet die een soortgelijk lot wenste? Die zich vrijwillig in de warme omhelzing van de dood wilde werpen? En zelfs dat kon u niet naar behoren doen!'

Charons gelach verstomde toen Emma stil bleef staan. Hij vroeg zich af waar ze naar kon reiken. Wat was daar beneden zo intrigerend dat ze haar meest geduchte vijand gewillig de rug toekeerde? Hij stampte naar de andere kant en tuurde over de rand.

Mark had het niet alleen overleefd, maar stond ook met zijn voeten tegen de muur geplant en zijn handen om het handvat van de ware zeis van de Dood geklemd, net onder het blad, dat vastzat in de torenmuur.

Mark trok de zeis eindelijk uit zijn rustplaats en wierp hem omhoog. Hij stopte zijn pij in de spleten in de muur en bleef hangen, half vastgeklemd aan de buitenkant, terwijl Emma de zeis van de Dood met beide handen aannam. Charon probeerde op haar af te stormen, maar ze was al midden in haar beweging toen hij aankwam en haalde met een machtige zwaai uit.

Zijn roeispaan spleet doormidden. Zijn hemd scheurde open. Zijn baard werd ongelijk getrimd. Alleen al de windstoot van haar poging om hem te raken sneed door alles wat hem dierbaar was. Ze deed een stap naar voren, haar ogen vlammend van woede.

'Ik verlaag uw rente,' gromde ze. 'DOORMIDDEN!'

Charon werd van schouder tot heup in tweeën gekliefd. Van de noordmuur tot de zuidmuur werd zijn toren op dezelfde manier gespleten. De top van de vestingmuur dreef omlaag de kolkende afgrond in. Charons bovenlichaam volgde met een plons de rivier in en hij zag de rest van zijn lichaam slap worden terwijl hij op het oppervlak dobberde. En toen lachte hij. Lachend zonk hij de afgrond in.

'Vrij!' riep hij. 'Ik ben vrij!' Zijn laatste woorden voor hij onder water verdween, waren een jubel.

Emma stond boven zijn overblijfselen op het laatste stevige stuk van de toren dat was overgebleven, wetende dat er nog maar één flinke schok voor nodig was om het in de andere richting te laten kantelen.

'Eh, Emma?' riep Mark van beneden. 'Heb je 'm?'

'Ja,' zei ze terwijl ze de rest van Charons lichaam wegschopte. Haar been bleef daarbij ergens aan haken en de vloer onder haar verschoof. Ze keek naar haar enkel.

'Wat was dat?' vroeg Mark.

De toren viel eindelijk en de rivier verzwolg hem. Al het goud dat Charon door de eeuwen heen had verzameld, stroomde de rivier in en verspreidde zich over de oever.

Maar zonder een gids om een nieuwe orde voor de natuur in te luiden, kalmeerden de getijden, werden de vlaktes weer plat, klaarde de lucht op en werd de wereld van de Dood weer stil. De rivier stroomde weer rustig. En glinsterende gouden iconen spoelden aan op de oever, net binnen bereik van de rand van de leegte, waar verloren zielen eeuwig wachtten op hun ontmoeting met de veerman.

Er was een nieuwe orde ingesteld, en toch was de oude orde nog steeds vereist.

HOOFDSTUK ZEVENENVEERTIG

Een gestalte in een scharlakenrode toga kroop uit de rivier. Het eerste wezen ooit dat de rivier de Styx verliet, kwam proestend en hoestend uit het kolkende water. Oorlog gooide haar hoofd naar achteren en veegde het water uit haar ogen. Een onhandige aftocht, maar een welkome. Ze liep de oever op en draaide zich om, net op tijd om Honger en Pestilentie achter haar aan te zien kruipen, met doorweekte lendedoeken en windsels.

'Lekker gezwommen?', vroeg ze.

Pestilentie hoestte zwart water op, dat op de rivieroever landde en onmiddellijk terug naar de rivier glibberde alsof het leefde. 'Ik heb niet meer hoeven zwemmen sinds ik viste naar... hersenetende amoeben.'

'En ik heb nog nooit gezwommen', zei Honger. 'Niet slecht voor een eerste keer.'

'Denk eens aan alle vissen die je had kunnen eten', zei Oorlog, 'als je het ooit had geleerd.'

Hij wimpelde haar af met een handgebaar.

Toen keerde de vierde ruiter terug uit de leegte, een verschijning in het wit, gewikkeld in een loshangende doek die op een nogal onthullende manier aan zijn heupbeenderen hing.

'O, foei. Bedek jezelf!', riep Oorlog.

De Dood zuchtte en wrong zijn doorweekte gewaad uit. 'We zijn de schaamte wel voorbij, denk ik.'

'Dat is waar', zei Honger. Hij klopte zichzelf af en liep verder het droge op. 'Dan is het met Charon geregeld?'

De Dood knikte. 'Zijn obsessie met plicht en zijn ontdekking van een tweede pad vormden samen deze storm van verandering. We moeten deze les ter harte nemen. Nu de tijden veranderd zijn, moeten wij dat ook.'

'En die twee dan?', vroeg Pestilentie. 'Je leerlingen of wat dan ook?'

De Dood slaakte een sombere zucht. 'Zelfs als ik hun de waarheid had verteld, betwijfel ik of hun keuze anders was geweest. Ze zijn... plichtsgetrouw.'

'Altijd fijn om enthousiaste hulp in de buurt te hebben', zei Oorlog.

'Wacht, kijk.' Honger wees naar een silhouet dat boven de rivier was verschenen. De mist was sterk verminderd, slechts een spoor van wat het ooit was, en er was nog net een boot doorheen te zien. Het was een lange, ruime gondel met één gestalte aan de boeg en één die de boot voortduwde met een vrolijk beschilderde houten stok. Beide gestalten waren gehuld in donkere gewaden en stonden aanvankelijk ineengedoken in een houding van verslagenheid. Hun enkels waren geketend aan de tegenoverliggende uiteinden van de boot. Terwijl ze dichterbij kwamen, rechten ze beiden hun rug.

'Hallo daar!', riep Mark. 'Eén voor één, vrees ik.'

'En geen verzoeknummers of grappen over ijs', zei Emma. 'Niet totdat we een gouden viool opvissen om op te spelen.'

De Dood stapte naar voren toen ze de oever naderden. Zijn leerlingen glimlachten door hun eigen verwarring heen, verlangend naar een uitleg, ook al leken ze het antwoord al te weten.

'Er moet altijd een veerman zijn', zei de Dood, 'om de buit van de mars van de vier ruiters over te zetten.'

'Nou', zei Emma, 'de oude is dood. En tegen alle gezond verstand in *heeft* hij zijn rijkdom meegenomen.'

'Nee', merkte Honger op terwijl hij een munt van de rivieroever opraapte. 'Hij is het gewoon verloren.'

De Dood knikte. 'De terugkeer van munten naar deze oevers zal ervoor zorgen dat een groot aantal van de zielen die nog gestrand zijn, alsnog hun overtocht kunnen betalen. En zo zal de balans tussen leven en dood intact blijven.'

'Maar als we het goud hebben', zei Mark, 'wat doen we er dan mee?'

'Start een economie', stelde Honger voor. 'Er is geen regel waar het goud voor dient. Alleen dat het nodig is om over te steken.'

'Ik zou er een wedstrijd voor beginnen', zei Oorlog. 'Laat de verloren zielen vechten voor hun overgangsrite.'

'Misschien er een bedrijf mee beginnen', zei Pestilentie. 'Rijk worden.'

Mark en Emma wisselden een onzekere blik.

Emma verwoordde wat ze beiden dachten. 'Als we daar goed in waren, waren we misschien überhaupt niet doodgegaan.'

'We komen er wel uit', zei Mark. 'En we zullen het niet doen op een manier die jullie, nou ja, allemaal doodt en de Eindtijd inluidt en zo.'

'Dat zou niet nodig moeten zijn', zei de Dood. 'Jullie hebben veel meer gedaan dan ooit van jullie werd verwacht. Jullie hebben een hogere standaard bereikt dan ik had kunnen stellen. En daarvoor—'

'Hé!', riep een man. Een dolende ziel rende naar de waterkant en zwaaide met een munt boven zijn hoofd. Hij zag hoe het lopende, pratende skelet hem een glimmende, afkeurende blik toewierp en schoof een beetje van de Dood weg toen hij de boot naderde. 'Hé. Doen jullie dat handeltje van een muntje inleveren en de rivier oversteken?'

Toen Mark knikte, gooide de man een munt naar hem. Hij ving hem en bekeek hem terwijl de man door de drassige oever waadde en in de gondel klauterde. De man klapte toen in zijn handen en wees met zijn vingers naar de oever.

'Vooruit!'

'Oké dan', zei Mark. Hij stopte de munt in zijn mouw en begon te roeien. 'Zorg er alstublieft voor dat u ons vijf sterren geeft in de app.'

'Anders gooien we u overboord', zei Emma.

De boot, en de opvarenden, verdwenen met hun passagier annex gijzelaar weer in de mist, op weg naar de andere kant van de rivier. De Dood keek hen na tot de mist hen verzwolg, terwijl de andere ruiters zich verzamelden. Hij streek nadenkend over zijn kin en haalde uit een van de plooien van zijn omgewikkelde sjerp een tweetal zandlopers. *Hun* zandlopers.

En ze waren veranderd...

<hr>

Mark en Emma raakten snel gewend aan hun nieuwe taken. Verloren zielen vonden munten die verspreid lagen uit Charons grote schat. Ze raapten ze van de grond en wachtten de boot op als die voorbijkwam, of vochten om de munten die aan de oever werden gevonden – zoals Oorlog had voorspeld – totdat er één won of het goud uit hun vingers glipte en weer in de diepte verdween, waardoor het conflict eindigde voordat het verder kon escaleren dan wat klappen en scheldpartijen.

Er werd een nieuwe orde gevestigd, een verandering van het bekende, maar niets zo nieuw dat het de wereld ontwrichtte. Munten waren nu een speling van het lot. Een ziel die in vrede ronddwaalde kon op honderd munten stuiten in de tijd die een wanhopige, geobsedeerde en verwoede zoeker, die in het diepst van zijn hart het limbo van de onschepping wilde verlaten, nodig had om er ook maar één te zien. Alleen zij met bezadigde zielen en een heldere, kalme geest zouden gemakkelijk hun overtocht vinden. Zij die het waardig waren, zouden het pad voorwaarts vinden, en zij die boete moesten doen, zouden nog wat langer moeten ronddwalen.

Precies zoals Mark en Emma was verteld, kwam alles goed. Alleen was het hun eigen verdienste dat het zo liep. Voor zover ze konden nagaan, was de rest van de wereld hetzelfde gebleven. Ze zagen nog steeds de paarse flitsen van Dood die de sluier tussen de werelden doorkruiste. Hij had zijn energie terug en was verjongd tot in zijn beste jaren, terwijl hij zielen in hun geheel – en soms in stukjes – naar de oever bracht, waar hij ze weer in elkaar zette en op weg stuurde. Degenen die met geld kwamen waren zeldzaam, maar aangenaam. Degenen die het tijdens hun reizen vonden, kwamen veel vaker voor en waren dankbaar. Sommigen durfden zelfs meer dan één munt mee te nemen op hun reis, hopend op een betere kans op een aangenamer hiernamaals, maar uiteindelijk was het slechts een fooi die Mark en Emma weer in het water gooiden.

Mark had zich met zijn kenmerkende gemak aangepast aan zijn nieuwe rol. Hij begreep de regels, begreep waarom hij nu een veerman was en begreep dat hun opoffering de hele mensheid ten goede kwam, zowel de levenden als degenen die nog geboren moesten worden. Hij voelde zich er goed bij en vond het niet erg dat hun heldenmoed nooit het onderwerp van boeken, films of zelfs mythen zou zijn. Hun daden waren en zouden de meest ondergewaardeerde daad van onbaatzuchtigheid ooit blijven.

Ook Emma was vrij optimistisch over hun nieuwe omstandigheden. In zekere zin was ze nu nog maar één stap verwijderd van haar einddoel: de oversteek van de rivier naar het hiernamaals. Helaas werd die laatste stap verhinderd door de ijzeren beugel om haar enkel. De oude Emma zou hebben geklaagd over hoe ze op haar werk opnieuw boven verwachting had gepresteerd – het er zelfs fantastisch vanaf had gebracht – en dat haar daden nauwelijks werden erkend in haar jaarlijkse functioneringsgesprek.

Maar hun daden waren wel gewaardeerd. Tenminste, door het kleine contingent ruiters dat Limbo hun thuis noemde, samen met een zeer Franse, zeer goede huishoudster.

Het feit dat ze letterlijk aan elkaar verbonden waren in eeuwige dienstbaarheid aan de doden van de wereld, bracht iets met zich mee waar geen van beiden tijdens hun leven bijzonder veel van had gehad, en helemaal niets als assistenten van Dood: tijd om te praten. Echt te praten.

'Ik ben je een antwoord verschuldigd', zei Emma, nadat ze weer een tevreden klant hadden uitgezwaaid.

'Succes, want ik probeer er al achter te komen sinds ik een jaar of zeven was.'

Emma bekeek Mark even, vrij zeker dat ze niet helemaal op één lijn zaten.

'Ik heb het niet over waarom je nooit een babyduif ziet', verduidelijkte Emma.

'Alsjeblieft! Verlos me uit mijn lijden. Ik kom er niet uit! Wacht... Waarop ben je me dan een antwoord verschuldigd?'

Emma nam de rood-wit-blauwe stok van Mark over, legde hem dwars over de gondel en gebaarde hem te gaan zitten. Toen ging ze zelf zitten en haalde diep adem.

'Op het Liver Building. Je zei dat je van me hield.'

Mark verschoof een beetje op zijn plek, overvallen door het onderwerp. Hij had hard zijn best gedaan om zijn gevoelens voor Emma te onderdrukken sinds hun aankomst in Limbo en was niet van plan die doos van Pandora weer te openen.

'Dat klopt', antwoordde hij uiteindelijk.

'Meende je het? Of probeerde je gewoon van alles om te voorkomen dat ik zou springen?'

'Ik meende het.' Mark keek Emma aan, zijn blauwe ogen fonkelden bijna. 'Nog steeds.'

'Maar waarom? Ik was een zuurpruim. Suïcidaal, zelfs.'

Mark had zich het grootste deel van zijn volwassen leven op dit moment voorbereid. Het gesprek had zich duizend keer in zijn hoofd afgespeeld – elke avond sinds hij haar had ontmoet in de introductieweek, al hun studiejaren en hun werkende volwassen levens. Maar op dit moment kon hij zich geen woord van zijn zorgvuldig opgestelde speech herinneren. Geen van de welgemeende smeekbeden die hij had gepland of de plechtige beloften die hij wilde doen. Het enige waar hij aan kon denken was hoe hij per ongeluk half slapend de badkamer was binnengelopen en haar zag uitstappen uit de douche toen ze net hadden besloten een flat te delen. Hoe zijn hart – en laten we eerlijk zijn, zijn lendenen – naar haar hadden gesmacht. Elke molecuul van zijn wezen wilde haar. Bij haar zijn. Van haar houden en haar koesteren.

'Vanwege je prachtige, perfecte kont', flapte Mark eruit.

'Aha.' Emma knikte. 'Dus het was gewoon verboden vrucht. Ik ben de scharrel die nooit terugbelde.'

'Nee. Helemaal niet. Kut... Laat me het opnieuw proberen.'

Mark wist dat hij het aan het verknallen was. Hij herpakte zich en greep de zijkanten van de gondel zo hard vast dat zijn knokkels wit werden.

'Ik hou van je met heel mijn hart, lichaam en ziel.' Hij schuifelde op handen en knieën naar haar toe en pauzeerde om de stok aan de kant te rollen. 'Ik heb nooit van iemand anders gehouden en zal dat ook nooit doen. Jij bent mijn leven. En daarom is met jou op deze boot zijn zowel de meest wonderbaarlijke als de meest pijnlijke speling van het lot die je je kunt voorstellen.'

'Waarom pijnlijk?'

'Omdat jij mij niet op dezelfde manier ziet als ik jou.'

Emma glimlachte en pakte een van Marks handen. Ze hield hem in de hare en genoot van de gedeelde warmte. 'Maar wat als ik dat wel deed...?' begon ze, niet zeker of ze klaar was om de gedachte af te maken. 'Wat als... ik ook van jou hou.'

'Is dat een vraag of een constatering?' vroeg Mark met open mond. 'Het is echt belangrijk dat je dat verduidelijkt.'

Emma boog voorover en kuste hem. Het was een heel licht kusje, hun lippen raakten elkaar nauwelijks aan. Maar ze voelden het allebei als een elektrische schok.

'Ik hou van je', stelde Emma. 'Geen vraag.'

'Shit', antwoordde Mark voordat hij naar voren leunde om haar opnieuw te kussen.

Dit keer was het meer dan alleen een vluchtige ontmoeting van hun lippen. Er waren tongen, speeksel en vrij ronddwalende handen terwijl ze eindelijk hun liefde voor elkaar bezegelden in een teleurstellend korte maar wonderbaarlijke vereniging.

Emma en Mark namen hun intrek in een klein hutje aan de noordelijke oever – de plek waar Charon verbleef voordat zijn goudschat zijn nieuwe thuis werd. Ze knapten het op met afdankertjes uit de huizen van de ruiters en maakten er een rustplaats van voor in de luwte tussen lange diensten aan het water. Maar wanneer het werk riep, hadden ze geen keus en geen enkele manier om erdoorheen te slapen. Hun wekkers zaten aan hun enkels vastgeschroefd. Als de boot vertrok, waren ze er maar beter aan boord, anders werden ze bij hun benen meegesleurd door de stroming. Mark had dat eens op de harde manier geleerd en had gezworen nooit meer te proberen de sluimerknop in te drukken.

Het was werk. Het was noodzakelijk. En het beste van alles, het werd gewaardeerd. Tussen het overzetten van zielen en het hartstochtelijk vrijen door, zagen ze af en toe Veronique nog als zij langs de oever reed en haar nieuwste kookkunsten uit Doods verblijf deelde. Hun ketenen waren niet lang genoeg om een ander huis te betreden. Het was een plechtig, peinzend bestaan. Maar ze hadden nu tenminste elkaar.

Ze deden dit voor wat voelde als jaren: duizenden overtochten, duizenden tochten, duizenden reizen naar het hiernamaals dat ze zelf niet konden bereiken. En langzaam maar zeker begon een gevoel van onbehagen hen te bekruipen.

'Dit is ronduit kut,' zei Mark.

'Mmm... ja,' stemde Emma uiteindelijk in. 'Wil je dat ik in plaats daarvan peddel?'

'Nee, dat niet,' zei hij. 'Jij hebt het gisteren gedaan. Ik bedoel het hele... het hele gebeuren. Dit.'

'Het is niet erger dan een ingehuurde chauffeur zijn die mensen naar chique feestjes brengt en dan thuiskomt in een eenkamerflat of zo,' zei ze. 'Het is een baan.'

'Ik wil alleen maar zeggen,' begon Mark, 'hoewel ik totaal geen drang voel om de wereldorde op kosmische schaal groots te verstoren, kan ik me wel voorstellen hoe een man hier na een eeuwigheid of zo stapelgek van zou worden.'

'Ja, nou, geef het een eeuwigheid. Misschien is het pensioen fantastisch.'

'Dat *was* het,' zei hij. 'Dat hebben we tot zinken gebracht.'

'O, juist.' Ze lachte. 'Dat hebben we gedaan, hè?'

Hun vrolijkheid klonk over het meer en bereikte de oever, waar vier figuren hun aankomst afwachtten. Mark stuurde de boot naar de kant en keek Dood, Oorlog, Honger en Pest in het gezicht.

'Eh, geen groepskorting,' zei hij.

'Niemand van jullie is van plan om vandaag over te steken, toch?' vroeg Emma.

'Absoluut niet,' zei Oorlog. 'Integendeel.'

Dood hief zijn hand op. Het was aan hem om te spreken, en zijn zaak om te beginnen. Hij haalde een paar zandlopers uit zijn zwarte gewaad en hield ze omhoog terwijl hij dichterbij kwam. Mark en Emma kwamen samen in het midden van de boot staan en bekeken ze met hun inmiddels geoefende blik.

'Jullie tijd,' verklaarde Dood, 'is nog niet voorbij.' Hij hield de zandlopers in de lucht en reikte ze aan.

Mark nam ze aan en controleerde de namen. Het waren die van Emma en hem.

'De fout van jullie dood is nog niet opgelost,' vervolgde Dood. 'Het moment van jullie dood moet nog komen.'

'Nou,' zei Mark, 'dat vind ik prima. Neem ik aan.'

'Ze zijn een leuk souvenir,' zei Emma. 'We kunnen ze op de schoorsteenmantel zetten!'

'O, dat zal er prachtig uitzien.' Mark knikte.

'Nee,' zei Dood. 'Ze zijn voor jullie om te houden. Voor in jullie... volgende onderneming.'

'Onze wat?' vroeg Mark. 'Ik dacht dat we dit deden vanwege de...' Hij bukte en rammelde met de ketting om zijn enkel.

Dood wendde zich met een knikje tot Oorlog. Zij hief haar zwaard, teruggehaald uit de rivier, en de andere twee ruiters waadden het water in, naar de boot toe. Honger hield hem stil met zijn omvangrijke gestalte, terwijl Pest de enkelketenen verzamelde tot een bundel tussen de twee veermannen.

'We hebben geconcludeerd,' verklaarde Dood, 'dat jullie niet langer geschikt zijn om de last van de veermannen te dragen. Niet vanwege enig falen van jullie kant, noch vanwege oneerlijke oordelen over degenen die jullie op hun laatste reis hebben meegenomen. Maar omdat jullie nog leven te doorstaan hebben en momenten te beleven. Een onbekende toekomst wacht op jullie. Die kan hier niet worden doorgebracht, in hetzelfde moment, voor eeuwig herhaald.'

'Wacht, wat?' vroeg Emma. Ze raakte plotseling verontwaardigd en greep bezitterig naar haar ketting. 'Ontsla je ons!?'

'Ja,' zei Dood. 'Ik geloof dat jullie... *overgekwalificeerd* zijn voor deze functie.'

Emma keek gekwetst. Ze wendde zich tot Pest, die tot zijn borst in de kabbelende golven tussen haar en het water stond.

'Ik verdrink mezelf!' riep Emma uit. 'Overgekwalificeerd! Dat gezeik weer! Na alles wat we hebben gedaan!'

'Dood, ontsla haar alstublieft niet,' smeekte Mark. 'Ze doet zichzelf iets aan. En ik denk niet dat ik haar een tweede keer kan tegenhouden.'

Dood zuchtte. Hij wenkte Oorlog met haar zwaard dichterbij. Emma staakte haar verzet en gleed weg uit het midden van de boot. Oorlogs zwaard kwam neer en stopte vlak boven de houten romp, waardoor de verbrijzelde ijzeren schakels van hun ketenen als puin op de bodem van de gondel achterbleven. Nu de ketenen aan de basis gebroken waren, leek de rest ervan weg te kwijnen en schoten de beugels om hun enkels los.

Ze waren vrij.

'Drijf de leegte in,' zei Dood tegen hen. 'En jullie zullen terugkeren naar het leven dat jullie nog hebben. Wanneer jullie hier terugkeren, zal het met mij zijn. En jullie zullen de natuurlijke cyclus betreden zoals bedoeld.'

'...Dank u,' zei Emma. 'Maar wie zal ons dan vervangen?'

Dood hief zijn hoofd op toen Veronique vanachter hem tevoorschijn kwam.

'Bon voyage, Mark et Emma!' Ze zwaaide hen uit terwijl Honger hun boot de aanzwellende stroming in duwde. De rivier de Styx, die de vrijheid op haar oppervlak voelde drijven, versnelde om de nog levende zielen van haar koers te spoelen en ze terug te sturen naar hun eigen wereld. Mark en Emma hielden elkaars hand vast terwijl de snelheid toenam, totdat alles om hen heen slechts een waas van mist en duisternis was...

En aan de oever kwam een nieuwe boot uit het water tevoorschijn. Een strak een sportief bootje, gemarkeerd met een rood kruis op de zijkant en overal bekleed met kussens. Veronique sprong er vrolijk in en haalde een lange trenchcoat uit de opbergruimte.

'Ahum.' Dood schraapte zijn keel. 'Ik... ben blij dat u de leiding hierover hebt genomen.'

'Het is mij een genoegen,' zei ze. Ze hield een haveloos gasmasker uit de Eerste Wereldoorlog omhoog en maakte zich klaar om het vast te gespen. Ze hield het voor haar gezicht om het bij haar mond te testen. Haar stem vervormde tot iets demonisch, als het geknetter van een helse duivel die een radio-uitzending onderschept. 'BETAAL DE OVERTOCHT OF LIJD EEN WATERGRAF!' Ze trok het weg en keek naar de ruiters. 'Te veel?'

'Precies genoeg,' antwoordde Oorlog.

'Het is onnodig,' zei Dood. 'Maar... dit is nu uw taak. Voer die uit zoals u het goeddunkt.'

'Ik heb twee geweldige voorbeelden om me te leiden,' zei ze trots. 'Ik zal hen niet teleurstellen!'

'Ja,' zei Dood. Hij keek in de verte. Een vage flits was ver stroomafwaarts te zien, verder dan enige ziel ooit zou kunnen komen. 'Adequaat, op zijn minst.'

HOOFDSTUK ACHTENVEERTIG

Het was nacht en de weerspiegeling van de waterkant van Liverpool fonkelde en danste op het inktzwarte water van de rivier de Mersey. Monumentale panden stonden trots naast hun veel jongere en strakkere broers en zussen van staal en glas, een smeltkroes van architectuur die paste bij de culturele mix van de bevolking. De meiden droegen korte jurkjes en lange wimpers en de jongens pronkten met strakke T-shirts. De straten waren niet druk, maar de pubs liepen vol en de taxi's en chauffeurs van deelapps reden bedrijvig af en aan. Het was zaterdagavond en plezier maken stond bovenaan de agenda.

Twee donkere figuren doken op uit een onopgemerkt steegje, een schimmige plek waar nooit iemand keek. Ze liepen door Matthew Street met een bijbehorende mist die bij elke stap om hun voeten kleefde. Ze stonden stil voor een kantoorgebouw net buiten het stadscentrum, dat niet alleen voor de nacht, maar voorgoed gesloten leek te zijn.

'Wat jammer,' zei Emma. 'Ik had niet gedacht dat ze in één dag failliet zouden gaan.'

'Ik had niet gedacht dat we maar een dag weg zouden zijn,' zei Mark. 'Voelde het niet als jaren?'

'Tja, het was saai werk. Dan voelt het alsof je het langer doet dan in werkelijkheid het geval is.'

'Ja.' Hij knikte. 'Zo gaat dat... Maar het was een goede baan.'

'En het betaalde goed,' stemde ze in.

Ze zuchtten. Ze waren terug in het leven. Al die zielen die ze hadden meegenomen en al diegenen die de Dood later had geoogst, hadden in hun eigen leven uiteindelijk niet meer dan een dag gekost. Ze waren bevrijd van de banden des doods en de plichten die daar voorbij reikten, zodat ze weer konden genieten van hun leven, van de weinige kostbare momenten die ze nog te gaan hadden. En nu hadden ze een manier om precies bij te houden wanneer die momenten zouden aanbreken.

'Dit is een treurig geschenk,' zei Mark, terwijl hij zijn eigen zandloper tevoorschijn haalde.

'Vind je?'

'Het is toch eigenlijk verkeerd om te weten wanneer je doodgaat?' zei Mark. 'Het haalt de spanning eraf als je weet dat je nog maar... zijn dat zes goede momenten over hebt?'

'Nou,' zei Emma, 'wat belangrijk is, is dat je die momenten ten volle benut. Er kunnen duizend jaar van verveling voorbijgaan terwijl er maar één zandkorrel valt.'

Mark knikte. 'Waar. Nou, ik weet wat een van mijn momenten zal zijn.'

'Wat dan?'

'Dat verhaal dat ik altijd al heb willen schrijven,' zei hij. 'Ik heb een steengoed idee.'

'Niemand leest nog boeken,' zei ze.

'Ik denk aan een filmscenario,' zei hij. 'Misschien geef ik mezelf wel een cameo.'

Ze glimlachte. 'Zin in een drankje bij Albert Dock?'

'In die outfit?' vroeg Mark.

'O, god,' mompelde ze. Ze had nog steeds haar grimmige leren jumpsuit aan. 'Kan dit ding in deze wereld überhaupt wel uit?'

'Dat hoop ik wel voor je,' zei Mark wellustig.

'O, hou toch op,' spotte Emma.

'Kom op dan. Biertje.' En toen kreeg hij een plotselinge, zorgwekkende ingeving. 'Heb je eigenlijk wel geld?'

Emma graaide in de strakke stof van haar kraag en haalde een munt tevoorschijn – geslagen met het profiel van Julius Caesar en met de hand gegraveerd met Latijnse letters, een authentiek relikwie van een geschiedenis die men voor eeuwig verloren had gewaand.

'Dus nee...' zei Mark. 'Want dat is geen contant geld.'

Ze lachte en pakte zijn pols. Hij liet zich meevoeren en haalde haar in, en ze wandelden zij aan zij hun gezamenlijke toekomst tegemoet. Hoe lang of kort die ook zou zijn, ze zouden er beiden het beste van maken, in de wetenschap wat hen aan het einde te wachten stond.

Hun tweede kans op leven zou beter zijn. En de tweede keer dat ze stierven, zouden ze er klaar voor zijn en – zeker in Marks geval – veel gewilliger.

MAILINGLIJST

Wil je alvast informatie ontvangen over toekomstige uitgaven?

Zin in exclusieve toegang tot gratis extra's, speciale aanbiedingen en bonusmateriaal?

Heb je het gevoel dat je leven niet compleet is zonder Jons maandelijkse bespiegelingen over schrijven, lezen en uitgeven?

Goed nieuws! Meld je vandaag nog aan voor Jons nieuwsbrief:

https://jonsmith.net/mailing-list

OVER DE AUTEUR

Jon Smith is de bestsellerauteur van veertien boeken voor kinderen, tieners en volwassenen. Van zijn boeken zijn meer dan 500.000 exemplaren verkocht en ze zijn in zeven talen vertaald. Naast het schrijven van boeken is Jon een bekroond scenarioschrijver, evenals tekstschrijver en librettist voor musicals, met producties in het Birmingham Hippodrome, het Belfast Waterfront en de Londense Park- en Waterloo East-theaters.

Jon had een gelukkige jeugd – hij vlocht madeliefjeskransen, ging op zonvakanties en had een obsessieve interesse in alles wat met fantasy te maken had. Geen beugel, weinig pukkels, slechts één gebroken been en één gebroken hart (niet het zijne). Het ging allemaal van een leien dakje.

Hij is vader van vier kinderen en woont samen met zijn vrouw, Mrs. Smith, en hun twee schoolgaande kinderen in de buurt van Liverpool. Als hij later groot is, wil hij bibliothecaris worden.

www.jonsmith.net
X (Twitter)
Instagram
Goodreads
Amazon
Facebook

THE FANG & LOATHING TRILOGY

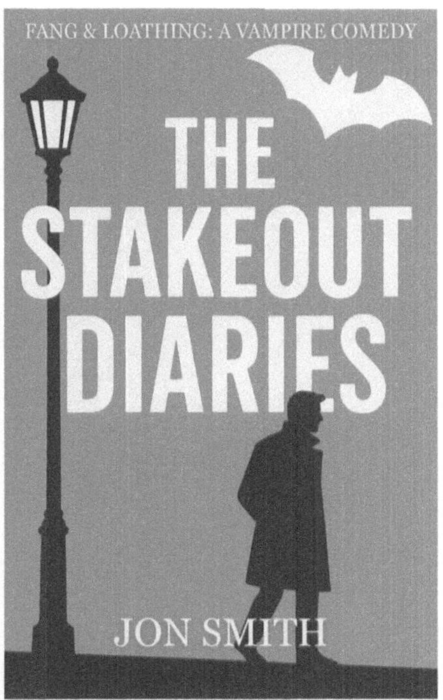

BAL
KON
media